W0316180

DE TROPISCHE ZOEKTOCHT

Eerder verschenen van Karen Swan bij Xander Uitgevers

Een Noorse winternacht (2019)
De Spaanse belofte (2020)
De Ierse erfenis (2020)
De Zweedse affaire (2021)
Het winterse avontuur (2021)
De Griekse ontsnapping (2022)
De Schotse ontdekking (2022)
Het wilde eiland (2023)

KAREN SWAN

De tropische zoektocht

XANDER

MIX
Papier | Ondersteunt verantwoord bosbeheer
FSC® C104608

Uitgegeven door Xander Uitgevers
www.xanderuitgevers.nl

Oorspronkelijke titel: *The Secret Path*
Oorspronkelijke uitgever: Macmillan
Vertaling: Ireen Niessen
Omslagontwerp: ZeroMedia
Omslagbeeld: FinePic®, Munich
Auteursfoto: Alicia Clarke
Zetwerk: Michiel Niesen, ZetProducties

Eerste druk 2023

ISBN 978 94 0162 012 3 | NUR 302

Voor Wallcoot
Niemand kan lachen zoals wij

DEEL 1

1

Maart 2011

'Vertel me eens een geheim,' fluisterde Tara de stilte in.

'Een geheim?' herhaalde Alex slaperig.

'Ja. Iets wat je nog nooit iemand hebt verteld.'

'O. Zo'n geheim.'

Ze gaf hem een speelse mep op zijn borst. En plantte er meteen een kus op. Hij rook naar haar douchegel, naar jasmijn en vanille.

'Hmm.' Het geluid vibreerde tegen haar oor en trok door haar heen. Ze was helemaal vervuld van hem: zijn adem, zijn geur, zijn zoenen, zijn liefde.

Er viel een stilte, waarna zijn borst opzwol en de gedachte een fysieke vorm aannam. 'Nou, ik heb altijd een geit als huisdier willen hebben.'

Ze tilde haar hoofd op en keek hem doordringend aan. 'Dat bedoelde ik niet!'

Hij grijnsde. 'O nee?'

'Nee!'

'Maar ik heb het nog nooit eerder iemand verteld. Ik voel me heel... kwetsbaar nu ik heb toegegeven dat ik dol ben op zwiepstaartjes, harige kinnen en bokkensprongen.'

Lachend gaf ze hem nog een mep. 'Nee! Dat telt niet, dat weet je best.'

'Ha.'

Ze keek hem aan en zou bijna willen dat hij niet zo knap was. Of grappig. 'Vertel me eens waarvoor je op deze wereld het allerbangst bent.'

'O, nou, dat is simpel. Wat mij het meest beangstigt is wat wij de wereld aandoen.'

Ze kreunde. 'Pff. Kun je niet éventjes je milieuactivisme achterwege laten? We liggen in bed!'

'Ik ben bioloog,' wierp hij tegen. 'En de biologie slaapt nooit. Anders dan jij.'

Hij trok een wenkbrauw op. Zijn wenkbrauwen waren mooi van vorm – dik en recht, maar eindigend in een hoek – en hun krachtige uitstraling versterkte de glans van zijn lichtgroene ogen, die bij zwak licht soms grijs leken.

'Wat moet ik daarop zeggen? Mijn lichaam en geest hebben gewoon veel rust nodig.'

'Maar een schoonheidsslaapje heb je níét nodig, dat is zeker.'

'Charmeur,' zei ze grijnzend, en ze gaf hem een zachte por met haar schouder. 'Vraag jij je weleens af wat er gebeurd zou zijn als we elkaar die ochtend niet in die koffiezaak waren tegengekomen?'

'Nee.' En voor ze kon protesteren, glimlachte hij. 'Want als het dáár niet was geweest, dan hadden we elkaar wel ergens anders ontmoet.'

'Geloof jij in het lot?' zei ze zogenaamd verschrikt. 'Hoe is het mogelijk dat jij zoiets zegt? Je bent wetenschapper.'

'Ik zeg het als goede zoon. Mijn moeder heeft me altijd verteld dat je de mensen die voorbestemd zijn om deel van jouw leven uit te maken, twee keer zult ontmoeten, zonder dat je er invloed op hebt.'

Nu trok zij een wenkbrauw op. 'Geloofde je dat?'

'Natuurlijk. Ik geloof alles wat mijn moeder me ooit heeft bijgebracht.' Er glinsterde een glimlachje in zijn ogen, dus flakkerde er ook een op in die van haar, en ze liet zijn gebrek aan principiële vasthoudendheid passeren. Hij hield van zijn moeder. En daar viel veel voor te zeggen.

'Geloof jij ook...' Ze dacht even na. 'O! Geloof jij dat je nooit moet gaan slapen als je boos bent?'

'Ik geloof dat je moet gaan slapen als je slaperig bent.'

'Hou op!' zei ze lachend. 'Even serieus! Ik verdiep me in jou!' Ze keek hem met samengeknepen amberkleurige ogen aan. 'Ik bestudeer je! Jij bent mijn speciale studieobject.'

'Hm.' Hij haalde diep adem, maar met een glimlach om de lippen.

'Maar geloof je dat?' drong ze aan. 'Dat je nooit moet gaan slapen wanneer je boos bent?'

'Ik heb er nooit over nagedacht. Maar...' Hij keek nadenkend. 'Nee, dat geloof ik niet.'

'Níét?'

Haar verbazing leek hem te verrassen. 'Wat is daar zo gek aan? Ik denk dat de snelheid waarmee je iets oplost niet leidend moet zijn. In mijn beleving is praten nietszeggend en zijn excuses betekenisloos als je ze haastig voor een deadline moet maken. Soms, ja, soms is het beter om boos te gaan slapen.'

'Dat heb ik nog nóóit iemand horen zeggen,' protesteerde ze.

Hij haalde zijn schouders op. 'Je hebt overtuiging nodig om integer te kunnen zijn. Alle mensen die ik bewonder hebben principes waarvoor ze zouden sterven.'

Ze pakte zijn hand, die op zijn borst lag, en vlocht haar vingers verstrooid door de zijne, waarbij zijn grote handpalm de hare raakte. Er zat een piepklein maanvormig littekentje op de zijkant van zijn hand, overgehouden aan een vishaak die eraan was blijven hangen toen hij nog een jongetje was. Ze streelde het graag, de randjes voelden prettig aan onder haar duim. 'Oké, noem eens iemand?'

Hij wierp haar een zijdelingse blik toe. 'Ken je de kunstenaar Peter Beard?'

'Zeker. Die van de Afrika-collages waarin hij zijn bloed verwerkte.'

'Juist. Hij was een van de eersten die inzag dat wildedierensoorten dreigden uit te sterven en er iets aan wilde doen. Dat was in de jaren zestig en zeventig. Hij is een pionier, ook al beschouwen velen hem als een playboy.'

'Een soort Attenborough, maar dan met sexappeal?'

'Ja, daar had hij destijds heel veel van.'

'Dus je bewondert hem omdat hij een natuurbeschermer is?'

'Niet alleen daarom. Ik bewonder hem om zijn overtuigingskracht. Als hij ergens in gelooft, gaat hij daar voor honderd procent voor.' Hij keek haar aan. 'Op momenten dat hij iets verkeerd deed, had hij daarvoor altijd een goede reden.'

'Geef eens een voorbeeld.'

'Oké.' Hij dacht even na. 'Goed. Hij heeft eens een keer een stroper op zijn land betrapt. En weet je wat hij deed?'

Ze schudde haar hoofd. 'Nope, geen idee.'

'Hij hield die vent gevangen in zijn eigen valstrik.'

Ze staarde hem aan. 'Wát?'

'Yep. Een paar uur lang. Die kerel ging er niet dood aan, maar... hij had het stropen wel afgeleerd, laat ik het zo zeggen.' Zijn stem klonk fluwelig, zwaar en zacht, als het spinnen van een grote kat. 'Toen ik dat las, vond ik hem fucking geweldig! Hij werd in één klap mijn held. Eindelijk dééd iemand eens wat!'

'Maar hij hield iemand gevangen. In een val.'

'Die vent ving leeuwen met valstrikken. Dat is toch net zo erg?' Hij knipperde met fonkelende ogen. 'Soms is praten niet genoeg, Tara. Je moet ook handelen. Bereid zijn om grenzen te overschrijden om iets gedaan te krijgen.'

'Nou,' zei ze ten slotte. 'Goed om te weten. Ik kan maar beter geen ruzie met je krijgen,' zei ze plagerig. Haar arm streek met lange, lome streken over zijn lijf. Ze genoot ervan zijn huid tegen haar huid te voelen.

'Dat lijkt me op het moment ook niet erg waarschijnlijk.'

'Ik hoopte op iets langer dan een moment,' zei ze, en ze duwde zich omhoog op haar ellebogen, zodat ze het mooie gezicht dat haar al had betoverd voordat ze een woord hadden gewisseld beter kon zien. Ze voelde de aantrekkingskracht tussen hen heen en weer schieten, zijn vingertoppen die iets steviger tegen haar huid drukten. Ze tikte met haar wijsvinger op zijn borst, een van haar zenuwtrekjes die hij zo schattig vond. 'En... vraag je je nu niet af of ík ook een geheim heb?'

Hij keek haar weer aan met een verwonderde flikkering in zijn ogen. 'Dat weet ik eigenlijk niet. Moet dat dan?'

'Nou, ik dacht misschien dat je... Maar nu weet ik het niet meer zo zeker.' Haar stem klonk stekelig door zijn schijnbare desinteresse. Misschien was hij niet zo benieuwd naar haar als zij naar hem? Voelde hij wel dezelfde behoefte haar te bezitten – haar lichaam, haar ziel, elke laatste herinnering?

'Dus nu weet je niet meer zeker of ik jouw geheim wil horen,' mompelde hij kalm, waarop hij weer zweeg.

De stilte in de kamer werd intenser. 'Waar denk je aan?' fluisterde ze toen er niets meer kwam. Geen nieuwsgierigheid, geen vragen.

'Ik vraag me af of wij dit gesprek wel moeten voeren.'

Ze deinsde gekrenkt achteruit, maar hij trok haar naar zich toe en hield haar stevig vast. 'Ik plaag je alleen maar,' zei hij grijnzend. 'Natuurlijk wil ik je geheim horen.'

'Ik geloof je niet,' mummelde ze, van haar stuk gebracht.

Hij draaide haar in een vloeiende beweging op haar rug. 'Twig, echt,' zei hij, leunend op zijn elleboog terwijl hij het puntje van haar neus kuste. 'Echt waar. Vertel me je diepste geheim. Iets wat je nog nooit iemand hebt verteld.'

Ze staarde in zijn groene ogen en opende haar mond om de woorden te laten stromen. Maar het moment was voorbij en haar grote geheim hield ze binnen. 'Ik lust geen champignons...'

Daar was hij niet bepaald van onder de indruk. 'Is dat alles? Je lust geen champignons?'

'Ja. Ik vind ze vies,' zei ze knikkend. 'Maar dat heb ik nooit iemand verteld. Dus ik eet ze toch altijd als ik ze krijg opgediend. Om beleefd te zijn.'

'Die Britse beleefdheid toch,' zei hij hoofdschuddend. 'Waarom kunnen jullie het niet gewoon zeggen als je ergens niet van houdt?'

'Nou, zoals je zojuist zo fijntjes opmerkte, is dat iets typisch Brits. We verontschuldigen ons als een ander tegen ons aan botst. Bij de kassa wachten we op toestemming te vertrekken als we ergens voor hebben betaald met het precieze bedrag aan muntgeld. Ik ga waarschijnlijk trouwen met de eerste man die me vraagt, gewoon om beleefd te zijn.'

Hij trok een wenkbrauw op. 'Twig, wil je met me trouwen?'

'Natuurlijk. Dank je voor het aanzoek. Heel vriendelijk van je.'

Ze barstten allebei in lachen uit. Alex begroef zijn gezicht in haar hals en zijn zijdeachtige donkere haar kietelde haar wang. Ze voelde zijn tanden zachtjes over haar huid glijden, een speelse liefdesbeet die een huivering van genot door haar hele lijf opwekte. Hij liet zich weer achteroverzakken, ging op zijn zij liggen en liet zijn hoofd op zijn hand rusten terwijl hij cirkels over haar buik begon te draaien. 'Lieveling, je moet nee leren zeggen. Ik ga je veramerikaniseren. Herhaal maar eens: nee.'

'Nee.'

'Beetje luider. Néé.'

'Nee.'

Hij fronste.

Ze probeerde het opnieuw. 'Nee!'

'Oké, dat kan ermee door. Je leert snel,' zei hij schouderophalend. 'Laten we het nu eens proberen met scenario's uit het echte leven. Twig, wil je graag een puppy voor je verjaardag?'

Ze lachte. 'Nee.'

Hij knikte, schijnbaar onder de indruk. 'Twig, laten we met de kerst naar Kaboel gaan.'

'Nee!'

'Uitstekend. Geweldig... Twig, draag alsjeblieft die mooie rode schoenen in bed, en verder niets.'

Ze lachte luider en trok een holle rug. 'Nee!'

'Verdorie. Ik heb mijn eigen glazen ingegooid.' Hij keek teleurgesteld, maar zijn ogen schitterden van plezier. 'Twig, heb je zin in champignons bij je steak?'

'Nee!'

Verbluft stak hij een hand op. 'Ik denk dat ik mijn taak heb volbracht.'

'Je bent een voortreffelijk leermeester, Alex Carter. Wat zul jij een uitmuntend hoogleraar worden.'

'Dank je. Maar nu volgt een laatste proef op de som.' Hij haalde diep, langzaam adem en keek haar in de ogen met een blik die de sterren uit de hemel zou kunnen laten vallen. 'Twig, wil je met me trouwen?'

'Natuurlijk. Dank je voor het aanzoek. Heel vriendelijk van je.'

'Nee!' jammerde hij. Hoofdschuddend drukte hij zijn gezicht weer in het holletje van haar hals terwijl zij lag te proesten van het lachen, midden in de nacht extra gevoelig voor het gekietel. 'Je was er bijna. Bíjna.' Hij keek haar weer aan. 'Maar nu zit je voor de eeuwigheid aan mij vast, alleen maar door die typisch Britse beleefdheid van je. Het spijt me, schatje. Vette pech.'

Haar lach stierf weg en ze keek op naar zijn gezicht. 'Hè?'

'Je zei geen nee.'

'Nee.'

De wenkbrauw ging weer omhoog. 'Nee, je zei inderdaad geen nee? Of nee, je wilt niet met me trouwen?'

Hij hield haar voor de gek. 'Nee, ik... zei inderdaad geen nee.'

Zijn glimlach werd breder en hij trok haar dichter naar zich toe. 'Dan heb je nu in elk geval de rest van je leven om het te leren.'

'Ja,' fluisterde ze terwijl haar hartslag versnelde.

'Ja,' herhaalde hij met zijn blik strak op haar ogen gericht. 'Dat woord bevalt me beter.'

'Ja.'

'Twig, wil je met me trouwen?'

'Ja...' Zijn mond was al op de hare, zijn lichaam drukte haar dieper in het matras en alle grapjes waren vergeten nu ze zich overgaven aan de chemie die hen beiden vier maanden eerder bij hun eerste ontmoeting had overvallen. Tijdens de ochtendspits had ze, verdiept in haar telefoon, per ongeluk zijn koffie met sojamelk opgepakt en was hij over Queen's Gate achter haar aan gehold met haar karamel-macchiato. Er was al zoveel van over de rand geklotst dat de beker halfleeg was toen hij haar inhaalde. En toen ze elkaar in de ogen keken terwijl hij buiten adem uitleg gaf, had hij erop gestaan haar op een nieuwe te trakteren. Zij had haar college over farmacodynamiek gemist, en hij was niet komen opdagen bij zijn afspraak met zijn promotiebegeleider. De koffie was overgegaan in een lunch en diezelfde avond waren ze samen gaan eten. Sindsdien hadden ze geen nacht meer zonder elkaar doorgebracht.

Binnen een week (maar eigenlijk meteen die eerste dag) was hij haar levensader geworden: hij was haar zuurstof, haar zonlicht, haar kloppende hart. Alleen al de gedachte zonder hem te zijn was ondraaglijk. Ze had deze passie, dit verlangen, deze lust nooit eerder gekend, en soms werd ze bang van de hevigheid van hun gevoelens. Het was toch zeker niet gezond om zo te smachten naar een ander mens? Hij was een drug waar ze simpelweg niet zonder kon. En nu zou ze dat ook nooit meer hoeven?

De opwinding ontsnapte haar in de vorm van een lachje.

'Wat?' vroeg hij terwijl hij haar benen met zijn knie uit elkaar duwde.

'Van champignons naar een huwelijksaanzoek. Dat was... onverwacht,' zei ze hees terwijl hij kusjes in haar hals gaf.

'Vertel mij wat.' Zijn stem klonk gedempt.

'Dus je had het niet gepland?'

Hij tilde zijn hoofd op. Zijn wangen bloosden, zijn ogen schitterden. 'Nee. Maar nu ik je mijn diepste, donkerste geheim heb verteld, over mijn voorliefde voor geiten, moet ik je voortaan dicht bij me in de buurt houden. Anders vertel je het nog door.' Hij knipoogde.

Zijn mond beroerde haar huid alweer en haar lichaam hunkerde naar hem. Ze sloot haar ogen en zonk weg in het genot van de gedachte dat ze dit de rest van haar leven zou hebben.

'Je weet natuurlijk wel wat dit betekent,' mompelde hij. Zijn adem gleed warm over haar buik.

'Wat dan?' Ze glimlachte met nog steeds gesloten ogen.

'Je zult me aan je ouders moeten voorstellen,' zei hij met een licht ironische glimlach om zijn lippen.

'O god… Dat is ook zo.'

Hij keek verbaasd naar haar op. 'Zo te horen heb je daar niet veel zin in.'

'Jawel hoor. Ze zullen weg van je zijn.'

'Maar…' reageerde hij. 'Maar wat is er dan? Hebben ze een hekel aan Amerikanen?'

'Nee!'

'Goed gedaan. Een overtuigend nee. Krachtig. Geloofwaardig. Hartgrondig.'

Ze lachte om zijn verbale speelsheid.

'Of is het dat niemand ooit goed genoeg zal zijn voor hun dierbare dochter? Zijn ze van dat slag?'

'Misschien een beetje,' erkende ze.

'Geen zorgen. Ouders zijn dol op me.'

'O? Hoeveel ouders van eerdere verloofdes heb je al ontmoet?' vroeg ze plagend.

Nu was het zijn beurt om te lachen. 'Jij bent de enige verloofde die ik ooit heb gehad of van plan ben te hebben.'

'Verloofde,' herhaalde ze. 'Het klinkt me onwennig in de oren.'

'Wacht maar tot het wordt ingewisseld voor echtgenote.' Hij gaf haar weer een kus op haar buik, als een vlinder die heel even zachtjes op haar neerstreek, en liet zijn hoofd weer op een hand rusten. 'Vertel eens, wat vind je moeilijker, hen aan mij voorstellen of mij aan hén?'

Ze beet op haar lip. 'Hen aan jou.'

Hij trok een bezorgd gezicht. 'Ze hebben toch niet ieder twee hoofden?'

'Nee!'

'Opnieuw een zeer overtuigende toepassing van het woordje nee.'

Ze gaf hem een lichte mep op zijn schouder.

'Het komt goed. Ze zullen mij geweldig vinden en andersom. Enig idee waarom ik dat weet?'

Ze schudde haar hoofd.

'Omdat we alle drie van jou houden. Zo simpel is het.' Hij schoof langs haar omhoog over het bed tot zijn neus de hare raakte. 'Maar ik wil je vader alvast ontmoeten, want ik wil dit goed doen.'

Ze slikte en voelde tranen van geluk opwellen. 'Ga je hem om mijn hand vragen?'

'Bij voorkeur ook om de rest. Maar oké, laten we met je hand beginnen.' Hij pakte haar hand en gaf er een kus op. 'Is er nog iets wat ik van tevoren moet weten?'

Ze deed haar mond open om hem haar geheim te vertellen –niet het geheim dat ze nog niemand had verteld, maar het geheim dat ze hém nog niet had verteld. Maar ze keek hem in zijn glimmende ogen en voelde dat dit niet het juiste moment was. Ze had nu al weken gewacht op een gelegenheid om hem alles te vertellen, de hele waarheid en niet slechts een deel ervan. Maar dit moment was zo puur, zo vreugdevol, dat ze het niet wilde bezoedelen. Ze wilde hem niet overweldigen met zaken die niets met hen samen te maken hadden.

Ze schudde opnieuw haar hoofd. 'Niet echt. Mijn vader is een schat.'

'Wat is een veilig onderwerp om mee te beginnen? Laat me raden. Is hij een golfliefhebber?'

'Nou, hij is zeer geïnteresseerd in milieuvraagstukken, dus ik denk dat jullie het uitstekend met elkaar zullen kunnen vinden.'

'O ja? Super,' zei Alex verheugd. 'Goed dan, wanneer kan ik met hem kennismaken?'

2

Een paar stappen voor hen op het zanderige pad aan de noordkant van Hyde Park scharrelden wat duiven rond. De ochtendzon stroomde licht en helder door de uitbottende kastanjebomen. De eerste krokussen en primula's verspreidden zich met gele en paarse tinten als penseelstreken van Monet over het park. Op de achtergrond klonk het gonzen van het Londense verkeer op Bayswater Road, dat om de zoveel tijd werd onderbroken door de zware, ritmische ademhaling van hardlopers die voorbijholden. De ochtenden werden al helderder, de rijp lag al milder in een kantachtig waas over het gras.

Tara nam nog een slok koffie, de damp kringelde omhoog in de koude lucht. Holly dronk zoals altijd warme chocolademelk met slagroom en chocoladespikkels, haar eerste suikerboost van de dag.

'En wat zei hij daarop?' vroeg Tara terwijl Holly diep ademhaalde. Haar vriendin zat midden in een slepende relatiebreuk met Dev, een radioloog op oncologie. Wat was begonnen als een dronken flirt in de Ierse pub vlak bij St Mary's Hospital had vastere vorm aangenomen, en het was een paar maanden goed gegaan totdat Dev haar had verrast door in zijn kast een lade voor haar uit te ruimen. Holly had gereageerd door weg te lopen. Met als gevolg vele gekwelde berichtjes en heerlijke goedmaakseks. De lade was haastig weer gevuld met een wirwar aan sportsokken en een bus voetspray voor atleten, maar het kwaad was al geschied: Dev wilde zich binden en Holly niet.

'Hij zei dat ik bindingsangst heb!'

'Jeetje.'

'Ik bedoel, alsjeblieft zeg. Ik heb gezegd dat hij zijn clichés voor zich moest houden. Niet iedereen met een weggelopen moeder stort in, hoor. Er zijn er genoeg die zich vermannen en het verdomme zelfs béter doen in het leven dan ze hadden gedaan als hun moeder was gebleven.'

'Tuurlijk.'

Holly mompelde iets onverstaanbaars. 'Ik meen het deze keer echt. Ik heb hem gisteravond in niet mis te verstane bewoordingen duidelijk gemaakt dat het nu klaar is tussen ons.'

'Jouw bewoordingen zijn nooit mis te verstaan, Hols.'

'Nee hè?' vroeg Holly verontwaardigd.

'Maar je bent wel met hem naar bed geweest?'

'Uiteraard. Hij was verdrietig. Je weet hoe droevig hij kan kijken...'

'Tja. Heel aandoenlijk.'

Holly zuchtte. 'Maar goed, hij weet dat het nu voorbij is. Ik kan me niet laten afleiden door dramatisch gedoe. Ik zweer het je, voorlopig even geen mannen meer.'

'Juist. Neem een time-out en laat het stof neerdalen.'

Achter hen kwam de Household Cavalry over het brede zandpad aan. Het gerammel van koperen borstschilden en opgepoetste wapens met het gelijkmatige gedreun van hoeven kwam steeds dichterbij.

Tara nam nog een slokje koffie terwijl de cavalerie afsloeg naar West Carriage Drive, in de richting van de drukte van het spitsuur op Kensington Gore.

'En ik neem aan dat jij weer een prachtige liefdesnacht met Pretty Boy achter de rug hebt?'

Tara grijnsde. 'Dat kun je wel zeggen.'

'Pff, om misselijk van te worden. Het is toch vreselijk, al dat pure geluk. En... en eigenlijk ook saai. Waar zijn de pieken als er nooit dalen zijn?'

'In bed,' antwoordde Tara schouderophalend.

'O, hou op! Toe nou, geef me in elk geval iets, een klein smetje maar. Niemand leidt zo'n perfect leven.'

Tara dacht even na. 'Nou, hij heeft risotto met kip voor me gemaakt en om eerlijk te zijn... was die een beetje droog.'

Holly's lippen krulden zich tot een lichte boog. 'Dat is het? Het enige smetje?'

'Opzij voor de Blues and Royals!' De waarschuwing, afkomstig van de ritmeester, vertelde hun dat de cavalerie er bijna was, en ze gingen automatisch uit de weg om geduldig langs het pad te blijven staan terwijl er een lange stoet glanzende paarden voorbijstapte met soldaten in vol ornaat gekleed met glinsterende knopen en blinkende sporen, lange rode cavaleriejassen en extravagante goudkleurige pluimen deinend op hun helmen. Elke ochtend was het dezelfde routine, onderdeel van hun gang naar colleges, maar het was telkens weer opwindend. Dit was zo intens Brits – dit en de beleefdheid die Alex zo verbluffend vond – en ze glimlachte onwillekeurig bij de gedachte aan het aanzoek van gisteravond. Hoe een grapje was uitgelopen op iets diepgaands, iets wat haar leven zou veranderen...

'Vanwaar die glimlach?' vroeg Holly, die zag dat haar vriendin in de verte stond te staren, zachtjes bijtend op de rand van haar herbruikbare koffiebeker. 'Heeft er een naar je geknipoogd? Het zijn deugnieten, hoor!' zei ze lachend terwijl de soldaten passeerden, met de blik onverstoorbaar recht vooruit.

Tara draaide zich naar haar toe. 'Alex heeft me gisteren een aanzoek gedaan.'

Holly's mond viel open als een valluik. 'Wát?'

Tara knikte. 'Ik weet het, ik kan het ook niet geloven. Het was een enorme verrassing. Ook voor hem. Hij had het niet gepland.' Holly staarde haar met open mond aan. Voorzichtig duwde Tara de kaak van haar vriendin omhoog. 'Nou, zeg eens iets!'

'Wat de fuck.' Holly's ondeugende toon was verdwenen en haar stem klonk hol van de schok.

Tara aarzelde. 'Zeg iets anders.'

'Tits!'

Een van de gouden pluimen neigde plotseling in hun richting. Tits was de bijnaam die Holly voor haar gebruikte, gebaseerd op haar initialen, T.T., niet omdat ze qua boezem nou zo ruim bedeeld was.

Niemand anders noemde haar zo – niemand zou het durven – en ze bewaarde de benaming voor momenten van ofwel extreme vreugde ofwel extreme ergernis. En aan haar gezichtsuitdrukking te zien...

'Heeft hij je ten huwelijk gevraagd?'

'Ja.'

'Maar je bent twíntig.'

'Zoals jij het zegt, klinkt het als twaalf.'

'Het scheelt ook niet veel.' Ze keken elkaar aan en het moment werd steeds ongemakkelijker naarmate Holly's gebrek aan onmiddellijk enthousiasme duidelijker werd. Ze lachte een kort, nietszeggend lachje toen ook zij zich dat realiseerde. 'Ik bedoel... Ik ben natuurlijk blij voor je.'

Tara knipperde met haar ogen bij het horen van de slecht verhulde leugen. Haar vriendin klonk alsof ze werd gewurgd, en zelfs haar vurig rode pijpenkrullen begonnen er wat slapjes uit te zien.

'En jullie... vinden elkaar woest aantrekkelijk, dat is zeker,' stamelde ze. 'En hij maakt je aan het lachen. Jullie lachen veel.'

Tara fronste. 'Maar?'

Holly liet haar schouders zakken. 'Waarom wachten jullie niet nog een tijdje? Je wordt weliswaar geen kindbruid, maar jullie kennen elkaar nog maar een maand of vier.'

Tara haalde haar schouders op. 'We zijn geen van beiden ooit van plan geweest om zo jong te gaan trouwen. Ik verwachtte dat ik in de dertig zou zijn, maar nu blijkt dus dat het waar is wat ze zeggen: soms weet je zeker dat het goed zit. Dus waarom zouden we dan wachten?'

'Omdat je twíntig bent.'

'Dat heb je al gezegd. Ik denk niet dat onze leeftijd er veel toe doet,' zei Tara kalm, maar haar hart bonsde. Holly's reactie kwam voor haar totaal onverwacht. Ze wist wel dat het een schok zou zijn – dat was het voor haarzelf ook geweest – maar de onmiskenbare reserves die haar vriendin tentoonspreidde, haar onvermogen om overtuigend te doen alsof ze blij voor haar was...

Ze liepen een poosje zwijgend verder, ieder in gedachten verzonken. 'En je liet mij maar doorratelen over Dév,' mompelde Holly. Er verscheen een lichte frons op haar voorhoofd. 'Hoe vatte hij het op toen je hem vertelde dat hij Mr Tara Tremain wordt? En zeg nou niet dat hij dat helemaal prima vindt,' zei ze streng. 'Hij heeft misschien wel die sexy, nonchalante vibe, maar een ego heeft-ie ook.'

Tara slikte. 'Nou, eerlijk gezegd heb ik hem dat detail nog niet verteld.'

'Nog steeds niet?' Holly's stem schoot twee octaven omhoog. 'Ik begrijp er niets van! Waar wacht je op?'

'De juiste gelegenheid.'

Holly trok een wenkbrauw op. 'En het moment waarop jullie tweeën besloten om jullie leven voor eeuwig met elkaar te gaan delen… Dat leek je niet de juiste gelegenheid?'

Tara kromp ineen. 'Je hebt gelijk. Ik ben stom geweest, ik had het hem moeten vertellen.'

'Duh!'

'Maar het ging allemaal zo snel. Ik wilde het moment niet verpesten.'

'Nee, want het is natuurlijk balen als je erachter komt dat je toekomstige schoonvader miljardair is.'

Tara gaf haar vriendin een por met haar elleboog terwijl Holly net een slokje wilde nemen, zodat er een toef slagroom als een snor op haar bovenlip terechtkwam. 'Ik heb je al verteld dat het de dingen ingewikkeld maakt.' Hoewel ze Holly nooit had verteld in welke mate. Ze herinnerde zich liever niet de tijd dat haar beste vriendin op kostschool verhalen over haar aan de pers had verkocht, of hoe de meisjes op de slaapzaal het een goed idee hadden gevonden om elke dag iets van haar te stelen omdat 'zij het zich kon veroorloven'; natuurlijk waren ook hun eigen ouders in goeden doen, maar het woord miljardair had zelfs in vermogende kringen een zeldzaam cachet. 'Het kan mensen overweldigen. Ik weet nog dat jij drie weken niet met me wilde praten toen ik het je vertelde.'

'Dat was een andere situatie. Je had gelogen door het te verzwijgen terwijl ik overduidelijk nergens op uit was, behalve je vriendschap.'

'Je bedoelt afgezien van mijn voorraad pindakaas, grote fles rosé en heerlijk verse brood?'

'Sorry hoor, ik was – ik bén – een arme, hongerige student.'

'En mijn favoriete donkerblauwe kasjmieren trui met V-hals. Die heb je nog steeds, trouwens.'

Holly haalde haar schouders op. 'Ik beroep me op verjaring. Hij is nu van mij.'

'Maar het is mijn lievelingstrui!'

'Jammer dan.' Holly keek haar aan met de kenmerkende zweem van ironie in haar ogen, waardoor Tara het vlaagje kilte tussen hen voelde ontdooien. 'Hoe dan ook: die jongen is smoorverliefd op je. Hij is nergens anders op uit dan met jou het bed in duiken.'

'Dat klopt,' beaamde Tara met een klein glimlachje. 'Op de een of andere manier vind ik het juist moeilijk om het hem te vertellen omdat geld hem zo wéinig interesseert. Ik bedoel, zijn ouders waren immers Californische hippies. Hij is opgegroeid op biodynamische boerderijen en in communes.'

'Jezus. Alsof ze de armoede bewust opzochten!' mompelde Holly met een blik in de verte.

Ze naderden de Serpentine Bridge. De vijver lag er kwikzilverig bij in de kou en er gleed een stel roodsnavelige zwarte zwanen in de richting van de boothuizen. De laatste ochtendzwemmers ploegden ritmisch heen en weer in het zwemgedeelte. Tara en Holly stopten voordat ze overstaken, wachtend op een zwarte taxi die langsreed.

'Maar ik weet dat ik het niet kan blijven uitstellen. Vroeg of laat zou hij mijn ouders sowieso ontmoeten, en het lijkt erop dat het vroeg wordt. Hij zegt dat hij mijn vader om mijn hand wil vragen.'

'Jee. Wat ouderwets.' Holly's toon was weer koeler en de teleurstelling bracht Tara opnieuw uit balans.

'Ja, het verbaasde mij ook.' Ze beet nadenkend op haar lip terwijl ze over de brug liepen. 'Maar het komt goed. Hij zal het geen probleem vinden. Ik zeg het vanavond gewoon tussen neus en lippen door. Waarschijnlijk maak ik er een groter issue van dan het in werkelijkheid is.'

'Zou je denken?' grapte Holly.

'Ik bedoel, misschien... misschien hoef ik er niet eens iets specifieks over te zeggen? Ik kan gewoon... terloops laten weten dat we...'

'Schathemeltjerijk zijn?'

'Ik wilde "bemiddeld" zeggen.'

'Niemand zegt bemiddeld. Behalve sociologen in een onderzoeksrapport.'

'Goed dan. Welgesteld.'

Holly verslikte zich in haar laatste restje chocolademelk. 'Welgesteld? Nou, zolang je aankomt nádat de helikopter je ouders hebben afgezet, of vóórdat de chauffeur uit de Bentley stapt, merkt Alex nergens wat van en kun je doen alsof je... eh... welgesteld bent.'

Tara vormde een onhoorbaar sarcastisch 'haha' met haar mond. Holly was opgegroeid bij haar vader – die als schoolconciërge een bescheiden inkomen had – nadat haar moeder hen in de steek had gelaten toen Holly vier was. En daardoor had ze op de een of andere manier het recht op onbeperkte ironie op momenten dat het onderwerp geld (of specifieker: heel veel geld) ter sprake kwam.

Holly zuchtte alsof ze voelde dat haar honende woorden wat al te wreed waren. 'Luister eens, als die jongen jou niet accepteert zoals je bent – inclusief privéjets – is hij je sowieso niet waard. Maar ik betwijfel of het een probleem zal zijn.' Ze liet een spottend lachje horen. 'Hij gaat vermoedelijk meteen zijn best doen je zwanger te maken om het te bezegelen.'

Tara bleef stilstaan.

Holly keek achterom met een uitdrukking van spijt op haar gezicht. 'Te cru?' Ze zag Tara's geschokte blik. 'Sorry.' Ze streek met een hand door haar rode haar en richtte haar gezicht naar de hemel. Ze oogde gespannen. 'Dat was een rotopmerking. Ik ben gewoon... wat uit mijn doen. Ik zeg stomme dingen.'

Maar Tara's voeten kwamen niet in beweging. Haar mond ging niet dicht.

'Toe nou, je weet dat ik het niet meende,' zei Holly. Ze liep terug en legde een hand op haar arm. 'Alex is een fijne vent. En het is natuurlijk onzin.' Ze trok een wenkbrauw op. 'Ik bedoel, alsof jij dat zou laten gebeuren! Het idee! Jij laat je leven niet verpesten door zo'n stommiteit...'

Maar nu zag ze de tranen in Tara's ogen. Haar gezicht betrok. 'Ta, o, alsjeblieft... Kijk niet zo treurig. Ik bedoelde het niet zo...' Maar iets aan de houding van haar vriendin, de spanning in haar schouders... Ze keek naar Tara's hand, die ze instinctief op haar buik had gelegd. Langzaam gleed haar blik omhoog en haar mond viel open. 'O nee,' fluisterde ze.

Tara leek zich schrap te zetten voor de volgende aanval. De afgelopen twaalf dagen, sinds ze het testje had gedaan, was ze heen en weer geslingerd tussen vreugde en wanhoop, zekerheid en verwarring... tot Alex' aanzoek gisteravond. Zonder het te beseffen had hij haar twijfels verdrongen en haar overgehaald de baby te houden. Dit was duidelijk niet het levenspad dat ze voor zichzelf had uitgetekend, maar ze had zichzelf ervan overtuigd dat het ging om uitstel, en dus geen afstel, van haar plannen. Terwijl hij naast haar had liggen slapen, had zij wakker gelegen en was ze er meer van overtuigd geraakt dat dit was wat ze wilde, dat ze het zouden aankunnen. En toen ze vanochtend wakker was geworden, was ze opgetogen geweest dat ze haar mooie nieuws zou gaan delen met haar beste vriendin. Maar nu wachtte ze op de woorden die ongetwijfeld opnieuw zouden klinken... *Maar je bent twíntig.*

Maar er klonk geen enkel woord. Niet meteen. Er strekte zich een stilte tussen hen uit en Holly's ogen bevatten emoties die ze voor de verandering niet uitsprak. De stilte was erger dan een hard oordeel. Voor Tara voelde het alsof er een hoosbui over verre velden aan kwam razen die ze niet zou kunnen ontwijken.

'En dit dan?' vroeg Holly behoedzaam, met een cirkelend armgebaar naar het park om hen heen, waarmee ze Londen bedoelde, hun studie geneeskunde, hun leven hier.

'Nou,' zei Tara langzaam, 'ik heb erover nagedacht en ik ga na de tentamens deze zomer een tussenjaar nemen. Dat komt goed uit qua timing. Ik ben dan zeven maanden heen. Ik kan de laatste weken voor de geboorte rust nemen en dan het jaar daarop terugkomen in september.'

'Maar dat gaat niet lukken,' reageerde Holly abrupt en op vlakke toon.

'Hols, jawel.'

'Dus jij denkt dat je jezelf er na maanden slaapgebrek toe kunt zetten om nachtdiensten te draaien, zaalrondes te lopen en vijftien uur achter elkaar te werken?'

Tara slikte. 'Ja.'

'Nee. Dat gaat niet gebeuren. Zie het onder ogen: je moet een keuze maken. Als je voor deze baby kiest, kun je je carrière gedag zeggen. Beide is te veel gevraagd. Dat kun je niet aan, niemand kan dat.'

'Dat is niet waar. Er zijn genoeg vrouwelijke artsen die moeder zijn.'

'Niet op twintigjarige leeftijd.'

Ja hoor, daar was weer de reden die keer op keer herhaald werd om te benadrukken waarom dit allemaal verkeerd was. Gedoemd te mislukken. Een ramp van epische omvang.

'Over vijf jaar… oké, als het is wat je wilt. Maar je bent nu nog niet eens uit de startblokken.' Holly keek haar vermoeid aan. 'Wat vindt Alex ervan?'

Tara kon de teleurstelling in de ogen van haar vriendin amper verdragen. Ze kon geen van de tegenargumenten produceren die ze van tevoren had bedacht en gerepeteerd. Ze aarzelde. 'Hij weet het nog niet.'

'Mijn gód, Ta!' Nu klonk Holly kwaad. 'Dus je hebt zijn aanzoek geaccepteerd maar hij weet feitelijk niet wie je bent en óók niet dat je zwanger van hem bent?'

Tara raakte in paniek. Alles ging mis. Ze had het zich anders voorgesteld. Eerst verbazing, zeker, maar daarna een omhelzing, een uitgelaten kreet en plannen voor de nabije toekomst. 'Ik wist niet dat hij me ging vragen!' protesteerde ze. 'Ik zei toch dat het allemaal heel onverwacht en spontaan ging. Ik was moed aan het verzamelen om hem te vertellen dat ik zwanger ben, maar toen hij me ten huwelijk vroeg... dat was een soort grapje, maar uiteindelijk toch niet... Ik was bang dat het daardoor misschien een moetje zou lijken.'

'Maar hij had je al gevraagd voordat hij van de zwangerschap afwist,' zei Holly mat. 'Ta, je maakt dit moeilijker dan nodig is, en misschien moet je je eens afvragen waarom. Of je vertrouwt Alex óf je vertrouwt hem niet.'

'Ik vertrouw hem wel! Zonder meer.'

'Dan moet je geen dingen voor hem achterhouden! Hij heeft het recht om ervan te weten!'

Tara liet haar schouders hangen. Dat was waar. 'Je hebt gelijk. Ik zal hem vanavond over mijn familie vertellen en later in de week over de baby.'

'Waarom vertel je hem vanavond niet alles? Hij krijgt te horen dat zijn toekomstige schoonouders miljardairs zijn. Dan kun je hem net zo goed ook meteen meedelen dat hij vader wordt.'

'Nee, ik... Ik wil zeker weten dat hij met me gaat trouwen omdat hij van me houdt, niet omdat hij het idee heeft dat hij geen kant op kan.'

'Dus je vertrouwt hem niet.'

'Jawel!' zei ze verontwaardigd. 'Het is alleen... Ik weet dat het moeilijk te begrijpen is, maar ik heb gewoon het gevoel dat ik hem met één ding tegelijk moet confronteren – mijn familie is niet normaal, hoe graag ik ook zou willen dat het anders was. Het zal een schok voor hem zijn als hij hoort wie we zijn. Hij moet eerst mijn ouders ontmoeten en het gesprek der gesprekken met mijn vader voeren. Dan hebben we dat maar gehad. Daarna komt de rest aan de beurt.'

Holly leunde op de reling van de brug, haar blik gericht op de waterfietsen die aan de tegenoverliggende oever lagen. Ze zag bleek en beet op haar lip.

Tara legde haar hand op haar arm. 'Wees nou alsjeblieft blij voor me, Hols. Jij bent de enige die ik het heb verteld.'

Holly keek opzij. 'Ik wil heus wel blij voor je zijn. Maar ik kan toch niet liegen als ik vind dat je de grootste vergissing van je leven begaat? Wat voor vriendin zou ik dan zijn?'

'Een vriendin die een leugen om bestwil vertelt.'

Holly draaide zich naar haar toe. 'Nee, zo zit ik niet in elkaar. Je bent naïef. Je ziet niet in wat dit voor je betekent. Trouwen is tot daaraan toe – hoewel ik vind dat je hartstikke gek bent als je de rest van je leven ophangt aan een geliefde die je net kent terwijl je nog maar net goed en wel uit huis bent! – maar dat is nog omkeerbaar. Als het niet werkt, kun je scheiden en weer verder.' Ze schudde haar hoofd. 'Maar dat kun je niet doen met een baby. Daar zit je aan vast. Je zult datgene moeten opgeven wat voor jou naar eigen zeggen zo belangrijk is.' Holly boog zich dichter naar haar toe. 'Toen wij elkaar leerden kennen, vertelde je me dat een carrière als arts jouw manier was om iets aan de maatschappij terug te geven én onafhankelijk te zijn van je familie. Je studie geneeskunde gaf je een doel in het leven en je wilde sinds je zes was niets anders, heb je gezegd. Je hebt nooit gezegd dat je op eenentwintigjarige leeftijd getrouwd zou willen zijn en al een kind zou willen hebben.' Ze haalde even diep adem. 'Alex is een knapperd, maar kom nou, Tara, niemand is zó knap.'

Tara voelde haar maag een draai maken bij de nietsontziende directheid van haar vriendin. Ze had zichzelf in dezelfde bewoordingen toegesproken sinds ze het teststreepje op de zwangerschapstest had zien verschijnen. Al haar eigen twijfels werden nog eens herhaald.

'Je had toch een plan? Je wilde je vader overhalen om je te helpen gezondheidscentra voor moeder en kind op te zetten voor arme gemeenschappen wereldwijd die zich ver van alles af bevinden, zonder elektriciteit en stromend water. Je zei dat als vrouwen bescherming en mogelijkheden zouden krijgen...'

'Ik weet wat ik heb gezegd,' onderbrak Tara haar. Ze wilde het niet horen.

Holly staarde haar aan met een triest gezicht. 'Van ieder ander zou het luchtfietserij zijn geweest. Maar jij zou het daadwerkelijk kunnen realiseren! Je hebt me verteld dat het jouw manier was om te rechtvaardigen dat jij zoveel geluk hebt gehad. Je hebt gezegd dat je moeder niet begreep waarom jij carrière zou willen maken en dat je thuis strijd hebt moeten leveren om naar de universiteit te mogen. En nu ga je alles opgeven voor een vent die je nog geen half jaar kent?'

Er prikten tranen in Tara's ogen. Ze had een drukkend gevoel op haar borst. 'We houden van elkaar.' Het was een zwak argument, maar meer had ze even niet paraat. Ze merkte dat Holly zich al van haar verwijderde, alsof ze twee boten op verschillende getijden waren, en ze besefte hoezeer ze zich verbonden hadden gevoeld door de ambitie die ze gemeen hadden: de prinses en de bedelaarster die allebei hetzelfde wilden.

'Ja, dat weet ik. Maar vertel eens, geeft hij alles op voor jóú? Zou híj zijn dromen en carrière ook voor jou opgeven?'

Elke vraag was een klap in Tara's gezicht. Ze wist haar emoties slechts met moeite te bedwingen. 'Luister, dit zal voor ons allebei levensveranderend zijn, niet alleen voor mij. Het gebeurt alleen eerder dan we hadden gedacht...'

Het was geen antwoord. Dat wist ze. Holly wist het ook.

'O, dus jullie hebben het al gehad over een gezin stichten?'

'Nou nee, nog niet, maar...'

'Maar wat?'

Tara slikte. 'Het is wel... vanzelfsprekend.'

Holly's ogen vernauwden zich. 'Vanzelfsprekend. Juist ja.'

Tara sloeg haar ogen neer en voelde de eerste tranen vallen. Ze was kwaad op zichzelf omdat ze moest huilen, alsof dit het eerste teken was van haar verval tot iemand die kleiner, minder was – een blijk van haar veranderende hormoonhuishouding en nieuwe levensweg. 'Het leven loopt niet altijd volgens schema, Hols.'

Holly zuchtte met een snik; ze kon er niet tegen iemand van streek te zien. Ze liep naar Tara toe en omhelsde haar. 'Nee, dat weet ik.' Ze omarmden elkaar in de ochtendkou, maar het voelde ongemakkelijk en stijf, want hun toenadering bood geen oplossing. 'Maar... o shit! Die anatomiemodule wel en...' Ze liet Tara los en keek op haar telefoon hoe laat het was. 'We komen te laat. Ik moet gaan.'

'O god!' Tara begon automatisch mee te rennen, maar Holly hield haar met een gestrekte arm tegen.

'Nee, niet rennen, jij moet rustig aan doen. Ik zeg wel dat je onderweg werd opgehouden.'

'Maar...'

'Je mag je niet zo inspannen. En je komt maar een paar minuten later dan ik. Ik hou wel een plaats voor je vrij.' Ze haalde haar schouders op en ging ervandoor, maar Tara wist wat die schouderophaling betekende: wat maakte het uit hoe laat ze zou komen? Ze zou toch geen arts worden. Alles wat ze nu nog deed, kwam voort uit een droom die ze had weggegooid. In plaats daarvan zou ze Mrs Alex Carter worden. Echtgenote en moeder.

3

De voordeur ging met een klap dicht, een seconde later gevolgd door het neerploffen van een volle leren schoudertas op de tegelvloer van de gang.

'God, dat ruikt lekker, zeg!' Alex kwam binnen en plantte een kus in de boog van haar hals en schouder. Zijn holletje noemde hij het. Ze draaide haar gezicht naar hem toe en hij kuste haar op de mond. 'Ik heb je gemist.'

'Ik jou ook,' mompelde ze, en ze voelde hem aarzelen, want nog een kus zou onvermijdelijk leiden tot...

Hij liet haar los, besluiteloos, want zijn werkdag had de nodige sporen nagelaten. 'Man, wat een dag.' Hij gooide zijn jack over de rug van een stoel en liep door de kleine keuken. Die was vierkant en had oranje jarentachtigkastjes met witte knoppen. De tegels op de achterwand waren versierd met tekeningen van kippen – niet gangbaar voor een keuken in Kensington – en er stonden vier stoelen met een rieten rugleuning rond een kleine witgeverfde tafel die ooit turquoise was geweest, met plekjes van de oude kleur die er hier en daar doorheen piepten. Zelfs gestrest zag Alex er relaxed uit in zijn gekreukte overhemd met tot zijn ellebogen opgerolde mouwen en de spijkerbroek die laag op zijn heupen hing.

'Druk gehad?' vroeg ze terwijl hij een fles wijn uit de koelkast pakte. De kurk was er ietwat scheef op gezet nadat hij hem gisteravond voor het eten had opengemaakt. Hij ging er met een plopgeluidje weer af.

Hij zuchtte. 'Nee, alleen maar... frustrerend. MacLennans paper is door *Proceedings* opgepikt, dus hij heeft de hele dag als het haantje dat hij is lopen rondparaderen...'

Proceedings was hét tijdschrift van de Royal Society, de Britse academie voor wetenschappen. Het was voor hem wat *The Lancet* voor haar was.

'Hij denkt er de aandacht mee te kunnen trekken van de donateur die hij al een tijd op het oog heeft, zodat hij eindelijk...' Hij wreef zijn vingers tegen elkaar om 'geld' uit te drukken. Financiering.

'Aha.' Haar vriend – verloofde, corrigeerde ze zichzelf – en James MacLennan, de andere promovendus op hun faculteit, konden elkaar niet luchten of zien. Hoewel Alex briljant was – getalenteerd en enorm gedreven – was zijn opkomst binnen het academische wereldje onorthodox geweest. Zijn liefde voor de biologie was begonnen op de velden van de boerderijen en communes waar hij met zijn ouders had gewoond, op verschillende plekken in de Golden State. Hij was autodidact en had geen officiële kwalificaties. Toen hij zeventien was, had een plantkundige die de boerderij bezocht waar ze op dat moment woonden Alex de kans geboden hem te assisteren op een onderzoeksreis naar Honduras in Midden-Amerika. Zes weken waren uiteindelijk vijf jaar geworden waarin hij na zijn zorgeloze jeugd al snel een focus vond. Van Honduras ging hij verder naar Nicaragua, Brazilië en Costa Rica, waar hij een tijdje onderzoek verrichtte op zo'n dertig kilometer van de plek waar Tara met haar ouders en broertje al sinds haar vroege jeugd op vakantie ging. Hij werd expert op het gebied van tropische wouden, met name het effect van de achteruitgang van de biodiversiteit. Hij had een opmerking gemaakt over de overvloed aan vlindersoorten als blijk van een gezonde biodiversiteit in een bepaald gebied, tegenover een hoogleraar, Robert Hamlyn, die hij had ontmoet bij het vervangen van een lekke band op een weg door de jungle terug naar San José. Hamlyn was op dat moment onderweg naar huis na een expeditie voor het Imperial College London. Geïntrigeerd als hij was door Alex' observatie had hij hem uiteindelijk uitgenodigd om daar als promovendus naartoe te komen, hoewel hij zelfs geen bachelordiploma had. Hamlyn had zelfs aangeboden om zijn promotor te worden.

Het was deze onorthodoxe introductie in de academische wereld die James MacLennan een doorn in het oog was. In James' optiek had hij zelf door te buffelen en hard te werken toegang gekregen tot Hamlyns kring – hij had gestudeerd in Edinburgh en Cambridge – terwijl die 'Amerikaanse hipster' simpelweg bij Hamlyn in de gunst was komen te staan.

'Hier.' Alex reikte haar een glas wijn aan.

'O. Ik heb al iets te drinken.' Ze pakte haar glas frisdrank met fruitsmaak. 'Sorry.'

'Geen wijntje dus?'

'Nee. Ik geloof dat ik voor nog een drankloze avond ga. Er komen tentamens aan. Ik moet helder blijven.'

'Oké.' Hij sloeg haar wijn achterover en hield zijn eigen glas in zijn andere hand.

Ze keek en zag dat er nog woede in zijn bewegingen zat. Hij kwam onrustig over, zijn ogen schitterden iets te veel, en ze wist dat hij een zware dag had gehad. Hij klaagde nooit, niet echt, maar hij had het vaak moeilijk met het politieke spel dat in academische kringen werd gespeeld. Dat frustreerde hem als zelfverklaarde 'boerenjongen' die alleen maar de wereld beter wilde maken. Hij deed niet aan machtsspelletjes en het kon hem niet schelen wie met Hamlyn een kop koffie dronk. Tara kende niemand met meer passie om te leren, te handelen en verschil te maken – zelfs Holly kon wat dat betreft niet aan hem tippen – en mede daarom hield ze zo van hem. Maar ze begon te vermoeden dat hij niet altijd gemakkelijk zou zijn om mee te leven. Ze moesten nog heel veel over elkaar te weten komen, en een stemmetje in haar hoofd vroeg zich af of Holly gelijk had. Gingen ze te snel? Was het veel te veel? En veel te vroeg?

Hij zag dat ze hem gadesloeg terwijl hij ook zijn eigen glas leegdronk – blijkbaar was het een zéér zware dag geweest – en even leek hij te schrikken, alsof hij zich geneerde. Hij boog zich voorover om haar te zoenen, zijn lippen zacht tegen de hare en nu met de smaak van chablis. Ze voelde zijn tong lichtjes tegen haar lippen en haar buik reageerde met fladderende vlinders. Het was altijd zo eenvoudig om elkaar op deze manier weer te vinden. Te 'resetten', grapte hij weleens.

Ze legde haar hand op zijn borst en duwde hem zachtjes van zich af. 'Misschien moet je even gaan douchen? Dat ontspant. Het eten is over vijf minuten klaar.'

Hij glimlachte dankbaar. 'Fijn, schatje. Ik moet gewoon even...' Hij rilde even alsof hij de beproevingen van de dag van zich af probeerde te schudden. Hij deed erg zijn best om zijn gewoonlijke liefdevolle zelf te zijn, maar hij was gespannen als een veer.

'Ik begrijp het.'

Hij gaf haar weer een kus en liep door naar de slaapkamer. Ze keek hem na en bewonderde zijn brede schouders, zijn smalle heupen. Hij was zich nooit bewust van de fysieke indruk die hij maakte. Omdat hij was opgegroeid zonder televisie of internet interesseerde het hem niet hoe hij eruitzag. Tara was er behoorlijk zeker van dat een deel van James MacLennans wrok jegens hem voortkwam uit onderdrukte lust. Alex Carter had een charisma waarmee hij iedereen voor zich won: man, vrouw, jong, oud.

De afzuiging was er lang geleden mee gestopt en ze deed het raam open om de damp te laten ontsnappen terwijl de steak siste op het vuur. Ze overzag de lappendeken van de tuinen beneden. Er hing een houten schommel met aan weerszijden grote rode kralen van de tak van een wilde appelboom in de tuin tegenover hun appartement; Bumpy, de cockapoo van twee huizen verderop holde als een dolle rondjes door de kleine tuin; er hupte een grijze eekhoorn van de tak van een witte paardenkastanje naar een zilverberk, waarmee het beestje sierlijk van nummer 24 naar 26 van Tor Gardens sprong. Ze glimlachte. Het was niet het Sumatraanse regenwoud, maar hun raam bood toch maar mooi uitzicht op een miniparadijsje.

Ze betrapte zichzelf. Hún raam. Dus ze zou bij hem intrekken? Ze hadden de details nog niet besproken, maar het lag wel voor de hand. Het appartement dat ze tweeënhalve kilometer verderop met Holly deelde, was een bescheiden studentenwoning. Aan de voorkant lag een wasserette en aan de achterkant stonden de afvalbakken van het Chinese restaurant dat zich daar bevond, en ze werd er elke ochtend wakker van de vrachtauto die spullen kwam afleveren voor het Poolse supermarktje vier deuren verder. Er zat schimmel in de badkamer, de gootsteen in de keuken had vlekken en de lekke kraan drupte dag en nacht. De barsten in de muren leken haar niet alleen maar aan een lichte verzakking te wijten. Niettemin was het haar eigen keuze om er te wonen, en op een vreemde manier vond ze het er fijn. Holly en zij hadden het appartement samen uitgekozen voordat Tara haar had verteld over haar rijke familie, en Holly kon zich niets duurders veroorloven. Toen ze eenmaal achter de waarheid was gekomen, had Holly haar een jaar lang gesmeekt om zich niet 'op te offeren' aan hun inferieure accommodatie en had ze Tara de les gelezen omdat ze niet eerder eerlijk was geweest en geen penthouse in Hyde Park voor hen beiden had gehuurd. Ze had vol ongeloof gereageerd toen Tara bleef beweren dat ze graag wilde blijven waar ze was. Dat ze het préttig vond normaal te zijn.

Alex' appartement – een woning die hem door de universiteit was toegewezen – was piepklein, maar had twee slaapkamers (hoewel een ervan eerder het formaat van een kast had) en na een goede schoonmaakbeurt bleek het een leuk onderkomen te zijn. Maar misschien was het een goed idee om ergens anders als gezin opnieuw te beginnen?

Haar handen zakten weer af en gleden over haar nu nog platte buik – een kersverse gewoonte. Er was nog niets te zien, maar haar borsten waren gevoeliger dan anders en af en toe was ze misselijk. Alex had nog niet gemerkt dat ze de afgelopen paar weken smoesjes had gebruikt om geen alcohol te drinken – een tentamen de volgende dag, hoofdpijn – maar het zou hem binnenkort vast gaan opvallen. Hij had oog voor detail. Ze voelde een zweem schuldgevoel omdat ze de zwangerschap nog steeds voor hem verborgen hield. Op de een of andere manier voelde het als verraad, diefstal bijna, maar ze was geschrokken van Holly's reactie van vanochtend. Het was geen uitgemaakte zaak dat hij het nieuws van zijn aanstaande vaderschap goed zou opnemen en ze moest voorbereid zijn op nóg zo'n slechte reactie. Ze moest het juiste moment kiezen om het hem te vertellen.

Een paar minuten later was ze de salade aan het aanmaken toen Alex binnenkwam. Hij droogde zijn haar af met een handdoek en droeg alleen zijn spijkerbroek met zijn T-shirt slordig in de broeksband gestoken. Hij had nooit last van de kou. Alles hing losjes om hem heen, zijn lichaam was slank en gespierd, hoewel hij nooit naar de sportschool ging. Hij was gewoon actief.

Ze ontspande zich bij zijn aanraking en hij kuste weer het holletje van haar hals. 'Laten we het even overdoen,' mompelde hij, en hij nam het slabestek uit haar handen en draaide haar naar zich toe. 'Hallo, liefde van mijn leven.' Hij streek haar lange donkere haar uit haar gezicht. 'Je ziet er extra prachtig uit vandaag.'

Ze glimlachte en voelde de spanning van de dag ook van zich afglijden. 'Hallo. Jij mag er ook zijn, moet ik zeggen. Hoe was je dag?'

'Uitstekend. Ik heb nagedacht over manieren waarop ik indruk kan maken op mijn toekomstige schoonouders.' Hij trok een wenkbrauw op, zo te zien tevreden over zichzelf.

'Intrigerend. En wat heb je bedacht?'

'Nou, jij zei dat je vader milieu en duurzaamheid hoog in het vaandel heeft staan, toch?'

Ze knikte.

'Dus ik dacht aan een uitstapje naar het Aquarium. Ik ken iemand die er werkt. Hij kan ons misschien na sluitingstijd rondleiden, ook achter de schermen, en ons laten zien wat ze er aan natuurbescherming en conservatie doen? En daarna kunnen we een drankje doen bij...' Hij trok zijn neus op. 'Nou, dat weet ik nog niet, maar een chique tent. En dan eten bij dat nieuwe Koreaanse restaurant in Notting Hill Gate, dat op een baanbrekende manier aan recycling doet, dus als je vader daar zo aan hecht...'

Tara lachte. 'Je bent hartstikke gek! Alex, je hoeft niets bijzonders te doen om indruk op mijn ouders te maken. Ze zullen je geweldig vinden. Dat kan toch niet anders?'

'Nou, schoonvaders zijn nooit zo dol op de vent die hun prinsesje van ze afpakt.'

'Mijn vader is anders dan de meeste vaders.'

'Dat zeggen alle meisjes.'

'Nee, serieus. Wij zijn... anders dan de meeste mensen.'

'Ha! Zeg dat nog maar eens nadat je mijn ouders hebt ontmoet!' Hij omvatte haar gezicht met zijn handen en gaf haar een tedere kus die de wereld even stopzette. 'Nog een glaasje fris?' Hij pakte haar lege glas en hield het vragend omhoog.

Ze glimlachte flauwtjes, want ze wist dat ze net een kans voorbij had laten gaan om het hem te vertellen. Waarom kon ze het niet gewoon zeggen? *Of je vertrouwt hem óf je vertrouwt hem niet.*

'Graag.'

Ze legde de steak op een schaal en zette die samen met de salade op de tafel. Ze ging zitten terwijl hij hun glazen volschonk. Hij nam tegenover haar plaats en zijn knieën raakten de hare terwijl hij wat salade op haar bord schepte. 'Vertel me eens wat je hun over mij hebt verteld.' Hij zweeg even. 'Je hebt ze toch wel over mij verteld?'

'Natuurlijk! Ze weten dat je Alex heet, dat je Amerikaan bent, drieëntwintig jaar oud en een promovendus aan het Imperial.' Ze haalde haar schouders op. 'Eh... ja. Dat is het wel zo ongeveer.'

'Meer niet? Dat is alles wat ze over me weten?'

'Ik...' Haar mond opende zich om excuses te formuleren. 'Ik vertel ze in het begin liever niet te veel! We zijn tenslotte nog maar een paar maanden samen, en geloof me, mijn moeder heeft weinig aanmoediging nodig om te beginnen met het plannen van een bruiloft. Ze kan al niet wachten sinds mijn achttiende verjaardag. Nee, sterker nog, sinds mijn twaalfde.'

'Hm. Dan moet ik dus je moeder zien in te palmen.' Hij wierp haar een knipoog toe en onwillekeurig maakte haar hart een buiteling.

'Ze begon zelfs te huilen – geen tranen van vreugde, hoor – toen ik haar vertelde dat ik de ambitie had om arts te worden, ongelooflijk hè?'

Hij dacht er even over na met een stukje steak aan zijn vork geprikt. 'Ja. Dat is wel een beetje raar.'

Ze boog zich naar hem toe. 'En wat heb jij je ouders over mij verteld?'

'Dat je onwijs sexy bent, een uitblinker in de anatomie.' Hij knipoogde. 'En dat de brieven op onze deurmat er supergewichtig zullen uitzien als jij eenmaal arts bent, en ik professor.'

Ze voelde haar glimlach vervagen terwijl Holly's voorspellingen door haar hoofd bleven spoken. Had zij gelijk? Zou het inderdaad te moeilijk zijn om over een jaar de draad weer op te pakken en haar droom te blijven najagen?

Hij zag dat ze in gedachten verzonken was en keek haar vragend aan. 'Gaat het wel? Je ziet een beetje bleek.'

'Ja hoor.' Ze knikte en wist dat dit het moment was om het hem te vertellen. Ze moest het doen voordat het weer als een zijden sjaal in de wind voorbij zou glijden. 'Maar er is wel iets wat ik je wil vertellen. Al een tijdje eigenlijk.'

'Dat klinkt onheilspellend.'

'Nee, het is niet iets ergs. Ik weet alleen niet hoe je het zult opvatten.'

'Je bent toch niet al getrouwd, hè?' Hij keek voorzichtig spottend rond alsof hij verwachtte dat er iemand uit de voorraadkast zou komen springen.

'Nee, ik ben niet getrouwd, ik ben alleen maar... rijk.'

Zijn verwarring werd groter. 'Je bent rífk?' Hij wierp haar een sceptische blik toe. Ze zag er dan ook allesbehalve rijk uit in haar vintage spijkerbroek en truitje van Zara, precies zoals haar bedoeling was.

'Ja, ik vrees van wel.'

Hij staarde haar aan en er viel een lange stilte. 'Sorry, maar ik snap niet waarom... waarom dat problematisch is?'

Ze voelde haar wangen rood worden. 'Nou ja, gewoon om alles wat het met zich meebrengt. Dat kan nogal overweldigend zijn.'

Er verscheen een sprankeling in zijn ogen. 'Hoezo, je bedoelt de privéjets, de jachten, moeten onthouden welke kleren je in welk huis hebt liggen?'

Het was een grapje, maar ze knikte. 'Precies.'

'O!' Zijn glimlach stierf weg en hij streek met een hand door zijn haar. Zijn voorhoofd was twee tinten lichter dan de rest van zijn gezicht, want zijn pony hing er altijd voor. 'Oké, dus je bent rijk,' zei hij ten slotte. 'Maar wat heeft dat met ons te maken?'

Ze lachte opgelucht en legde haar hand op de zijne. Het was de perfecte reactie. 'Niets. Precies, niets.' Ze kon wel huilen van opluchting. 'Het heeft helemaal niets met ons te maken. Ik probeer altijd zoveel mogelijk te doen alsof het er niet is. Ik wil gewoon mijn eigen leven leiden en mezelf zijn en aardig worden gevonden om wie ik ben, en niet omdat mijn familie geld heeft.' Ze gooide de woorden eruit.

'Oké.' Alex had nog steeds een verwarde blik op zijn gezicht. Hij nam een grote slok van zijn wijn. 'Maar toch vond je het moeilijk om het me te vertellen. Waarom?'

'Ik was bang dat je zou vinden dat ik tegen je heb gelogen – door iets weg te laten, bedoel ik. We zijn nu vier maanden samen en het is heel snel gegaan tussen ons. Dat is duidelijk. Ik weet dat ik het eerder had moeten zeggen, maar ik kon je gewoon niet...'

Zijn ogen knepen zich tot spleetjes. 'Vertrouwen?'

'Nee! Natuurlijk vertrouw ik je.'

'En dus?'

Ze zuchtte. Het was altijd zo lastig uit te leggen. Mensen die niet genoeg hadden – bijna iedereen – wilden niet horen dat rijkdom een last kon betekenen. 'Weet je, ik ben opgegroeid in een milieu waar je krijgt aangeleerd om mensen in eerste instantie niet te vertrouwen. Toen wij klein waren, hadden mijn broertje en ik beveiliging omdat we het risico liepen ontvoerd te worden.'

'Ontvoerd?' Hij keek geschokt. 'Jezus, hoe rijk ben je dan wel niet?'

'Ik ben zelf helemaal niet rijk. Het staat allemaal vast tot ik dertig word. Zoals ik al zei probeer ik een zo normaal mogelijk leven te leiden, net als ieder ander. Daarom heb ik tot nu toe niets gezegd. Maar nu we verloofd zijn en je mijn familie zult leren kennen, valt het nog lastig te verzwijgen. Ik wilde niet dat je ze onvoorbereid zou ontmoeten en je overrompeld zou voelen.'

'Overrompeld,' herhaalde hij, en zo zag hij er inderdaad uit.

'Alex, ik vind het vervelend om erover te praten. Ik wil gewoon niet dat er hierdoor iets tussen ons verandert.'

Hij keek haar doordringend aan, beledigd. 'Waarom zou er hierdoor iets veranderen tussen ons? Denk je dat ik onder de indruk ben van geld?'

'Natuurlijk niet. Wat ik bedoel is dat alles zo perfect ging tussen ons, dat ik er helemaal niets aan wilde veranderen.'

'Voor het geval we onder één verandering zouden bezwijken?'

Ze schudde snel haar hoofd. 'Ik wil je gewoon niet verliezen. Mijn familie is rijk. Nou en? Voor ons blijft alles zoals het was.'

Hij keek haar even aan en liet zijn ogen weer afdwalen. 'Maar dat is best naïef, toch? Neem je verlovingsring. Ik ben student, ik kan me geen grote diamant veroorloven.'

'Ik wil geen grote diamant! Ik wil jou.'

'Maar je ouders...'

'Op hen maak je geen indruk met materiële zaken. Geloof me maar. Als ze ergens van overtuigd zijn, is het dat mensen en ervaringen meer waard zijn dan spullen. Ze willen alleen maar zien dat we van elkaar houden. Dat is alles.' Ze pakte zijn hand, gaf er een kus op en keek hem diep in de ogen. 'Ze zullen je geweldig vinden. Net zoals ik.'

Hij zweeg even en liet het allemaal op zich inwerken. 'Nou, niet helemáál zoals jij, mag ik hopen.' Een glimpje geamuseerdheid deed zijn ogen twinkelen. 'Dat zou best ongemakkelijk worden aan het ontbijt.'

Ze barstte in lachen uit. 'Jij bent onverbeterlijk!'

Hij grijnsde en ze voelde de spanning die een paar ogenblikken tussen hen in had gehangen wegebben. Het was achter de rug. Hij wist het nu! En het kon hem niet schelen.

'Onverbeterlijk, ja,' beaamde hij, en hij bracht zijn arm omhoog zodat zij, met haar hand in de zijne, langzaam opstond. Hij schoof zijn stoel naar achteren en trok haar naar zich toe. 'En onvermoeibaar. En onontkoombaar.' Hij duwde zijn knieën tussen haar benen. 'En als ik bij jou ben, Twig Tremain...' mompelde hij terwijl hij haar op zijn schoot trok zodat ze schrijlings op hem zat. '... ben ik ook nog eens onverzadigbaar.'

4

Tara tuurde door de kier van de deur. Haar ogen stuitten op een massa spullen: er hingen skimedailles met lintjes aan haken en spiegels en op de boekenkast stond een zilveren paardensporttrofee. Niet een van de boeken was ooit gelezen, of zelfs maar geopend. De ruggen waren ongekreukt en glad als marmer. Er lag een kleine geopende koffer op de vloer, voor de helft ingepakt met kleren die keurig opgevouwen waren. Iets verderop lagen een natte handdoek en een gedragen Calvin Klein-boxershort.

Haar jongere broer Miles lag op zijn buik op het bed, gekleed in een spijkerbroek en een gestreept overhemd dat scheef was dichtgeknoopt. Hij bekeek iets op zijn laptop, en de geluiden die eruit kwamen klonken dusdanig dubieus dat ze maar even kuchte voordat ze binnenliep.

Het scherm werd omlaaggeklapt en hij draaide zich op zijn zij.

'Ah, dus hier ben je,' zei ze luchtig, nu ze met een gerust hart kon binnenkomen. 'Dat verbaast me niks.'

Hij ondersteunde zijn hoofd met zijn hand terwijl ze op de hangbank tegenover hem neerplofte en haar voeten op de armleuning legde, met de enkels gekruist. 'Waarom ben je zo snel weer terug?' vroeg hij fronsend. 'Je bent twee maanden geleden toch nog geweest?'

'Haha. Leuk hoor. Ik ben ook blij om jou te zien.'

'Je zou elke keer even een recente foto moeten sturen voor je komt, zodat we je kunnen herkennen. Anders denkt Tamba nog dat je een indringer bent. En die heeft scherpe snijtanden.'

Ze gooide hem een kussen naar zijn hoofd. 'Klaar! Je hebt je punt gemaakt. Maar ik heb het druk gehad. Dokter word je niet vanzelf. En trouwens, jij bent hier zelf ook niet veel, toch?'

'Ik ben hier al tweeënhalve week.'

Dat verbaasde haar. 'Echt?' Examenperiodes, ooit de spil waar haar leven om draaide, waren uit haar gedachten verdwenen zodra ze haar diploma had gehaald.

Hij haalde zijn schouders op en stak zijn hand uit naar een rugbybal die tussen de kussens op het bed lag. Hij ging op zijn rug liggen en begon hem lusteloos in de lucht te gooien. Wat was dat toch met jongens en ballen, vroeg ze zich af. Ze konden er simpelweg niet van afblijven.

'Gaat het een beetje op school?' vroeg ze.

'Ja hoor, als je de toetsen niet meerekent.'

'Moeilijk dus?'

Hij keek haar aan. 'Laat ik het zo zeggen: deze familie zal slechts één arts voortbrengen.'

'O, prima. Dat zal mama goeddoen.'

Hij grinnikte. 'Ja. Ik ga gewoon doen wat jij niet wil. Ik zoek een geschikte man en ga een gezin stichten. Alleen denk ik niet dat ze daar blij mee zal zijn!'

Ze lachten allebei. Miles was een jaar geleden uit de kast gekomen, hoewel Tara (en haar vader ook, vermoedde ze) het altijd had geweten. 'Die arme mama,' zei ze grijnzend. 'Twee probleemkinderen.'

'Heb jij ze al gezien?'

'Nog niet. Mama laat haar haar doen en papa was aan het telefoneren toen ik thuiskwam.'

'De verrassing van de eeuw.' Miles gooide de bal zo hoog de lucht in dat die bijna de rozet aan het plafond raakte, een verfijnd stukje regency-pleisterwerk dat ze gewoonlijk amper opmerkte.

Ze tuurde er even naar met samengeknepen ogen en keek toen met een frisse blik rond in een poging te begrijpen wat Alex zou zien als hij hier over een uur zou aankomen.

Dit herenhuis in Mayfair was het grootste deel van haar leven haar thuis geweest. Ze hadden er dertien jaar gewoond, een upgrade ten opzichte van het landhuis in Virginia Water, waarvandaan ze hiernaartoe verhuisd waren nadat haar vader zijn farmaceutische bedrijf had verkocht en zijn tweede fortuin had vergaard. Het pand zag er van buitenaf redelijk bescheiden uit: mooi maar ingetogen, gebouwd van rode bakstenen met een glanzende voordeur en keurig gerangschikte buxusbollen aan de voorzijde. Maar het interieur was een ander verhaal. Marmeren vloeren, grote kroonluchters die zoveel wogen als een klein autootje, en Ionische zuilen getuigden van de historische grandeur van het huis, en de lijst van voormalige bewoners leek wel een who's who van machtige Londenaren, onder wie verschillende premiers, ambassadeurs uit het napoleontische tijdperk, een wetenschapper die de Nobelprijs had gewonnen en de maîtresse van koning Edward VII.

Miles' kamer zag er in principe uit als die van een gewone achttienjarige jongen, met lege bierflesjes in piramidevorm opgestapeld in de verder lege open haard en een poster van Chelsea een tikkeltje scheef aan de muur. Mrs Titchenor, hun huishoudster, had de strikte instructie gekregen om Miles' kamer zo te laten en er niet meer dan één keer per dag op te ruimen of schoon te maken. 'Tienerjongens hebben chaos nodig,' had haar vader verkondigd, hoewel het nauwelijks voor te stellen was dat hij zelf ooit een chaotische tiener was geweest. Maar de kamer was wel groter dan haar complete flatje in Bayswater, met holle kroonlijsten, een glanzende parketvloer van eikenhout en een achttiende-eeuwse marmeren schoorsteenmantel, en Tara besefte dat dit alles voor een man die door rondtrekkende ouders op verschillende boerderijen in Zuid-Californië was opgevoed, best een schok kon zijn.

Misschien hadden ze voor deze kennismaking toch beter ergens anders kunnen afspreken. Op neutraal terrein zou Alex zich waarschijnlijk meer op zijn gemak voelen. Het zou bepaald geen ontspannen ervaring voor hem zijn. Hij ging haar vader nota bene om haar hand vragen. Híér.

Maar Alex had erop gestaan. 'Ik wil jouw leven leren kennen, met alles erop en eraan,' had hij gezegd. En hij zou hoe dan ook met haar achtergrond in aanraking komen, dus het was misschien wel beter om dit maar achter de rug te hebben. Ze hield er niet van geheimen te bewaren.

'Maar waarom ben je hier eigenlijk?' vroeg Miles nieuwsgierig terwijl hij zag hoe zij rondkeek. 'Marge staat erop dat ik een net overhemd aantrek.'

Ze keek hem aan en wist dat haar broertje al vermoedde dat het meer zou zijn dan een simpele kennismaking. Hij had goede voelsprieten.

'Om jullie te laten kennismaken met mijn nieuwe vriend, Alex.'

'Hoe nieuw?'

'Ongeveer vier maanden.'

'Gloednieuw dus. Wat heeft het dan voor zin?' zei hij zuchtend. 'Hij gaat het heus niet nog eens vier maanden met je uithouden. Voor je het weet ontdekt hij wat ik al jaren zeg: dat je een heilig boontje en een zenuwpees bent die geen idee heeft wat lol maken is...'

'Hou toch op!' Ze gooide nog een kussen naar hem toe.

Miles lachte. 'Waar is hij trouwens?'

'Hij komt straks. Hij moest nog wat dingen afmaken op zijn werk. En ik wilde hier eerder zijn om je te waarschuwen dat je aardig moet doen.'

'Waarom? Is hij zo breekbaar dan?'

'Ja, nou ja, in elk geval is hij kostbaar – voor mij. En ik wil niet dat je hem afschrikt.'

'Ik? Hem afschrikken? Ik denk dat je mijn invloed overschat.'

'Hij is een armlastige student. Promovendus in de biologie aan het Imperial.' Ze gebaarde vaag door de grote, stijlvolle kamer. 'Dus dit is niet wat hij gewend is.'

Miles bleef de bal ritmisch boven zijn hoofd omhooggooien. 'Dus we moeten doen alsof we hier niet wonen?'

'Zwak het gewoon een beetje af. Heb het niet over de boot, de auto's, en zeker niet het vliegtuig. Of de andere huizen.'

'Wat? Zelfs niet over Gstaad?' zei hij met een spottende pruillip.

'Nergens over,' zei ze, zo vermanend als ze kon. 'Nada. Zip.'

Hij slaakte een theatrale zucht. 'Wat sááí.'

'Nou, ik kan je verzekeren dat jij hem leuk zult vinden. Hij is ontzettend knap en hij heeft een heel droog gevoel voor humor.'

'Hm, dat is dan fijn voor de ouwelui. Ik zie nog niet in wat er voor mij leuk aan hem is.'

Tara glimlachte. 'Hij is een enorme Chelsea-fan.'

'Ik dacht dat ik mama hoorde zeggen dat hij Amerikaan is.'

'Hij komt uit Californië. Maar in zijn eerste week in Londen is hij met iemand mee geweest naar Stamford Bridge en sindsdien is hij een True Blue.'

'O ja? En wat vindt hij van Drogba?'

'Weet ik veel. Waarschijnlijk dat hij een soort godheid is?' Ze haalde haar schouders op.

'Duh! Niemand kan hem evenaren in snelheid, kracht en balvaardigheid.'

'Ja. Dat zei hij ook al,' grapte ze. Ze had het met Alex nooit over Chelsea gehad behalve dat ze hem had verteld dat haar broer groot fan was, want er waren natuurlijk leukere dingen die ze konden doen, maar als ze Miles zo aan boord kon krijgen... Holly dacht misschien dat zíj afstandelijk was tegenover nieuwe mensen, maar Miles kon ronduit vijandig zijn. De moeilijke tijd die zij op school had gehad was nog niets vergeleken met die van hem: de enige jongen die meer tackles op het rugbyveld te verduren had gekregen was de zoon van de verbannen prins van Griekenland.

Hij ging zitten. 'Hoe laat komt hij?'

Ze grijnsde en keek op haar telefoon. 'Over een minuut of twintig.' Ze haalde haar voeten van de bankleuning en stond op. 'Dus ik zoek mama maar even op. Weet jij met wie papa aan het bellen is? Kan ik hem storen?'

'Met Gerard.'

'O,' zei ze kreunend. 'Dan laat ik hem maar met rust.' Gerard was hun vaders vermogensbeheerder en min of meer het vijfde wiel aan de wagen in het huwelijk van hun ouders. 'Ik ga naar mama. Maar kom alsjeblieft naar beneden als je hoort dat Alex er is… en onthou wat ik heb gezegd.' Ze legde een vinger tegen haar lippen.

'Ja hoor. Wij zijn nederige keuterboeren en dit alles is slechts de vrucht van onze verbeeldingskracht.'

Grinnikend liep ze door de hal.

De suite van haar ouders lag een etage hoger en nam de hele verdieping in beslag. Haar voeten bewogen geluidloos over het hoogpolige ivoorkleurige tapijt.

'Hoi Marie,' zei ze glimlachend tegen de jonge hulp in de huishouding toen ze haar voorbijging op de trap. 'Hoe gaat het met Jack?'

Marie, die de treden aan het afstoffen was, rechtte haar rug om haar erlangs te laten. 'Heel goed, Miss Tara. Hij is de beste van zijn klas in rekenen.'

'O, wat geweldig. Goed om te horen! Breng vooral mijn felicitaties over,' zei ze stralend terwijl ze verder de trap op liep.

De vertrekken van haar ouders waren ruwweg verdeeld in een gedeelte van hem en een gedeelte van haar, met een salon als verbinding in het midden. Haar vader had de oostkant, want hij stond altijd vroeg op; haar moeder had de westkant, vanwege het flatterende avondlicht als haar make-up werd aangebracht. Tara klopte op de deur aan haar moeders kant terwijl ze haar stem al over het geluid van de föhn heen hoorde, en ze stak haar hoofd om de hoek. 'Hoi, mam.'

'Tara, *darling*!' Haar moeder bleef met haar armen uitgestrekt in de kappersstoel zitten terwijl Jakob, haar stylist, met een fijngetande kam wat lokken naar achteren haalde. 'Kom eens hier, laat me even naar je kijken.'

Tara liep naar binnen, zich ervan bewust dat haar wijd uitlopende broek van fijne corduroy en mooie nieuwe blouse van H&M zwaar uit de toon vielen bij haar moeders jurk van Valentino. 'Je haar moet geknipt worden, schat. Vind je niet, Jakob?'

Jakob, die voor haar moeder net zo belangrijk was als Gerard voor haar vader, knikte. 'Ik kan er een centimeter of acht afhalen, dat zou je een vlottere look geven. Zo gebeurd.' Hij knipte met zijn vingers.

Tara streek over haar lange donkere haar. Misschien had ze het te lang laten worden. Ze had zich al maanden niet beziggehouden met haar 'onderhoud', zoals haar moeder het noemde. Maar ze schoor tegenwoordig wel dagelijks haar benen onder de douche, iets waar haar moeder ongetwijfeld opgetogen over zou zijn als ze het wist.

'Laat me je eens bekijken. Ik heb je al een behoorlijke tijd niet gezien. Ben je afgevallen?'

Tara voelde haar zenuwen opspelen onder haar moeders onderzoekende blik. 'Geen idee. Ik denk het niet.'

'Hoor je dat, Jakob? Ze dénkt van niet.' Haar moeder schudde haar hoofd. 'De snelle stofwisseling van de jeugd is niet aan jongelui besteed.'

Tara ging op de kaptafel van haar moeder zitten. Die had een blad van oudroze onyx en ingebouwde lampjes. Er stonden wat ingelijste zwart-witfoto's op, en een speciaal door een 'neus' uit Florence samengesteld luxe parfum in een uniek kristallen flesje.

Tara pakte het flesje op en liet het door haar vingers glijden. Nu ze hier was, voelde ze een overweldigende drang om haar kostbare geheimen te onthullen, alsof er vogels in haar zaten die ze moest bevrijden. Haar moeder had er altijd moeite mee gehad haar te begrijpen, dat was waar. Tara leek qua karakter veel meer op haar vader, maar ze hechtte wel degelijk waarde aan haar moeders mening, en ze wist zeker dat het nieuws van de verloving haar enorm zou verblijden. Het zou alles zijn waar ze op had gewacht, de terugkeer naar een pad dat haar moeder voor haar had uitgestippeld… Was ze er daarom ook zo nerveus over? Was dit de bevestiging dat Holly gelijk had en dat ze haar dromen de rug toekeerde?

Ze voelde de zenuwen weer toeslaan. Haar maag leek te rijzen en dalen bij de gedachte aan de avond die voor haar lag. 'Hoe was het in Milaan?' vroeg ze desondanks, want ze wist dat ze Alex het voortouw zou moeten laten nemen. Dat had hij haar zelfs speciaal gevraagd.

'Zoals Milaan hoort te zijn,' zei haar moeder met een tevreden zucht. 'Ongelooflijk dat we er zo lang niet waren geweest. Een voorstelling in La Scala, dineren met de Sevezza's. Het was zo fijn om ze te zien. Had ik je al verteld dat hun dochter gaat trouwen?'

'Ja, al een paar keer.'

'Een leuke meid. Ze woont nu in New York. Ze zit dit jaar in het Met Ball Committee en doet veel voor daklozen. Haar verloofde is een prins, hoewel dat niet veel zegt natuurlijk, daar heb je er hier dertien in een dozijn van, maar hij heeft een hoge functie bij Cazenove.'

'Altijd handig.'

Haar moeder had blijkbaar haar ironische toon gehoord, want ze wierp haar een blik toe. 'Natuurlijk zijn wij ook buitengewoon benieuwd naar jouw nieuwe vrijer, darling.'

'Mam, niemand heeft nog een "vrijer". En Alex verheugt zich er ook op om jullie te ontmoeten. Maar zoals ik net als tegen Miles zei, kunnen we alsjeblieft de...' Ze maakte een cirkelend gebaar door de lucht. 'Tot een minimum beperken?'

'Wat is de...' vroeg haar moeder, die het cirkelgebaar met haar handen herhaalde, waarbij ze bijna Jakobs oog uitstak met de roze kussengeslepen diamant van haar ring.

'Dat weet je best. Hij is een student. Hij heeft geen geld. Het zal al intimiderend genoeg voor hem zijn om hier met jullie te komen kennismaken zonder...' Ze liet haar handen weer rondcirkelen. '... je snapt me wel.'

Haar moeder zuchtte. 'Prima,' zei ze teleurgesteld en Tara vermoedde dat ze bij zichzelf dacht dat signora Sevezza haar rijkdom niet had hoeven af te zwakken voor de prins van haar dochter. 'Vertel me eens wat over hem. Waar liggen zijn interesses?'

Tara voelde dat haar glimlach groter werd. Alleen al over Alex praten maakte haar gelukkig. 'Nou, vlinders zijn zijn grote liefde.'

Er viel een lange stilte. Zelfs Jakobs wenkbrauwen schoten omhoog en zijn handen hielden even stil boven haar moeders hoofd.

'Vlinders?'

'Ja.' Ze rolde met haar ogen, want ze wist precies wat haar moeder nu dacht. 'Maak je geen zorgen, hij is niet in ze geïnteresseerd omdat ze móói zijn. Vlinders zijn uitstekende indicatoren van de gezondheid van elk gegeven ecosysteem en de biodiversiteit die er aanwezig is. En de toekomst van deze planeet hangt af van een bloeiende biodiversiteit, mam. Het is een zeer actueel onderwerp.'

'Vlínders?' herhaalde haar moeder.

Tara slaakte een zucht. 'Laat maar, hij mag het jullie uitleggen. Uit zijn mond klinkt het een stuk boeiender.'

'Dat kan ik me nauwelijks indenken.' Haar moeder kneep haar ogen belangstellend samen. 'Maar je moet hem wel erg leuk vinden. Anders zou je hem niet aan ons voorstellen.' Ondanks haar sociale grilligheid kon ze sneller tot de kern van een kwestie komen dan wie ook. Jaren van omgaan met hielenlikkers hadden haar geleerd om mensen te doorgronden en na te gaan wie ze kon vertrouwen. En zoals zij haar vaders dochter was, was Miles zijn moeders zoon.

'Dat klopt.' Tara voelde het geheim weer in haar keel opborrelen – ze wilde het eruit gooien en het tegelijkertijd inslikken. Het was dat merkwaardige gevoel dat ze als klein meisje had gehad wanneer ze zo hard moest lachen dat het overging in huilen omdat haar lichaam niet helemaal begreep wat haar geest voelde.

'Hij is pas de tweede jongen die je ooit aan ons hebt voorgesteld.'

'Ik vraag me af of mijn date voor het schoolbal wel meetelt.'

'Nou, ik weet ook nog steeds niet wanneer die schoolbals hier in zwang zijn geraakt,' zei haar moeder afkeurend. 'Maar over Amerikaanse zaken gesproken, heb je zijn ouders al ontmoet?'

'Nog niet. Die zijn... in Amerika.' Ze haalde haar schouders op.

'Waar wonen ze?'

'Zuid-Californië.'

'In San Diego? Of Santa Barbara? Zouden ze de Palmers kennen?'

'Vast niet,' zei Tara snel. 'Ze zijn in Alex' jeugd vaak verhuisd. Zijn ouders waren... agrariërs.'

'Ah. Akkerbouw? Veeteelt?'

'Kleinschalige boerenbedrijven voornamelijk.'

'Ah.' Haar moeders glimlach vervaagde nu elk potentieel gespreksonderwerp een doodlopende weg leek te worden. 'En hoe heb je hem leren kennen? Of had je me dat al verteld?'

'Ja. We hebben elkaar ontmoet in een koffiezaak vlak bij de campus. Hij doet promotieonderzoek aan het Imperial.'

'Aha.'

Jakob pakte een bus Elnett en schudde er krachtig mee. 'Samantha, doe een moment je ogen dicht, alsjeblieft.'

Haar moeder sloot haar ogen en even werd de kamer gevuld met haarlak. Het was een van de geuren uit Tara's jeugd. Ze keek naar het gezicht van haar moeder: een licht blozende huid met slechts een paar lijntjes bij haar mondhoeken dankzij haar goedlachsheid (en ondanks een paar naar eigen zeggen 'mini-ingreepjes'), champagneblond haar in een lange bob, diepliggende hazelnootbruine ogen die Tara van haar had geërfd en die bij kaarslicht (de verlichting van haar voorkeur) als amber oplichtten. Samantha was nooit de mooiste vrouw op een feestje geweest, maar wel een van de meest geliefde: met haar warmte en smakelijk opgediste anekdotes vormde ze vaak het middelpunt van een gezelschap.

Tara wilde het parfumflesje terugzetten op de kaptafel, maar het gleed uit haar vingers en kletterde op het luxe lederen dienblad. Gelukkig viel het niet kapot. 'O!'

'Je komt een beetje nerveus over, lieverd,' zei haar moeder, die haar weer door samengeknepen ogen gadesloeg, en dat was niet vanwege de haarlak, vermoedde Tara.

'Nerveus? Nee hoor. Ik ben misschien een beetje moe.'

'En dat is alles?'

Het geheim zwol als een blaasbalg op in haar binnenste. 'Natuurlijk.' Ze stond op, want ze vond het vervelend tegen haar moeder te liegen en ze wilde niet blijven hangen, voor het geval Jakob zou worden aangespoord om snel 'iets met haar haar te doen'. 'Ik zoek papa even op voordat Alex komt. Hij had Gerard aan de telefoon toen ik thuiskwam.'

'Nou, als je hem ziet, herinner hem er dan even aan dat hij niet te...' Haar moeder draaide haar handen rond in de lucht en raakte Jakob bijna opnieuw. 'Je weet hoe hij is.'

Er flonkerde een glimlachje in haar ogen en Tara liep lachend de kamer uit. Ze kon haar moeders zachte, subtiele humor wel waarderen: haar vader was een meester in soberheid, hij kon zich bijna onzichtbaar maken. In tegenstelling tot zijn vrouw, die aan het ontbijt al haute couture droeg, kleedde hij zich zo gewoon dat hij al diverse malen was aangezien voor de chauffeur, wat hij geweldig vond. Hij droeg geen sjofele kledij, maar zijn kleren, schoenen en horloge straalden geen fortuin van 2,4 miljard euro uit (of wat de laatste schatting ook was, die verschoof met de markt mee). Zelfs Holly had een betere iPhone dan hij. Tara was ervan overtuigd dat hij zich met opzet minder rijk voordeed om zijn tegenspelers een gevoel van superioriteit te geven. Niet Mark Zuckerberg had het concept van de directeur in T-shirt uitgevonden, dat was toch echt Bruce Tremain.

Ze trof hem aan in zijn werkkamer op de begane grond. Op zijn bureau, dat altijd keurig opgeruimd was, lag een stapeltje papieren. Hij was iets aan het opschrijven, maar keek op toen ze binnenkwam, zijn gezichtsuitdrukking serieus door de concentratie die nog even achter zijn blik bleef hangen. Heel even zag ze hem zoals de rest van de wereld hem zag: als een immens machtig man, selfmade, bijna onbeperkt in zijn bereik. Zoals verwacht droeg hij kleding die voor de argeloze toeschouwer gewoon van retailmerken zou kunnen zijn.

'Twiglet.' Hij legde zijn pen neer en stond op om haar te omhelzen. 'Hoe gaat het met mijn piglet?'

Twiglet de piglet was sinds haar kindertijd al zijn koosnaam voor haar. Hij zette een stap naar achteren om haar eens goed te bekijken, alsof hij op zoek was naar veranderingen sinds ze elkaar zes weken geleden voor het laatst hadden gezien. Ze had ongetwijfeld wallen onder haar ogen, maar die waren deze keer niet te wijten aan hard werken. Nu hij achter zijn bureau vandaan was gekomen, zag ze dat hij zijn donkerblauwe pantoffels met gouden monogram droeg – een jaarlijks terugkerend kerstgeschenk van haar moeder.

'Het gaat goed, pap. En met jou? Komt het slecht uit? Zo te zien heb je het druk.'

'O, nee hoor. Gewoon een paar zakelijke dingen die ik moet afhandelen.' Hij fronste en keek op zijn horloge. 'Hij is er toch nog niet?'

'Alex? Nee. Hij komt rechtstreeks van het Imperial hiernaartoe, dus ik neem de gelegenheid te baat om jullie van tevoren even te zien.'

Haar vader keek haar met een veelzeggende blik aan, sloeg zijn armen over elkaar en leunde tegen het bureau. 'O, dus dit is een briefing.'

Ze grijnsde. Hij had haar afkeer van pronkzucht altijd begrepen, die had ze van hem. 'Als je het zo wilt noemen. Ik heb Miles en mama simpelweg gevraagd om het gewoon niet te hebben over... het speelgoed.'

'Het speelgoed, aha.'

'Maar ik ben hier natuurlijk ook om een pantoffelcheck te doen.' Ze wierp met een opgetrokken wenkbrauw weer een snelle blik omlaag naar de pantoffels.

Hij lachte en kneep in haar schouder alsof hij een kneepje in de wang van een kleuter gaf. 'Schandalig! En wat heb je hem over ons verteld? Bijna niets, vermoed ik, jou kennende? Of heeft hij over me gelezen en denkt hij nu dat ik de grote boze wolf ben?'

'Natuurlijk niet. Ik heb hem verteld dat je een lieverd bent.'

'Een lieverd. Mijn hemel,' kermde hij geamuseerd. Voor een man die een stuk of wat multinationals runde, had hij een luchthartige kijk op het leven weten te behouden. Voor haar had hij altijd een glimlach of een lach, een luisterend oor en een dosis humor over.

Tara grinnikte terwijl haar vader naar zijn leunstoel bij de open haard liep, zijn pantoffels uitdeed en zijn schoenen pakte. Ze liep langzaam door de kamer en liet haar hand over de vertrouwde meubels en kunstvoorwerpen glijden. De werkkamer van haar vader had altijd een rustgevende uitwerking op haar: muren vol boeken, het sleetse tapijt, de zongebleekte gestreepte stoel bij de haard met armleuningen die in de loop der jaren versleten waren. Haar moeder kwam hier zelden, vandaar dat het interieur de gelegenheid had gehad een tikje sjofel te worden.

Ze liep naar het raam en keek uit over de straat of ze haar verloofde al met zijn soepele tred zag aankomen. Aan beide kanten stonden glimmende donkere auto's geparkeerd en de lantaarns brandden al nu het daglicht snel afnam. De dagen werden al langer, maar ze vond ze toch nog te kort. Het licht bij de naastgelegen panden werd binnengehouden door zware, luxueuze gordijnen en scheen slechts in halvemanen door de waaiervensters boven oude georgiaanse deuren. Er was niemand te zien. Ze waren in het centrum van Londen, een paar honderd meter verwijderd van Piccadilly, Park Lane en Regent Street, maar wat de rust betreft konden ze zich hier na zonsondergang net zo goed in een dorpje in de Yorkshire Dales bevinden.

'Maar luister, in het kader van de transparantie,' zei hij terwijl hij zijn veters strikte, 'moet ik je zeggen dat ik het profiel van onze gast heb laten natrekken.'

'Pap!' zei ze vermanend.

'Niet heel uitgebreid,' reageerde hij hoofdschuddend. 'Ik zocht niet naar een lijk in de kast of zo, hoewel ik je gelukkig kan meedelen dat hij niet getrouwd is en geen kinderen heeft,' zei hij met een schalkse blik in zijn ogen. 'Rustig maar, ik wilde alleen even kijken wat voor vlees ik in de kuip had. Met jouw samenvatting van "drieëntwintig jaar oude Amerikaanse plantkundige" kon ik niet zoveel. Maar ik ben blij met wat ik te weten ben gekomen. Hij lijkt op een bijzondere manier in het leven te staan en hij is een aanpakker, iemand die de handen uit de mouwen steekt. Daar hou ik van.'

'Ja, ik wist wel dat dat je zou aanstaan. Hij is een beetje een buitenbeentje, maar hij is heel gedreven in zijn werk.'

'En hij heeft een aantal interessante artikelen geschreven. Ik was met name te spreken over het stuk over herbebossing en het tegengaan van voedselverspilling.'

'Dat verhaal over de sinaasappelschillen?' vroeg ze verheugd. Ze was er vrij zeker van dat ze verliefd was geworden op Alex toen ze het daarover hadden gehad. Hij had haar uitgelegd hoe halverwege de jaren negentig in Costa Rica een overeenkomst tussen een sinaasappelsapfabrikant en een enthousiaste landeigenaar had geleid tot de afbraak van twaalfduizend ton sinaasappelschillen en pulp op een groot stuk schrale, kale grond. Een concurrerende vruchtensapfabrikant had een jaar later met succes een rechtszaak bij het Costa Ricaanse hooggerechtshof aangespannen met als reden dat het afval een natuurgebied vervuilde (hoewel de ware drijfveer de grotere winstmarge van de concurrent was, die veel minder geld kwijt was aan afvalverwerking). Er mocht geen sinaasappelafval meer worden gedumpt. In de loop van vijftien jaar raakte het project in de vergetelheid tot een aan Princeton verbonden bioloog, die bevriend was met Alex, er een kijkje ging nemen en een florerend bos aantrof, zo rijkelijk begroeid met bomen en planten dat de weg een paar meter verderop al niet meer zichtbaar was. 'Moet je je voorstellen,' had Alex met glanzende ogen gezegd, 'hoeveel problemen er kunnen worden opgelost als we de particuliere sector laten samenwerken met milieuorganisaties. Zou het niet fantastisch zijn als we tropische wouden kunnen terugbrengen door resten uit de industriële voedselproductie te gebruiken?' Zoals zijn ogen hadden geglinsterd bij die vraag, zijn passie voor het onderwerp, zijn verlangen om de planeet beter te maken...

'Geweldig, hè, al die goede ideeën... Hij is voortdurend bezig met mogelijkheden, hoe je verschillende bedrijfstakken kunt verbinden om elkaars effect te neutraliseren. Hij weet dat de toekomst ligt in samenwerking, het bij de basis herinrichten van gemeenschappen.'

'Mmm.' Haar vader keek plotseling nadenkend en liep naar zijn bureau, waar hij door het stapeltje paperassen begon te bladeren. 'Hm. Ik vraag me af...'

'Wat?'

'Hm, nee,' mompelde hij toen hij de onderste papieren had bereikt. Verder was zijn bureaublad leeg, op een massief gouden pressepapier in eivorm en een bakje vulpennen na. 'Ik dacht dat ik een tijdje geleden een cheque had uitgeschreven voor een goed doel in Midden-Amerika dat iets vergelijkbaars doet, maar ik kan hem niet vinden. Ik vraag Patsy er morgen naar, zij zal het wel weten.'

'Morgen is het zaterdag.'

Hij keek haar even blanco aan voordat hij begreep wat ze bedoelde: hij werkte zelf weliswaar elke dag van de week, maar zijn personal assistant was in het weekend vrij.

'O, nou ja, maandag dan. Maar ik wil er vanavond graag met hem over van gedachten wisselen. Het klinkt veelbelovend.' Hij schonk haar een milde glimlach. 'Daar komt bij dat hij kennelijk veel weet over onze lievelingsplek op aarde.'

Tara glimlachte. Haar vader had haar en Miles al toen ze nog klein waren geregeld meegenomen naar een kleine inham aan de Costa Ricaanse Caribische kust. Het was zijn manier geweest om contact met ze te houden in de tijd dat de opbouw van zijn onderneming hem had opgeslokt; er konden weken voorbijgaan waarin ze hem niet zagen. Hij was altijd in vergadering of onderweg in een vliegtuig, maar hun zomermaand in de Midden-Amerikaanse tropen was afgebakend en niets – maar dan ook niets – mocht daartussen komen. Costa Rica was de plek waar ze zich oplaadden en ontsnapten aan de gouden kooi waarin ze het hele jaar door leefden. Ze konden er rondrennen als gewone kinderen, ze hadden er geen beveiliging nodig. Het was een hele operatie om ernaartoe te reizen, maar het loonde de moeite: niemand wist daar wie ze waren, of kon het wat schelen, dus hun vader huurde slechts een lokale bewoner en diens zoon in om Tara en Miles met avonturen te vermaken, kennis over de omgeving bij te brengen en tegelijkertijd een oogje in het zeil te houden. Ze hadden er leren surfen, abseilen, snorkelen, en ze waren er op junglesafari geweest. In het weekend kwam hun moeder vanuit Jamaica overvliegen, 'een stukje over het water'. Zij deed liever een detoxkuur in een spa terwijl de rest van het gezin 'in het wild' vakantie vierde.

'Dat was een van de eerste dingen waar we elkaar in vonden,' zei ze. 'Hij heeft elf maanden in Limón doorgebracht om er vlinderpopulaties te bestuderen.'

'Ja. Ik heb gelezen dat zijn promotieonderzoek gaat over aanwezige vlinders als blijk van de gezondheid van een ecosysteem.'

'Precies,' zei Tara met een glimlach. Haar vader ging altijd grondig te werk. 'Wist je dat de soorten die daar leven ongeveer negentig procent van alle Midden-Amerikaanse vlinders uitmaken, en achttien procent van alle soorten ter wereld?'

'Nu wel.' Hij glimlachte en keek haar onderzoekend aan.

Ze voelde zich ongemakkelijk onder zijn blik. Hij zag het altijd aan haar als er iets was en ze wilde niet dat hij haar geheimen al zou raden, dat hij die ene vraag zou stellen en daarmee Alex het gras voor de voeten zou wegmaaien. Het was al lastig geweest om zich tegenover haar moeder stil te houden, maar bij haar vader zou het nog lastiger...

Precies op dat moment hoorden ze de zware klop van de bronzen leeuwenkop op de voordeur. Haar vader liet zijn wenkbrauwen een paar keer op en neer gaan zoals hij deed om haar aan het lachen te maken toen ze klein was (meestal als dat ongepast was, zoals op een ouderavond). 'Aha. Het grote moment is daar.'

Het was een grapje, maar Tara slikte en voelde haar zenuwen opspelen. Dus het ging nu gebeuren? Ze keek weer naar haar vader en kreeg plotseling het gevoel dat er een soort einde van een tijdperk naderde. Hij wist het nog niet, maar hun familie zou veranderen: hij zou een vraag krijgen waarvan hij waarschijnlijk dacht dat die pas over een jaar of tien aan de orde zou zijn. Ze zouden niet langer een gezin van vier personen zijn, maar een van vijf. Niet alleen haar eigen leven zou met het nieuws van vanavond anders worden, maar ook dat van haar vader, moeder en Miles. Had ze hen misschien duidelijker moeten waarschuwen?

Of überhaupt moeten waarschuwen? Voor het eerst kwam de gedachte in haar op dat haar vader ook nee zou kunnen zeggen. Hij had Alex nog nooit ontmoet. Hij kon niet zeker weten dat Alex niet op haar geld uit was. Hij zou zomaar kunnen zeggen dat het veel te vroeg was en dat ze beter konden wachten. O god, had ze wel goed genoeg aan hem overgebracht wat Alex voor haar betekende? Haar vaders weigering zou hen natuurlijk niet tegenhouden - dit was een respectvol gebaar, niet een werkelijk verzoek om toestemming - maar zou wel een schaduw werpen over hun geluk.

'Piglet?' Haar vader knipte met zijn vingers om haar aandacht te trekken en gebaarde naar de deur. 'Tijd voor de kennismaking?'

'Ja... Oké.'

Haar vader hield de deur voor haar open en keek verbaasd naar haar bloednerveuze gezichtsuitdrukking. Ze bleef even stilstaan in de deuropening. 'Weet je pap, hij is echt heel speciaal. Uniek zelfs, ik heb nog nooit zo'n bijzonder iemand ontmoet. Ik denk dat je hem heel boeiend zult vinden.'

'Nou, ik neem aan dat hij in elk geval minder zal giechelen dan de vriendinnen met wie je ons hebt laten kennismaken.'

'Hij is beslist geen giechel.'

Haar vader haalde zijn schouders op. 'Dan mag ik hem nu al.'

5

Zijn voetstappen klonken haastig achter haar op de trap terwijl ze haar sleutel in het slot stak en de deur opengooide.

'O, je bent... jullie zijn nog op!'

Tara was verrast om Holly en Dev languit op de bank te zien liggen, met hun benen ineengestrengeld en een bijna lege fles rode wijn op de tafel voor hen. Ze keken naar een Amerikaanse moorddocumentaire op Netflix en Dev had op een nogal ongelukkig moment op de pauzetoets gedrukt. Als arts in opleiding was Tara wel wat gewend, maar ze trok toch een grimas.

Haar ogen gleden naar Holly. Ze hadden elkaar niet gezien sinds hun woordenwisseling een paar dagen geleden. Tara had zich in Alex' appartement teruggetrokken en ze was er vrij zeker van dat Holly haar op de uni had gemeden. Ze had haar niet in de kantine gezien, terwijl Holly er normaal gesproken vaak te vinden was om wat te snacken.

Alex haalde haar in en ze voelde dat hij naast haar kwam staan terwijl Holly haar aankeek met een licht beschuldigend en – erger nog – teleurgesteld gezicht, waarna ze haar blik weer afwendde. 'Ik verwachtte je vanavond nog niet terug,' zei ze kortaf terwijl ze naar de fles wijn greep en het laatste beetje in haar glas schonk.

'We... we zijn net terug van een etentje met mijn ouders.'

'O.' Holly knikte, want ze dacht te begrijpen wat dat betekende. Operatie Gezinsleven was van start gegaan. Maar ze besefte niet dat ze in een ruzie verwikkeld waren, dat Tara alleen hiernaartoe was gekomen omdat ze niet bij Alex thuis wilde blijven, en dat híj hier alleen maar was omdat hij haar in een taxi was gevolgd. Als zij niet zo verrast was geweest door de aanblik van haar huisgenote herenigd met de vent met wie ze vol overtuiging gebroken had, zou ze de deur voor Alex' neus hebben dichtgeslagen en het kettinkje hebben vastgemaakt, zodat hij buiten op de gang zou zijn achtergebleven. In plaats daarvan voelde ze zijn hand op haar onderrug. Ze probeerde zich van hem af te draaien, maar ze kon zijn aanraking onmogelijk ontwijken zonder een sprong te maken en ze wilde niet dat Holly zou merken...

'Ging het goed?' Holly keek Alex aan.

Tara voelde zijn glimlach achter zich branden en zijn lichaamswarmte gloeien. 'Fantastisch. Twigs ouders waren heel hartelijk.' Hij leek te wachten op bevestiging van Tara, maar zij bleef recht voor zich uit kijken.

'Ja, ze zijn hartstikke aardig, hè?' beaamde Holly op een toon waarvan Tara – en dan ook alleen Tara – wist dat die spottend was. 'Als je het niet wist, zou je het niet zeggen.'

'Zou je wat niet zeggen?' vroeg Dev, maar Holly gaf hem een trap als gebaar dat hij zich stil moest houden.

De arme jongen fronste. 'Wat heb ik verkeerd gezegd?' Hij keek zo ongelukkig dat Tara een golf van medeleven voelde. Hij verdiende beter dan de achtbaan waar Holly hem aan blootstelde, waarin ze het ene zei en het andere wilde. Bij het ontbijt was ze een en al vastbeslotenheid en onafhankelijkheid, maar na drie glazen in de pub belde ze hem alweer vanuit de toiletten. Hij was lang en mager, droeg een bril, had een sikje en straalde op het eerste gezicht geen rauwe seksuele energie uit, maar iets aan zijn rustige, gemoedelijke manier van doen had een snaar geraakt bij haar ambitieuze, openhartige vriendin.

Of voormalige vriendin? Holly zat weer naar het televisiescherm te staren, met haar hoofd rustend in een hand, alsof ze het apparaat door pure wilskracht van de pauzestand af kon zetten.

'Willen jullie meekijken?' vroeg Dev met de afstandsbediening in de aanslag. 'Het gaat over een pedofiel die in de jaren zeventig twee keer hetzelfde meisje heeft ontvoerd. Twéé keer! Hij had vriendschap gesloten met haar ouders, dus oké, de eerste keer hadden ze niet kunnen vermoeden wat voor iemand hij was. Maar de tweede keer? Kom op, gast!'

Het woord trilde even na. Dev was niet iemand van wie je verwachtte dat hij 'gast' zou zeggen.

'Een ezel stoot zich in 't gemeen geen twee keer...' mompelde Holly.

'Dank voor het aanbod, Dev, maar we moeten morgen vroeg op.' Tara glimlachte verontschuldigend. Ze kon hier niet langer blijven staan zonder dat Holly zou bespeuren dat er iets niet goed zat tussen haar en Alex. Haar vriendin had een feilloos instinct en vertrouwde op haar ingevingen, of het nou ging om het gokken op de winnaar van de Grand National bij de jaarlijkse wedren, het voorspellen van de winnaars van de Oscars of het diagnosticeren van zeldzame aandoeningen. Ze had het zelden bij het verkeerde eind – precies de reden waarom haar woorden op de Serpentine Bridge zo hard waren aangekomen. 'Ga jij komend weekend nog wel naar Sophie?'

'Natuurlijk. Waarom niet?' reageerde Holly, die zo te zien aanstoot nam aan de vraag. Sophie, die hun eerste jaar in hetzelfde studentenhuis als zij had gewoond, vierde haar eenentwintigste verjaardag met een meidenweekend in een Airbnb-cottage dicht bij de boerderij van haar ouders in Shropshire; het stond al weken in de agenda.

'Zomaar. Ik check het gewoon even. Zal ik rijden?' Het was een retorische vraag en ze had er meteen spijt van. Ze wisten allebei heel goed dat Holly geen auto had, maar haar zenuwen speelden haar parten.

'Goed.' Holly haalde geïrriteerd haar schouders op. 'Hoe laat wil je vertrekken?'

'Om acht uur?' Ze beantwoordden elkaars vragen steeds met een andere vraag. Ook Holly was prikkelbaar.

'Oké. Welterusten dan maar.' Holly's stem klonk afgemeten en afwijzend.

Tara slikte. 'Welterusten.'

'Welterusten, mensen,' zei Alex met een vrolijke zwaai naar Dev.

Tara liep door de smalle gang naar haar kamer. Ze kon beide handpalmen met gemak tegelijkertijd plat aan weerszijden tegen de muur leggen, en vanavond voelde ze voor het eerst de kloof tussen het leven van haar familie en dit leven. Was dat omdat ze het door Alex' ogen zag? Hij was rechtstreeks van een herenhuis in Mayfair hiernaartoe gekomen. Het contrast was daarmee heel direct.

Hij deed de deur met een zachte klik achter zich dicht. Ze was zich ervan bewust dat ze zich allebei rustig probeerden te gedragen om niet aan Holly en Dev te laten merken dat ze onenigheid hadden, alsof dat hen op de een of andere manier zou ondermijnen. Een zwakke plek zou blootleggen.

Ze ging op het bed zitten en keek hem aan, met bonzend hart vanwege het gesprek dat zojuist had plaatsgevonden en het gesprek dat haar nu te wachten stond. Alex bleef met zijn rug tegen de deur in een jongensachtige houding staan, met zijn handen achter zich geklemd. Hij was zo'n vat vol tegenstrijdigheden: aan de ene kant een en al onschuld, aan de andere kant vol passie. Aan de ene kant die lieve, trouwhartige ogen, aan de andere kant die vrijmoedige grijns. Het was bijna onmogelijk om boos op hem te blijven. Maar ineens herinnerde ze zich weer wat ze zojuist door zijn toedoen had doorstaan.

'Nou?' Het woord klonk hard en beschuldigend.

'Twig, het spijt me. Het leek me gewoon niet het juiste moment.'

De lach ontsnapte haar als een wolk stoom die plotseling vrijkwam. Ze had een rotavond gehad, in ongeruste stilte wachtend tot hij om een moment met haar vader zou vragen terwijl ze pogingen deed over de eettafel zijn blik te vangen in de minuten en uren die voorbijgingen zonder dat er iets gebeurde... 'Niet het juiste moment? Je zat daar in dezelfde kamer als mijn vader. Wat had je nog meer nodig?'

'Meer tijd! Ik had meer tijd nodig.'

'Hoezo? Je gaat toch niet het hém trouwen?' Ze voelde tranen opwellen nu de teleurstelling door haar heen trok. Het grote moment waar ze zich de hele week op had voorbereid was simpelweg... uitgebleven. Ze had zich dagenlang afwezig en nerveus gevoeld, en waarvoor? Om haar vader en haar verloofde gade te slaan in een vreemde wederzijdse verbroedering waarin Alex blijkbaar de hele reden voor hun samenzijn was vergeten?

Hij maakte aanstalten naar haar toe te lopen, maar haar lichaamstaal was afwijzend en hij zag ervan af. 'Luister nou, jouw vader is anders dan andere vaders. Dat is gewoon zo.' Hij keek haar strak aan met een blik die uitdrukte dat hij niet onredelijk was. 'Ik begreep eerst niet wat je me probeerde te vertellen, maar nu begrijp ik het wél en het heeft geen zin om eromheen te draaien: hij is een buitengewoon rijke, machtige man die zijn dochter wil beschermen.'

'Dus?'

'Dus moet ik hem beter leren kennen. Ik wil niet dat hij denkt dat ik met jou samen ben vanwege... zijn geld.' Er lag een gespannen blik op zijn gezicht.

'Dat zou hij nooit denken! Hij weet dat ik op mijn hoede ben.'

'Ja, van jóú weet hij dat, maar hij kent míj niet! Het gaat om zelfrespect, Ta. Ik wil niet dat hij denkt dat ik een opportunist ben. Weet je, pas toen ik dat huis binnenliep, kreeg ik een idee van de reikwijdte van wat jij me hebt geprobeerd te vertellen. Ik bedoel, ik weet dat je niet wilde dat ik me erdoor overvallen zou voelen, maar niets kan je daar eigenlijk op voorbereiden.' Zijn ogen werden groot bij de herinnering. 'En als ik zomaar was binnengewandeld en om jouw hand had gevraagd... Waarom zou hij in vredesnaam zijn goedkeuring geven? Hij kent me helemaal niet.'

Hij had natuurlijk gelijk. Waarom zou hij? Dat was precies de vraag die ze zichzelf in zijn werkkamer had gesteld. Ze waren nog maar vier maanden samen en het zou niet in haar ouders – zelfs niet in haar moeder! – zijn opgekomen dat ze hun kwamen meedelen dat ze gingen trouwen en dat zij de carrière waar ze zo hard voor had gestreden op het spel zou zetten. En haar vader had Alex in één adem genoemd met haar vriendinnen, dus hij had er niet veel van begrepen. Als Alex hem zoals gepland om haar hand had gevraagd, zou haar vader totaal overrompeld zijn geweest.

Maar ze voelde zich er geen steek beter door. Ze was nog niet klaar om te bedaren. Ze had nog een geheim dat ze kwijt moest, maar dat ze niet kwijt kón zolang dit in de lucht hing. De teleurstelling maakte haar kwaad. 'Dat is niet helemaal waar,' antwoordde ze effen. 'Mijn vader weet heel veel over je. Hij heeft je laten natrekken.'

Alex verbleekte. 'Wat?'

'Dat is standaard. Hij doet het bij vrijwel iedereen.'

'Vrijwel?'

'Niet bij Holly.'

Hij keek oprecht geschokt, zo verbijsterd dat ze bijna medelijden met hem kreeg. Bijna. 'Hij heeft me laten natrekken?' herhaalde hij.

'Ja. Daarom wist hij van het Princeton-project. Daar heb ik hem niet over verteld.'

'Maar...' Als een vis hapte hij naar adem; zijn mond bleef zich openen en sluiten tot hij eindelijk iets wist uit te brengen. 'Wat? Heeft hij een privédetective ingehuurd? Heeft hij me laten vólgen?'

Ze rolde met haar ogen. 'Nee joh. Alleen maar online dingen laten uitzoeken. Het is niet zo heftig hoor, hij was niet op zoek naar vuiligheid of zo. Hij wilde alleen maar uitvinden waar je interesses liggen, om je op je gemak te kunnen stellen,' zei ze, maar ze zag de schok als een schaduw over zijn gezicht trekken. 'Dus hij weet al het een ander over je, dat is alles. Hij weet dat je integer bent...' Ze besefte dat ze hem aan het sussen was en er begon verontwaardiging in haar stem door te klinken. Waarom zou ze hem moeten geruststellen? 'Maar zélf ben ik daar nu niet meer zo zeker van.'

'Wat bedoel je daar nou mee?' Zijn stem klonk schor van emotie, waardoor hij nog jonger leek.

'Je had me verteld dat je Chelsea fan was,' zei ze simpelweg, waarna de verwarring in zijn blik verdween.

Hij liet zijn schouders hangen. 'O. Je hebt het over Miles.'

'Ja. Je blijkt nooit gehoord te hebben van Drogba en je zei steeds Stanford Bridge in plaats van Stamford Bridge.'

'Oké, daar heb ik geen punten mee gescoord. Maar waarom heb je het er met hem over gehad?'

'Omdat je me had verteld dat je voor Chelsea was!'

'Ta, ik ben Amerikaan. En ik heb in mijn hele leven misschien vijf voetbalwedstrijden gezien!'

'Waarom heb je daar dan over gelogen?'

Hij slaakte een zucht en keek haar gestrest aan. 'Omdat je in een van onze eerste gesprekken vertelde dat je broer een groot fan was en ik een manier wilde vinden om met hem op te kunnen schieten. Voor jou.'

'En dus? Was je van plan ineens voor Chelsea te zijn? Wilde je je verdiepen in het team, in de achtergrond van de club?'

Hij haalde zijn schouders op. 'Waarom niet? Ik woon hier nu. Ik moet een club kiezen, anders blijf ik een buitenstaander in de pubs. Ik had er gewoon niet goed over nagedacht.'

'Nou, het heeft averechts gewerkt. Miles is nu beslist géén fan van jou. Mijn ouders vinden je misschien geweldig, maar hij niet. Hij houdt niet van mensen die liegen. Je hebt het bij hem verbruid.'

'Nou, dan zal ik het rechtzetten. Ik zal...'

'Nee, hou op! Niet blijven doen alsof! Hij doorziet je. Miles heeft het meteen door als iemand bullshit verkoopt. Hij heeft me al twee berichtjes gestuurd met de vraag wat ik in godsnaam met jou doe.'

'Echt?' Alex' gezicht betrok. Hij keek beduusd en ze vermoedde dat het voor hem een onbekend gevoel was, dat iemand hem niet mocht.

'Hou gewoon op met zo je best te doen. Doe je niet anders voor dan je bent.' Ondanks haar vastberadenheid niet te ontdooien voelde ze dat haar boosheid wegebde. Ze kreunde geërgerd. 'Luister, jij dacht dat je Miles zo snel voor je kon winnen, dat snap ik. En ik weet dat je het met mijn vader op de juiste manier wilt aanpakken, maar we leven in de eenentwintigste eeuw. Mijn familie weet dat ik niet achterlijk ben en dat ik mijn eigen beslissingen neem. Jij en ik gaan trouwen, zij niet. Hou het simpel. Je leert ze op den duur wel kennen, en andersom.'

'Maar nu heeft je broer een hekel aan me.'

Ze zuchtte. 'Hij heeft geen hekel aan je. Hij vertrouwt je gewoon nog niet. Ik heb je toch verteld dat wij mensen niet gemakkelijk vertrouwen? Zo zijn we opgevoed. Maar hij trekt heus wel bij.'

Hij knikte zwijgend, maar ze zag de spanning in zijn kaak. Hij keek ongelukkig. 'Dus je zegt dat ik je vader toch om je hand moet vragen?'

Er viel een geladen stilte. 'Ik zal wel een Skype-ontmoeting regelen...'

'Skype?' Hij keek geschokt. 'Nee. Niets ervan. Ik wil dit goed doen. Persoonlijk, van man tot man.'

'Maar je hebt je kans gemist, Alex! Daar was vanavond voor bedoeld. Ze vliegen begin volgende week naar Genève.'

'Nou, dan gaan we morgen weer naar ze toe.'

'Ik heb dit weekend het feest van Sophie, weet je nog?'

Daar leek hij niet bij te hebben stilgestaan. 'Shit. Nou, wanneer ben je terug?'

'Zondagavond laat. Ik kan het niet maken eerder terug te gaan. En mijn ouders vertrekken maandagochtend al vroeg.' Hij begreep het gewoon niet. Hij wist niet hoe lastig het was om een afspraak met haar ouders te organiseren. Ze hadden verplichtingen, zaten in commissies, in liefdadigheidscomités, bekleedden diverse belangrijke functies, hadden de leiding over multinationals. 'Mijn moeder heeft iets gezegd over Parijs op de terugweg en ze wil graag met Pasen op Harbour Island zijn, dus voorlopig...' Ze haalde haar schouders op, gewend aan het globetrotten van haar ouders, hoewel de kostschool Miles en haar er voor een groot deel voor had behoed.

Hij beet op zijn lip en er verscheen een diepe frons in zijn voorhoofd. 'Oké. Oké. We kunnen dit rechttrekken, dat weet ik gewoon.'

'Alex...'

'Nee, laat me even nadenken. Het komt goed.'

Ze zuchtte terwijl hij begon te ijsberen, want ze wist dat hun kans voorlopig verkeken was. Het kon wel weken duren voordat ze haar ouders weer zou zien. Dit had geen zin. 'Luister nou, het maakt niet uit. Je hoeft hem niet om mijn hand te vragen, want je trouwt met míj en ik heb al ja gezegd.'

Hij draaide plotseling rond en keek haar boos aan. 'Maar het maakt wél uit. Ik wil dit zélf goed doen, snap je? Alles aan mijn leven tot ik naar Londen kwam was... anders. Ik had geen wortels. Ik had geen familie in de traditionele zin van het woord. Ik heb niet op school gezeten, heb geen schoolbal meegemaakt. Voor de verandering wil ik eens iets op de juiste manier doen. En of jij het nou begrijpt of niet, voor mij is het belangrijk je vaders respect te verdienen.'

'Maar dat heb je al! Jullie tweeën hebben de hele avond met elkaar zitten praten. En dat is uitzonderlijk, hoor. Hij is beleefd en vriendelijk, maar ook gereserveerd. Normaal gesproken is hij niet zo hartelijk als hij vanavond tegen jou was.'

Alex' gezicht lichtte een beetje op. 'Echt niet?'

'Echt niet! Je hebt hem voor je gewonnen. Hij respecteert je. Geloof me, dat zit wel goed.'

'Wat cool. Ik vond hem ook aardig.' Zijn mond verbreedde zich tot een verheugde glimlach die haar binnenste roerde. Tot haar ergernis. Hij staarde naar een anatomieposter op haar muur, in gedachten verzonken. 'Hé. Kunnen we morgen voor het ontbijt naar ze toe gaan? Voordat je voor Sophies weekendje vertrekt?'

'Ik ga om acht uur weg.'

'Vertrek dan iets later.'

'Mijn moeder ontvangt niemand voor tien uur en dat is echt te laat.'

'Nou en? Eet je vader niets tot zij er klaar voor is?'

Tara snoof bij die gedachte. 'O, zeker wel.'

'Kan ik me dan niet bij hem voegen? Hem alleen spreken? Beter nog, ik kan hem uitnodigen voor een ontbijt in The Wolseley of bij Claridge's.'

'Dat kun je je niet veroorloven,' zei ze hoofdschuddend. 'Bovendien zou hij er niet van onder de indruk zijn en jou sowieso niet laten betalen. Het zou ook vreemd zijn als jij morgenochtend ineens in je eentje komt aanzetten nadat je rond middernacht bent vertrokken.'

'Maar jij kunt hem nu toch een berichtje sturen om het voor te stellen? Je hebt zelf gezegd dat we supergoed met elkaar overweg kunnen, dus waarom zou het zo vreemd zijn? Je kunt zeggen dat jij dit weekend weg bent – wat waar is – en dat ik alleen thuis ben – wat ook waar is – en dat jij het leuk zou vinden als wij... elkaar nog wat beter leren kennen. Ook waar. En dan stel ik hem mijn vraag zodra ik er ben.'

Ze keek hem aan en zag de lichte vertwijfeling in zijn ogen, het verlangen om voor één keer eens een traditie te volgen en niet de vreemde, zij het charmante, eend in de bijt te zijn. Hij wilde dit naar behoren doen, haar vaders respect voor zich winnen. Het was niet in haar opgekomen dat dat zo belangrijk voor hem zou zijn. Het was een erekwestie en ondanks haar eigen teleurstelling hield ze daardoor des te meer van hem.

'Nou... ik kan het wel opperen, als je dat wilt,' zei ze langzaam. 'Maar is het niet raar als jij hem om mijn hand gaat vragen terwijl ik er niet bij ben? Al was het maar in de naastgelegen kamer?'

Hij keek haar verontrust aan. 'Geen idee, wat denk jij? Ik heb dit nog nooit eerder gedaan.'

'Ik heb ook geen idee! Ik heb nog nooit eerder een huwelijksaanzoek gekregen.'

Zijn gezicht betrok en ze keken elkaar aan. 'Ik voel me... bijna verlamd van angst dat ik iets verkeerd doe. Jullie Britten ook, met jullie goede manieren en verdomde beleefdheid...'

'Hé! Het is die verdomde beleefdheid waardoor ik in eerste instantie ja heb gezegd. Vergeet dat niet.'

Zijn ogen begonnen te stralen en hij liep naar haar toe. Hij wist dat ze het hem had vergeven, dat ze niet boos op hem kon blijven. 'Dat weet ik toch. Ik heb er veel aan te danken.'

'Inderdaad,' mompelde ze terwijl hij haar zachtjes naar zich toe trok tot ze hem aankeek.

'Jij bent het beste wat me ooit is overkomen,' fluisterde hij, zijn lippen nog maar centimeters van de hare verwijderd, hun ruzie bijna vergeten. 'Ik wil dit gewoon graag goed doen.'

Ze hield hem tegen met een hand op zijn borst, want ze wist dat ze het volgende moment in hem zou opgaan. 'Alex, ik wil alleen maar dat je het dóét.'

6

'Zijn we er al bijna?' hijgde een stem buiten adem.

'Ja! Hou vol! Het duurt niet lang meer!' zei Sophie bemoedigend, voor hun groep uit springend als een enthousiaste gymlerares. Of een labrador.

De vlagerige zijwind drukte het gras plat en blies hun haar voor hun gezicht, waardoor ze moeilijk voor zich konden kijken. Maar Tara had vanuit haar ooghoeken wel gezien dat de horizon inmiddels een stuk lager lag terwijl ze ademloos voortstapte en maar half luisterde naar de gesprekken om haar heen.

Ze was nog steeds moe van hun vroege start en drie uur durende rit over de snelweg. Holly had het grootste deel geslapen, met haar kussen tegen de veiligheidsriem en haar pyjama nog aan. Tara had een thermosfles thee meegenomen, en een pak biscuitjes plus twee flesjes water en haar telefoonoplader. Ze hadden nauwelijks met elkaar gepraat en toen ze waren aangekomen bij de cottage die Sophie had gehuurd, bleek hun gastvrouw hen tot Tara's verbazing in een kamer te hebben geplaatst met... anderen! Ze had verondersteld dat zij als huisgenoten en beste vriendinnen samen op een kamer zouden slapen, maar misschien had Sophie hen met opzet van elkaar gescheiden, opdat ze niet te erg op elkaar gericht zouden zijn? Maar Tara vond niet dat ze zich ooit klef gedroegen. Holly had toch zeker niet gevráágd of ze in een andere kamer mocht?

'Kijk! We zijn er!' Met een triomfantelijke uitroep spreidde Sophie haar armen en draaide ze rond naast een *cairn*, een Keltisch gedenkteken in de vorm van een stapel stenen. 'Is het hier niet prachtig? Ik vind dit de mooiste plek ter wereld.'

Iedereen wankelde opgelucht het plateau op de top van de heuvel op, in de hoop dat het uitzicht de snelle, inspannende wandeling naar boven waard zou zijn. Ze hadden hun tassen amper de cottage in gebracht of Sophie had hen alweer mee naar buiten genomen omdat ze 'de dag optimaal wilde benutten'.

Even bleef het stil terwijl ze het panorama van velden dat zich als een patchwork onder hen uitstrekte in zich opnamen, met de langgerekte, brede heggen en oude eiken die als bejaarde staatslieden in het coulisselandschap stonden. Het land golfde kilometers ver om hen heen onder een grijze wolkenlucht. Enkele verse keutels op de grond duidden erop dat de kudde schapen die ze zojuist voorbij waren gelopen hier nog maar net was geweest.

'Het is heel… groen,' zei Charlie argwanend. Ze was geboren en getogen in Londen en had heel goede redenen nodig om de stad te verlaten.

'Het is hier schitterend, Soph,' hijgde Tara. Ze probeerde op adem te komen en wenste ondertussen dat er een helikopter kon worden ingeschakeld om hen naar beneden te brengen. Het was ongelooflijk, maar ze had geen energie meer over. Met elk uur dat voorbijging leek haar lichaam op stille, geheimzinnige manieren te veranderen.

Holly, de achterblijver in de groep, bereikte de top waar ze iedereen – behalve Sophie – zittend aantrof, met de ellebogen op de knieën en het hoofd gebogen. Sophie stond nog steeds met haar armen gespreid als het Christusbeeld in Rio. 'Is het niet goddelijk?' zei ze met een bijna evangelische glimlach. Tara vroeg zich af hoe haar vriendin het in de stad uithield, want ze hoorde overduidelijk thuis op het platteland, in de natuur.

Holly liet zich op haar knieën zakken. 'Allemachtig! Ik ben kapot! Een gemakkelijke wandeling, zei je.' Ze wierp Sophie een beschuldigende blik toe.

Sophie lachte en plofte opgewekt naast hen neer. 'Sorry. Ik vergeet weleens dat niet iedereen in dit heuvelachtige gebied is opgegroeid. Hier jogde ik altijd met mijn hond.' Ze trok aan een paar lange grasprieten en keek om de paar seconden uit over het weidse landschap.

'Zei je nou jógde?' zei Holly puffend.

Annie reageerde door achterover in het gras te gaan liggen, alsof alleen al de gedachte haar vermoeide. 'Daar kan ik met mijn verstand niet bij.'

'Pff, nee, en we moeten nog terug,' kermde Holly. 'Fuck... Dit is nota bene mijn zaterdagmiddag. Ik zou nu ergens op een bank moeten liggen. Met een zak Doritos. En *Hollyoaks* op de tv.'

'Je bent niet de enige,' mompelde Charlie. Net als Sophie studeerde ze diergeneeskunde, maar terwijl duidelijk was dat Sophie als veearts zou terugkeren naar haar roots, zou Charlie zich richten op huisdieren in de stad, waar ze 'pratende papegaaien met een keelontsteking zou behandelen, en chihuahua's die geplet waren achter sierkussens. Dat soort dingen'.

Liv studeerde net als Tara en Holly geneeskunde, en Annie politicologie. Ze waren allemaal al vriendinnen sinds hun eerste jaar, toen ze kamers aan dezelfde gang hadden en een keuken deelden.

'Waarschijnlijk heeft niemand eraan gedacht proviand mee te nemen?' vroeg Charlie toen ze eindelijk op adem was gekomen. 'Ik heb op weg naar boven minstens een eierbal aan calorieën verbrand.'

'Jawel, ik heb wat thee en biscuitjes bij me,' zei Tara, en ze haalde de thermosfles uit haar rugtas. Ze had net genoeg tijd gehad om na aankomst in de cottage het hete water te verversen.

'Maar... ik heb whisky!' zei Holly met een stoute knipoog, en ze trok een heupfles uit haar jaszak.

'O!' zei Charlie. Haar arm zwaaide op het laatste moment van links naar rechts om Holly's aanbod aan te nemen in plaats van de thee.

Iedereen nam een slokje behalve Tara. Whisky was het laatste wat ze kon drinken en ze kon niet vertellen waarom. Dus schonk ze omstandig wat thee voor zichzelf in en deed ze alsof ze er veel trek in had door het theezakje herhaaldelijk op en neer te bewegen terwijl haar vriendinnen verbaasd toekeken.

Ze nam een slok – de thee was zowel lauw als te sterk – en keek hardnekkig naar het dorp in de verte, van hieraf weinig meer dan een donkere vlek. Voor de zoveelste keer vroeg ze zich af hoe Alex' ontbijt met haar vader was gegaan. Ze had verwacht dat een van hen haar zou bellen nadat hij zijn vraag eindelijk had gesteld: Alex opgetogen, haar vader met verstikte stem, haar moeder (als ze eindelijk op en aangekleed was) emotioneel en in tranen omdat haar enige dochter ging trouwen, en erop gebrand om binnenkort plannen te gaan maken. In plaats daarvan was er radiostilte.

Ze checkte het bereik van haar telefoon weer. Twee staafjes. Voldoende dus.

'Mis je je geliefde?' vroeg Liv veelbetekenend toen ze haar telefoon met een onderdrukte zucht wegstopte.

'Natuurlijk.'

'Ik zou hem ook missen als-ie van mij was.' Liv lachte haar kenmerkende smeuïge lach, gevolgd door een knipoog en een por van haar elleboog. 'Hoewel ik moet zeggen dat je je hem redelijk zorgeloos lijkt achter te laten.'

'Nou, het is maar voor één nachtje, dat zullen we wel overleven, denk ik.'

'O, wees daar maar niet zo zeker van. Er zijn levens in kortere tijd omgegooid,' wierp Liv tegen. 'En ik zou hem niet al te vrij laten als ik jou was. Hij is zo'n man die de aandacht trekt, als je begrijpt wat ik bedoel...'

Tara begreep precies wat ze bedoelde, maar ze vond de suggestie vervelend. 'Niet echt.'

'Liv bedoelt dat ze hem, als hij háár vriend was, geen seconde alleen zou laten voor het geval een andere vrouw hem zou willen versieren,' legde Sophie geheel overbodig uit. Sophie was nog geen groot expert op mannengebied; ze had nog steeds meer belangstelling voor grote zoogdieren van het vierpotige type.

'Hm. Wat een ontspannen manier van leven,' antwoordde Tara met een koel sarcasme.

'Nou, ik ben bedrogen door werkelijk íédere vent met wie ik ooit heb gedatet,' ging Liv verder. 'Maar goed, ik zal wel paranoïde zijn.'

Iedereen lachte en de whisky werd weer rondgegeven. Tara nam een nadrukkelijk slokje van haar thee. Ze voelde zich niet prettig en op de een of andere manier buitengesloten. Ze kon er haar vinger niet op leggen, maar ze voelde een afstand tussen haar en de anderen, die was ontstaan toen Holly en zij in verschillende kamers werden ingedeeld. Voor het eerst vroeg ze zich af of Holly haar geheimen aan de meiden had doorverteld. Aan de ene kant geloofde ze niet dat haar vriendin haar zo zou verraden, maar aan de andere kant beschouwde Holly haar beslissingen blijkbaar als verraad aan hun vriendschap. En met de onderstroom van boosheid en de voelbare kilte tussen hen kon het niemand zijn ontgaan dat er iets speelde.

'Jij hebt pech gehad, dat weet ik. Maar Alex zit zo niet in elkaar.'

'Schat, hij is een man,' zei Annie lijzig. 'Ze zitten allemaal zo in elkaar.'

Tara glimlachte onzeker. Waarom gingen haar vriendinnen hier zo op door? 'Nou, Alex niet.' Tara keek automatisch naar Holly om bevestiging te krijgen. Haar beste vriendin wist dat Alex en zij het stadium van benepen jaloezie ver voorbij waren – alleen zíj wist dat hij momenteel in Londen bij Tara's vader was om hem om haar hand te vragen, en dat hun kind al in haar buik groeide. Bovendien kende ze Alex goed genoeg om hem te verdedigen tegen deze aantijgingen. Maar Holly keek meteen de andere kant op. Ze plukte een lange grasspriet en liet die door haar vingers glijden.

Het was als een klap in Tara's gezicht.

'En hoe zit het met Dev? Denk je dat hij het type is dat vreemdgaat?' vroeg Annie, die Tara's blik volgde en ook naar Holly keek.

Holly keek verbaasd. 'Nee!' reageerde ze spottend. 'Maar vooral omdat ik de enige dame aan deze zijde van Moskou ben die hem begeerlijk vindt, en dan nog alleen als ik te diep in het glaasje heb gekeken.'

Tara fronste. Holly was gisteravond niet dronken geweest toen ze innig met hem verstrengeld op de bank zat. Ze had er loom en tevreden uitgezien. Gelukkig zelfs.

'O, die arme Dev!' riep Sophie uit. 'Zo mag je niet over hem praten.

Hij heeft… zijn geheel eigen charme. Een soort gevoelige boekenwurm.'

'Ik vind hem innemend,' beaamde Annie.

'Innemend,' herhaalde Holly. 'Ja, en daar zijn we allemaal naar op zoek. Een kei in bed en… innemend.'

'Ik vind jullie een heel leuk stel,' merkte Tara op.

Holly keek haar boos aan. 'Maar we zijn geen stel. Dat zeg ik steeds, het is gewoon seks bij gebrek aan beter.'

'En daar is niets mis mee,' zei Liv met een zucht. 'Soms moet je pakken wat je pakken kan.' Ze lachte weer smakelijk. 'We kunnen niet allemaal mannenmagneten zijn zoals Annie.'

Annie slaakte een kokette zucht. Met haar tengere bouw, hartvormige gezicht en lange, steile lichtbruine haar was ze een aantrekkelijke girl next door die mannen niet konden weerstaan. 'Wat zal ik zeggen? Je hebt het of je hebt het niet.' Ze gaf een gil toen Charlie en Liv verontwaardigd tegen haar voeten trapten.

'Nou, wie weet, misschien heb je het wel níét,' zei Charlie uitdagend. 'Ik heb bepaald niet de indruk dat je een vent hebt getroffen die voor je door het vuur gaat. Jij danst eerder naar zijn pijpen, meid.'

'Is hij homo?' opperde Liv.

'Zeker niet.' Annie trok een veelzeggende wenkbrauw op. 'James wilde gewoon niet meteen te gretig overkomen.'

'Wacht eens. James? Wie is dat? Je had toch iets met George?' vroeg Tara. 'Wat heb ik gemist?'

'Je moet het allemaal wel een beetje bijhouden, Ta!' zei Sophie vermanend.

'George is voorgoed uit haar leven,' verklaarde Liv op theatrale toon. 'Deze week, en dan ook alleen deze week…'

'Hé!' protesteerde Annie.

'… is James het helemaal. Een volwassen man.'

'Nou, volwassen… Een iets oudere student, dat is iets anders. Hij is nog maar vierentwintig, hoor.' Annie trok een bevallig pruilmondje.

'Maar wat is er dan veranderd?' vroeg Charlie, lichtelijk geïrriteerd dat Annie haar vent toch weer had gekregen waar ze hem hebben wilde. 'Laatst zei je nog dat hij je de hele tijd afwimpelde omdat hij steeds moest werken.'

Annie kwam een stukje omhoog, steunde op haar ellebogen en keek glunderend rond. 'Ik ben donderdag naar zijn kantoor gegaan voor een binnenpicknick.'

'Een wat?' Charlie fronste.

'Gerookte zalm, aardbeien, prosecco. Verrukkelijk.'

Charlie trok een schampere blik. 'En hoe beviel het James om zijn lunch te eten op zijn nylon kantoortapijt? Hij lijkt me er niet het type voor.'

Liv proestte het uit. Holly ook. Maar Tara was verdrietig dat ze de laatste ontwikkelingen in het liefdesleven van haar vriendin had gemist. Ze had het te druk gehad met haar eigen liefdesperikelen en had steeds vaker een drankje met de meiden overgeslagen voor intieme avondjes met Alex. Ze zag hoe haar vriendinnen lachten en elkaar plaagden, en ze voelde een scherpe steek om wat ze allemaal zou mislopen: meiden onder elkaar, met affaires die gedoemd waren te mislukken, hartverscheurend liefdesverdriet en gezellige vriendinnenavonden. Ze was nog maar twintig en zou dat allemaal al achter zich laten.

'Hij vond het heerlijk,' bezwoer Annie met een ondeugende blik. 'Het was Alex die geschokt leek te zijn.'

Annie keek haar aan en Tara raakte even van haar stuk. 'Míjn Alex, bedoel je?'

'Ja, jouw Alex,' antwoordde ze lachend. 'Heeft hij je dat niet verteld? Ze zijn collega's!'

Het kwartje viel. 'O mijn god, James MacLennan? Maar dat is een rotzak!'

Ze had de woorden eruit geflapt voor ze het wist. Maandenlang had ze Alex' klaagzangen aangehoord over James' rivaliteit, machtspolitiek, lastercampagnes en vuile spelletjes, waardoor ze een hekel had gekregen aan een man die ze nog nooit had ontmoet. Maar waarom had Alex niet gezegd dat James iets met Annie had? Hij wist dat zij vriendinnen waren. Dacht hij dat ze het wel wist? Of kon het hem gewoon niet schelen met wie zijn collega omging?

Toegegeven, Alex kende het studentenleven niet zoals zij het kenden, en door zijn onconventionele jeugd en levenservaring was hij volwassener en in zekere zin ouder dan zijn drieëntwintig jaar. Hij was enthousiast over zijn werk en niet geïnteresseerd in geroddel en prietpraat – of het nou over beroemdheden of vrienden ging. Zijn discretie was een van de redenen waarom ze hem zo leuk vond. Maar toch voelde het raar dat hij hier niets over had gezegd. Annie was haar vriendin, en James zijn collega en rivaal. Was hij soms bang dat ze met z'n vieren uit zou willen?

Annies glimlach verdween bij het horen van de openlijke belediging. 'Nou, het is niet zo vreemd dat Alex dat zegt. Hij is nijdig omdat zijn artikel niet is gepubliceerd en dat van James wel.' Ze haalde haar schouders op. 'Die vent van jou moet zich minder druk maken. Volgens James is hij veel te intens. Hij zegt dat het soms lijkt alsof hij het liefst de wereld wil regeren. Kun jij niet eens met hem praten?'

Tara knipperde met haar ogen en voelde een golf van ergernis door zich heen gaan. Zij was al vier maanden samen met Alex. Annie was nog maar een week samen met James! Wie dacht ze wel dat ze was, zoals ze de ambities van haar vriend bekritiseerde? Maar zoals altijd bleef Tara zwijgen. De lessen die ze in haar kindertijd had geleerd over terughoudendheid tegenover anderen zaten te sterk ingebakken.

Een paar ogenblikken lang zei niemand iets. Niemand nam het voor haar of voor Alex op en de spanning steeg terwijl de stilte voortduurde. Haar vriendinnen wisselden veelbetekenende blikken en opnieuw had Tara het gevoel dat er iets onuitgesproken bleef, dat er geheimen in de lucht hingen. Waren ze jaloers om wat zij met Alex deelde? Was dat het? Of zag ze spoken? Was ze prikkelbaar vanwege de kilte tussen haar en Holly? Om nog maar te zwijgen van de stilte die heerste vanuit Alex zelf: nog geen berichtje, geen gemist telefoontje. Het was bijna vijf uur. Wat was hij in godsnaam aan het doen? Was 'het juiste moment' hem weer ontglipt? Had haar vader op het laatst afgezegd? Of was er iets anders gebeurd? Was Alex op weg naar haar vader aangereden door een bus? Had professor Hamlyn hem opgeroepen? Wat was er aan de hand?

Er spoelde een golf van wanhoop door haar heen. Waarom ging het allemaal zo moeilijk? Het leek wel of de wereld tegen haar was terwijl ze alleen maar nog lang en gelukkig wilde leven. In plaats daarvan was ze moe en emotioneel, speelden de hormonen haar parten en zat ze vast op een winderige heuvel in Shropshire met vriendinnen die zich bijna hatelijk gedroegen. Ze voelde zich gevangen tussen twee levens, zonder dat ze iemand had om mee te praten. Ze was in geheimen ondergedompeld, en de enige die ze kende had maar al te duidelijk gemaakt wat ze ervan vond.

Tara keek toe hoe Holly de heupfles doorgaf. De vlaag van bitterheid die tussen haar en Annie was gepasseerd was door de anderen schijnbaar al vergeten. Met de amberkleurige drank die door hun aderen vloeide, werden ze wat losser. Ze zouden vast liedjes zingen op weg naar beneden, waarna ze een currymaaltijd zouden halen en in de cottage nog meer zouden drinken. Wat voor smoes kon ze gebruiken om eronderuit te komen?

Ze besefte dat het een vergissing was geweest om dit weekend mee te gaan. Zoals Alex die had gedaan alsof hij een Chelsea-fan was, had ze er niet goed over nagedacht. Ze had verondersteld dat ze nog wel een tijdje bij de groep kon horen – hoewel ze langzamerhand van koers veranderde – maar ze was nu al een buitenstaander. Zij voelde het, en de anderen voelden het, ook al wisten ze nog niet waarom.

'Kom. Laten we teruggaan voordat het donker wordt, en lekker aan de drank gaan,' zei Charlie, en ze krabbelde overeind. 'Ik ben niet helemaal naar dit verrekte Shropshire gekomen om in de wind op een berg te zitten.'

'Formeel is het slechts een heuvel,' corrigeerde Sophie haar. 'Een berg moet hoger zijn dan...'

'Hou toch op. Wat maakt mij dat uit. Als ik Londen verlaat, doe ik dat alleen voor een verdomd goeie pub. Ik heb mijn goede daad van vandaag verricht en het wordt tijd voor mijn beloning. Het eerste rondje is van mij.'

'Nee, we mogen drinken op mijn vaders kosten,' zei Sophie met opgetrokken wenkbrauwen.

Charlies mond viel open. 'Wat de fuck doen we dan hierboven bij de schapen?'

De meiden trokken hun knieën op, hielpen elkaar overeind en klopten het gras van hun billen. Tara glimlachte alleen maar – en deed haar best zich naar de rest te voegen.

Tara stond aan de bar te kijken hoe de barman bier tapte, waarbij hij het glas precies goed schuin hield om de juiste hoeveelheid schuim te creëren. Achter zich hoorde ze haar vriendinnen luid lachen om een verhaal dat Annie uit de doeken deed over George, haar ex. Het ging over een val in een doornenstruik en een gescheurde boxershort vol bloedvlekken, met als gevolg dat de arme jongen een maand lang op zijn buik had moeten slapen.

Haar ogen gleden naar de klok in de hoop dat de wijzers een stuk verder waren dan de laatste keer dat ze had gekeken. Vier over half elf. Dat was al iets. Ze had zich door de avond heen gebluft door te lachen zelfs als ze vond dat er niets te lachen viel, had het drankspelletje Ibble Dibble geopperd en haar verplichtingen als moederkloek vervuld door het dichtst bij de bar te gaan zitten en erop te staan dat zij elk rondje zou halen. Dit was het vijfde en zij had haar bruiswater met limoen steeds laten doorgaan voor een wodka-tonic. Alleen Holly had het doorgehad. Om de zoveel tijd bereikte haar een teleurgestelde blik van de andere kant van de tafel.

Plotseling trilde de telefoon in de zak van haar spijkerbroek. Ze trok hem snel tevoorschijn terwijl haar hart als een razende tekeerging. 'Alex?'

'Twiggle! Mijn Twiglet!'

Ze fronste toen ze de ongebruikelijke zangerigheid in zijn stem hoorde. 'Ben je dronken?'

'Nee. Ik ben... Hoe zeg je dat? Ladderzat. Ik ben ladderzat.' Hij zei het zachtjes lachend en vaag, alsof de woorden op hun kant waren gerold.

Ze hoorde het geluid van Londens verkeer dat langsraasde. 'Waar ben je?'

'Ik ga naar huis... Taxi!' Er viel een stilte. 'Fuck.' Het woord was een fluistering. Hij hikte. Ze had hem nog nooit horen hikken. Het klonk haar al te lichtzinnig in de oren. 'Je had me moeten waarschuwen dat er met je vader niet te spotten valt.'

'Mijn vader? Bedoel je dat jullie nog samen zijn?'

'De hele dag. De hele dag lang,' zei hij trots als een jongetje dat zijn eerste zandkasteel heeft gebouwd. 'Het was geweldig.'

'Waar zijn jullie nu?'

'Ik weet het niet zo goed...' zei hij langzaam, een beetje beduusd. Ze kon hem zijn voorhoofd bijna hóren fronsen – alsof dit de eerste gelegenheid was die hij kreeg om zijn omgeving te bekijken. 'St Jays, geloof ik,' brabbelde hij.

St James. Ze waren bij haar vaders club. Ze kreunde terwijl onmiddellijk het besef volgde. 'O god. Toch niet de port.'

'Ja, port!' Er viel een korte stilte en er klonk nog een hikje.

Haar vader had een uitgebreide wijncollectie in diverse kelders, maar hij was vooral een groot liefhebber van port. En het kwam maar zelden voor dat iemand hem kon bijhouden als hij werd getrakteerd op een proefsessie.

'Dus je hebt de hele dag met mijn vader doorgebracht?'

'We leren elkaar kennen, we bouwen een band op.' Weer een stilte en een hikje.

'En...' opperde ze, aangezien hij er niets meer aan toevoegde. Ze vroeg zich af of hij daar staand in slaap was gevallen, op de stoep voor St James.

'O. Ja. En morgen gaan we golfen. Op zijn club. Een andere club.'

Ze rolde met haar ogen, en niet alleen omdat hij haar verkeerd begrepen had. Ze gingen altijd per helikopter naar Wentworth. En wat had ze haar vader nog zo gevraagd? Geen speelgoed. Laat het speelgoed achterwege. 'Alex, heb jij überhaupt ooit golf gespeeld?'

'Nee,' zei hij grinnikend. Althans, het had gegrinnik moeten zijn, maar zijn lichaam kon de spierkracht die daarvoor nodig was amper nog beheersen. 'Maar ik weet hoe het ongeveer gaat. De bal moet het holletje in met zo weinig mogelijk slagen.'

Tara schudde haar hoofd. Het was moeilijk te geloven dat ze een promovendus aan de lijn had. Ze zag haar vriendinnen via de spiegelwand. Holly staarde in gedachten verzonken voor zich uit.

Ze richtte haar aandacht weer op de beschonken man die zwaar in haar oor hijgde. 'Alex!' siste ze om hem bij de les te krijgen. Ze hoorde zijn ademhaling stokken.

'Hè?'

'Heb je hem om mijn hand gevraagd?'

De vent die naast haar een biertje dronk hoorde het en keek opzij met een nieuwsgierige mengeling van verbazing, afkeer en medelijden. Tara glimlachte opgelaten.

'Nee!' Zo te horen vond hij het maar een luguber idee en ze wist dat zijn brein haar woorden letterlijk vertaalden. Ze wachtte. 'O... Nee, wacht...' Het laatste woord klonk langgerekt terwijl de dronken mist kort plaatsmaakte voor een moment van helderheid.

Nee. Nee, dat had hij niet gedaan. Ze was te zeer van streek om te vragen waarom niet, boos omdat ze hem steeds leek te moeten overhalen. Alsof al dit huwelijksgedoe haar idee was geweest en hij de onwillige bruidegom was.

'Maar ik ga het wél doen. We zijn een bánd aan het opbouwen,' herhaalde hij.

Een band opbouwen. Daar bleef hij maar op hameren.

Zwijgend draaide ze met haar hand rondjes over haar slapen. Het was een lange dag geweest. Een lange week, eigenlijk. Wat een gelukkige tijd zou moeten zijn voelde op de een of andere manier vervormd en geforceerd. Ze begon het gevoel te krijgen dat haar verloving een auto zonder brandstof was, die pruttelend voortrolde over de weg en zijn bestemming niet kon bereiken. Ze zou er niet om hoeven smeken dat haar ouders zou worden verteld dat ze ging trouwen. Zijn vastbeslotenheid om een ouderwetse etiquette na te leven deed meer kwaad dan goed. Snapte hij dat niet?

'Twig? Mijn Twiggle?' Hij had haar nog nooit Twiggle genoemd. Het irriteerde haar.

'Ga naar bed, Alex.' Haar stem klonk mat en vermoeid. Ze was uitgeput van alle ballen die ze in de lucht moest houden. De afgelopen dag met haar vriendinnen had duidelijk gemaakt waarom geheimen alleen maar verwarring en pijn veroorzaakten.

'Twiggy.' Zijn stem was klaaglijk, heel anders dan zijn gebruikelijke beheerste toon. Ze vond hem onaangenaam in deze dronken staat. Daarmee haalde hij zichzelf omlaag, beroofd van alle kracht en vastberadenheid die ze zo aantrekkelijk vond. 'Morgen, dat beloof ik je. Ik beloof het je.'

'Welterusten, Alex.' Ze hing weinig overtuigd op. Hij had het haar eerder beloofd.

7

'O, balen, we hebben geen brood.' Charlie stond beteuterd voor de voorraadkast. 'We hadden toch een brood gekocht?'

'Ja,' beaamde Liv vanaf de versleten leunstoel naast het koningsblauwe AGA-fornuis. 'Maar we hadden enorme trek toen we gisteravond terugkwamen, weet je nog?'

Charlie moest even diep nadenken. 'O... Dat is ook zo.' Ze keek weer in de bijna lege kast. 'Balen.' Ze hadden een kuipje smeerkaas, een pot jam, wat boter, een pakje gegrilde beenham en een aubergine. Niemand wist wat voor maaltijd ze om de aubergine heen hadden gepland – geen van hen was een ster in koken – maar hoe dan ook leek niets geschikt te zijn om zonder brood gegeten te worden.

Ze waren een stuk minder fris en fruitig dan gisteren. Tot Tara's ongenoegen waren de feestelijkheden doorgegaan tot lang nadat de pub hen er gisteravond uit had gegooid, en hoewel zij stiekem broodnuchter was geweest, zag ze er net zo overtuigend brak uit als de rest, met slechts vier uur slaap achter de rug.

'Ik ga wel even naar de winkel,' zei ze, blij om een excuus te hebben even te ontsnappen en een frisse neus te halen. Ze pakte haar jas. 'We hebben ook nog melk nodig.'

'Nee, we hebben melk. Twee liter, zelfs,' zei Sophie, die haar trots de grote plastic fles in de deur van de koelkast liet zien.

'Jawel, maar Hols lust alleen volle melk,' antwoordde Tara schouderophalend, zich bewust van Holly's blik die op haar bleef rusten. Ze zat voorovergebogen aan de grenen keukentafel met haar elleboog op het tafelblad en haar hoofd in haar hand terwijl ze lusteloos door een plaatselijk reclameblad zat te bladeren, dat ze rechtop voor zich had neergezet. Het had een foto van een rode eekhoorn op de voorkant en een advertentie voor een ovenreiniger op de achterkant.

‘En voor deze ene keer kan ze geen genoegen nemen met halfvol?’ vroeg Charlie. Ze had een enorme hekel aan prinsessen op de erwt.

Holly wierp Charlie een misnoegde blik toe. ‘Hé! In Yorkshire nemen we de melk in onze thee heel serieus. Mijn thee is me heilig.’

Iedereen was lichtgeraakt en afgemat. De plagerige toon was slechts een half octaaf verwijderd van oorlogszucht.

‘Willen jullie brood of niet?’ vroeg Tara, die ondertussen controleerde of de autosleutels nog in haar zak zaten. Haar telefoon, voor nog maar zestien procent opgeladen, zat er wel in. Die had ze gisteravond per ongeluk beneden gelaten en tegen de tijd dat ze zich dat realiseerde, was het huis in duisternis gehuld en was Annie naast haar al in slaap aan het vallen (of eerder bewusteloos aan het raken).

Ze kon hem later op de terugreis in de auto wel opladen. Futloos, zonder veel hoop, checkte ze of er berichten of gemiste telefoontjes waren, maar nee. Niets. Natuurlijk. Ze zouden inmiddels wel bij de tweede hole zijn. Haar vader sloeg altijd stipt om negen uur zijn eerste balletje.

‘Graag. En Nutella, als ze die hebben,’ zei Charlie, voor de verandering te katerig om te kibbelen.

‘En de zondagskrant, alsjeblieft,’ zei Liv, die haar handen in bidstand tegen elkaar legde. ‘Ik moet mijn horoscoop voor deze week lezen.’

Er ging een golf van hoon door de kamer. ‘En jij noemt jezelf wetenschapper?’ smaalde Charlie.

‘Annie noemt zichzelf vegan, maar ze eet wel halloumi!’

‘Alleen maar om het grappige piepje als je erop bijt,’ protesteerde Annie, alsof dat een logisch argument was.

Tara glimlachte onwillekeurig. Haar vriendinnen waren misschien een kribbig zootje ongeregeld, maar ze lagen haar na aan het hart. ‘Ik ben over tien minuten terug. Elkaar niet vermoorden voor ik terug ben. Brood, melk, Nutella, krant.’

‘En chocoladekoekjes!’ riep Liv haar na.

‘Chocoladekoekjes.’ Tara knikte, opende de keukendeur en liep de tuin in.

Het was nog koud, maar de hemel was helder, met nog een enkele sliert mist die als een sjaal over de schouders van de heuvels gedrapeerd lag. De vallei was een palet van aarzelende groentinten en zachte schakeringen grijs en bruin, met schapen die de velden als wattenbloemen bestippelden. Verderop doorbrak een rivier, al kabbelend over rotsen en keitjes, de alomtegenwoordige stilte.

Ze stapte in de auto en maakte haar gordel vast toen het portier aan de passagierskant openging en Holly op de stoel naast haar ging zitten. Ze droeg nog haar gestreepte flanellen 'oudemannenpyjama', zoals Dev hem noemde, met een paar sokken, Birkenstocks en een geleende waxjas. Die rook naar natte schapenwol, wat voor geen van beiden prettig was. Tara had haar misselijkheid de afgelopen dagen voelen toenemen en Holly had vanochtend al een paar keer overgegeven.

'Eh... hoi!' zei Tara verbaasd. Ze was gewend geraakt aan het idee dat Holly haar bewust vermeed.

Holly wierp een blik opzij terwijl ook zij haar gordel vastklikte. 'Annie heeft tampons nodig.'

'O. Oké.' Ze zei niet dat Holly – of Annie zelf – haar net zo goed een berichtje had kunnen sturen om dat mee te delen. Was dit de gelegenheid voor hen om het goed te maken?

Ze reden van de beklinkerde oprit het weggetje op. Dat was smal, met slechts hier en daar een passeerplaats om uit te wijken, en Tara bad tot de reisgoden dat ze geen tractors zouden tegenkomen. Het dorp lag drieënhalve kilometer verderop, maar het voelde langer terwijl ze zwijgend die kant op reden. Tara wilde dat ze de radio meteen had aangezet, voor wat achtergrondgeluid.

'Hoe voel je je nu?' vroeg ze met een blik naar Holly, die met een strak vooruitgestoken kaak somber uit het zijraam keek. Ze was bleek en had donkere kringen onder haar ogen. Haar rode pijpenkrullen waren in een paardenstaart gebonden met een groen elastiekje dat net zo goed had kunnen dienen om stengels lathyrus tegen latwerk omhoog te houden.

'Niet zo best.' Ze klonk hees.

'Nee. We zouden wel een zoutinfuus kunnen gebruiken, hè?'

Holly fronste. 'Dat heb jij niet nodig. Jij hebt de hele avond frisdrank gedronken.'

'Nou, inderdaad, maar ik voel me toch... blèh.' Ze zei het zacht en hield de woorden klein alsof ze er geen concrete vorm aan wilde geven. Ze voelde zich beschaamd, alsof ze haar zwangerschap niet zou mogen erkennen. Holly keek opzij met een ondoorgrondelijke uitdrukking op haar gezicht. Tara richtte haar ogen weer op de weg en klemde haar handen om het stuur. 'Denk jij dat de anderen hebben gezien dat ik deed alsof ik ook dronk?'

Er viel een korte stilte. 'Nee. Ze waren allemaal te druk bezig met zuipen. Ik denk dat het in niemand is opgekomen dat een van ons geen zin had om dronken te worden op een eenentwintigste verjaardag, laat staan dat diegene zwanger zou kunnen zijn.'

'Het was geen pretje om te doen alsof.'

'Doe dat dan niet. Vertel het hun gewoon.' Holly haalde nonchalant haar schouders op alsof het niet hartstikke moeilijk zou zijn om haar vriendinnen te vertellen dat ze zou stoppen met studeren, dat ze haar carrière opgaf voordat die zelfs maar was begonnen, dat ze op haar eenentwintigste moeder zou worden. 'Maak het niet ingewikkelder dan nodig.'

Tara voelde zich gekwetst door Holly's woorden. Haar situatie wás ingewikkeld en de suggestie dat dat niet zo zou zijn was idioot, maar ze hield haar verontwaardiging binnen, want ze had geen zin in een nieuwe ruzie. Holly was altijd knorrig als ze een kater had. 'Het is nog te vroeg,' mompelde ze dus maar. 'Ik ben nog maar elf weken...'

Onverwacht scheerde er een rode vlieger langs de auto, waar ze allebei van schrokken. Tara trapte op de rem. 'Holy shit!' riep ze uit, en haar hartslag schoot omhoog.

Holly zei niets en liet een schijnbaar vernietigende stilte vallen terwijl Tara zich probeerde te herpakken. Ze was overgevoelig en gespannen. Ze reden weer verder langs de lage stenen muurtjes.

Holly verschoof op haar stoel en Tara zag dat ze nog steeds bleek was. 'En wat doet Alex dit weekend eigenlijk?' vroeg ze mat.

'Eh, nou… hij is bezig een band met mijn vader op te bouwen.'

'Hè, wat?' Ze trok een wenkbrauw op; meer leek ze als reactie even niet in huis te hebben.

'Ja. Ze zijn momenteel samen aan het golfen.'

Tara keek opzij terwijl zich weer een stilte uitstrekte, en ze zag haar vriendin naar haar kijken met een gezichtsuitdrukking die suggereerde dat er een tweede hoofd uit haar nek was gegroeid. 'Alex? Alex is aan het golfen?'

'Met mijn vader. Ja.'

'Waar dan?'

'Wentworth…'

Holly proestte het plotseling uit van het lachen. Het geluid kwam als een vulkanische uitbarsting vanuit haar binnenste omhoog, wat hen beiden verraste. Tara glimlachte voorzichtig.

'Heeft hij er wel de juiste kleding voor? Ik bedoel… alleen de sokken al! Heeft Alex überhaupt een bij elkaar passend paar?'

'Vermoedelijk niet… En hij heeft nog nooit golf gespeeld.' Tara grijnsde. 'Mijn vader zal hem van een uitrusting moeten voorzien.'

Holly leunde met haar hoofd achterover tegen de hoofdsteun, geamuseerd door het beeld dat ze voor ogen kreeg. 'O hemel,' mummelde ze. 'De gedachte aan hem op een green met Fair Isle-sokken…'

Tara voelde dat haar greep op het stuur wat losser werd nu de spanning tussen hen afnam. Ambitie was niet het enige wat ze gemeen hadden, ze deelden ook hun gevoel voor humor. 'En wat doet Dev?'

Holly's glimlach verdween onmiddellijk. Kennelijk was alleen al het noemen van Devs naam verboden. 'Hoe moet ik dat weten?'

'Heb je het hem vrijdag niet gevraagd?'

Holly schudde haar hoofd. 'Nope. Ik heb niets te maken met zijn doen en laten.'

'O.' Tara zei niets meer. Het had geen zin. Als haar vriendin steeds weer benadrukte dat Dev en zij geen 'item' waren, dat ze alleen af en toe seks hadden en het haar niet boeide wat hij overdag uitspookte, wat kon ze dan nog zeggen? Niets viel in goede aarde.

Ze reden langs een witgeschilderd plaatsnaambord waar een bloembed van krokussen omheen lag. Iemand had er een colablikje op gezet. Het dorp bood een pittoreske aanblik. Vlak langs de weg stonden verweerde stenen cottages aan een smalle stoep. Er lagen verse eieren – blauwe, bruine en witte – op een diepe vensterbank, met een kistje ernaast waarin je de betaling kon achterlaten. Op een mededelingenbord waren briefjes geprikt met aangeboden oppasdiensten, samen met een aankondiging van de voorjaarsbraderie, verzoeken om hulp bij het halen van lammeren, auto's die te koop waren... Op een grasveld tegenover The Snooty Fox, de pub waar ze zich gisteravond lam hadden gezopen, stond een rode telefooncel die niet meer in gebruik was, en de dorpswinkel was gevestigd in een fraai witgeverfd gebouwtje met stapels houten kratten vol fruit en groente voor de deur. Op de magere worteltjes en de obscene graffiti in het bushokje na had het zomaar de filmset voor een Britse romantische komedie kunnen zijn. Het voelde alsof ze terug in de tijd stapten, naar een tijdperk van onschuld en eenvoud, en het verklaarde veel als het ging om hun vriendin Sophie. Tara vroeg zich af of ze allemaal het product van hun opvoeding waren. Alex was dat zeker, met zijn vrije, onafhankelijke geest. Holly was stabiel, loyaal, had het hart op de tong en was ontzettend ambitieus. Maar hoe manifesteerde haar eigen jeugd zich in haar? En hoe stond dat in verhouding met het feit dat ze altijd haar uiterste best deed haar achtergrond te verbergen?

Ze parkeerden en wankelden de Mini uit, Holly door haar kater en Tara door haar ochtendmisselijkheid.

'Krant, brood, melk, Nutella en... wat nog meer?' vroeg Tara terwijl ze de deur voor Holly openhield.

'Tampons,' zei Holly toonloos. Een oudere man met een pet op liep hen voorbij met een paar zondagskranten onder zijn arm geklemd. Holly knikte hem neutraal toe, maar hij leek lichtelijk van zijn stuk gebracht, misschien door wat ze zojuist had gezegd, misschien door haar kleren. 'En chocoladekoekjes.'

'O ja.'

Ze keken rond. De winkel was klein, amper groter dan de woonkamer in de Airbnb-cottage. Een vrouw van midden vijftig stond achter de toonbank met een prijstang stickertjes op blikjes te plakken. Ze wierp hun een vriendelijke blik toe terwijl zij zich oriënteerden.

'Goedemorgen.'

'Goedemorgen.' Tara glimlachte vrolijker dan ze zich voelde terwijl ze een mandje pakte en het gangpad in liep. Holly deed hetzelfde.

'Dus ze bouwen een band op?' Holly bekeek het schap met de broden.

Tara liet de vraag even op zich inwerken voordat ze de draad van het gesprek weer oppakte. 'Eh, ja. Alex doet pogingen bij mijn vader in een goed blaadje te komen.'

'Best raar. Hij lijkt me niet het type dat zich druk maakt om wat je ouders van hem vinden.'

Tara keek opzij en stak haar hand uit naar een meergranenbrood. 'Waarom niet?'

'Nou, hij heeft me eens verteld, toen jij onder de douche stond, geloof ik, dat hij vroeger joints rookte met zijn ouders en dat hij ze bij hun voornaam noemde. Beetje vreemd dat hij ineens bereid is gólf – toch een sport voor de gevestigde orde – te spelen om jouw vader te plezieren.'

Was dat vreemd? 'Nou ja, als je gaat trouwen en in een nieuwe familie terechtkomt, worden zulke dingen belangrijker. Hij wil een goede start maken en wil niet dat mijn ouders denken dat hij met mij samen is om het geld. Het is belangrijk voor hem om het goed te doen.'

'Om wat goed te doen?'

'Mijn vader om mijn hand vragen.'

Holly keek verbaasd. 'Bedoel je dat je ouders nog steeds van niets weten? Ik dacht dat jullie het hun gingen vertellen tijdens het etentje?'

Ze kromp ineen. Dat had zij ook gedacht. 'Dat is de bedoeling van dit weekend: mijn vader beter leren kennen voordat hij hem de grote vraag stelt.'

Holly's ogen vernauwden zich. 'Terwijl jij hier bent?'

'Nou, dit stond al heel lang in de agenda. Ik kon het tegenover Sophie niet maken om het af te zeggen. Bovendien maakt het niet uit. Hij vraagt het toch niet als ik erbij ben.'

Holly keek geschokt. 'Hoezo niet? Omdat jouw toekomst bij jouw afwezigheid moet worden bepaald door twee mannen? Je bent toch zeker niet hun eigendom?'

'Ik beslis zelf over mijn toekomst, hoor. Dit is alleen maar... etiquette.'

Holly snoof honend terwijl ze voor de koekjes stil bleven staan. 'Nee, het is alleen maar bullshit.'

Tara glimlachte voorzichtig om de feministische verontwaardiging van haar vriendin. 'Ik ben het met je eens. Aan de andere kant zal mijn vader het prettig vinden als het hem wordt gevraagd. Zelf wil ik alleen maar dat Alex er eindelijk eens vaart achter zet.'

'En ik maar denken dat je al toe was aan de bloemen voor je bruidsmeisjes.' Holly zuchtte met het nodige sarcasme en pakte een rol chocoladekoekjes. 'En hoe vatte Alex het nieuws op dat hij zélf vader wordt?'

Tara aarzelde. 'Dat weet hij nog niet.' Ze zag Holly's ogen groter worden. 'Maar voor je uit je vel springt, er zit niets bijzonders achter, het gaat gewoon om de timing. Als hij mijn vader eenmaal om mijn hand heeft gevraagd, vertel ik het hem, mijn ouders en iedereen.' Ze rolde met haar ogen, want ze wilde Holly niet aankijken. Ze wist welke blik er in haar ogen zou liggen.

'Dus ik ben de enige die ervan afweet?'

'Ja.'

'De enige op de hele wereld?'

'Ja.'

Holly zweeg even. 'God, wat een macht heb ik dan.'

Tara lachte. 'Hoezo?'

'Ik kan je nu gaan chanteren. Een miljoen pond om het stil te houden.' Ze kneep haar ogen tot spleetjes. 'Je zou waarschijnlijk nog betalen ook.'

Tara haalde haar schouders op. 'Het zou onze vriendschap niet ten goede komen. En peettante word je al helemáál niet meer.'

Holly's mond ging verrast open en toen weer dicht. Ze keek snel de andere kant op. 'Ben je bang?' Haar toon was nu anders.

Tara fronste. 'Voor de geboorte?'

'Nee, omdat je je hele leven opgeeft?'

Er viel een stilte. 'Ik heb je toch verteld dat ik het anders zie?'

'Ja.' Holly zweeg even. 'Nou, dat zullen ze wel bedoelen als ze zeggen dat de rijken zich onderscheiden van de rest.'

Tara trok haar wenkbrauwen op. Ze wist niet wat ze daarop moest zeggen. Ze wilde er geen woorden over krijgen, niet nu het ijs juist begon te ontdooien. 'Hols...'

Maar Holly had haar de rug al toegekeerd. 'Ga jij dit afrekenen? Ik haal de tampons. Ik zie je bij de auto.'

Ze reden twee keer zo snel als op de heenweg terug naar de cottage, met de boodschappen in een bruine papieren zak op Holly's schoot. Maar Tara's blik bleef afdwalen naar de andere zak, die tussen de enkels van haar vriendin stond. Daarin zat een doosje tampons, maar ook een zwangerschapstest. Bij de aanblik voelde Tara haar stekels overeind komen. Draaide deze rit daar dan om? Ging Holly haar op de huid zitten? Moest ze soms bewíjs leveren? Tara ziedde inwendig van woede. Ze hoefde helemaal niemand iets te bewijzen, zelfs haar beste vriendin niet. Ze had bij het starten van de motor de radio aangezet en het volume omhooggedraaid om een verder gesprek de kop in te drukken, maar de onuitgesproken woorden bleven tussen hen in hangen en creëerden een spanning die ze allebei voelden. De cottage was in zicht toen Holly zich naar haar toe draaide. 'Twig, ik moet je wat vragen.' Haar stem klonk ongebruikelijk stijfjes. Nerveus zelfs. Ze wist dus dat haar vraag ongehoord, onacceptabel zou zijn.

Tara rechtte haar rug en keek haar even aan met een harde uitdrukking op haar gezicht. 'O ja?' zei ze, met haar vingers op het stuur tikkend in de maat van het liedje op de radio. Ze ging die zwangerschapstest niet doen en ze vond het ongelooflijk dat Holly het haar überhaupt zou vragen.

'Vertrouw je hem?'

Tara fronste. Dit was niet de vraag die ze verwachtte. 'Wat?'

'Heb je hem daarom nog niets over de baby verteld? Omdat je hem niet vertrouwt?'

'Hols, we hebben het hier eerder over gehad. Ik heb je al gezegd dat ik hem vertrouw. Waarom vraag je me dit in vredesnaam?'

Er volgde een aarzeling. 'Vanwege iets wat Annie zei.'

'Annie?' sputterde Tara. Ze dacht aan de ongemakkelijke aanvaring van gisteren op de heuveltop. 'Zij kent Alex nauwelijks, dus luister alsjeblieft niet naar haar. Ze heeft hem maar een paar keer ontmoet.'

'Nou, het gaat om iets wat James tegen haar heeft gezegd.'

Tara fronste opnieuw. 'James MacLennan?'

'Ja.' Holly trok een gepijnigd gezicht. 'Het schijnt dat hij... Dit is moeilijk om te zeggen, maar het schijnt dat hij haar heeft verteld dat Alex jou gebruikt, dat hij je bedriegt...'

'Hou op.' Haar stem klonk scherp, maar Tara had het gevoel dat ze geen lucht meer kreeg.

'Ze vraagt zich al het hele weekend af of ze het je moet vertellen.'

Alleen Annie? Of de hele groep? Was dat waar het gisteren over ging, daar op die heuvel? De suggestie dat Alex haar misschien wel bedroog, onder het mom van Livs pech met mannen en Annies grote wijsheid op het mannenvlak?

'Ze heeft uiteraard geen idee van de...' ging Holly verder, met een gebaar naar Tara, waarmee ze duidelijk de verloving, de baby en alles eromheen bedoelde.

'Hou op, zei ik!' Tara trapte zo plotseling op de rem dat ze allebei naar voren schoten. Ze waren nog tien meter van de oprit verwijderd. 'Hou erover op! Ik wil het niet horen.'

Holly keek haar aan. 'Wil je dus niet weten of je vriend je bedriegt?' Haar stem klonk rustig, kalm, ook al wist ze dat elk woord dat ze uitsprak een bom onder Tara's geluk legde.

'Ik weet dat dat niet zo is.' Tara voelde de kilte in haar eigen ogen.

Even weifelde Holly, maar ze hield vol. 'Volgens Annie was James er zeker van dat hij iets op zijn computer had gezien… Waarom zou ze erover liegen?'

'Ik zeg niet dat ze liegt, maar ze is nog maar een week samen met die vent! Heeft ze enig idee dat James een hekel aan Alex heeft? Dat hij stikjaloers is om het feit dat hun professor de voorkeur geeft aan Alex, dat hij hem daarom maar al te graag wil ondermijnen? Hij zal wel denken dat een relatiebreuk Alex uit balans zal brengen en dat dat gunstig zal uitvallen voor hém. Ik denk dat er nog wel een paar mensen zijn die een breuk tussen ons zouden toejuichen.'

Ze kon de nadruk in haar woorden niet verbergen en Holly keek haar een lang moment aan met treurige, vragende ogen, waardoor Tara alleen maar bozer werd. 'Dus je denkt dat er niets van waar is? Je hebt nooit een vermoeden gehad…'

'Nooit! Ik vertrouw Alex volledig.'

'En je gelooft zijn verhaal over je vader, over de band die hij dit weekend met hem wil opbouwen?'

Tara staarde haar woedend aan, met open mond, nu ze besefte waarom Holly steeds terugkwam op dat onderwerp. 'Het zou een behoorlijk domme dekmantel zijn, nietwaar? Eén telefoontje naar mijn ouders en de waarheid komt boven tafel.'

'Tja, dat is waar,' gaf Holly toe.

'Dat is zeker waar,' snauwde Tara.

'Twig, ik wil gewoon niet dat je gekwetst wordt. Alex is superknap en dat weet hij ook. Hij weet dat hij iedereen kan krijgen.'

'Echt? Iedereen?' sneerde Tara.

Holly's ogen werden groot. 'O god, mij niet! Fuck, nee! Ik wil alleen maar zeggen dat hij heus niet zo onschuldig is. Hij is charmant, maar niet... zacht. Hij heeft ook iets meedogenloos. Ik zie het soms aan de manier waarop hij praat. Hij is heel onbuigzaam.'

'En jij? Ben jij buigzaam dan? Heb jij me gesteund en ben je flexibel geweest met de veranderingen die er voor mij aan zitten te komen? Of heb je me buitengesloten omdat mijn plannen niet meer aansluiten bij die van jou?' Tara keek haar aan met een woede die Holly nooit eerder bij haar had gezien. Ze kon haar emoties altijd goed beheersen, kon zichzelf waar nodig verbergen in een dans tussen schaduw en licht. Ze was een pleaser, altijd het aardige meisje, de moederkloek, het product van haar opvoeding. Ze probeerde haar buitengewone fortuin altijd te temperen met een bescheiden evenwichtigheid. 'Wat andere mensen dénken te weten interesseert me niet. Annie weet net zoveel over Alex als ik over James, dus weet je, Hols? Als Annie er weer over begint, zeg je maar dat ík heb gezegd dat James in de stront kan zakken!'

Holly's mond viel open bij de woordkeus. Tara was nog nooit zo tegen haar tekeergegaan.

Tara keek de andere kant op, maar ze beefde en de adrenaline golfde door haar lichaam. Ze trapte het gaspedaal onhandig weer in en reed de laatste meters naar de oprit. Ze pakte de zak met boodschappen van Holly's schoot en stapte uit de auto. 'En rot op met die verrekte test van je!' Holly's blik volgde die van Tara naar de zak tussen haar enkels. Ze keek geschokt en vervolgens beschaamd.

'Twig, het spijt me...'

Maar Tara hoorde het niet, want ze sloeg het portier hard dicht. Ze had Holly de rug al toegekeerd.

8

Londen fonkelde als een geslepen diamant, met glazen wolkenkrabbers die de zon weerspiegelden, terwijl ze de snelweg af reed en zich in het stedelijke verkeer begaf. Ze kwam terecht in een trage stroom van zwarte taxi's en bestelbusjes, en reed langs berookte victoriaanse rijtjeshuizen die zwart zagen van roet en uitlaatgassen. Ze merkte niet op hoe de smalle huizen van rode baksteen plaatsmaakten voor bredere gepleisterde georgiaanse villa's en er meer rode bussen te zien waren, en ze bleef in de tweede versnelling rijden. Haar gedachten waren bij het gespannen einde van Sophies verjaardagsweekend.

Er was niets openlijk gezegd, maar de behoedzame blikken toen ze de zak boodschappen boos had neergezet, en de zware stilte die enkele momenten later Holly's binnenkomst had begeleid, vertelden haar dat het gesprek gepland was geweest. Hols was door de rest gestuurd. Ze hadden het er blijkbaar over gehad en een gezamenlijke conclusie getrokken: Alex misleidde haar en zij was een onnozele hals als ze dat niet inzag.

Ze had hen niet kunnen aankijken, maar was vastbesloten geweest om niet te gaan huilen. Binnen een kwartier was ze vertrokken met als smoes een familieomstandigheid waar niemand iets van geloofde, en ze had dan ook niet geprobeerd om overtuigend te klinken. Sophie had een halfbakken poging gedaan om haar te laten blijven, maar Tara had zich niet laten overhalen, want ze wist wat haar vriendinnen dachten. Ze had haar tas in de kofferbak gegooid, nog niet eens dichtgeritst. Holly moest maar zien hoe ze thuiskwam. Tara had haar niet eens meer aangekeken. En de anderen ook niet.

Ze had niet de hele weg naar huis zitten huilen, zoals ze had gewild. Haar lichaam was strakgespannen als een trommelvel, haar ribbenkast bewoog amper terwijl ze oppervlakkig ademhaalde. Haar schouders waren bijna tot haar oren opgetrokken en ze had geen woord of liedje op de radio gehoord, want hoewel haar lichaam stijf stond van de spanning, was haar brein steeds in beweging met de vele gedachten die haar door het hoofd schoten.

Het waren allemaal leugens. Alex bedroog haar niet, daar was ze zeker van. Ze wist wat zij samen hadden. De aantrekkingskracht tussen hen was echt, tastbaarder dan de huid op haar handen. Een dergelijke passie kon niet worden geveinsd. Als zij samen waren, voelde ze zijn begeerte, zijn lust. Het was zelfs letterlijk lust, honger: hij beet haar, zette zijn tanden zachtjes in haar huid, wroette met zijn gezicht in haar haar, kneep en omklemde haar... En zij drukte op haar beurt haar nagels in zijn vlees. Aanraking alleen was niet genoeg. Soms had ze het gevoel dat ze elkaar het liefst wilden opslokken.

Maar waarom... waarom raakte ze dat ongemakkelijke gevoel dan niet kwijt? Al had ze Holly's woorden verdrongen, de flarden van twijfel die zich de hele week al in de krochten van haar gedachten ophielden, begonnen nu vastere vorm aan te nemen. Het impulsieve aanzoek, dat hem schijnbaar net zo had verrast als haar: was dat uit schuldgevoel geboren? De terugtrekkende bewegingen die volgden: had hij spijt? Zijn merkwaardige nadruk op de etiquette als blijk van respect tegenover haar ouders: zocht hij naar iets om zich achter te verschuilen terwijl hij aarzelde en op zoek was naar een uitweg? Had hij twijfels?

Had hij inderdaad een ander?

Het leek haar onmogelijk. Maar stel dat Annie gelijk had en mannen anders in elkaar staken? Ze was nog nooit eerder verliefd geweest. Hij was haar eerste liefde, maar zij niet die van hem. Ze wist dat hij andere vrouwen had gehad. Zijn tienerjaren waren veel vrijgevochtener geweest dan die van haar. Hij had dan ook niet tot zijn achttiende een persoonsbeveiliger in zijn kielzog gehad, elke keer dat hij op pad ging.

Ze parkeerde voor zijn appartement. Het roomkleurige autootje leek zichzelf erheen te hebben gereden terwijl zij over het stuur had zitten staren, zonder de bekende straat te zien, of zijn fiets, die met een ketting vastzat aan het zwarte hek. Ze bleef voor zich uit zitten kijken, in gedachten verzonken, en de minuten sleepten zich voort terwijl allerlei vermoedens zich aan haar presenteerden, die vervolgens weer in tegenspraak met elkaar waren.

Was zíj degene die hém in zekere zin ontrouw was doordat ze deze gedachten toeliet? Hij had niets gedaan om haar te laten twijfelen aan zijn gevoelens voor haar, dus waarom zou ze waarde hechten aan de opmerkingen van een man van wie ze wist dat hij een hekel aan hem had? Zich door hem bedreigd voelde?

Nee. Dit was idioot. Hoofdschuddend trok ze de sleutels uit het contact en stapte uit de auto. Voor het eerst sinds haar aankomst nam ze de omgeving in zich op en keek ze omhoog naar de ramen van zijn appartement, op de derde verdieping. Die waren donker, er scheen geen licht. Ze keek hoe laat het was: net vier uur geweest. Als Alex en haar vader alle achttien holes speelden, zouden ze nu ongeveer klaar zijn. En dan moesten ze nog terugkeren naar de Battersea Heliport. Ze schatte in dat ze ruim een uur voor zichzelf had, om te kalmeren – en haar telefoon op te laden. Na de nacht te hebben doorgebracht in haar jaszak en vervolgens de rit van drie uur door de heuvels en over de snelweg – met het oplaadkabeltje in de weekendtas in de kofferbak – had haar mobiel het ergens op de M6 opgegeven.

Ze pakte haar spullen, liep naar de deur en opende die met de reservesleutel die hij haar in hun eerste week samen al had gegeven. Ze ging het appartement binnen en zette haar tas met een zucht van verlichting neer nu ze zijn gebruikelijke rommelige nonchalance weer zag: schoenen kriskras uitgetrapt onder de kapstok, wat slordige stapels papieren op de keukentafel, een melkpak op het aanrecht, een overhemd en een paar boxershorts op het droogrekje aan de deur. Niet bepaald een tafereel van verleiding in haar afwezigheid.

Ze voelde haar twijfels van zich afglijden – met een schuldgevoel dat ze de argwaan überhaupt had toegelaten – en begon op te ruimen terwijl ze haar telefoon aan de oplader legde en het bad liet vollopen. Ze deed de ramen open om het appartement te luchten, snoof en gooide de melk weg, vouwde zijn kleren op en borg het droogrekje op. Ze vulde de waterkoker, zette hem aan en begon de papieren op de tafel te ordenen. De meeste zagen er ingewikkeld uit, met cirkeldiagrammen en staafgrafieken over onderwerpen waar ze weinig van wist. Ze maakte er één wat nettere stapel van en zette een kop cafeïnevrije koffie voor zichzelf. Ze ging op een stoel zitten en luisterde naar het bad dat langzaam volstroomde.

Buiten klonk geroezemoes van stemmen die ze niet kon verstaan, en ze hoorde het geluid van piepende remmen ergens op Kensington Church Street. Er koerde een duif in een boom dichtbij en er daalden vliegtuigen richting Heathrow. Alles had ineens een troostende vertrouwdheid en ze merkte dat haar zenuwen tot rust kwamen. Een rustige zondagmiddag in de stad was precies wat ze nodig had na de dubbelhartigheid van haar vriendinnen tijdens hun landelijke weekend…

Ze pakte het bovenste verslag van de stapel paperassen en las een stukje, om de tijd te doden. Haar ogen vielen op woorden als herbebossing, vegetatiestructuur, kostennegatieve koolstofvastlegging. Het ging over het sinaasappelschillenproject, besefte ze, het verhaal dat haar vader had opgepikt. Hij had het waarschijnlijk weer tevoorschijn gehaald om alle feiten weer op een rijtje te krijgen, zodat hij indruk kon maken op zijn toekomstige schoonvader.

Ze bladerde naar het volgende verslag, dat eronder lag, waar ze de naam van haar familie in een krantenkop zag staan. En het volgende. En het volgende… Ze glimlachte. Haar vader had hém laten natrekken, maar andersom had Alex blijkbaar ook de nodige research gepleegd. Geen wonder dat ze zo goed met elkaar konden opschieten.

Er was een geprint artikel uit de *Financial Times*, compleet met een foto van haar vader ergens in een directiekamer die een andere grijsharige man de hand schudde; zo te zien waren beiden tevreden met een of andere deal. Daaronder lag een stuk over haar vader uit *Forbes* van ongeveer een jaar geleden. Dat kon ze zich nog goed herinneren: het was geplaatst kort na de aankondiging dat de familie Tremain zich aansloot bij de Giving Pledge, het nieuwe initiatief van Warren Buffett en Bill en Melinda Gates, dat meteen 's werelds meest exclusieve club was geworden, waarin miljardairs toezegden het grootste deel van hun vermogen, zo niet alles, te doneren tijdens hun leven of na hun dood. Maar dat was niet de reden waarom ze zich dit artikel kon herinneren. Haar vader gaf nooit interviews, maar de journalisten hadden enkele bronnen bereid gevonden te praten, en iemand had zelfs een foto van Miles en haar in hun tienertijd aangeleverd. De foto was gepubliceerd zonder toestemming van rechthebbenden, wat haar vader de mogelijkheid had geboden te dreigen met een rechtszaak tenzij er een grote donatie aan zijn stichting zou worden gedaan en er een verontschuldiging in het volgende tijdschrift zou worden geplaatst.

Delen van de tekst waren met blauwe inkt onderstreept – de stukjes waar Alex het over wilde hebben als onderdeel van zijn charmeoffensief. Ze dacht aan wat hij had gezegd, dat hij manieren had proberen te vinden om indruk op haar vader te maken. En als promovendus was hij natuurlijk een kei in onderzoek doen. Ze bekeek de aantekeningen. Het was altijd vreemd om over haar familie te lezen, door de ogen van onbekenden die schreven op een toon die suggereerde dat ze bekenden waren.

Ze las de tekst nog eens en boog zich voorover. Iets had tijdens het eerste vluchtige doorlezen haar aandacht getrokken, een detail dat in haar achterhoofd was blijven hangen…

De telefoon ging, luid trillend op de tafel, waardoor ze uit haar concentratie werd gehaald.

Ze liep ernaartoe. Vier procent? Nog een tijdje verder opladen dus. 'Hallo?' zei ze terwijl ze hurkte, want het snoer was niet lang genoeg om staand te kunnen bellen.

'Piglet?' riep een stem luid.

'Pap! Hoi.'

Er klonk een hoop lawaai op de achtergrond en de verbinding was slecht. Ze vroeg zich af of hij in de helikopter zat. 'Waar ben je?' schreeuwde hij over het geluid heen. 'Niet nog in de rimboe hoop ik?'

'Nee, ik ben net terug. Ik ben in Alex' appartement.'

'Mooi zo! Want wij zijn op de terugweg. Ga alsjeblieft meteen naar huis en hou je moeder kalm tot we er zijn.'

Kalm? Tara's hart klopte in haar keel. Ze durfde het amper te vragen. 'Pap… bedoel je dat Alex met je heeft gepraat?'

'Absoluut!' riep hij lachend. 'Je hebt een goeie getroffen, Piglet! Maar laten we het er straks over hebben. Ga snel naar huis. We hebben iets te vieren!'

Tara hing op en legde vol opwinding haar handen over haar mond. 'O mijn god,' fluisterde nadat ze een gilletje had geslaakt. 'Hij heeft het gedaan!'

'Darling!'

Haar moeder keek verbaasd toen Tara binnenwandelde, al was het alleen maar omdat ze zich voor de verandering had opgetut. Ze had de Ganni-jurk aangetrokken die al maanden in de kast hing te wachten op een geschikte gelegenheid. Het was een auberginekleurige zijden japon met een brede ceintuur die slank afkleedde en dus niet lang meer een optie zou zijn.

Haar moeder zat op de bank met een gin-tonic op een bijzettafeltje en een tijdschrift op schoot. 'Ik wist niet dat je zou komen.'

Tara liep naar de drankkast en schonk zichzelf een glas tonic in, met een schijfje komkommer om het af te maken. 'Dat begrijp ik. Twee keer in een weekend, te gek voor woorden,' grapte ze.

Haar moeder bekeek haar van top tot teen. 'Ga je hierna nog ergens naartoe?'

'Nee. Niet dat ik weet,' zei Tara met een glimlach. 'Hoezo? Jij wel?'

'Geen sprake van,' antwoordde haar moeder hoofdschuddend. 'Ik heb je vader dit weekend nauwelijks gezien. Hij is vandaag aan het golfen geweest, met jouw Alex.'

Tara's glimlach werd groter. Haar Alex. 'Ja, dat heb ik gehoord. Ze komen er zo aan. Papa heeft gebeld.'

'Heeft hij jou gebeld?'

'Ja.'

'En je gevraagd hiernaartoe te komen?'

'Ja.'

Haar moeder knipperde met haar ogen. Ze ging rechtop zitten. 'Waarom zou hij dat doen?'

Tara voelde het inwendig bruisen van blijdschap en opwinding. Ze wist niet hoe haar vader en Alex het verheugende nieuws wilden brengen, maar ze zou moeten wachten tot ze hier waren. 'Waarom niet? Wat is er zo bijzonder aan een spontaan etentje samen op de zondagavond voor jullie weggaan?' Tara keek rond. 'Is Miles er ook?'

Haar moeder leunde weer achterover tegen de kussens. 'Nee. Gstaad, weet je nog? Hij is gisterochtend vertrokken en komt dinsdagavond terug.'

'O ja. Was ik even vergeten.' Het was misschien maar goed ook. Ze zou eerst met Miles moeten praten en de volgende ontmoeting tussen haar broer en vriend zorgvuldig moeten arrangeren. Ze nam een slok tonic om af te koelen. Ze had in een te warm bad gelegen en zich vervolgens hiernaartoe gehaast om er eerder te zijn dan Alex en haar vader, dus nu had ze het snikheet.

'Was jij dit weekend niet naar een feestje of zo?'

'Ja, in Shropshire. Voor Sophies eenentwintigste verjaardag. Ik ben vanmiddag teruggekomen.'

'Eh, Sophie...' Haar moeder keek haar blanco aan.

'Toekomstig veearts, iets vooruitstekende tanden.' Tara wist haar vriendinnen te reduceren tot enkele opvallende kenmerken die haar moeder zich zou herinneren. Het was niet haar gewoonte om zo bot te zijn, maar ze voelde zich nog gekwetst om de manier waarop ze haar hadden behandeld. Achter haar rug hadden ze vast nog veel ergere dingen gezegd en hoewel Sophie niet rechtstreeks iets naars had gezegd, had ze het ook niet voor haar opgenomen.

'O ja, Sophie! Aardige meid. Is zij echt al eenentwintig?'

'Ja, dat zou je niet zeggen, hè?'

'Ze ziet er veel jonger uit. Waarschijnlijk omdat ze haar maquillage nog niet onder de knie heeft.'

'Sophie gebruikt geen make-up.'

'Nou, dan is dat dus haar probleem,' zei haar moeder met een medelijdende blik. 'Wij moeten trouwens ook eens gaan nadenken over jouw eenentwintigste verjaardag.'

'Ik wil geen feest.'

'Dat zeg je altijd, maar we moeten er toch echt op de een of andere manier aandacht aan besteden. Het is een te grote mijlpaal om zomaar voorbij te laten gaan.'

'Oké, ik zal erover nadenken,' jokte Tara, en ze nam nog een slokje. Ze had grotere mijlpalen dan een verjaardag voor de boeg. Op dat moment hoorden ze de voordeur dichtslaan en het lage geluid van mannenstemmen in de hal. Wat een timing!

De vlinders in Tara's buik namen een hoge vlucht. Eindelijk. Hier had ze de hele week – of misschien wel haar hele leven – op gewacht. Alex had ook al zeven belpogingen gedaan sinds het telefoongesprek met haar vader, maar die had ze gemist toen ze in bad lag en tijdens de rit hiernaartoe. En ze wilde ook helemaal geen halve verhalen horen, ze wilde dat hij haar alles zou vertellen als hij hier was. Ze wilde alle details horen van zijn weekend en dat van haarzelf helemaal vergeten, ze wilde de blik in zijn ogen zien...

De deur ging open en haar vader vulde de opening in een voor hem ongebruikelijk uitbundige smaragdgroene trui. Om de een of andere reden was het golfspel een aanleiding om alle soberheid af te werpen en te kiezen voor kleur. 'Hier zijn jullie!' zei hij stralend. 'Ik hoopte al dat we jullie samen zouden aantreffen.'

'O ja, Brucey? En waarom dan wel?' vroeg haar moeder met meer dan gewone interesse terwijl hij de kamer in beende en haar een kus op haar gepoederde wang gaf. 'Dag, Alex, fijn je weer te zien.'

'Het genoegen is wederzijds, Samantha.' Ook Alex was binnengekomen. Hij droeg een donkerblauwe broek en een overhemd met een trui erover – helemaal niet zijn stijl en overduidelijk bij de club aangeschaft. Tara's glimlach werd groter bij de aanblik. Hij was bijna té knap en oogde als een wat onhandige kakker in zijn nieuwe kleren. Maar haar vader blokkeerde haar zicht en liep naar haar toe om haar te omhelzen.

'Piglet.' Hij boog zich voorover om ook een kus op haar wang te geven, en ging met een knipoog weer rechtop staan. Tara wist dat haar ogen glansden van geluk. Haar vader draaide zich met de energie van een dertig jaar jongere man om naar zijn vrouw. 'Om antwoord te geven op je vraag, Sam-Sam: ik heb Piglet gevraagd hiernaartoe te komen omdat we iets te vieren hebben.'

Tara glimlachte zoals altijd als ze de koosnaam van haar vader voor haar moeder hoorde. Die paste eigenlijk niet bij haar en was daarom des te liefdevoller.

Haar vader liep naar de drankenkast en haalde een grote fles Bollinger uit het koelgedeelte. Samantha Tremain ging weer rechtop zitten en keek naar Tara. 'Bruce, wat is er precies aan de hand?'

Bruce keek op zijn beurt naar Alex en liet met zichtbaar genoegen de spanning stijgen. 'Wil jij het haar vertellen of zal ik het doen?'

'Eh...' Alex' blik gleed naar Tara. Nu pas viel het haar op hoe bleek hij zag.

'Plankenkoorts?' zei Bruce grinnikend, terwijl hij de fles opende, waarbij de kurk door de kamer vloog en de lijst raakte van een kleine Vermeer aan de muur. 'Goed, dan neem ik de honneurs wel waar.'

Tara keek weer naar Alex terwijl haar vader voor ieder van hen een flûte vulde. Hij leek wel... ziek. Alsof hij koorts had.

'Alex?' vroeg ze bezorgd. Had hij een kater? Speelde de port van gisteravond hem nog parten? Ze had hem in elk geval nog nooit zo dronken gehoord.

'Ja, Alex. De held van de dag! De man naar wie we op zoek waren.'

We? Tara wierp haar vader een blik toe terwijl hij haar een glas in haar hand drukte. Alex was toch zeker de man naar wie zíj op zoek was geweest?

Iedereen had nu een glas. Haar moeder zat op het puntje van de bank alsof ze klaarzat om op te springen of zich achterover te laten vallen.

Bruce Tremain stak nonchalant een hand in zijn broekzak. Deze ontspannen, zelfverzekerde houding nam hij vaak aan als hij een speech ging houden.

'Om eerlijk te zijn had ik toen hij hier vrijdagavond binnenliep geen idee dat deze jongeman zo'n belangrijke plek zou gaan innemen in ons leven. Samantha en ik proberen benaderbaar en hartelijk te zijn tegenover alle vrienden en vriendinnen van onze kinderen, misschien wel met name die van onze Piglet, omdat zij zich zo... ongemakkelijk voelt bij dit alles...' Hij maakte het vage gebaar dat ze in familieverband gebruikten om hun omgeving te typeren. Tara keek weer naar Alex en schonk hem een bemoedigende glimlach. Maar hij glimlachte niet terug. Hij keek de andere kant op.

Tara voelde een zweem van angst opspelen in haar onderbuik. Er was iets mis, dat voelde ze. Had hij er nu al spijt van? Had ze hem toch te zwaar onder druk gezet en was hij er nog niet volledig klaar voor?

'Maar toen had ik nog geen weet van de ontwikkelingen die zich in de loop van het weekend zouden ontvouwen, Sam-Sam. Ik weet dat je geërgerd was omdat ik dit weekend veel minder tijd met jou heb doorgebracht dan ik had beloofd, maar als je hoort wat wij te vertellen hebben, zul je het wel begrijpen.'

'Kom maar op dan.'

Bruce liep naar Alex toe en legde een hand op zijn schouder. 'Alex heeft me een vraag gesteld, een belangrijk verzoek gedaan...'

Haar moeder bracht haar handen naar haar mond en keek met opgetogen ogen naar Tara.

'En na een aantal diepgaande gesprekken in de loop van dit weekend heb ik ermee ingestemd.' Hij keek opzij en knikte Alex toe met een ernstige uitdrukking die Tara op de een of andere manier verontrustte. 'Ik heb wat telefoontjes gepleegd en het balletje aan het rollen gebracht. Ik ga drieëntwintigduizend vierkante kilometer land in Costa Rica kopen.' Zijn grijns verbreedde zich. 'Wij gaan samen een nationaal park creëren.'

De stilte weerklonk als een geweerschot. Tara voelde de kamer ronddraaien en kantelen terwijl haar leven onder haar voeten weggleed.

'Jullie gaan wát doen?' De stem van haar moeder klonk ver weg. 'O, in godsnaam, Bruce! Dat was niet het nieuws dat ik verwachtte!' Ze wierp een korte blik op Tara en perste haar lippen op elkaar. 'Ik bedoel, waarom maak je daar nou zoveel drukte om?'

'Omdat dit het project is waar we op hebben gewacht, Sammy, snap je dat niet? Sinds we ons bij Giving Pledge hebben aangesloten, vraag ik me continu af waar ik in vredesnaam dat verrekte geld aan moet uitgeven. Het lijkt wel eenvoudiger om het te verdienen dan om het kwijt te raken. Maar Alex heeft me verteld over zijn ideeën voor een enorm natuurbeschermingsproject in Midden-Amerika. De schaal is doorslaggevend! De grootschalige aanpak maakt het verschil. Alle andere projecten en liefdadigheidsorganisaties die ons benaderen zijn piepkleine eilandjes van goede bedoelingen. Maar zoals Alex me heeft duidelijk gemaakt, floreren eilanden niet, darling! Ze zijn te klein en er profiteren te veel tussenpersonen van. Ik bedoel, je kent de levensgrote ego's van die lieden: "Mijn stichting dit, mijn stichting dat." Over vijftig jaar zijn ze allemaal ter ziele! Blijvend succes vereist een langetermijnvisie zónder allerlei tussenpersonen. Het proces moet worden gestroomlijnd via één enkele financieringsbron, en we moeten groot denken. Als we koolstof willen vastleggen hebben we biodiversiteit en natuur in overvloed nodig, en die kunnen we alleen op grote schaal realiseren.'

Tara voelde het suizen in haar oren, een schrille toon die haar hoofd vulde terwijl de kamer in steeds snellere cirkels ronddraaide.

'Maar waarom Costa Rica?' vroeg haar moeder. 'Ik bedoel, dat ligt ver weg.'

'Om te beginnen vind ik het fijn dat wij er een band mee hebben.' Haar vader knipoogde naar Tara zonder door te hebben dat haar wereld met elk woord aan het instorten was. Ze kon Alex' stem achter de woorden van haar vader horen: ze had ze al vaak gehoord – aan tafel, op de bank, in bed... Maar nu sprak haar vader ze uit, met ogen die glinsterden van trots en opwinding. Hij vond niets zo heerlijk als een deal sluiten, en dat hij nu ook nog eens de planeet kon redden... 'Maar vooral omdat daar zes procent van de biodiversiteit op aarde te vinden is, en we met dit project de kans krijgen om de natuur daar langdurig te beschermen. Alex, onze man met dit grote plan, heeft het allemaal uitgedacht! Hij heeft een tienjarenprogramma opgesteld om het park te ontwikkelen, dat daarna wordt teruggegeven aan het Costa Ricaanse volk, met de nodige voorwaarden natuurlijk. Vele voorwaarden. Maar ik voorzie geen problemen: een kwart van het land is al eigendom van natuurbeschermers. Wist je dat Costa Rica op weg is de eerste natie ter wereld te worden waar alle energie op duurzame wijze wordt opgewekt?'

'Bruce, je weet dat ik dat soort dingen niet bijhou.'

'Nou, ik eerlijk gezegd ook niet. Ik wist zelfs niet meer dat ik al een cheque voor vijf miljoen dollar aan Alex had uitgeschreven voor zijn vlinderproject! Ik denk dat Patsy het voor me heeft afgehandeld.' Hij fronste alsof hij nog steeds verbluft was over het feit dat hij zoiets niet had onthouden. 'Maar dat illustreert het probleem toch juist? Te veel mensen doen kleinschalige dingen terwijl de tijd voortschrijdt! Het is al te laat. De natuur verkeert in een crisis en we hebben een weidse visie en veel kapitaal nodig. Er zijn maar enkele mensen op de wereld die het verschil kunnen maken op de vereiste schaal.' Hij keek trots opzij naar Alex en legde een hand op zijn schouder alsof hij zijn zoon was. 'Ik weet niet meer precies hoe het is gegaan, maar in de loop van onze gesprekken dit weekend heeft Alex die donatie van vijf miljoen dollar weten te vergroten naar een miljard.'

Hoe het was gegaan? Tara wist het wel.

'Een miljard? In één keer? O Bruce, vind je dat niet wat veel?'

'Darling, wat heb ik je nou zojuist verteld? We kunnen de planeet niet in stukjes en beetjes redden. De groei van de wereldbevolking met als gevolg de klimaatverandering overweldigt de aarde. Het heeft geen zin om onze donaties op te delen in een paar miljoen hier en een paar miljoen daar. We kunnen alleen een bijdrage van betekenis leveren als we op grote schaal werken. Alleen door een enorm stuk land te kopen, daar actief aan herbebossing te gaan doen én de bestaande wouden te behouden kunnen we grote oppervlakten benutten om koolstof vast te leggen.'

Haar moeder zweeg. Tara had geen woord gezegd. Ze was er niet eens zeker van dat ze had ademgehaald. Ze maakte geen deel uit van het gesprek en had zelfs het gevoel dat ze zich buiten haar lichaam bevond.

'Wist je dat...' Haar vader lachte geamuseerd terwijl hij met een vinger in haar richting porde. 'Wist je dat ik dacht dat Alex en jij iets serieus met elkaar hadden? Het was niet in me opgekomen dat je hem met een bedoeling aan me had voorgesteld!' Hij zwaaide vol genegenheid zijn vinger heen en weer, alsof ze ondeugend was geweest. 'Eerst waren het die moeder-en-kindklinieken, en nu kom je hiermee.'

'Tara...' Alex' stem was als een lemmet dat hard blinkend omhoogstak in lang gras. Ze kromp ineen en ten slotte maakten haar ogen contact met de zijne – en ze wist dat het voorbij was. Hij keek haar aan met een blik van spijt, maar ook zonder spijt, en ze herinnerde zich het gesprek dat ze de afgelopen week nog hadden gevoerd. *Je moet bereid zijn om grenzen te overschrijden om iets gedaan te krijgen.*

'Sorry,' zei ze, en ze zette haar glas met een zichtbaar trillende hand neer voor ze de kamer uit snelde.

'Piglet?'

Ze holde snel door, met haar rok wervelend om haar benen, en pakte op weg naar de voordeur haar sleutels van het tafeltje in de hal. Alex' voetstappen klonken vlak achter haar en hij legde een hand op haar arm om haar tegen te houden.

'Tara, dit heeft niets met ons te maken...'

Ze draaide zich om en gaf hem een harde klap op zijn wang, tot verbijstering van hen allebei. Ze voelde het gapende gat in haar al opengaan terwijl ze zijn leugen liet weerklinken. Want het was een leugen, dat wist ze zeker. Dit had alles met hen te maken. Het was niet alleen de reden waarom hij haar die ochtend over straat achterna was gehold, maar zelfs de reden waarom hij in die koffiezaak was geweest. Ze hadden elkaar niet toevallig ontmoet, hij had dit zo gepland. Hij had al die tijd geweten wie ze was, en toen ze geen aanstalten had gemaakt om hem aan haar ouders voor te stellen, had hij haar een aanzoek gedaan om er vaart achter te zetten. En zijn verbazing toen ze hem eindelijk vertelde wie ze was? Die was gespeeld. Zijn aarzeling om haar vader tijdens het etentje om haar hand te vragen? Hij had gewoon meer tijd met hem alleen nodig gehad om hem zijn plan voor te leggen. James MacLennan had gelijk gehad. Alex had haar bedrogen. Hij had haar bedrogen om in contact te komen met haar vader teneinde zijn ambities waar te kunnen maken.

En ze wist precies hoe het gegaan was. Dankzij dat artikel in *Forbes* – het enige ooit waarin een foto van haar was afgedrukt – had hij zijn kans geroken. Hij had schaamteloos van de gelegenheid gebruikgemaakt. Ze dacht aan zijn handen op haar lichaam, zijn lippen op haar huid, zijn baby in haar buik... O god!

'Ik weet wat je denkt,' zei hij op dringende toon. 'Maar je begrijpt het niet...'

Ze keek hem aan met een minachting die ze niet voor mogelijk had gehouden. Ze begreep veel meer dan hij wist. Haar gedachten bleven terugkeren naar het stuk dat hij had geprint, met name het regeltje waar haar oog op was gevallen vlak voordat haar vader belde.

Je hebt deze pagina bezocht op 18-03-2010.

Een jaar geleden. Acht maanden voor ze elkaar hadden ontmoet. Er was simpelweg geen andere uitleg mogelijk. Alles wat hij tegen haar had gezegd was gelogen.

DEEL 2

9

Tien jaar later

Holly zette haar dienblad met een klap neer en liet zich op de stoel zakken. Ze strekte haar armen en benen als een lappenpop en leunde met haar hoofd naar achteren zodat de punt van haar krullende rode paardenstaart de vloer bijna raakte. 'Zeg dat het bijna voorbij is,' zei ze kreunend.

'Het is bijna voorbij,' antwoordde Tara, en ze nam een hap van haar sandwich alsof ze een leeuw was die haar tanden in een antilope zette. Ze had tien uur achter elkaar gewerkt en moest nog even. Voor haar stonden een beker koffie en een blikje cola, dat ze nog maar voor de helft had leeggedronken. Geen wonder dat ze bijna voortdurend werd geplaagd door hoofdpijnen.

Holly worstelde zich omhoog tot ze half rechtop zat en nam Tara's eigen stille vermoeidheid waar. 'Vertel me nog eens waarom we dit ook alweer doen?'

'Voor de voldoening, naar het schijnt.' Tara trok al kauwend een wenkbrauw op.

'O ja... Dat is ook zo. Daar heb ik vandaag zó veel van gehad,' grapte Holly met een ironische blik in haar ogen. 'Tot nu toe heeft er iemand over me heen gebraakt, ben ik bijna gewurgd, drie keer een rotwijf genoemd en heeft iemand me met een naald bedreigd.'

'Hm. Een vrij rustige dienst dus.' De verslagen van Holly's werk als arts-assistent op de spoedeisende hulp waren vaak horrorverhalen. Tara keek toe hoe haar vriendin koffie door een rietje dronk in een poging de 'gevoelige tand' te vermijden waarvoor ze nog steeds niet naar de tandarts was geweest.

'Heb jij het druk gehad?' vroeg Holly via haar mondhoek terwijl ze bleef zuigen.

'Een hersenbloeding, een miltruptuur, twee reanimaties en een geval van vierdegraads brandwonden. Maar geen wurgingen.'

'Zie je wel? Je mist van alles. Op de SEH is altijd wat opwindends te beleven.'

'Om nog maar te zwijgen van de glamour.' Tara gaf een zachte trap tegen Holly's voet en knikte veelbetekenend naar wat opgebraakte wortelsmurrie die nog op haar schoenen zat.

'Ieuw! In godsnaam...' Holly trok een grimas, duwde haar bord spaghetti bolognese van zich af en greep naar de KitKat die ernaast lag. Het was Tara een raadsel dat haar vriendin niet permanent trilde, want ze leefde op cafeïne en suiker en woog ongeveer zoveel als Tara's linkerbeen. 'Vanavond is het jouw grote avond, toch?'

Tara nam nog een hap van haar sandwich. 'Hou op. Ik heb een hekel aan uitreikingen,' zei ze met volle mond.

'Het zal wel. Ik ben nog nooit voor zoiets uitgenodigd.' Holly's stem klonk plagerig en haar ogen lachten. Zoals Tara wist, deed ze wat ze deed 'om de inhoud, niet om de erkenning'.

'Tja, heb jij onlangs nog een paar internationale kinderklinieken gebouwd?' vroeg Tara op ironische toon.

'Niet onlangs, nee.' Ze kreunde. 'Ik kan het me niet eens veroorloven mijn oprit te laten doen.'

Tara zei niks. Haar vriendin zou haar hulp niet aanvaarden, ook niet als zij die zou aanbieden.

'Vertel eens, heb je je koffer al gepakt?'

'Jij niet dan?' plaagde Tara.

'We weten allebei dat ik in mijn operatiekleding in dat vliegtuig zal zitten.'

'Mmm.' Tara nam nog een flinke hap van de sandwich. Ze had zo'n trek dat ze dacht nog nooit zoiets lekkers te hebben geproefd, maar zelfs kauwen was uitputtend.

'Als ik word opgehouden, wachten jullie wel op me, toch?'

'Nee. Er is een vluchtschema ingediend.'

'Dat leek me nou juist het voordeel van het bezit van een eigen toestel. Dat alles om jou draait.'

Tara wierp haar een strenge blik toe.

'Wat?' zei ze grijnzend. 'Is dat dan niet zo?'

'Het gaat om goed gedrag.'

Holly schudde haar hoofd. 'Al die rijkdom is niet aan jou besteed, weet je dat? God, wat ik allemaal zou doen als ik in jouw schoenen stond! Maar jij bouwt kinderziekenhuizen en stemt groen en recyclet je suf. Waarom ben je altijd zo goed voor de wereld?'

'En waarom is dat een slechte eigenschap?' Tara grijnsde en liet haar gedachten afdwalen naar de belofte die de komende week inhield: deze kleding uittrekken en dit ziekenhuis uit lopen, terugkeren naar de plek van haar jeugddromen, het land van weelderige regenwouden, exotische vogels en ongerepte stranden. Ze was van plan om elk uur te eten en steeds tien uur achtereen te slapen en eindelijk voor zichzelf te zorgen. Zon, zand, slaap – dat was haar mantra geworden, vooral tijdens nachtdiensten.

'*Dokter Tremain naar de ic.*'

Ze verstrakten allebei bij het horen van de oproep. Tara keek naar haar half opgegeten tonijnsandwich, het schaarse bewijs dat ze vandaag ten minste íéts had gegeten in de lunchpauze. Zonder zelfs maar te zuchten liet ze hem op het bord vallen en schoof haar stoel naar achteren. Ze keek haar vriendin met vermoeide ogen aan.

'Misschien nog tot later.' Holly knikte berustend. 'Morgenavond half negen op het vliegveld, toch?'

'Acht uur,' verbeterde Tara haar, hoewel haar vriendin natuurlijk heel goed wist hoe laat ze zouden vertrekken. 'Geen minuut later.'

Tara pakte haar koffiebeker en nam nog een grote slok van het slootwater dat erin zat voordat ze ervandoor spurtte. Ze knikte naar bekende gezichten terwijl ze in voorzichtige haast voortholde. Meestal rende ze niet: patiënten konden in paniek raken bij het zien van een hollende dokter. Maar aangezien ze nog een paar keer werd opgepiept snelde ze door de vertrouwde gangen en rende de trappen op; er was geen tijd om op de lift te wachten.

Ze zou de route geblinddoekt kunnen rennen, want ze kende het ziekenhuis beter dan haar eigen appartement. Ze kon op elke afdeling de wattenstaafjes in het kleinste kastje vinden of de defibrillator pakken, ze wist welke snackautomaten haperden en welke portiers het meest behulpzaam waren, maar ze had geen idee hoe haar buren heetten of waar de hoofdkraan in haar appartement in Pimlico zich bevond. En Rory had haar er de vorige week nog op gewezen dat het blauwe beschermplastic nog op de voorkant van haar koelkast zat. Zij had gedacht dat het zo hoorde. Ze had het ding al achttien maanden.

Ze was binnen drie minuten ter plekke en hield haar pasje voor de lezer om de ic binnen te komen, waarna ze ongeduldig wachtte gedurende de twee seconden die het duurde voor de deuren fluisterend openzwaaiden. De moed zonk haar in de schoenen toen ze een lid van haar F2-team met grote ogen uit kamer drie zag komen, alsof ze naar iemand op zoek was. Naar haar.

'Zeg het maar,' zei ze terwijl ze binnenliep en automatisch naar de stethoscoop om haar hals greep. Een paar artsen in opleiding die bij het bed stonden rechtten hun rug, zetten een stap achteruit en onthulden de kleine, gehavende gestalte van een vierjarig meisje. Hoewel ze erin was getraind om onbewogen te blijven gleed haar gewoonlijk kalme masker heel even af en reageerde ze inwendig met een nieuwe schok bij de aanblik van het kind. Niemand zou mogen meemaken wat dat lijfje te verduren had gehad: zestien gebroken botten. Een gescheurde milt. Een schedelbasisfractuur. Gehoorverlies.

'Bloeddruk gedaald. Zestig veertig. Extra vocht!'

Wát? Tara's ogen scanden de monitors en ze trachtte duiding te geven aan de cijfers, die haar een dramatisch verhaal vertelden, een subplot in het simpele 'alles-komt-goed-scenario' waar Tara negen uur geleden in de operatiekamer op had gerekend. Alles was de hele dag goed gegaan, maar nu was de bloeddruk van het meisje zestig over veertig, veel te laag dus, was haar zuurstofgehalte vijfentachtig en haar hartslag honderdveertig, terwijl die ook nog eens verder steeg omdat haar hart uit alle macht genoeg bloed en zuurstof naar haar organen probeerde te pompen. Ze zou weer wegzakken, haar lichaamsfuncties zouden uitvallen en haar lijfje zou wild zwaaiend als een aapje tussen de bomen naar de dood slingeren.

Tara fronste en probeerde het raadsel in kaart te brengen. Er ging iets mis in dat lichaampje, maar wat? Wat zag ze over het hoofd? De operatie was geslaagd. Het kind was vlak na zes uur vanochtend opgenomen en haar ouders zaten in hechtenis. De scans hadden duidelijkheid geboden, de hechtingen waren schoon en netjes geweest. Het was allemaal volgens het boekje gegaan en het meisje was er zonder complicaties doorheen gekomen. Tara had haar werk goed gedaan. Ze had verwacht dat haar patiëntje een rustige dag en nacht tegemoet zou gaan en morgenochtend zou worden overgeplaatst naar de verpleegafdeling, gevolgd door het onvermijdelijke bezoek van de kinderbescherming. Ze had zich geen zorgen gemaakt over haar herstel, hoewel ze het hartverscheurend had gevonden dat er niemand huilend in de wachtruimte had gezeten, dat er niemand had lopen ijsberen in afwachting van bericht over het meisje. Of ze het zou overleven? Of ze zou doodgaan? Het kon niemand wat schelen. Ze was vier jaar oud en alleen op de wereld.

Tara legde haar hand op het tengere armpje en voelde de warmte van het kind, het flakkerende leven als een kaarsvlam in een briesje. Welke kansen had ze? Geboren bij ouders die haar niet wilden, ouders die zelf bijna nog kinderen waren, ouders die alleen een uitweg zagen in drank en geweld. Ze voelde de bekende vloedgolf van schuld opkomen omdat zij zo veel had en anderen zo weinig, maar ze vermande zich en herinnerde zichzelf eraan dat ze hiervoor leefde. Dat ze op deze manier het verschil maakte en iets terug kon geven.

Het kinderlijfje verstijfde plotseling onder haar hand en ontspande vervolgens terwijl de monitors begonnen te knipperen en de getallen haar toeschreeuwden.

'Bel de ok,' zei Tara op vaste toon nu haar logica, feitenkennis en gedegen opleiding het weer overnamen. Sentiment zou het meisje niet redden. Alleen de geneeskunde kon dat. Ze moest haar kalmte bewaren. Haar ogen gleden over de veranderende gegevens en cijfers, en gaven er betekenis aan. 'Ze verliest te veel bloed. We moeten opereren. Nu.' Ze had de eerste keer iets gemist, dat kon niet anders.

Een van de verpleegkundigen rende de kamer uit om te bellen terwijl de stangen rond het bed omhoog werden geklapt en de remmen eraf gingen. Tara sloot zich af voor de geluiden, het geflits, de adrenaline die als een metalige zweem in de lucht hing. Ze voelde zich omgeven door een wolk waarin de wereld rondom de wattige randen ophield te bestaan, waarin zijzelf niet meer bestond of voelde. Haar voeten kwamen automatisch in beweging, de liftdeuren sloten zich, maar ze zag maar één ding. Een kind dat zou sterven als zij niets deed.

'Blijf bij me, Lucy,' zei ze met een kneepje in de smalle onderarm. 'Het komt goed. Wij zorgen voor je.'

Ze stapte de operatiekamer binnen, liep met gebalde vuisten vooruit de operatiekleding in die haar werd voorgehouden en waste haar handen ritmisch en methodisch terwijl ze nadacht over de meest waarschijnlijke plekken waar de bloeding kon zitten. Ze moest het gat snel zien te vinden. Ze ging dat lijfje voor de tweede keer in negen uur opensnijden, een klein lichaam dat nu eigenlijk in een zonnige tuin zou moeten spelen, dat zou moeten zwemmen of taart eten. Het meisje was nu nog kwetsbaarder dan bij de eerste operatie, nog zwakker, en Tara wist dat er een hachelijk kantelpunt was: het moment dat de handelingen om haar te redden haar juist in gevaar zouden brengen. Er zouden geen handen moeten binnengaan in een borstkas die niet groter was dan een bal, dat gezonde kinderhart zou niet de steun nodig moeten hebben van een beademingsapparaat...

Ze knipperde met haar ogen, verbande opnieuw alle emotie en duwde met haar schouder tegen de deur om zich vanuit de wasruimte weer bij het team in de ok te voegen. Hun patiëntje was klaar voor de operatie en Tara wist dat het een race tegen de klok zou worden.

Ze bleef een ogenblik roerloos staan, haalde diep adem en voelde haar hoofd helder worden.

'Scalpel.' Het woord was een aanzet, als de eerste noot van een lied. Ze stak haar hand uit en de assistent legde het instrument behoedzaam in haar handpalm.

De incisie was scherp en vastberaden, en het bloed donker en dik, waardoor ze in één oogopslag wist dat het zuurstofgehalte van het meisje laag was. Haar wereld verkleinde zich verder. Het was alsof ze door een telescoop keek met haar blik op één punt gericht. Er zat altijd een bepaalde orde in wat ze zag, een van de redenen waarom ze zo van de geneeskunde hield: de basis was elke keer gelijk en afwijkingen als ziekte of verwondingen moesten eruit worden gefilterd en geëlimineerd. Maar ze zag nu niets. Het bloed was een glanzende donkerrode massa die de organen overspoelde. De afzuigpomp werkte niet toereikend.

Ze raakte niet in paniek. Ze vertrouwde op de opleiding die ze had genoten bij een aantal van de beste artsen ter wereld. Ze vertrouwde op haar eigen kunnen. Ondanks het hoge sterftecijfer – onvermijdelijk op een ic – was er op haar operatietafel nog nooit een kind overleden. En dit zo eenzame vierjarige meisje zou niet het eerste worden, nam ze zich voor.

Ze voelde met piepkleine bewegingen van haar vingers of ze het kleine scheurtje kon vinden dat zoveel ellende aanrichtte, duwde lichtjes tegen teer weefsel, streek over de keurige hechtingen die ze vanochtend vroeg zelf had aangebracht.

De monitors schreeuwden haar op ordelijke wijze toe, vertelden haar – alsof ze het nog niet wist – dat ze de race aan het verliezen was, dat ze tijd tekortkwam, dat het niet goed ging.

'Bloeddruk vierenvijftig vijfendertig.'

Ze voelde de ogen van het team op haar neerdalen terwijl de spanning steeg. Ze werkte sneller, met behendige vingers, probeerde te voelen wat ze niet kon zien. Ze stond bekend om de kalmte waarmee ze onder druk kon presteren, haar vermogen om boven een crisis uit te stijgen en te doen wat gedaan moest worden. Maar ze steeg nu nergens boven uit en voelde de eerste zweem van paniek als een rafelrand om haar gezichtsveld heen. Al dat bloed. Dit kwam toch niet voort uit één scheurtje? Waar zat het? Wat...

Wát was het?

Wat was dat?

Er zat iets verborgen onder het scharlakenrode oppervlak, zo dun als een haar, maar de punt was scherp genoeg om tegen de top van haar wijsvinger te prikken...

'Afzuigen.' Ze richtte het slangetje zelf en zag een flitsje van zilver in het tere weefsel. Tara voelde de muren op zich afkomen en het plafond omlaagzakken.

Een mésje?

Het volgende moment was het weer verborgen onder het bloed dat de holte opnieuw vulde; het sterke kinderhart deed zijn werk te goed. Het was haar eigen hart dat moeite had om te blijven kloppen. Ze was volkomen van slag door de ontdekking en haar gedachten gingen alle kanten op om een verklaring te vinden terwijl haar handen automatisch bleven bewegen en haar vingers weer op zoek gingen naar het kleine stukje metaal.

Ze vond het en begon weer te hechten, maar het was te laat. Op het scherm dat de vitale functies weergaf – en dat al alarmerend piepte en opflitste – verscheen plotseling een streep die snel van links naar rechts bewoog, als in een of ander computerspel uit de jaren tachtig van de vorige eeuw.

'We raken haar kwijt!' zei de assistent.

'Honderd procent zuurstof,' zei de anesthesist.

Tara trok haar handen terug terwijl ze begonnen te reanimeren. Ze staarde wezenloos omlaag naar het kleine lichaam, wit met donkerrood. Het voelde alsof de wereld was gestopt met draaien. Het piepkleine scalpelmesje lag als een edelsteen in het nierschaaltje te blinken. Ze voelde zich bevroren in de tijd en hield haar bebloede handen als kroontjes omhoog terwijl het drama dat zich voor haar afspeelde zijn weg vond naar een onvermijdelijk slot, dat slechts één verhaal vertelde.

Het was haar schuld.

10

Haar jurk – een lange zwarte kokerjapon van tafzijde met een elegante, losvallende strik over de schouder – ruiste tijdens het lopen, en haar haar was opgestoken in een strakke knot die een prima ballerina niet zou misstaan. Ze was blij dat er in de lobby van het hotel tapijt lag, want na anderhalve fles rode wijn liep dat op hoge hakken een stuk gemakkelijker. Ze herinnerde zichzelf eraan dat ze de ene voet voor de andere moest zetten. Meer hoefde ze niet te doen. Alleen maar de avond doorkomen. Blijven lopen, blijven glimlachen…

'Tremain.'

Een knappe, zelfverzekerde man in smoking stond voor haar stil.

'Charles! Mijn hemel, ik had geen idee dat je hier zou zijn.' Haar stem klonk beheerst, maar had een holle toon, alsof ze in een ton stond te spreken. 'Hoe gaat het met je? Het is al lang geleden.'

'Inderdaad. Hoelang ook alweer? Vijf of zes jaar?'

Ze haalde haar schouders op. 'Zoiets.' Hun relatie – als je daar al van kon spreken – was een los-vaste aangelegenheid geweest. Ze probeerde zich de naam van zijn vrouw te herinneren. 'Hoe gaat het met Caroline?'

'Goed. Heel goed. Ze is in verwachting van onze tweede.'

'Tweede? Wow. Gefeliciteerd.' De een na de ander leek tegenwoordig zwanger te zijn.

'Dank je.' Er verschenen rimpeltjes naast zijn ogen terwijl hij glimlachte, en hij zag er moe uit. (Maar gold dat niet voor iedereen?) 'En ik begrijp dat ik jou ook moet feliciteren?'

Haar glimlach stierf even helemaal weg. 'Sorry?'

'Ik heb gehoord dat je je nu specialist mag noemen.'

Ze glimlachte flauwtjes. 'O, ja. Ik ben er blij mee.'

'Dat geloof ik graag. Heb ik het goed gehoord? Ben jij de jongste specialist in het St Thomas?'

'Eh, dat weet ik niet.'

Hij lachte een scheve glimlach. 'Je was altijd al te bescheiden.' Een in ivoorkleurige zijde gehulde blonde vrouw kwam aanlopen en bleef naast hem staan. 'Ah, daar ben je, schat. Ik was onderweg terug naar de tafel,' zei hij. 'Ken je Tara Tremain nog? We hebben samen coschappen gelopen in St Mary's.'

'Natuurlijk.' Caroline glimlachte neutraal. Haar ronde buik oogde net zo keurig als haar kapsel. 'Hoe gaat het met je?'

'Tremain is benoemd tot intensivist in het St Thomas,' zei Charles voordat Tara zelf haar mond kon opendoen.

'O. Gefeliciteerd.' Caroline, had Tara ergens gehoord, was hoofd van een montessorikleuterschool met een wachtlijst zo lang als die van de afdeling reumatologie.

'Jij ook. Het wordt jullie tweede, heb ik begrepen?' Het was zo'n circulaire conversatie waarin dezelfde gespreksstof werd rondgepompt met geveinsde vrolijkheid en huichelachtige gelukswensen. Waarin niemand iets zei wat werkelijk betekenis had. Waarin niemand echt contact maakte.

Caroline legde instinctief een hand op haar buik. 'Een meisje. Rollo is opgetogen dat hij haar grote broer wordt.'

Tara knikte. 'Wat fijn. Nou, je ziet er prachtig uit, je straalt helemaal.' Ze zette een stap achteruit. 'Het was leuk jullie te spreken. Ik ga maar eens terug naar mijn tafel.'

'Zeker. Laten we eens samen een kop koffie gaan drinken. Ik wil graag horen hoe je het voor elkaar hebt gekregen,' riep Charles haar na. 'Ik kan wel wat tips gebruiken om aan de top te komen.'

'Haha!' antwoordde ze alsof hij een grapje maakte. 'Je hebt mijn hulp nooit nodig gehad, Charles,' zei ze met een zwaaigebaar terwijl ze wegliep.

Ze nam weer plaats en glimlachte vaag naar haar tafelgenoten. Rory, die een gesprek had zitten volgen waar Mark Wu het middelpunt van vormde, ging achteroverzitten en gaf een kneepje in haar knie. Hij legde een arm over de rugleuning van haar stoel en keek hoe ze de rok van haar jurk recht legde.

'Ik dacht dat je me verlaten had,' mummelde hij in haar oor.

'Dat mocht je willen. Nee, ik werd opgehouden door Charles Miller, ken je die?'

Rory dacht even na met die vertrouwde geconcentreerde gezichtsuitdrukking van hem. 'Die daar bij Guy zit?'

'Ja. Ik heb samen met hem coschappen gelopen.'

Rory glimlachte en trok een wenkbrauw op. Hij wist hoe de relaties in het wereldje van de geneeskunde met elkaar verweven konden zijn. 'En...'

'En zijn echtgenote is in verwachting van een zusje voor de kleine Rollo.'

Hij grinnikte en boog zich naar haar toe om haar een kus op de wang te geven.

'Hoelang duurt het nog voor we hier weg kunnen?' fluisterde ze.

Zijn blauwe ogen twinkelden. 'Nou, het is nogal onbeleefd om vlak voor de koffie te vertrekken, vind je niet?'

'Hm,' gaf ze met tegenzin toe. Ze keek rond en zou willen dat hij niet altijd zo beleefd was. Zoals Holly al diverse malen had gezegd, had ze in hem haar perfecte match gevonden. 'Hij is jou met een piemel eraan,' waren Holly's exacte woorden geweest.

Ze slaakte een rusteloze zucht terwijl ze zag hoe mensen elkaar begonnen op te zoeken. Nu de uitreiking en toespraken achter de rug waren, nu er wijn was gedronken, begon het informele gedeelte van de avond. De mensen zouden dansen en flirten. Het voelde ineens allemaal eindeloos, zinloos, met al die banale koetjes en kalfjes. Ze was bang dat ze haar zelfbeheersing zou verliezen en plotseling iets zou dóén: gillen, lachen, janken, haar kleren van zich afscheuren... Een scène schoppen.

'Alles oké?' Zijn hand lag weer op haar knie. 'Je hebt nogal wat cab sauv gedronken, zag ik. Is er iets gebeurd?' Rory keek haar aandachtig aan.

Ze haalde haar schouders op en keek weg terwijl zich in haar keel een brok vormde. 'Het gaat wel. Ik ben gewoon moe.'

'Ja,' verzuchtte hij vermoeid. Hij streek met een hand zijn haar naar achteren en hield het daar even vast. 'Goed dan. Zullen we er over vijf minuten tussenuit piepen? Ik zal mezelf verder uit dit gesprek terugtrekken.' Hij maakte een licht hoofdgebaar naar Mark Wu, die het hoogste woord had tegenover zijn andere gesprekspartners. 'Kun je nog zo lang wachten?'

Kon ze dat? Ze voelde een nervositeit die veel meer behelsde dan alleen de wijn. Het voelde alsof haar ziel was omgedraaid na een lange slaap.

'Vijf minuten?' Ze kneep haar ogen samen terwijl haar blik op een bekend gezicht viel. 'Dat moet nog wel lukken. Ik zie iemand die ik ken.'

'Wie dan?'

'Een oude studievriendin. Ik heb haar in geen tijden gezien.' Ze gaf hem een kus op zijn lippen en stond weer op. 'Kom me over vijf minuten verlossen. Bij de ijspenis.'

'Dat ding lijkt eerder op een injectiespuit.'

'Ja hoor. Het is maar wat je erin ziet...' Ze wierp de woorden als een sjaal over haar schouder.

Ze liep door de balzaal, waar waarschijnlijk nog nooit een bal was gehouden, althans niet van het type met hoepelrokken en pruiken. Ze bevonden zich in een chic hotel vlak bij Edgware Road, waar de congreszaal was versierd met witte slingers van chiffonzijde. Enorme kartonnen reclameborden van hun sponsor – een bedrijf in medische apparatuur – lieten suikerzoete foto's zien van mensen die elkaar omarmden en kinderen die over gras holden, in een merkwaardig contrast met de formele, deftige sfeer van de uitreiking.

Het onderwerp van haar aandacht stond tegen een pilaar van namaakmarmer geleund, waar ze met de ene hand appte terwijl ze in de andere hand een glas wijn had. De stipjes van de ronddraaiende discobal vielen als een kristallen regen op haar neer.

‘Laat me raden. Gedoe met een man,’ zei Tara, die bij haar kwam staan en het glas uit haar hand pakte. Ze nam een slokje terwijl Liv haar verrast aankeek.

‘Jee! Twig!’

Ze omhelsden elkaar, waarna Liv een stap achteruit zette en haar van top tot teen in zich opnam. ‘Kijk nou toch! Mijn god, wat zie je er volwassen uit!’

Tara kreunde. ‘Volwassen? Ik dacht het niet. Ik heb het idee dat ik de enige vrouw hier ben die geen ring draagt of een babybuik heeft.’

‘Dat heb ik nou ook,’ zei Liv klaaglijk, en ze leunde weer tegen de pilaar. Ze keek met samengeknepen ogen naar Tara. ‘Gefeliciteerd met je award trouwens.’

‘Dank je.’

‘Een opleidingsziekenhuis in Senegal dus?’

Tara haalde haar schouders op. De status van haar familie was niet langer een geheim dankzij de interesse van de media voor haar vaders ‘Project Costa Rica’ (zoals haar moeder het noemde). De meiden hadden zich over haar ontfermd in de nasleep van de gebeurtenissen, maar hun medeleven om Alex’ verraad was in zekere zin overschaduwd geweest door hun opwinding over haar komaf. Hun aandacht voor haar had iets overdreven sentimenteels gehad. Ze had het moeilijk gevonden om ze hun enigszins geniepige gedrag tijdens Sophies verjaardagsfeest volledig te vergeven, en het was nooit meer helemaal hetzelfde tussen hen geworden (behalve met Holly natuurlijk, die er de hele tijd al van wist en zich er niet anders door had gedragen). Misschien kwam het doordat ze zo onlosmakelijk verbonden waren met dat noodlottige weekend dat Tara na hun afstuderen niet haar best had gedaan om contact te houden. Ze had de vriendschappen langzaam laten verwateren en het was nu zeker zeven jaar geleden dat ze Liv had gezien. Maar er leek weinig veranderd te zijn. Zelfs nu nog merkte ze hoe gefascineerd Liv was door haar leven, en zelf nu nog voelde Tara een zweem van boosheid. Meer dan een zweem.

Toch glimlachte ze. 'Ja, als je ooit een tussenjaar wilt nemen... We zijn altijd op zoek naar medici die het personeel komen scholen. Tussen de gele koorts, tyfus en hepatitis A door hebben we daar werk genoeg liggen.'

'Daag me niet uit,' kermde Liv. 'Ik heb een ellenlange wachtlijst. Ik kan werken tot ik tachtig ben en dan ben ik er nog niet doorheen. Vroeger fantaseerde ik over mijn ideale man. Nu fantaseer ik alleen nog maar over minder patiënten.'

'Ik begrijp wat je bedoelt. Onlangs heb ik elf uur achter elkaar gewerkt zonder te plassen. Mijn blaas stond op knappen. Net een bowlingbal. Volgens mij stond een coassistent op het punt me te vragen wanneer de baby zou komen.'

Liv giechelde. 'En dan te bedenken dat we hiervoor hebben gekozen.'

'Ja. Wie het laatst lacht, hè?' Tara keek rond, zich ervan bewust dat ze op de automatische piloot stond te praten. Het leek wel of arts zijn voor een groot deel bestond uit opscheppen tegenover andere artsen en 'gewone' vrienden over de uitputting en het vele werk. Alsof het een wedstrijd was.

Iedereen was nu aan het socializen en er begonnen zelfs wat mensen de dansvloer op te gaan. Charles Miller was een van hen en Tara sloeg hem een minuut gade. Ze had wél een advies dat ze hem kon geven als hij specialist wilde worden: niet doen. Ze was er vast van overtuigd dat dansen op een bijeenkomst als deze een direct negatieve impact had op promotiekansen. De danskunst van sommige mensen maakte het bijna een morele verplichting om alle chirurgische instrumenten uit hun handen te verwijderen.

Het beeld van het mesje flitste door haar gedachten en ze wendde zich snel af.

Ze keek Liv weer aan, nam het glas nog eens uit haar hand en dronk het bijna leeg. 'Maar vertel eens, om wat voor man gaat het?'

Liv trok een gezicht. 'Ach, gewoon een scharrel. Een ober die ik bij een of ander fancy pizzarestaurant in Soho heb ontmoet.'

'Nou, zolang het maar fancy was,' grapte Tara.

'Hij is een lekker ding.'

'Dat mag ik hopen. En hoe oud is hij?'

'Ergens begin twintig.' Liv aarzelde. 'Wat? Kijk niet zo bedenkelijk! Zoals ik al zei is het maar een scharrel. Niets serieus.'

Tara haalde haar schouders op terwijl Liv een half hysterisch gilletje slaakte. 'Het is jouw leven, Liv. Jouw keuze. Wie ben ik om daar iets van te vinden?'

'Ja, maar jij bent ongetwijfeld met een of andere superknappe Mister Universe.'

'Ja, dat is echt mijn type,' zei Tara op ironische toon.

'Nou, je sloeg wel altijd de beste exemplaren aan de haak.'

'Niet altijd.' Tara keek om zich heen voor Liv haar onderzoekend kon aankijken. Ze voelde zíjn naam telkens weer als een aura om zich heen hangen als ze iemand van het oude clubje tegenkwam. Dan hingen er steevast vragen in de lucht: of ze hem had gezien, wat hij precies deed nu hij voor haar vader werkte, of ze contact met hem had... Ondanks zijn hypocriete dubbelhartigheid oefende hij nog steeds een bepaalde aantrekkingskracht uit op haar vroegere vriendinnen, en hoewel Holly hen had gewaarschuwd dat ze zijn naam nooit meer mochten noemen, was hij er altijd, maar dan onuitgesproken. Ze voelde haar ziel weer sidderen en beven, diep vanbinnen, en ze onderdrukte een huivering.

'Jakkes. Wat een waardeloze dj,' merkte Tara hoofdschuddend op bij de eerste noten van 'Ice Ice Baby'.

'Vertel eens, heb je momenteel een vriend? Of ben je getrouwd?' Liv bleef doorgaan op het onderwerp en sloeg haar gade. Tara zag een lichte kilte in haar ogen. De rijkdom van haar familie maakte dat ze continu aan kritische blikken werd blootgesteld. De mensen wilden weten hoe overvloed op die schaal er van dichtbij uitzag. Zelfs de mensen die haar ooit gekend hadden.

'Getrouwd? Nee zeg! Ik heb een relatie met Rory. Hij is chef de clinique op cardiologie in het Chelsea and Westminster Hospital.'

'Is hij jonger?'

'Nee, twee jaar ouder dan ik.'

'Maar jij hebt al een vaste aanstelling als specialist.'

'Ja.'

Livs wenkbrauwen schoten omhoog. 'En dat vindt hij oké?'

Tara haalde haar schouders op. 'Hij zal wel moeten. Ik ga geen stapje terug doen voor hem.'

Liv keek verwonderd. 'Is het serieus?'

'Dat hangt ervan af wat je met serieus bedoelt.' Tara haalde nonchalant haar schouders op. 'We zijn ongeveer een jaar samen. We denken erover te gaan samenwonen.'

'Ik voel een "maar" aankomen.'

Tara trok haar neus op. 'Nee hoor, geen "maar". Het gaat gewoon best goed zoals het nu gaat en ik ben van het type "langzaamaan, dan breekt het lijntje niet".' Rory had vaak genoeg geopperd dat ze zouden gaan samenwonen om te bewijzen dat hij serieuze bedoelingen had, en hoewel er geen dringende reden was om het te doen, was er ook geen reden om het níét te doen. Ze hadden het leuk samen, deelden veel interesses, begrepen de eisen die hun werk met zich meebracht, en de seks was goed. Hij vond het fijn om geld te hebben, maar werd er niet door geobsedeerd. Hij kwam uit een gegoede familie en kon een bepaalde leefstijl aanhouden zonder erover te hoeven nadenken. Het leven met hem zou ongecompliceerd en stabiel blijven. Rustig en gelukkig.

'O, ik begrijp het helemaal. Ik heb samengewoond met Ben, de tandarts. Herinner je je hem nog?'

'Zo ongeveer.' Roodblond, flaporen. Ze was toch haar moeders dochter.

'We waren drie jaar samen voor we de grote sprong zouden wagen. Ik was ervan overtuigd dat hij de ware jakob was. Mijn moeder had al een outfit uitgekozen, ik stond op het punt de bloemen te bestellen. Maar na twee weken dezelfde voordeur delen was het voorbij. Voorgoed.'

‘Het werkt niet voor iedereen,’ verzuchtte Tara. ‘We kunnen niet allemaal zoveel geluk hebben als Sophie.’

Tot ieders verbazing was Sophie al op drieëntwintigjarige leeftijd getrouwd met de eigenaar van een kleine stalhouderij. Ze woonde nu in Shropshire met drie zwarte labradors, een eigen paard en een stuk of wat eenden.

‘Ik zweer je dat ik dacht dat zij de laatste van ons zou zijn die zou trouwen!’

‘Dat dacht zijzelf vast ook,’ zei Tara schouderophalend. ‘Heb jij de laatste tijd nog anderen gesproken?’ Met ‘anderen’ bedoelde ze hun oude groep van de uni.

‘Annie en ik hebben appcontact en drinken samen wat als ze in Londen is, maar dat gebeurt niet zo vaak.’

‘Zat ze tegenwoordig niet in Brussel?’

‘Ja. Verwikkeld in een hartstochtelijke affaire met een Europarlementariër die getrouwd is en vier kinderen heeft.’

‘ Mooie boel,’ zei Tara mat.

‘En jij? Jij gaat nog veel om met Hols, toch?’

‘Ja, we werken allebei in het St Thomas.’

‘Ach, natuurlijk. Jullie zijn onafscheidelijk.’

Tara glimlachte bij het horen van de scherpte in Livs woorden. ‘En Charlie woont in Chalk Farm, dus die zien we af en toe, als we tenminste een keer alle drie een zeldzame avond vrij zijn.’

‘O, aha. Is zij nog samen met haar vriendin?’

‘Yep, al een behoorlijke tijd inmiddels. Drie of vier jaar, geloof ik?’

‘Misschien dat zij dan het volgende stel zijn dat elkaar het jawoord gaat geven.’

‘Wie weet.’ Tara voelde iets op haar schouder en draaide zich om naar Rory, die zijn hand over haar huid liet glijden en een zacht kneepje in haar nek gaf.

‘Je vijf minuten zijn voorbij,’ zei hij met een knipoog voordat hij zich tot Liv wendde. ‘Hoi. Ik ben Rory Hutchings.’

'Olivia Manley.' Liv wierp Tara een veelbetekenende blik toe terwijl ze elkaar de hand schudden, en Tara bekeek haar vriend met nieuwe ogen: ze had hem nooit als een Mister Universe beschouwd. Hij zag er in een witte jas net zo goed uit als in een smoking, dat was waar, en ze viel altijd al op lange mannen, en hij had natuurlijk ook nog eens een mooie carrière, uitstekende vooruitzichten... Het was trouwens ook lief dat hij haar handtas had meegenomen. Hij hield de clutch met lovertjes in een hand alsof het een vestje was; haar award voor de Overseas Enterprise stak erboven uit.

'Liv en ik hebben samen aan het Imperial gestudeerd.'

'Dat verklaart het smakelijke lachen dat ik boven de muziek uit hoorde. En de veelzeggende blikken.'

'De macht der gewoonte, denk ik,' zei Tara met een zucht. Ze sloeg haar arm om zijn middel en legde haar hoofd op zijn schouder. 'Is het echt al tijd om te gaan?'

'Ik vrees van wel.' Hij wist wat er van hem werd verwacht.

Ze keek haar oude vriendin met een spijtige blik aan. Ergens vond ze het vervelend om haar hier alleen achter te laten. 'Liv, het was fijn je te zien.'

'Dat is wederzijds! Laten we contact houden, oké?'

'Zeker. Zit je op social media?'

'Wat dacht je dan?' grapte Liv. 'Dat is de enige manier waarop mijn familie weet dat ik nog leef!'

'Aangenaam kennis te maken, Liv,' zei Rory, die Tara begon mee te loodsen.

'Zeg, de volgende keer dat Annie weer in de stad is, zullen we dan samen gaan eten?' riep Liv haar na. 'Met Charlie en Hols?'

'Ja, leuk!' antwoordde Tara over haar schouder, en ze stak een hand op.

Ze baanden zich een weg door de mensen richting de uitgang.

'Klinkt gezellig,' zei Rory met zijn hand op haar onderrug.

'Wat?'

'Eten met de meiden.'

'O. Dat. Dat gaat nooit gebeuren,' mompelde ze terwijl ze in haar tasje naar het kaartje voor haar jas zocht.

'Waarom niet?'

'Omdat we die tijd hebben gehad.'

'Maar jullie waren toch vriendinnen?'

'Ja, vroeger in onze studententijd. Maar we zijn nu andere mensen.'

Rory keek verbaasd. 'Alleen aan de oppervlakte, toch? Je leeft nu vast gezonder. Je gaat beter gekleed. Je drinkt duurdere wijn. Maar in de kern ben je nog dezelfde persoon die je toen was.'

Ze schudde haar hoofd en trok een wenkbrauw op, alsof ze geamuseerd was door zijn nostalgie. 'Nee.'

'Nee? Ben je niet meer de persoon die zij gekend hebben?'

Ze vond het kaartje en gaf het aan de medewerker van de garderobe. 'Ik ben niet meer de persoon die íк gekend heb. Godzijdank.'

'Waarom zeg je dat?'

'Omdat ik toen een idioot was. Ik heb mijn hele leven bijna vergooid voor...' Haar stem stokte. 'Luchtkastelen.'

Hij fronste. 'Maar wat is er dan precies veranderd?'

'Ik ben volwassen geworden,' zei ze schouderophalend. 'Ik heb mijn vizier gericht op het doel dat ik wilde bereiken en werd de persoon die je nu voor je ziet.' Ze liep naar hem toe, nog steeds onder invloed van de wijn, legde een hand op zijn borst en keek hem met haar hoofd schuin aan. 'Hebt u daar klachten over, dokter Hutchings?' vroeg ze koket.

Hij glimlachte. 'Beslist niet.'

'Mooi zo. Breng me dan nu maar naar huis.'

Rory verroerde zich even en tilde zijn hoofd van het kussen alsof hij voelde dat ze uit bed was gestapt, waarna hij zich omdraaide en meteen op de andere wang weer in slaap viel. Zijn huid oogde bleek in het maanlicht, al waren zijn benen en armen iets bruiner van hun trip naar Harbour Island rond nieuwjaar. Daarentegen had het een paar weken geduurd tot de roodbruine tint rond zijn skibril was vervaagd nadat hij begin maart op een bewolkte dag in Zermatt had geweigerd om zijn gezicht in te smeren met haar zonnebrandcrème. De verpleegkundigen hadden hem een tijdlang elke keer dat hij zijn ronde deed zogenaamd opgeroepen om zich naar het brandwondencentrum te begeven.

Hij sliep altijd zo verbazingwekkend vast. Soms sloeg ze hem gade in een poging de kunst af te kijken. Het was alsof alles in hem gewoon... werd uitgeschakeld. Als zijzelf haar ogen sloot, was het net andersom: alles werd aangezet, luid, neonkleurig, klaarwakker. Er klonken stemmen door haar hoofd, er kwamen herinneringen bovendrijven, haar hartslag versnelde. En als ze dan toch wegzonk, werd ze altijd weer wakker met een schok, alsof er claxons toeterden om haar aandacht te trekken.

Ze was er grotendeels aan gewend. Als arts op de ic kwam je sowieso vaak niet toe aan een achturige slaapcyclus; ze was jarenlang geregeld door een pieper uit haar slaap gerukt. Maar vanavond was het erger geweest dan gewoonlijk. Haar gedachten bleven maar malen en alle wijn die ze bij het diner had gedronken om de verschrikkingen van de dag te verzachten, maakte haar ook nog eens rusteloos. Haar hoofdpijn was erger dan ooit.

Vanaf haar plek op de vensterbank keek ze uit over de slapende stad. De hemel, die nooit helemaal donker was, oogde als grafiet. Ze zag geen sterren, al wist ze dat die er wel waren. Alle vogels sliepen, er huisden geen uilen in de paardenkastanjes en lindebomen hier, en zelfs de buurtkatten slopen vannacht ergens anders rond. Ze voelde niet alleen eenzaamheid, maar leegte, alsof er niets was. Alsof ze zich in een vacuüm bevond. Ze wilde huilen, maar ze kon het niet. Ze wilde slapen, maar ze kon het niet. Ze wilde vluchten, maar ze kon het niet. Nog niet... Ze moest nog een dag door zien te komen.

Ze sloot haar ogen bij de fysieke herinnering aan het piepkleine mesje dat tegen haar vinger drukte. Ze dacht dat ze het voortaan altijd zou voelen als haar duim op dat stukje van haar vingertop zou duwen. Het verlies was niet alleen bijgeschreven op haar staat van dienst, maar stond ook in haar lichaam gegrift.

Ze snapte nog steeds niet hoe het had kunnen gebeuren. De verpleegkundige had de instrumenten en toebehoren geteld, alles was aanwezig en alles klopte. Als zij had opgemerkt dat het mesje ontbrak, zou er tijd zijn geweest om dat lijfje weer open te maken en het eruit te vissen. In plaats daarvan had het met elke beweging, elke ademhaling, elke peristaltische beweging, een beetje dieper, een beetje langer, in het kind gesneden tot er meer sneetjes waren gemaakt dan je kon tellen. Het was een dood door wel duizend snijwondjes geweest.

Tara wilde liefst iemand anders de schuld geven – de verpleegkundige of de fabrikant van de scalpel – maar ze wist dat het háár schuld was. Als de dienstdoende specialist was zij eindverantwoordelijk. Zo gaat dat als je de baas bent, had haar vader haar altijd verteld. *Je krijgt de lusten én de lasten, Piglet.* Er was een kind overleden door haar nalatigheid, daar moest ze mee leren leven.

Ze maakte aanstalten om weer naar bed te gaan. Haar dienst begon om negen uur en het was nu vier uur. Ze moest op de een of andere manier rust zien te vinden. Ze liep zachtjes over het dikke tapijt en gleed met haar hand over haar avondjurk, die nu over een stoelleuning gedrapeerd was. Rory's smoking lag ook zorgvuldig gevouwen over een stoel. Chirurgen waren geen slordige types, ze hielden van ordening, wilden precies weten waar alles was, zodat hun handen konden bewegen en het brein op de automatische piloot kon werken. Daar was ze goed in.

Ze liet zich onder het dekbed glijden en trok het over zich heen. Ze keek naar de slapende Rory. Hij zag er jonger uit, zijn gelaatstrekken zacht als van een kind, met ontspannen lippen en een blos op zijn wangen. Ze vroeg zich af waarom ze hem niet over haar dag had verteld, over de traumatische gebeurtenis. Ze was simpelweg in de taxi gestapt en had hem met een glimlach begroet, haar 'gezicht gedaan', zoals haar moeder zou zeggen, en de nieuwe jurk aangetrokken.

Misschien had ze er eerder over verteld als het minder zwaar had gewogen. Ze namen gewoonlijk wel de dag door, vertelden elkaar wat ze hadden meegemaakt. Tenslotte was hij ook arts en begreep hij het. Er gingen nu eenmaal mensen dood, dat hoorde bij de functie die ze hadden. Maar dit voelde anders, het was alsof ze had gefaald. Want een kind verliezen... Er was niets ergers op de wereld dan dat.

11

Holly greep Tara's arm stevig vast toen ze zich bij haar voegde in de terminal. Tara stond voor het grote raam nietsziend toe te kijken hoe de piloot het vliegtuig controleerde waar ze straks mee zouden vertrekken. Het was precies acht uur en zoals gevreesd was Holly rechtstreeks van het ziekenhuis hiernaartoe gekomen, maar niet in operatiekleding. Ze droeg de kleren die ze vanochtend toen ze uit bed kwam van de vloer had opgeraapt. Er zaten gelukkig geen spikkels wortelbraaksel meer op haar sneakers.

'Ik heb het gehoord, van dat meisje.'

Tara voelde de brok in haar keel weer opkomen terwijl ze met geforceerde aandacht over de startbaan uitkeek, haar spieren verstard. Ze had zich voor het eerst in haar carrière ziek gemeld. Ze wist dat het veel gedoe veroorzaakte, dat haar collega's voor haar moesten invallen, dat er een andere specialist moest worden opgeroepen, dat haar patiënten met een andere arts werden geconfronteerd, maar om naar haar werk te gaan na een nacht zonder slaap zou net zo onverantwoord zijn geweest als dronken of high te opereren. Ze was dan wel gewend aan gebroken nachten, maar zeven uur alleen maar naar het plafond staren was van een andere orde, dus had ze de dag op de bank doorgebracht, uitgeput, maar zonder te kunnen rusten. De slaap had als een boze kraai om haar hoofd gefladderd, was steeds weer op haar gedoken zonder werkelijk contact te maken. Elke keer als ze haar ogen dichtdeed... En nu waren haar klieren opgezet en voelde het alsof haar hoofd klem zat in een bankschroef die steeds strakker werd aangedraaid. Ze was nog nooit zo hard aan vakantie toe geweest.

'Het is altijd erger als het om een kind gaat,' mompelde Holly begrijpend.

Tara knikte. Ze had wat meer seconden nodig om het bijbehorende woordje te vormen. 'Ja.' Kon ze de aanblik van dat kleine toegetakelde kinderlichaam op de operatietafel maar uit haar geheugen wissen, kon ze de scherpe punt tegen haar bebloede vingertoppen maar vergeten.

'Ik kan me mijn eerste nog herinneren. Mohammad Parveneh, zevenenhalf jaar oud. Aangereden door een klootzak die niet stopte.' Holly's stem haperde. 'Ze hebben die klootzak binnen een uur aangehouden. Hij heeft drie jaar gekregen voor roekeloos rijden en was na anderhalf jaar op vrije voeten.' Ze slikte. 'Ik heb me toen echt even afgevraagd of ik wel geschikt was voor dit beroep. Soms lijkt het alsof je in dit werk vooral het slechtste in mensen naar boven ziet komen...'

'Mama!'

Ze draaiden zich om bij het horen van voeten in gympies die over de tegelvloer in hun richting holden.

'Mijn lieve jongen!' Holly grijnsde, ging op haar hurken zitten en spreidde haar armen voor een magere, langbenige, donkerharige torpedo die aan kwam snellen. Haar nachtmerrie werd vervangen door een droom.

Tara keek glimlachend toe hoe Holly een kus op Jimmy's hoofd plantte en door zijn zijdezachte haar woelde.

Dev liep achter hem aan met twee grote koffers en Jimmy's enorme Liverpool-reistas omgegord. Hij was in de afgelopen tien jaar geen grammetje aangekomen en het leek alsof hij elk moment onder het gewicht kon bezwijken. Zijn bril gleed over zijn neus omlaag, maar hij had geen hand vrij om hem omhoog te duwen.

Holly stond op en deed het voor hem, waarbij ze hem met een luchthartige, liefhebbende kus begroette. 'Heb je de boiler uitgezet?'

'Ja. En de kattenbak verschoond,' zei hij voor ze het kon vragen. 'En de basilicumplant water gegeven en bij het raam gezet.'

'Met het rooster erboven open?'

'Ja, en de sloten zijn dichtgedraaid.'

Holly ontspande zich. 'Mooi zo.' Haar kenmerkende brede glimlach verscheen als het ochtendgloren op haar gezicht. 'Goed, in dat geval ben ik klaar om te gaan.' Ze leunde tegen Tara aan, gaf weer een kneepje in haar arm en liet haar hoofd op haar schouder vallen in een gebaar dat zowel meelevend als bemoedigend was.

Dev wierp Tara zijn gebruikelijke ietwat onzekere blik toe. 'Hoi Twig.'

'Hoi Dev,' zei ze glimlachend.

Jimmy keek naar haar omhoog. Hij was een mooi joch dat het beste van beide ouders had geërfd: een karamelkleurige huid, zijn vaders tengere bouw, zijn moeders lichte ogen. 'Tante Twig, gaan we echt met een privévliegtuig?'

Ze keek hem aan en trok haar neus op. 'Ik ben bang van wel.'

'Hebben ze Dr Pepper?'

'Absoluut niet,' zei Holly streng, die controleerde of de paspoorten wel in Devs heuptasje zaten. Ze was buitengewoon hypocriet en hanteerde als moeder het principe 'doe wat ik zeg, en niet wat ik doe'.

Tara knipoogde naar hem en legde een vinger tegen haar lippen. 'Wel heel veel soorten versgeperst sap.'

'En gewoon water, mag ik hopen?' vroeg Holly over haar schouder. 'Frisdrank is verdomd slecht voor zijn tanden.'

'Mama moet haar mond spoelen!' riep Jimmy, zoals Dev hem geleerd had te doen elke keer dat zijn moeder vloekte.

'Och,' zei ze kreunend terwijl ze haar hand in haar jaszak stak en haar zoon een pond gaf.

Jimmy keek er tevreden naar. Tara vermoedde dat hij behoorlijk kapitaalkrachtig was als Holly elke keer dat ze schuttingtaal gebruikte inderdaad betaalde.

De trap werd op het asfalt neergelaten, het was tijd om te vertrekken.

'Waar is Rory? Die zou toch meegaan?' vroeg Dev bezorgd. Hij rekende op Rory's kalme aanwezigheid als tegengif voor de beide vrouwen.

'Geen zorgen, hij is onderweg. Hij zit vast in het verkeer op de A40. Maar waar zijn Miles en Zac?'

'O god,' kermde Holly. 'Ik ben deze vakantie toch niet de enige met harige benen?'

Ondanks haar ellende grinnikte Tara. Dev schudde zijn hoofd, trok zijn vrouw dicht tegen zich aan en gaf haar een kus op haar slaap. 'Nou, we kunnen net zo goed aan boord op ze wachten. Dan kunnen we tenminste zitten en wat drinken.'

'O ja, goed idee,' zei Holly, en haar vermoeide ogen lichtten op.

'Ik heb honger!' riep Jimmy uit.

Tara pakte haar keurig ingepakte reistas en liep voor hen uit door de schuifdeuren, van de aircokoelte in de terminal naar de hitte van de startbaan. Londen zuchtte onder de warmste julimaand ooit gemeten – en het was nog maar de zeventiende. De tropische regens van Costa Rica zouden een welkome afwisseling zijn.

Twee stappen achter haar kibbelde de familie Motha over de bagage, tot Jimmy vooruitholde, de trap op en het vliegtuig in.

'Jimmy, nee! Kom terug!' riep Holly. 'Fuck.'

'Hols, niks aan de hand,' zei ze geruststellend. 'Hij doet niets verkeerds.'

'Nou, dat valt nog te bezien. Hij kan wel van alles in zijn schild voeren.' Ze keek naar Dev. 'Heb je hem gefouilleerd?'

'Hoi Sandy, hoe gaat het?' zei Tara met een vermoeid knikje naar de stewardess terwijl ze de trap beklommen.

'Welkom aan boord, dokter Tremain,' antwoordde Sandy terwijl ze haar reistas van haar overnam.

Jimmy stond al bij de bar, met zijn hand in een schaal chocolade-eclairs. Holly barstte in lachen uit bij de aanblik van al dat roomkleurige leer en de gladde houten tafels. Alles was zo luxueus dat zíj er ineens sjofel uitzagen. 'O god,' zei ze naar adem happend. 'Het ziet er net zo uit als bij de Kardashians!'

Dev was sprakeloos.

'Nou, leg me nog eens uit waarom wij al meer dan een decennium bevriend zijn en ik nog niet eerder in dit ding heb gezeten?' vroeg Holly langzaam terwijl ze driehonderdzestig graden in het rond draaide.

'Omdat ik het zelf amper gebruik… Ga zitten waar je wilt, Dev,' zei Tara, met een sussend klopje op zijn schouder. 'We hebben geen vaste plaatsen. Het is heel relaxed allemaal.'

'O ja?'

Tara plofte in de dichtstbijzijnde stoel en keek op haar telefoon. Rory was drie minuten bij hen vandaan. Ze deed haar ogen dicht terwijl Holly, giechelig van de keuzestress, meteen hardop begon te bedenken waar ze zouden gaan zitten. Ze liet haar hoofd achterovervallen en probeerde zich het zand tussen haar tenen voor te stellen, het tropische water kabbelend langs haar enkels. Ze bedacht dat ze de hele week op blote voeten zou kunnen rondlopen. Haar enige concessie aan schoeisel zou een paar teenslippers zijn, en dat alleen maar vanwege de mieren. Alles zou goed komen. Hoewel haar gevoelens iets anders zeiden, zou ze op een dag weer kunnen slapen en zou haar hoofd niet meer op knappen staan. Ze moest hier alleen maar weg, ze had wat tijd en ruimte nodig, ver van haar dagelijkse leven…

'Sorry, sorry! Het verkeer door Bayswater was een hel.'

Haar ogen gingen open bij de aanblik van haar broer die door het gangpad aan kwam lopen, zo te zien klaar voor Monaco-achtige oorden in een lichtgele katoenen broek, opgerold bij de enkels, camelkleurige suède mocassins en een lichtblauw overhemd, gecombineerd met een vintage handgestikte poloriem die van hun vader was geweest – toen diens middel nog een omtrek van tachtig centimeter had gehad – en een flitsende Porsche-zonnebril met staalgrijs montuur.

Zac, die vlak achter hem liep, zag er al net zo stijlvol uit in zijn Brooks Brothers-pak. 'Hoi Twig.'

Ze gaven haar allebei een kus en begroetten de anderen. Niemand leek de fundamentele verandering in haar op te merken, de zwarte vlek op haar ziel was aan de buitenkant kennelijk niet zichtbaar.

'Vertel me dat we voor de verandering vandaag niet de laatsten zijn?' vroeg Miles, die opgetogen leek door het nog ontbreken van haar geliefde.

'Jullie zijn niet de laatsten,' antwoordde ze gehoorzaam. 'Rory is ook vast komen te zitten in het verkeer. Hij is er over een minuut.'

'Zie je wel? Wat heb ik je gezegd?' zei Zac met een klap op Miles' achterwerk. 'Tijd zat.'

Miles grijnsde zijn geheel eigen grijns, die op de een of andere manier alleen de rechterkant van zijn mond besloeg, waar zijn lippen jongensachtig omhoogkrulden. Hij glimlachte tegenwoordig vaak. Na een aantal jaren in het datingcircuit, waar hij vaak aandacht trok om de verkeerde redenen, had zijn leven zich ten goede gekeerd toen hij Zac ontmoette, een bedrijfsjurist. Miles vertelde graag hoe ze oogcontact hadden gemaakt aan de vergadertafel op een congres... Tara vond het geweldig om haar broertje zo gelukkig te zien. Zac was zeven jaar ouder en hij had zich op prettige wijze over Miles ontfermd. Ze hadden een klein maar fijn sociaal netwerk opgebouwd. 'Goddomme, da's dan wel voor het eerst.'

'Mond spoelen!' Jimmy kwam aanhollen met de hand die net nog tussen de chocolade-eclairs had gezeten verwachtingsvol naar Miles uitgestrekt.

'Wat is hier de bedoeling van?' vroeg haar broer beduusd.

'Geen gevloek waar mijn negenjarige petekind bij is, alsjeblieft. Of je een pond wilt dokken.'

'Serieus?'

'Elke keer weer,' zei Tara knikkend terwijl de stewardess haar een dienblad met flûtes champagne voorhield. Ze kromp ineen terwijl ze haar glas pakte. Er viel niets te vieren. Drinken tot in de vergetelheid daarentegen... 'Hols staat inmiddels al rood.'

'Hij spaart voor een elektrische scooter,' deelde Dev trots mee. 'En hij is al een heel eind.'

'Nou, na deze week is hij er helemaal,' reageerde Zac lachend. Hij maakte zijn stropdas los en pakte een glas champagne.

‘Proost!’ zei Holly, die ook naar een glas bubbels reikte en het omhooghield tot de anderen hun glas ertegenaan tikten. Ze nam een flinke teug, met de gretigheid van iemand die net een dienst van vijftien uur achter de rug had; van iemand die haar dag was begonnen met het verwijderen van een colablikje uit het rectum van een man en nu op een roomkleurige leren vliegtuigstoel zat, met als bestemming een tropisch paradijs, waar ze een week zou doorbrengen met haar beste vriendin en familie.

Tara’s eigen dag had niet zo’n opwaartse route gevolgd en het lukte haar niet om het geïsoleerde gevoel kwijt te raken. Ze voelde een afstand tussen zichzelf en de rest van het gezelschap, alsof ze opgesloten zat achter een glazen muur en niet in staat was de mensen van wie ze zoveel hield te bereiken. Een klein meisje was overleden vanwege haar nalatigheid. Waarom kon ze er niet om huilen of erover praten? Waarom voelde ze niets?

Ze keek uit het raam en zag Rory de terminal uit komen, half rennend, half lopend over het asfalt, met een exemplaar van *The Times* in de ene hand en het handvat van zijn rolkoffer in de andere. Zijn jasje vloog open in de wind, zijn stropdas wapperde over zijn schouder. Hij was nog niet gekleed voor de tropen (anders dan Dev, die al een shirt met tropische print en jezussandalen droeg) en ze voelde een golf van opluchting bij alleen al zijn betrouwbare aanblik. Hij zou haar troosten. Als ze het hem eenmaal had verteld, zou hij weten wat ze moest doen.

Ze wachtte tot hij de trap op was gekomen, tot zijn gezicht in de deuropening zou verschijnen. Ze glimlachte toen iedereen juichte bij zijn binnenkomst en keek hoe hij reageerde door zijn armen enthousiast in de lucht te gooien. Zac drukte hem al een glas in de hand voordat hij zijn jasje had uitgetrokken. Er heerste een feestelijk gevoel aan boord terwijl de motoren nog niet eens draaiden.

‘Hoi lieverd,’ zei hij terwijl hij op de stoel naast haar schoof en haar een luchtige kus op de mond gaf. ‘Sorry dat ik zo laat ben. Heb je een goeie dag gehad?’

'Ik heb me ziek gemeld. Ik voelde me niet lekker.'

Hij keek verbaasd en fronste. 'Alweer hoofdpijn?'

Ze haalde haar schouders op. 'Nog steeds. En ik kan er niet van slapen.'

Hij gaf haar een meelevende kneep in haar knie. 'Wil je een ibuprofen?'

'Ja. Waarom niet?'

Rory deed zijn tas open en zocht naar het pakje pillen terwijl Miles zijn Ibiza-playlist op de speaker zette en Holly in haar stoel begon te dansen. Tara glimlachte stijfjes. Ze zou de komende twaalf uur in dit toestel zitten, samen met haar beste vriendin en haar broer, die geen van beiden geloofden in 'less is more'. 'Ik denk dat een kalmeringsmiddel beter zal helpen dan pijnstillers,' zei ze terwijl hij haar twee pillen gaf.

De trap werd ingetrokken, de motoren werden gestart en ze keek uit het raam naar het asfalt waar ze langs begonnen te zoeven, waarna de horizon een stukje kantelde en de huizen steeds kleiner werden tot er uiteindelijk slordige wolkenflarden om het vliegtuig heen warrelden en ze het heldere blauw in scheerden.

Ze voelde zich net een balletje dat door een katapult was weggeslingerd nu ze staarde naar de wereld die onder haar lag. Alles zag er van deze afstand vredig uit. Ze had het gevoel dat ze aan iets vreselijks was ontsnapt en dat ze veilig zou zijn als ze hierboven kon blijven, hangend in de tijd en in de ruimte...

'O, sodemieter!' Rory maakte een schrikbeweging naast haar, zo heftig dat zijn champagne bijna over zijn schoot klotste.

'Wat is er?' riep ze geschrokken.

Hij keek haar met grote ogen aan. 'Ik ben de adapter voor de elektrische tandenborstel vergeten.'

'De...' Ze keek hem aan terwijl haar hart nog drie zo snel sloeg als normaal.

Jimmy kwam met uitgestrekte hand voor hem staan. 'Mond spoelen. En een pond betalen, graag.'

Een eindje bij het vliegtuig vandaan stond een helikopter op het asfalt te wachten, klaar om hen naar Talamanca te brengen; zijn lampen schenen de duisternis in. Tara bleef bovenaan de trap staan en keek in de verte, maar zelfs de bergen rond San José waren niet zichtbaar in deze inktzwarte nacht, en het schijnsel van de sterren werd tenietgedaan door het intense licht van de stad. Ze zoog haar longen vol met de warme lucht, alsof ze haar nieuwe omgeving kon proeven, al kon ze er weinig van zien. De lucht leek hier op de een of andere manier zwaarder en compacter, en ze voelde haar bloed langzaam warmer worden.

'Opzij,' zei Rory met een klopje op haar billen. 'Kostbare bagage.'

Ze keek achterom en zag Dev met een languit slapende Jimmy worstelen. Hij hing zo slap als een noedel. Ze holde de trap af en stapte het asfalt op om hem en Holly te laten passeren. Holly zag er behoorlijk verwilderd uit, wat niet verwonderlijk was na een dienst van vijftien uur gevolgd door een fles champagne op een trans-Atlantische vlucht. Ze hadden allemaal veel te veel gedronken.

'Wow, het regent niet!' riep Miles uit terwijl hij zijn hoofd uit het vliegtuig stak. 'Ik dacht dat hier maar twee mogelijkheden waren: regen en regen.'

'Ror, je kunt het beste hier even je berichten checken, nu het nog kan.' Ze klonk net zo brak als ze zich voelde. 'Het bereik in Talamanca is vreselijk.'

Hij fronste. 'Echt?'

'En daarmee bedoel ik... dat er amper bereik is.' Ze zag de paniek over zijn gezicht trekken. 'Het voordeel is dat we echt kunnen omschakelen en ontspannen.' Ze probeerde een optimistische glimlach te produceren terwijl hij een gespannen blik in zijn ogen kreeg.

'Hm.' Hij haalde zijn telefoon uit zijn zak en begon snel door zijn e-mails te scrollen. Tijdens de reis, zag ze nu, had hij zijn pak verruild voor een korte broek en een poloshirt. Ze kon zich niet herinneren op welk moment. Ze was erin geslaagd zich een stuk in de kraag te drinken en ze had een paar uur onrustig geslapen. Maar toch... geslapen.

Tara bekeek haar eigen e-mails ook: de gebruikelijke marketingonzin die ze nooit las maar waarvoor ze niet de moeite nam zich af te melden, en medisch nieuws. Ze zag dat ze een telefoontje had gemist, wat haar lichtelijk verbaasde. Gebruikten mensen hun telefoon nog om daadwerkelijk te bellen?

Ze luisterde haar voicemail af terwijl ze toekeek hoe Holly onelegant de helikopter in klauterde en zich omdraaide om haar slapende kind uit de armen van haar echtgenoot over te nemen. Tara wendde zich af.

'*Tara?*' De stem klonk zakelijk en efficiënt. Onmiddellijk herkenbaar. '*Met Helen McPherson. Bel me terug alsjeblieft? Ik begrijp dat je een week vakantie hebt, maar ik wil graag wat dingen met je bespreken omtrent de zaak-Miller. Gewoon een kort gesprekje. Oké, bedankt.*'

De zaak-Miller. Dat kleine meisje was nu een 'zaak'?

Tara verbrak de verbinding. Ze voelde zich licht in het hoofd en dacht dat ze moest overgeven. Helen McPherson was de ziekenhuisdirecteur – en een meedogenloos bureaucraat. Ze verdroeg geen dwazen of grote ego's en ze was sterk voorstander van artificial intelligence, vooral als die beloofde geld te besparen, of levens, of beide. De sterftecijfers waren in achttien maanden onder haar leiding gedaald naar zeven procent, en Tara had geruchten gehoord dat ze misschien wel een plek in het bestuur van de trust zou krijgen. Dit ging echt niet om zomaar een gesprekje. De jongste (en meest nieuwswaardige) specialist had een mesje achtergelaten in het lichaam van een vierjarig meisje, en dat had ook zijn weerslag op háár. Nee, dat voicemailbericht was het verbale equivalent van een handgranaat die in Tara's richting werd gegooid.

12

Alle mensen leken op dezelfde manier te reageren bij hun eerste bezoek aan een tropisch regenwoud. Eerst ging hun blik omhoog, op zoek naar een met sterren bezaaide hemel die nu alleen nog in kleine stukjes zichtbaar was. Dan spreidden ze hun armen terwijl ze langzaam ronddraaiden. Het leek een bijna spirituele reactie, alsof het lichaam voor de verandering werd aangedreven door de ziel.

Zelfs als het niet midden in de nacht was geweest, viel er hier niet veel te zien. Alleen het licht van de helikopter gaf enig zicht. Er was geen terminalgebouw (zelfs geen kleintje), er was geen enorme H op de grond geschilderd. De helipad was vanaf de weg niet zichtbaar – en was sowieso niet veel meer dan een ruige open plek waar wat oude bomen voor hadden moeten wijken. En toch zag Tara hoe Holly, Dev en Jimmy vol ontzag op de omgeving reageerden, met een verwonderde uitdrukking op hun gezicht onder de enorme kapokbomen.

Holly keek haar met grote, glanzende ogen aan. 'Je hebt het hier leuk ingericht.'

Tara lachte. Holly wist haar altijd een glimlach te ontlokken.

Rory leek nog niets op te merken. Hij maakte zich nuttig door de piloot te helpen de bagage uit de heli te halen. Miles en Zac checkten hun telefoon, vergeefs op zoek naar een wifisignaal voor het geval er iets veranderd was sinds hun laatste bezoek zeven maanden geleden. Het was één uur 's nachts en ze waren allemaal afgemat na hun reis van twaalf uur.

'Even voor de goede orde: ik ga nooit meer terug,' zei Holly terwijl ze omhoogkeek naar het grillige stukje hemel, dat eruitzag als een zwart blad waar een rups aan had zitten knabbelen.

Tara glimlachte vermoeid. 'Wacht maar tot het gaat regenen. Dan is er geen conditioner die jou hier kan houden.'

Holly keek beteuterd bij de gedachte aan haar pluizige haar.

Tara keek om zich heen en probeerde de plek ook met nieuwe ogen te zien, maar dat was zoiets als de plot van een thrillerfilm uit je geheugen wissen. Dat ging niet. Eenmaal verloren onschuld kwam nooit meer terug. Ze kwam al in dit deel van de Costa Ricaanse jungle sinds zij negen en Miles zeven jaar oud was. Elf jaar lang was dit haar toevluchtsoord geweest, beleefde ze hier de vakantie waar ze zich het hele jaar op verheugde, een time-out in een wereld waar haar kostschool ver weg was, en waar managers en bestuurders haar vader niet konden bereiken... Ze konden hier zichzelf zijn zoals dat nergens anders kon. Ze had het gevoel dat dit de enige plek was waar ze echt in vrijheid had geleefd.

Dat was natuurlijk abrupt gestopt toen het natuurbeschermingsproject werd aangekondigd. Het was nu allemaal te zeer verbonden aan Alex Carters bedrog en de manier waarop hij haar had gebruikt om haar vader te kunnen benaderen. Ze kon het een niet los zien van het ander, dus was het een decennium lang gemakkelijker geweest om aan geen van beide te denken door hier simpelweg niet meer te komen. Maar ze had het gemist en ze was gedwongen geweest een deel van zichzelf weg te stoppen. Dat had een extra verlies boven op het verlies betekend, besefte ze nu ze hier stond met het ademende woud om zich heen. Ze rook de zoete geur van orchideeën en de rijke bosgrond. Ze hoorde de roep van de zwartsnaveltoekan en dacht een glimp op te vangen van een licht gevederde parkiet die tussen de boomtoppen vloog. Iets verderop leek het geluid van apen hoorbaar. Ze voelde het woud vibreren en zoemen in haar lichaam, waar het zijn plaats in haar hart terugveroverde en haar vertelde dat ze niet zo lang had moeten wegblijven. Vanwege hém.

Er kwamen twee paar koplampen over het onverharde pad naar hen toe hobbelen.

'Jed!' juichte Miles, die naar de voorste witte open jeep liep en de hand van de chauffeur schudde. 'Ik dacht dat we precies één uur hadden afgesproken?'

'Ongeveer precies. Je bent nu in Costa Rica, hoor,' zei Jed met een grijns. 'Tijd om je keurslijf af te gooien.'

Miles lachte terwijl hij zijn linnen jasje van zijn schouders schudde en op de passagiersstoel plaatsnam. Zac ging achterin zitten en wisselde een ingewikkelde handdruk uit met Jed waaruit bleek dat ze elkaar in de loop der jaren al een aantal keren hadden ontmoet. Tara voelde weer een steek van spijt om de verloren tijd. Herinneringen die ze nooit zou hebben.

'Tara. Dat is lang geleden. Veel te lang,' zei Jed met zijn knieën op de stoel en zijn armen op de rolstangen geleund. 'Waar was je al die tijd?'

Tara voelde Miles' blik op haar rusten. Hij wist waarom ze was weggebleven. In hun gezin was hij de enige die wist wat Alex haar had aangedaan. Hoewel hun moeder wel haar vermoedens had, dacht hun vader tot op de dag van vandaag dat Alex en zij slechts 'goed bevriend' waren geweest en dat de kennismaking destijds louter draaide om het natuurbeschermingsproject. Ze had haar broer moeten smeken om zich stil te houden. Noch zij, noch hij – noch Alex, ongetwijfeld – koesterde de illusie dat haar vader meteen zijn steun zou terugtrekken als de waarheid boven tafel kwam. En hoezeer ze er ook over had gefantaseerd om wraak te nemen en hem zijn overwinning af te nemen, ze wist dat de potentiële impact van dit project veel belangrijker was dan haar gebroken hart.

Maar dat wilde niet zeggen dat ze er niet van droomde. In tien jaar was er nooit een verontschuldiging geweest en hij had nooit een poging gedaan om haar terug te winnen. Geen telefoontjes laat op de avond. Geen smekende berichtjes. Misschien dacht hij dat het voor hem pleitte dat hij de puinhoop en verwarring niet nog groter maakte? Hij had gekregen wat hij had beoogd en haar daarna losgelaten. Zij had gefungeerd als middel om zijn doel te bereiken, meer niet. Dat was vervelend geweest, maar ook onvermijdelijk. Bovendien wist hij dat zijn handelwijze onvergeeflijk was. Onomkeerbaar. Hij had haar zelfs geprobeerd te waarschuwen. '*Ik bewonder hem om zijn overtuigingskracht. Als hij ergens in gelooft, gaat hij daar voor honderd procent voor,'* had hij tegen haar gezegd toen ze samen in bed lagen. Zij had geloofd dat het een blijk van intimiteit was in plaats van een bekentenis. '*Op momenten dat hij iets verkeerd deed, had hij daarvoor altijd een goede reden.*'

Die goede reden was alles wat er overbleef, en de herinnering aan hun relatie was nog slechts een verre rookpluim, ergens buiten haar gezichtsveld, aan de andere kant van de horizon.

'Wat zal ik zeggen? De studie geneeskunde was zwaar, Jed,' zei ze schouderophalend. 'En het vak is er niet gemakkelijker op geworden nu ik bevoegd arts ben.'

'Daarom had je júíst moeten komen – om je te ontspannen!' zei hij met simpele logica en een glimlach. Zelfs de manier waarop hij het woord uitsprak, gaf haar een ontspannen gevoel.

'Nou, ik heb in elk geval wel mijn vrienden eindelijk meegenomen. Dat is mijn partner, Rory,' zei ze, wijzend naar haar vriend, die bezig was hun bagage achter in de jeeps te leggen. Rory stak een hand op ter begroeting. Hij zag er eerder uit als een kruier dan als een hartchirurg. 'En dat zijn Dev, Holly en hun zoontje Jimmy.'

'Hoe oud ben je, Jimmy?' vroeg Jed aan de ietwat verlegen, slaperige jongen.

'Negen.'

'Dan ben je lang voor je leeftijd!' merkte Jed op, onder de indruk. 'Kun je surfen?'

Jimmy schudde zijn hoofd.

'Zou je het willen leren?'

Jimmy knikte.

'Dan gaan we ervoor zorgen dat jij kunt surfen als je teruggaat,' zei Jed grijnzend met zijn duimen omhoog.

'Jed heeft Miles en mij ook leren surfen,' vertelde ze haar petekind. 'Hij is de beste leraar die je je kunt wensen.'

'Kom op, dan. Jullie zullen wel moe zijn. Laten we jullie maar gauw naar jullie verblijf brengen,' zei Jed, die weer op zijn stoel ging zitten.

‘Ga jij maar met deze jongens mee. Ik ga wel in de andere jeep,’ zei Rory tegen haar toen hij zag dat er net genoeg zitplaatsen waren. Jimmy zou zelfs bij een van zijn ouders op schoot moeten zitten.

‘Weet je het zeker?’ Hij was altijd zo attent.

Hij knipoogde, liep naar de tweede jeep en voegde zich bij de Motha’s.

Jed opende een koelbox en deelde blikjes bier uit, waar pareltjes condens langs druppelden. Tara trok het hare open en nam een paar flinke, dorstige slokken. Het effect van de vochtige lucht was merkbaar, haar huid was nu al klam van het zweet, zelfs op dit nachtelijke tijdstip.

Jed stuurde de jeep bij de landingsplaats vandaan, met de andere auto vlak achter hen, over het smalle, hobbelige weggetje. Tara vond het heerlijk te voelen hoe haar haar uit haar nek werd opgetild nu ze met steeds meer vaart tussen de bomen door reden. Het was een genot om buiten te zijn. Meer dan twaalf uur hadden ze in een hypermoderne ruimte met airco doorgebracht, maar dit voelde pas als luxe: door de nacht snellen, onder de sterren in de richting van de zee.

Ze keek via de achteruitkijkspiegel naar Jed, op zoek naar veranderingen in de vriend uit haar jeugd, maar de verschillen waren zo subtiel als die in het woud zelf. Hij had nog steeds dezelfde dikke wenkbrauwen en lang, warrig zwart haar, terwijl zijn altijd aanwezige glimlach zijn brede gezicht domineerde. Hij was misschien iets aangekomen, maar had nog geen grijze haren. Toen ze hier vroeger kwamen, was zijn vader eigenaar van de bar en de rij huisjes langs het strand. Op den duur was hij zich ook gaan bezighouden met de verhuur van surfplanken en fietsen, en het organiseren van excursies en expedities.

Alles wat Miles en zij hier hadden gedaan, had Jed met ze meegedaan – als vriend, maar ook als mentor. Hij was zeven jaar ouder dan zij – oud genoeg om toezicht op hen te houden, maar nog jong genoeg om samen met hen plezier te maken. En ze hadden plezier met hem gehad! Hij kende het gebied heel goed en had toen hij opgroeide alle dingen al gedaan die zij als avonturiers van hem leerden. Hij zorgde dat ze veilig naar het rif konden duiken en leerde hun waar ze op moesten letten als ze op zoek gingen naar ocelotten. Vader en zoon hadden hun loyaliteit bewezen en waren in de loop der jaren hun vrienden geworden: de steun en toeverlaat van de Tremains op Costa Ricaans grondgebied. Ze repareerden wat gerepareerd moest worden, haalden hen op van de helipad, organiseerden wandeltochten bij maanlicht en legden extra papaja's – haar lievelingsvruchten – in de fruitschaal. En toen het natuurbeschermingsproject eenmaal op gang was gekomen, was Jeds vader beloond met een belangrijke rol. Hij coördineerde het werk van de rangers die de link vormden tussen de biologen, ecologen en de plaatselijke gemeenschappen.

Alsof hij voelde dat ze hem bekeek, ontmoetten Jeds donkere ogen de hare kort in het spiegeltje. Hij schonk haar een warme glimlach, haar vriend van vroeger.

'Hé! Was dat een jaguar?' vroeg Zac opgewonden, en hij draaide zich op de stoel naast haar om. 'Zag je dat, Twig?'

Ze schudde verontschuldigend haar hoofd. 'Nee, sorry.'

'Volgens mij zag ik een paar gele ogen tussen de bomen.'

Tara keek achterom, maar zelfs als het dier er geweest zou zijn, dan was het nu alweer verdwenen. Het regenwoud was net een stromende rivier: het stond nooit stil.

'Ik wil je niet teleurstellen, maar het was waarschijnlijk een margay,' zei Jed boven de wind uit, met een blik op Zac via de spiegel. 'De jags komen niet zo dicht bij de kust.'

Zac ging naar voren zitten en greep Miles' hoofdsteun vast. 'Jammer. Ik zou er graag een zien.'

'Nou, dat kunnen we dan wel regelen.'

'Echt? Je kunt mij een jaguar laten zien? Zomaar?'

'Ze zijn tegenwoordig moeilijker te spotten, maar we kennen de routes die ze meestal nemen. Het is een kwestie van weten waar je moet zoeken, en van geduld.'

Miles draaide zich half om naar zijn echtgenoot. 'Ik heb je toch gezegd dat Jed alles kan regelen wat je wilt? Hij is een held.'

Jed keek recht voor zich uit. Ze naderden de kruising waar het onverharde weggetje de smalle weg bereikte. 'Zeker. Alles kan geregeld worden.'

Hij keek in beide richtingen en sloeg af. Tara wist dat ze nog maar een paar minuten bij het plaatsje vandaan waren, dat ze straks flarden muziek zouden horen en dat haar vakantie dan zou beginnen.

Ze maakten vaart terwijl Jeds ogen tussen de weg en de achteruitkijkspiegel heen en weer flitsten. Hij keek naar iets achter hen en zijn ogen knepen zich instinctief tot spleetjes toen er plotseling een verblindend licht over hun jeep golfde. Ze keek achterom naar de lichten van de jeep achter hen. Maar het was níét de andere jeep, het waren hogere koplampen die snel naderden.

Te snel.

Ze keek weer naar Jed, zag dat hij het stuur steviger vastklemde en hoorde de motor grommen terwijl hij het gaspedaal verder intrapte. Ze reden nu zo hard dat haar haren voor haar gezicht werden geblazen en ze het allemaal niet meer duidelijk zag.

Het andere voertuig kwam nog steeds dichterbij. Wat gebeurde er?

'Jed?' vroeg ze met een trilling in haar stem waardoor zelfs Miles zich omdraaide. Precies op dat moment werd ook nog eens het groot licht van het onbekende voertuig ingeschakeld, zodat hij ineenkromp en automatisch zijn armen naar zijn gezicht bracht.

'Wat de fuck?' riep haar broer.

Er klonk luid en aanhoudend getoeter en het voertuig kwam met een angstaanjagende snelheid steeds dichterbij tot het nog maar een paar meter van hen verwijderd was. Tara hapte naar adem en begreep niet wat er gebeurde. De lampen verblindden haar. In enkele ogenblikken was het vakantiegevoel verdwenen. Ze werden van de weg gereden. Ze zouden tegen een boom botsen! Ze gilde toen het voertuig nog dichter naderde tot het plotseling met kracht opzijzwenkte. Het volgende moment reed het zo rakelings langs dat de treeplank maar een paar centimeter verwijderd bleef van de zijkant van hun jeep.

'Holy shit!' schreeuwde Zac met grote ogen en zijn mond wijd open terwijl de pick-uptruck vervolgens in de verte verdween. 'Wie was dat in godsnaam?'

In haar paniek had Tara weinig gezien. Alleen de silhouetten van twee mannen met een pet op die voorin zaten. Jed was even stil en had zijn handen zo hard om het stuur geklemd dat zijn knokkels wit waren. 'Niemand. Een paar idioten uit de buurt,' zei hij ten slotte op kalme toon. 'Niet iedereen hier rijdt fatsoenlijk.'

'Dat is nogal zacht uitgedrukt,' mompelde Miles, die verschrikt keek en klonk.

Maar Tara, die Jed nog in de spiegel bestudeerde, zag dat Jed had weggekeken voor hij antwoord gaf. Een duidelijk teken dat hij loog. Alle artsen waren getraind op aanwijzingen waarmee mensen zich lieten kennen, bijvoorbeeld om te kunnen omgaan met tienermeisjes die nog beweerden maagd te zijn als ze de hartslag van hun baby via de monitor hoorden, of om de gewelddadige partner te herkennen die namens een 'verlegen' patiënt het woord voerde... Waarom zou Jed liegen over wie die mannen waren? En waarom hadden ze hem bijna van de weg gereden?

Iedereen was nu stil. Hun aanvankelijke opgetogenheid was een stuk verminderd door het verontrustende incident. Jed zette de radio aan en de muziek zweefde de nacht in terwijl ze ongemakkelijk zwijgend verder reden.

Na een aantal minuten reden ze Puerto Viejo binnen, met zijn kenmerkende houten gebouwtjes langs de weg, kleurige borden met reclame voor bier of bonenschotels met rijst, kraampjes met kunstnijverheid die op dit tijdstip dicht waren, bars gedempt verlicht met hangende lantaarns, surfplanken als walvisribben in rekken gestapeld voor de deur van verhuurbedrijfjes, klaar voor de eerste surfers van de ochtend...

Boven de wind uit hoorde Tara reggaebeats en ze zag mensen op gammele stoeltjes zitten die met een gemoedelijke gastvrijheid naar hen glimlachten terwijl ze door het plaatsje reden. Het bestond uit slechts zes straten, wat precies de reden was waarom haar familie het hier zo fijn vond. Het was er rustig en het lag afgelegen. Tot er in 1979 een smalle weg werd aangelegd die de plaats met de rest van het land verbond, was het totaal afgesloten geweest van de buitenwereld. Maar de vooruitgang was traag gegaan: pas in 1986 kwam er elektriciteit en het internet (voor wat dat hier waard was) in 2006. Als tieners hadden Miles en zij gemopperd over de trage breedbandsnelheid, maar nu was dit de perfecte plek. Een toevluchtsoord. Een wijkplaats. Ze was naar het eind van de wereld gekomen. Ze had het hier altijd fijn gevonden omdat ze in deze kleine bubbel onzichtbaar was en omdat haar familie er niet in de schijnwerpers stond, maar nu kwam daar het gevoel bij dat ze nergens verantwoordelijkheid voor droeg. Plotseling leken Helen McPherson en de zaak-Miller heel ver weg. Als ze het heel hard probeerde, dacht ze misschien wel te kunnen geloven dat het hele voorval niet echt was. Dat het nooit was gebeurd…

Jed sloeg een van de straten in en ze ving haar eerste glimp van de donkere, kalme zee op. De wassende maan wierp er een zachte sluier overheen. Ze ving wat gespat op van iets wat uit het water sprong, waarna het weer verdween en de golven rustig tegen het antracietkleurige zandstrand kabbelden. De bladeren van de palmbomen hingen als gespreide vingers omlaag en er lagen grote keien langs de baai.

Jed stopte bij hun onderkomen, een rijtje verweerde, fleurig geschilderde huisjes aan het strand. Ze waren blauw, geel, rood en groen, en verre van luxueus, maar voor haar vormden ze een thuishaven. Als middelpunt van haar kindergeluk was de gammele imperfectie juist geruststellend. Dat deze huisjes er nog steeds waren suggereerde dat niet alles ineenstortte of verging.

'Ja!' Miles sprong uit de jeep nog voordat Jed de motor had uitgezet en hield zijn gezicht schuin naar de hemel. Hij schopte zijn schoenen uit en rende het strand op, waar hij zijn voeten in het koele zand begroef.

Zac voegde zich bij hem en zette zijn handen op zijn heupen terwijl ze uitkeken over de zee. 'Dit gaat nooit vervelen, hè...'

'Wat was dát in godsnaam?'

Ze draaiden zich allemaal om naar het woedende stemgeluid en Tara zag tot haar verbazing dat Rory over het zand naar Jed beende met een blik die deed vermoeden dat hij hem een flinke klap zou willen verkopen.

'Zoals je met die pick-up aan het racen was? Ze hadden wel dood kunnen zijn!'

'Ho eens even!' protesteerde Miles, die zich tussen de beide mannen opstelde terwijl Rory leek te willen uithalen naar Jed. Hij moest Rory hard op zijn borst duwen om hem tegen te houden. 'Gozer, niks aan de hand. Jed kon er niets aan doen.'

Maar Rory was niet kalm te krijgen. 'Die bestuurder!'

'Dat was een godvergeten idioot. Inderdaad. Maar Jed was niet aan het rácen. Hij heeft het goed opgevangen. We zijn in orde.' Miles gebaarde met zijn arm in de richting van Tara. 'Kijk, ze is in orde.'

Rory keek naar haar, zijn ogen nog vol woede. Zijn borst bewoog hijgend van emotie op en neer.

'Ik ben in orde,' herhaalde ze, ietwat verwonderd over zijn heftige reactie. Het incident had haar ook beangstigd, maar het was na tien seconden voorbij geweest. Had het er vanuit de andere jeep erger uitgezien?

'In orde? Wist je dat ze gewéren hadden?' vroeg Rory, die van haar weer naar Jed keek, met een beschuldigende blik in zijn ogen.

Geweren? Zelfs Miles en Zac keken nu verschrikt.

Jed zweeg een moment. 'Ja. Maar zoals ik al tegen Miles en Tara zei, weet ik wie ze zijn. Ze zouden ons geen kwaad doen... Ze doen alleen maar stoer. Het zijn haantjes.'

'Wie zijn het dan?' vroeg Miles.

'Een paar jongens die op een ranch werken. Gajes. Ze denken dat ze het voor het zeggen hebben. Alsof het hier van hen is.'

Miles lachte kort en zette zijn handen op zijn heupen. 'Nou, als het daarom gaat...'

Jed glimlachte flauwtjes. 'Precies.' Hij keek Rory weer aan. 'Maak je alsjeblieft geen zorgen. Ik zal ze erop aanspreken.'

Tara liep naar haar vriend toe en legde haar hand op zijn arm. 'Luister nou maar naar Jed, die weet waar hij het over heeft.'

Er viel een gespannen stilte, waarin de mannen leken te spreken zonder woorden. Iets aan het machtsvertoon van de ranchers had een boodschap afgegeven die zijzelf blijkbaar niet helemaal begreep, een zeker machismo dat Jed en Rory had verontrust.

Ze trok Rory aan zijn arm en begon weer over het zand te lopen. 'Laten we het er nu niet meer over hebben en naar bed gaan. We zijn allemaal moe. Het is een lange reis geweest en we hebben slaap nodig.'

'Maar...'

'Toe nou. Laten we gaan slapen. Wij zitten in het rode huisje, toch, Jed?'

Jed knikte, zonder zijn blik van Rory af te wenden. Deze nieuweling was slechts een gast van de Tremains, het gaf geen pas dat hij zich meteen zo liet gelden.

Met tegenzin liet Rory zich meetrekken, maar hij bleef zachtjes mopperen. 'Dat was fucking belachelijk... Jij hebt het niet hoeven aanzien. Het leek alsof die truck jullie van de weg zou rijden.'

'Het leek waarschijnlijk erger dan het was,' jokte ze terwijl ze haar reistas uit de jeep tilde. 'In onze beleving viel het best mee. Echt.' Ze zag het ongeloof in zijn ogen. 'Maar het spijt me, het zag er voor jullie blijkbaar beangstigend uit.'

'Ja, echt waar. Die arme Jimmy schreeuwde van angst.'

Ze kromp ineen. 'Ach, wat spijt me dat.' Ze wist niet goed waarom ze zich min of meer verontschuldigde. Het was net zomin haar schuld als die van Jed. 'Kom, dit is ons verblijf.'

Ze duwde de klink omlaag en opende de deur van het rode huisje. Het was het tweede van vier en het was altijd van haar geweest. Miles zat altijd in het groene huisje ernaast, haar vader had het gele aan de andere kant en het blauwe was bedoeld voor gasten (hoewel zij in hun kindertijd nooit iemand hadden meegevraagd; ze hielden de plek graag voor zichzelf, als een kostbaar geheim).

Rory bleef in de deuropening staan.

'Leuk hè?' zei ze terwijl ze haar reistas op een omgekeerd bananenkrat zette.

'Het is heel... basic.'

'Eh ja, dat heb ik je verteld. Rustieke vibes.' Ze ritste de tas open en ging op zoek naar haar tandenborstel.

Hij tuurde rond in de eenvoudige kamer. 'Ik dacht dat je met basic bedoelde... geen kuuroordachtige toestanden, geen honderd televisiezenders. Niet...' Zijn ogen vielen op de oude ventilator aan het plafond en de klamboe over het bed. '... dat er geen airco zou zijn.'

Ze ging weer rechtop staan en bekeek de kamer met een nieuwe blik. Er bungelde een losjes geweven rotan lampenkap van het midden van het puntdak en er stond een lang vergeten bierblikje op een dakspant waar het dak en de muur samenkwamen. Het vertrek was klein, maar voelde ruim omdat er geen meubelen stonden, op het jarenzeventigbed na, dat een rieten hoofdeinde in de vorm van een pauwenstaart had en dat was opgemaakt met vale turquoise katoenen lakens die jaren oud en heerlijk zacht waren. Er hingen haken aan de muren om kleren aan op te hangen. En als je wilde zitten, deed je dat gewoon op het bed. Er waren wat oude colakratjes op hun kant gezet en gestapeld als een kastje dat diende om een boek, een glas of telefoon kwijt te kunnen. Aan de muur hing de enige decoratie: een kitscherig olieverfschilderij van een rondborstige dame in een rode jurk met een blote schouder.

Tara sliep al sinds haar negende in deze kamer, en dat schilderij had er altijd gehangen. In de ogen van haar prepuberale zelf waren de glamour en het sexappeal van de vrouw betoverend geweest. Ze had uren naar haar gestaard en vurig gehoopt, gewenst dat ook zij er op een dag zo zou uitzien: verleidelijk, mysterieus, begeerlijk, gevaarlijk. Maar nu ze hier zo stond vroeg ze zich ineens af wanneer (en waarom) ze de overstap had gemaakt van de wens op die dame te lijken naar juist het tegenovergestelde te willen zijn. En ze bedacht hoe verdrietig dat was, omdat het haarfijn illustreerde dat elk spoor van de persoon die ze ooit was geweest – het innerlijke kind – was verdwenen. Er was niets van over.

'Maak je geen zorgen, het went vanzelf,' zei ze met een klopje op zijn buik terwijl ze hem voorbijliep naar het badkamertje. Ze trapte de deur achter zich dicht.

'Is er wel stromend water?' riep hij.

Ze aarzelde terwijl ze op de wc ging zitten. 'Er is stromend water,' antwoordde ze. 'Alleen koud. Maar geen zorgen, alles om je heen is warm.'

Ze spoelde door, waste haar handen en begon haar tanden te poetsen.

Rory liep een paar ogenblikken later binnen in zijn boxershort. Hij bleef staan toen hij de piepkleine ruimte zag. 'Er is toch zeker wel een douche?'

'Natuurlijk... Buiten.'

Hij liet zijn schouders hangen. Het was half twee 's nachts.

'Relax. Ga morgenochtend maar douchen. Laten we gaan slapen.'

Rory spatte koud water in zijn gezicht. Hij keek naar zijn spiegelbeeld in het licht van het kale gloeilampje dat er hing. Er zaten kringen onder zijn ogen; het licht flatteerde hen geen van beiden. 'Jezus.'

Tara kleedde zich uit terwijl ze de kamer weer in liep. Ze liet zich naakt op het bed vallen.

Rory sloot de klamboe om hen heen en gleed naast haar onder de lakens. Ze bleef stil liggen terwijl hij de kussens opschudde en omdraaide. Ze waren er eindelijk, terug in het land waar ze zo van hield, op de vakantie waar ze van had gedroomd, de vakantie die zou worden gevuld met veel zon, zand, zee en seks. Maar nu nog even niet. Nu wilde ze alleen maar slapen.

'Hoe is het met de hoofdpijn?' vroeg hij. Zijn stem klonk al loom van de nabije bewusteloosheid terwijl hij zijn ledematen zwaar liet worden.

'Die is er nog.'

'Heb je nog een pijnstiller nodig?'

Ze zweeg even omdat er gedachten boven kwamen drijven. 'Nee, het zal wel gaan. Ik slaap er wel doorheen.'

Maar ze sloot haar ogen niet, te bang om wat ze misschien zou zien achter haar oogleden. Ze keek hoe de ventilator aan het plafond zoemend ronddraaide. Hij keek met één open oog naar haar.

'Hols zei dat er een patiënt van je is overleden,' zei hij na een moment.

Haar haar ruiste over het kussen terwijl ze zich naar hem toe draaide. 'O ja?'

'Ze vroeg me of het wel goed met je ging. Ik moest haar vertellen dat ik er niets van wist.'

'Nee, ik...' De herinnering daalde weer op haar neer als een steen op haar hart. 'Er was niet veel tijd voor, we hadden meteen daarna die uitreiking.'

'Juist.'

'Ja.'

'We hadden kunnen afzeggen.'

'Niet echt. Ik behoorde tot de ontvangers.'

Ze voelde dat zijn hand onder het laken de hare zocht en er een kneepje in gaf. 'Nou, dat verklaart dan wellicht de hoeveelheid cab sauv.'

Ze zweeg even. 'Haar naam was Lucy. Ze was vier.'

Ze hoorde zijn ademhaling stokken... en weer doorgaan. 'Shit, dat is erg. Wat is er gebeurd?'

Ze kneep haar ogen dicht, ze wilde de woorden eigenlijk niet uitspreken. 'Ze was mishandeld door haar ouders en werd vlak voor zeven uur opgenomen. Ik heb een splenectomie uitgevoerd. Dat ging prima. Maar 's middags ging het mis. Ik heb haar weer opengemaakt...' Haar stem haperde.

Hij keek haar nu aan, hij voorvoelde de zwaarte van de zaak.

'Een mesje van een van de scalpels moet er bij de eerdere operatie... vanaf zijn gegleden. Het was blijven zitten in haar dikke darm.'

Hij kon de rest van het verhaal wel raden.

'Er waren meerdere sneetjes. We konden ze niet snel genoeg dichten. Ze is op de operatietafel doodgebloed. Om zestien minuten over vier in de middag.'

'Ta...' Maar er waren geen woorden om het te verzachten.

'Er wordt een onderzoek ingesteld,' zei ze even later.

Hij aarzelde. 'Nou, dat is routine, lijkt me. Niet iets om je zorgen over te maken.'

'Hoe kun je dat nou zeggen? Ik had met de verpleegkundige mee moeten tellen. Ik had een extra controle moeten doen.' Ze keek hem met knipperende ogen aan in het halfdonker.

'Ta, hou op.' Zijn stem klonk plotseling ferm. Kalmerend. 'Dit was niet jouw schuld, hoor je me? Je hebt gedaan wat je kon. Maar soms verlies je een patiënt, ondanks al je inspanningen.'

'Maar ze was nog maar vier. Ze kon gered worden. Ik hád haar gered! En toen...'

'Ta, als er een mesje is losgekomen van de scalpel, deugde het instrument dus niet.' Zijn stem was rustig. Het klonk logisch.

Ze knipperde weer met haar ogen en voelde een golf van zelfhaat door zich heen gaan. 'Of de chirurg in kwestie had haast en vroeg zich af welke jurk ze 's avonds aan zou trekken. Ik had een extra controle moeten doen, Ror.'

'Nee. Zo mag je niet praten. Je moet aanvaarden dat je niet iedereen kunt redden. Dat is gewoon niet mogelijk en je wordt gek als je dat jezelf oplegt. We hebben geen bovenmenselijke krachten. We doen ons best en laten het dan los. Meer kunnen we niet doen.'

Tara staarde de duisternis in. Ze vond geen troost in zijn woorden. Ze kon gewoonweg niet alleen 'haar best doen'. In haar ogen hadden chirurgen een grotere verantwoording. Er stond te veel op het spel om er relaxed onder te zijn. 'Wat als ze me schorsen?' fluisterde ze.

'Dat gebeurt niet.'

'Het zou kunnen. Ze kunnen oordelen dat ik nalatig ben geweest. Dat ik wél extra had moeten controleren voor ik de hechtingen aanbracht.'

'Ta, jij bent hun paradepaardje. Hun topspecialist. Dat gaat echt niet gebeuren.'

Tara voelde een plotselinge vibratie in haar lichaam bij zijn woorden. 'Hoe bedoel je, paradepaardje?'

Hij viel even stil. 'Ik bedoel dat je de jongste specialist ooit bent op hun ic. Ze geloven in jou. Ze gaan je heus niet schorsen om zo'n voorval.'

Ze zweeg even, want ze wist wat er onder zijn antwoord schuilging: hij bedoelde eigenlijk dat ze een Tremain was. Dáárom was ze zo snel zo ver gekomen. Ze had zich altijd afgevraagd of hij haar diep vanbinnen benijdde om haar grotere succes. Nu wist ze hoe het zat. Hij geloofde dat zij haar plek had veroverd door middel van gunsten, invloed, prestige. Ze voelde een diepe eenzaamheid als een koude wind door zich heen waaien. 'Ik kan mijn werk niet verliezen. Het is alles wat ik heb.' Haar woorden waren nog amper een fluistering.

'Niet waar. Je hebt mij ook.'

Ze staarde de duisternis van de kamer in. Naar de leegte.

Het was alles wat ze had.

13

Ze ontwaakte. Stukje bij beetje kwamen haar zintuigen weer tot leven: eerst hoorde ze het ritmische ruisen van de golven, daarna wat stemmen van mensen die langs het rijtje huizen liepen, vervolgens een schreeuw in de verte. Ze deed een oog open en zag door het gaas van de klamboe strepen zonlicht door de kieren binnenkomen. Het was dus ochtend? Ze had werkelijk geslapen?

Ze zuchtte en pakte haar telefoon. 11.09 uur.

Het was elf uur geweest? Ze voelde een golf van opluchting dat ze de hele nacht had doorgeslapen. Ze kon zich de laatste keer dat ze zo lang of zo diep had geslapen niet heugen. En ze voelde zich daardoor merkwaardig… goed.

Ze rekte zich uit, voelde haar spieren in actie komen en liet haar benen over het laken glijden, op zoek naar Rory…

Ze draaide haar hoofd naar hem toe. Zijn kant van het bed was leeg.

Ze keek naar het badkamertje: de deur stond op een kier en er kwam geen geluid vandaan. Ze duwde zich op haar ellebogen en leunde met een gevoel van verwondering achterover. Het floers van slaap trok langzaam op en ze liet haar blik nog eens rondgaan door het rode huisje, haar thuishaven voor de komende week. Een van Rory's shirts hing aan een haak en zijn rolkoffer stond opengeritst op de vloer. Er hing een handdoek over de deur van het badkamertje. Hij was ongetwijfeld aan het zwemmen.

Met een plotseling verlangen om zich bij hem te voegen, om aan haar dag – haar vakantie! – te beginnen door de Caribische Zee in te plonzen, gooide ze de lakens van zich af en stond op. Ze zag haar eigen globale omtrek op het matras getekend in zweetplekken van de afgelopen nacht. De vochtigheid was drukkend, de lucht voelde bijna massief aan, en haar huid was klam. Ze liep naakt naar de badkamer en zag zichzelf in het voorbijgaan in de spiegel. Was ze afgevallen? Ze stond stil om zichzelf eens beter te bekijken. Ze was weliswaar niet zo dun als Holly, maar ze was slank van postuur, zij het zacht en niet al te atletisch. Ze had nooit tijd om naar de sportschool te gaan, laat staan de energie. Maar nu oogde de ronding van haar schouders glad en duwde het bovenste deel van haar heupbeen lichtjes tegen haar huid, alsof het erdoorheen probeerde te dringen. Haar gezicht was beslist smaller en een nieuwe scherpe hoek van haar jukbeen wierp een kleine schaduw over haar wang. Maar haar ogen waren opgezet van de slaap, die nog als een kleine donkere wolk over haar heen lag. Ze zuchtte naar haar spiegelbeeld, zoals ze zo vaak deed. Gewoonlijk had ze kringen onder haar ogen door een gebrek aan slaap, maar nu had ze eerder te lang geslapen. Haar gezicht leek wel een zorgvuldig afgestemd instrument dat in balans gehouden moest worden.

Ze had nog steeds hoofdpijn – natuurlijk – maar vanochtend was het een gedempte gloed in plaats van de gebruikelijke felle blikkering. Het effect van de slaap, vermoedde ze.

En nu was eten de volgende uitdaging. Wanneer had ze voor het laatst een fatsoenlijke maaltijd gehad? Ze deed een poging het terug te halen, maar het was allemaal wazig en vaag. Te veel gereis en tijdzones.

Ze zou eerst wat eten en dan gaan zwemmen. Dat zou haar hoofdpijn hopelijk wegnemen.

Ze haalde een olijfkleurige bikini uit haar tas, draaide haar donkere haar in een slordige knot en trok een afgeknipte spijkerbroek aan. Ze deed de deur open en knipperde met haar ogen. Het duurde even voordat ze besefte dat de aanblik écht was: het donkere zand, de azuurblauwe zee, de groene ara's die in de palmbomen zaten, de zongebleekte gestreepte hangmatten tussen gebogen bomen. Al met al leek het net een screensaver, maar dat kwam mede doordat dit plaatje daadwerkelijk haar screensaver wás. Als ze een rotdag had of een moeizame dienst had gedraaid, was het altijd een fijne geruststelling dat deze plek echt bestond, dat ze ernaartoe zou kunnen ontsnappen. Zoals nu.

Ze zag een paar surfers op hun plank op het water zitten. Met hun benen aan weerszijden wiegden ze al pratend heen en weer op het oppervlak, even niet bezig met wegzeilen op de golven. Rory was nergens te zien. De deuren van de andere huisjes waren dicht en hoewel ze in de verleiding kwam om aan te kloppen, deed ze dat niet. Ze moesten allemaal bijkomen van de reis.

Ze stapte op het zand en voelde het tussen haar tenen kruipen terwijl ze langzaam over het strand begon te lopen. Het zonlicht was verblindend, de hemel was helder en ze probeerde zoveel mogelijk in de schaduw te blijven, want het zand was op dit uur al te heet voor haar blote voeten. Ze zag de surfers zorgeloos deinen. Dit was niet het voornaamste surfstrand, dat was iets verderop aan de kust, twee baaien verder. Hier was de inham te smal om lekker lange stukken te surfen, maar sommige lokale bewoners kwamen hier graag om voor of na hun werk een klein ritje over de golven te maken. Zij vond het prettig dat het rustiger was.

Jeds strandtentje lag slechts een paar honderd meter bij hen vandaan en toen ze aan kwam lopen zag ze dat hij bezig was om kratjes rum en bier uit te pakken. Hij stond met zijn rug naar haar toe, met een driehoekige zweetplek op zijn T-shirt tussen de schouderbladen, maar ze wist dat hij haar had gezien. De gekleurde huisjes lagen hier in het zicht en hij hield heimelijk een oogje in het zeil. Dat had hij altijd gedaan en zou hij altijd doen.

'Goedemorgen, Jed.' Ze legde haar onderarmen op de bar. Die was gemaakt van oude loopplanken die zo glad als marmer waren doordat generaties mensen hetzelfde hadden gedaan als zij nu deed.

Hij draaide zich om en keek haar met een glimlach aan. 'Goedemorgen, T-t. Goed geslapen?'

T-t. Deze bijnaam uit haar jeugd werd nog maar zelden gebruikt. Er klonk een huppeltje in zijn stem, alsof er zowel een grapje als een lied in verborgen lag.

'Als een roos,' antwoordde ze glimlachend terwijl ze neerstreek op een barkruk. 'Ik realiseerde me niet hoe moe ik was.'

'Ja,' zei hij knikkend. 'De anderen zeiden al dat je de laatste tijd hard hebt gewerkt.'

'Slapen ze nog?' Ze draaide zich om. De surfers lagen nu op hun buik en peddelden in de richting van dieper water.

'Nee. Miles, Zac en Rory zijn aan het fietsen. De anderen maken een wandeling naar het grote strand. De kleine Jimmy wilde graag de surfers bezig zien.'

Ze draaide zich pruilend terug. 'Zijn ze allemaal al op? O, ik zou willen dat ze me hadden gewekt! Ik was graag meegegaan.'

Hij grinnikte. 'Ze hebben het geprobeerd, hoor. Een paar keer. Maar je was niet wakker te krijgen, zeiden ze.'

Ze zuchtte. 'O hemel. Dan was ik dus wel héél moe.' Ze deed haar ogen dicht en voelde de zeebries waaien door de lokjes die uit haar knot waren ontsnapt en haar nek kietelden. Het was fijn om amper kleding aan te hebben, om de wind en de zon op haar huid te voelen.

'En heb je nu ook trek?'

Haar maag begon te knorren. 'Nou, nu je het zegt...' Ze boog zich over de bar. 'Wat heb je te bikken?'

'Bikken.' Hij herhaalde het woord alsof hij het uitprobeerde en sprak het vriendelijker uit, als 'bieken'. 'Ik kan *gallo pinto* voor je maken.'

Ze glimlachte dankbaar. Daar had ze al op gerekend. Gallo pinto – bonen en rijst met bakbanaan en ei – was voor de Costa Ricanen wat eieren met spek voor de Engelsen waren. Jed en zijn vader maakten het al voor haar sinds ze klein was. Het was comfortfood in een kom. 'Heerlijk,' zei ze met een zucht. Ze voelde zich gekoesterd, vertroeteld. Ze was uitgerust, ze was warm... Dit zou een goede dag worden. Dat voelde ze.

'Wil je ook wat kokoswater?' Hij hield met een vragende blik een kokosnoot omhoog.

'O mijn god, ja.'

Hij stak een hand onder de bar en trok een machete tevoorschijn. Met een paar geoefende bewegingen kliefde hij de bovenkant van de kokosnoot. Het was nog net zo opwindend als in haar kindertijd. Hij stak een rietje in de opening, gaf haar de noot en keek hoe ze dronk.

'O. Mijn. God,' zei ze even later, naar lucht happend. 'Meer dan verrukkelijk.'

Jed grijnsde en liep naar het keukengedeelte aan het uiteinde van de bar, waar hij een bakbanaan in plakjes begon te snijden.

'Oké, vertel eens,' zei ze tegen zijn rug, genietend van de bekende routine die hij volgde. 'Wat is hier het laatste nieuws?'

Hij zweeg een moment terwijl hij een pan op het vuur zette. 'Nou, ze hebben eindelijk de nieuwe school gebouwd,' deelde hij over zijn schouder mee.

'Eindelijk!'

'Ja. En het heeft maar acht jaar geduurd.'

Máár acht? Hij maakte geen grapje en ze voelde een scheut van boosheid door zich heen gaan. Hoeveel kinderen hadden het hier ondertussen zonder officieel onderwijs moeten stellen? Haar vader had het geld voor de school jaren geleden in één keer gedoneerd, dus de financiering was het probleem niet geweest. Ook was er niet zozeer corruptie in het spel; ze wist dat de behoeften van de *indígenas* – de inheemse bewoners – bij de overheid nu eenmaal onderaan een lange to-dolijst stonden.

'En de oude Sam is overleden.'

'O nee, wat spijt me dat. Heeft zijn hart het begeven?' Ze berekende snel dat hij nu eind tachtig moest zijn. Hij gebruikte al jaren een cholesterolverlagend medicijn. Zij had tijdens haar laatste verblijf hier, toen ze nog maar net geneeskunde studeerde, naar aanleiding van zijn symptomen de diagnose gesteld. In de zomer voor ze Alex had ontmoet.

'Ja. Maar hij is tevreden gestorven, volgens Bertha.'

Bertha was een gemoedelijke, markante persoonlijkheid die overdag op haar krukje manden zat te maken en 's nachts de plaatselijke prostituee was. Ze zou inmiddels zo halverwege de zestig zijn. 'Nou, het is... goed om te weten dat hij... met een glimlach op zijn gezicht is overleden.'

Jed lachte. Hij roerde met zijn gespierde arm door de rijst en bonen terwijl de bananen zachtjes sissend geschroeid werden. 'Zeker weten,' grinnikte hij.

Ze keek naar zijn soepele, vloeiende bewegingen. Het leek alsof er nergens in zijn lichaam een knoop van spanning te vinden was.

'En hoe gaat het met jou?' vroeg ze terwijl hij boven de pan twee eieren brak en een stapje achteruit zette toen het vet begon te sputteren.

Hij keek niet om. 'Ik heb nu vier kleintjes. Van zes, vijf en twee jaar, en eentje van acht maanden.'

'Wow, Jed! Dat wist ik niet! Daar zal je vrouw het wel heel druk mee hebben.' En dan dacht Tara dat zijzelf moe was!

Hij haalde achteloos zijn schouders op. 'Het zijn lieve kinderen.'

'Dat kan ook niet anders met zo'n vader. Hoe heet je vrouw?' Ze had een aantal jaren geleden wel gehoord dat hij was getrouwd, maar ze wist niets over hun gezin. Tja, misschien had ze daar nooit naar gevraagd. Ze had haar oren dichtgestopt en oogkleppen opgezet om nooit meer te hoeven denken aan Alex Carter, die nu ook in Costa Rica woonde.

'Sarita.'

'Wat een mooie naam. Ik zou haar graag ontmoeten nu we hier zijn.'

Hij wierp een blik achterom en glimlachte. 'Dat regelen we.'

'En is je vader ook in de buurt?'

'Nee. Die is in de Lodge.'

De Lodge was het grote landhuis dat haar vader hoog in de bergen had laten bouwen, een paar uur hiervandaan. Ze was er zelf nooit geweest; het was gebouwd tijdens haar zelfverkozen ballingschap, maar ze had de tekeningen en foto's gezien en er tijdens familiediners over gehoord. De officiële teruggave van het nationaal park aan de bevolking van Costa Rica stond op stapel voor vrijdag in een plaats dicht bij de Lodge, en er was een kleine fiësta gepland.

'Hij is bezig de laatste dingen voor de ceremonie in orde te maken,' ging Jed verder.

'Ah ja, natuurlijk. De ceremonie.' Ze rolde met haar ogen en tikte met haar vingers tegen de kokosnoot terwijl het schrikbeeld dat ze haar verleden zou tegenkomen een ijzig koude rilling over haar rug veroorzaakte. 'Hoe had ik dát nou kunnen vergeten?' mompelde ze.

Jed gniffelde en schudde zijn hoofd. Hij porde met een spatel tegen de eieren en keek hoe ze langzaam stolden. 'Ik zou het werkelijk niet weten.'

Het plan was dat Miles en zij er donderdagavond met de hele groep naartoe zouden vliegen zodat ze er op vrijdag bij konden zijn voor de nodige plichtplegingen tegenover de hotemetoten van de regering. Er zou pers bij aanwezig zijn en de leden van de familie Tremain werden geacht vele handen te schudden. Voor Miles was dat het ergste wat hem te wachten stond, maar zij had een nog veel erger vooruitzicht: Alex Carter zou ook op dat podium staan, aan haar vaders zijde, en gedurende die paar uren kon ze hem dus niet vermijden. Maar ze kon er beslist niet onderuit. Dit was niet alleen haar vaders project, het was zijn nalatenschap en ze moesten erbij zijn, voor hém. Trouwens, ze hoefde niet met Alex te práten. Miles, Holly en Rory (die nergens van wist) zouden haar verdedigingsmuur vormen, had ze besloten, en als de plichtplegingen voorbij waren, kon hun groep zich de rest van het weekend ontspannen in de Lodge voordat ze maandag terug zouden vliegen. Het was verre van ideaal, maar het zou wel goed komen.

Ze keek hoe Jed een paar grote lepels van de rijst en bonen in de pan schepte om ze te verhitten en met de eieren te mengen. Hij schudde nog even en schoof de inhoud van de pan in een gele aardewerken kom.

Snel bereid en zo lekker.

Hij zette de kom voor haar neer en de geur kwam haar tegemoet.

Ze sloot haar ogen en voelde dat het water haar in de mond liep. 'O mijn god,' kreunde ze. 'Wat ruikt dat zalig. Ik ben uitgehongerd. Ik heb al in geen dagen een goede maaltijd gegeten.'

'Waarom niet?'

Ze haalde haar schouders op. 'Te druk met werk.'

Zijn wenkbrauwen gingen fronsend omhoog. 'T-t, als je geen tijd hebt om te eten, werk je té hard.'

'Ja, waarschijnlijk wel,' zei ze. Ze nam de vork aan die hij haar aanreikte en begon te eten. En toen ze eenmaal begon, voelde ze een soort wanhoop door zich heen gaan, alsof ze het voedsel niet snel genoeg haar lichaam in kon krijgen. Ze had zich niet gerealiseerd hoezeer ze zichzelf had verwaarloosd. Thuis was het – letterlijk – holle gevoel normaal geweest. Geen slaap, geen eten.

Hij keek nadenkend toe terwijl zij de laatste korrel rijst met haar vinger door de kom duwde en op de vork schoof voordat ze ten slotte verzadigd glimlachend achteroverleunde. Zijn blik ging van haar gezicht naar de schoongelikte kom en weer terug. 'Nounou. Misschien iets minder hard werken?' herhaalde hij met alweer een opgetrokken wenkbrauw.

Ze lachte en knikte. Vol genegenheid keek ze naar zijn vriendelijke gezicht met de kalme wijze ogen en een mond die wist wanneer hij beter niets kon zeggen. Het was altijd gemakkelijk geweest om met Jed te praten. 'O, ik heb je gemist.'

'En ik jou, T-t. Waarom ben je zo lang weggebleven? Artsen krijgen toch zeker wel vakantiedagen in Engeland?'

'Jawel.' Met een zucht wendde ze haar blik af. Ze wilde beslist Alex' naam niet noemen. Ze had hem destijds niet mee hiernaartoe genomen, dus tenzij Miles loslippig was geweest, wist Jed niets over de relatie die ze had gehad met de grote baas van het natuurbeschermingsproject. Wat was zijn functie ook alweer? Technisch directeur? Ja, zoiets. Om het er nu over te hebben, om uit te leggen hoe verschrikkelijk zijn bedrog was geweest... Hoe kon ze uitleggen dat Alex' aanwezigheid hier deze plek voor haar had bezoedeld? Dat het toevluchtsoord uit haar jeugd nu onlosmakelijk verbonden was met de man die haar leven had verwoest? 'De tijd... gaat gewoon heel snel. Voor je het weet, ben je jaren verder. Ik heb me heel erg op mijn carrière gericht.'

Jed knikte. 'En je vriend...' Hij pakte een kratje met glazen en begon ze een voor een op de planken te zetten.

'Rory.'

'Ja. Rory.'

Zijn behoedzame toon herinnerde haar aan hun confrontatie van de afgelopen nacht. 'Een goeie vent,' zei ze geruststellend. 'Hij is ook arts.'

Jed knikte, maar hij maakte geen oogcontact. 'Zijn jullie al lang samen?'

'Ongeveer een jaar?' Ze wist niet waarom ze het uitsprak als een vraag. Jed kon het niet weten. Zij zou het zelf wél moeten weten, maar ze was niet sterk in het onthouden van precieze data. Haar hand ging naar het gouden medaillon om haar hals, dat hij haar had gegeven toen ze een jaar samen waren. 'Iets langer.'

'Dan is het dus serieus.'

'Ach ja. We hebben allebei ons leven op orde en zijn gelukkig met elkaar. Het werkt goed, dat we allebei arts zijn. Hij is een goeie vent.'

'Ja, dat zei je al.' Hij knipoogde plagend. 'Denken jullie aan trouwen? Kinderen?'

'Nee.' Ze schudde haar hoofd. 'Absoluut niet. Voorlopig richt ik me op mijn carrière.'

Jed wierp haar een blik toe, zonder iets te zeggen. Maar ze wist wat in zijn zwijgen verborgen lag: hij wist dat ze dertig jaar oud was en hij veronderstelde dat haar biologische klok tikte...

'Heb je zin in koffie?'

Ze glimlachte. 'Graag. Je zorgt altijd zo goed voor me.'

'Er moet toch íémand zorgen voor de dokter die altijd voor anderen zorgt.'

'Ha!'

Ze draaide zich op haar kruk om naar het geroep en zag de surfers nu over de golven zeilen, als muzieknoten meanderend in een partituur.

'Gisteren was de stroming gevaarlijk,' zei Jed waarschuwend.

'Echt?'

'Het is nu wat beter, maar wees voorzichtig als je het water in gaat.'

'Geen zorgen, ik weet het nog: met de stroom mee en dan loodrecht naar opzij. Je hebt het me goed ingeprent.'

Hij knikte tevreden. 'We moeten de kleine Jimmy wel in de gaten houden.'

'Zeker. Hij is mijn petekind.'

'Hij is snel. Houdt hij van voetbal?'

'Welk jongetje houdt daar niet van?' grapte ze.

Ze keken toe hoe de surfers zich achterwaarts in het water lieten zakken, hun ritje op de golven alweer voorbij.

'Hoe laat zijn ze eigenlijk vertrokken?'

'Ongeveer anderhalf uur geleden.'

'Goh. Al vroeg dus.' Het zou de jetlag wel zijn. Plus Jimmy's jeugdige energie. Die arme Holly. Zij kreeg echt nooit rust. Dat probleem had Tara tenminste niet.

De surfers liepen nu verkwikt en verfrist het water uit, met hun plank onder de arm. Ze zag de druppels water als kristalletjes van hun lichamen vallen en hoorde hun gelach boven de golven uit. Zo was het om gelukkig te zijn. Geworteld. Op deze plek.

Pura vida, noemden ze het hier.

Ze bleef kijken en werd emoties gewaar die ze niet goed kon beschrijven, een hunkering diep vanbinnen die ze niet begreep. Ze had het knagende gevoel dat ze volkomen verkeerd bezig was in dit leven.

'Je bent wakker!'

Holly rende over het zand naar haar toe, nu al gekust door de eerste zonnestralen. Haar sproetjes bloeiden op, haar haargrens was vochtig. In haar handen droeg ze een paar uitpuilende felgekleurde boodschappennetjes. Ze had de ochtend zo te zien goed besteed, in elk opzicht.

'Nou, maar amper hoor.' Tara sloeg haar vanuit de gestreepte hangmat loom gade, met één been bungelend over de rand. Ze was al bijna een uur bezig met een poging een boek te lezen, maar ze had nog geen bladzijde omgeslagen. Haar gedachten leken vrij spel te hebben nu ze lag te luieren.

'O ja?' Holly lachte. 'We hebben een aantal keren bij je gekeken. Ik heb op een gegeven moment gewoon je hartslag gecontroleerd.'

'Ik heb je verteld dat ik moe was.' Ze knikte naar de tasjes. 'Nog juweeltjes aangeschaft?'

Holly's glimlach verbreedde zich. Al na twaalf uur leek ze in niets meer op de bleke, vermoeide arts die op zoetigheid uit de ziekenhuiskantine leefde. 'Zeker weten. Ik heb dit...' Ze stak haar hand in een van de netjes en trok er een lange halsketting van geknoopt touw en tinkelende schelpjes uit, een en al gebleekte natuurlijke kleuren.

'Mooi,' reageerde Tara glimlachend. Zij had zelf een vergelijkbare ketting gekocht toen ze vijftien was, als essentieel onderdeel van de bohemien strandlook, de Blue Lagoon-droom waar iedereen hier naar op zoek was.

'En deze.' Holly stak een paar vaalrode leren teensandalen omhoog.

'Prachtig,' zei Tara knikkend, maar ze wist dat Holly er blaren door zou krijgen. 'Laat me raden, heb je ook een mand gekocht?'

'Nog niet, maar dat ga ik wel doen! Hoe is het mogelijk dat ik niet wist dat ik manden nodig heb? Ze hebben er hartstikke veel!'

'Hartstikke veel manden en mandjes,' beaamde Tara. 'Mijn moeder heeft er ooit eentje gekocht die net groot genoeg was voor één ei.'

'Eén ei?' Holly's mond viel open.

'Eén enkel ei. Het was een schitterend mandje, hoor. Voortreffelijk handwerk. Maar er paste maar één ei in.'

'Wow,' zei Holly, die even zwijgend nadacht over de eigenaardigheid van een mandje dat met de hand was geweven voor zo'n specifiek doel. Ze leek de bijzondere ideeën van de Tremains omtrent luxe tot zich door te laten dringen: gammele huisjes aan een ongerept strand, vers kokoswater, mandjes groot genoeg voor slechts één ei.

'Heeft Jimmy genoten van de surfers?' vroeg Tara, die keek hoe hij en Dev naar de waterkant renden, het hete zand brandend onder hun voeten.

'We moesten hem er wegsleuren. En op de een of andere manier is hij erin geslaagd een tenue van Liverpool FC te vinden. Ik bedoel, hoe is het mogelijk?' Ze schudde haar hoofd.

'Heb je de anderen alweer gezien? Weet je welke route ze gingen fietsen?'

'Nee, ergens landinwaarts, zeiden ze.'

'O jee. De bergen in. Heeft iemand dat wel aan Rory verteld?'

Holly haalde haar schouders op. 'Ze zeiden dat ze ergens na de lunch terug zouden zijn.'

'Juist ja.' Tara voelde een steek van ergernis. Oké, ze had uitgeslapen, maar moest hij werkelijk meteen een halve dag wegblijven?

'Kijk niet zo!' waarschuwde Holly haar, want zij kende de intonatie van haar stem maar al te goed. 'Jij bent degene die het bed niet was uit te slaan. Bovendien bouwt hij zo een band op met je broer. Wees blij.'

Een band opbouwen. Dat had ze eerder gehoord.

'Nou, laten wij ook iets gaan doen, om onze tijd optimaal te benutten,' zei Tara, die met haar been slingerde en begon te wiegen. 'Ik wil vandaag graag naar de kliniek om ze de voorraden te brengen die we hebben meegebracht.'

Holly slaakte een zucht die suggereerde dat ze er niet erg op gebrand was om zich zo snel alweer in een medische setting te begeven. 'Prima, wat jij wilt.'

'Maar ik kan ook wel in m'n eentje gaan als jij liever hier blijft.'

'Luister, jij kent het hier. We doen wat jij wilt, al blijven we ook graag wat rondhangen.' Holly zuchtte verheugd en keek naar haar man en zoontje die zich vermaakten in het ondiepe water. 'Jed is geweldig. Hij gaat Jimmy leren surfen.'

'Ik weet het. Hij heeft het mij ook geleerd. Hij is de beste.' Ze keek naar de tevreden gezichtsuitdrukking van haar beste vriendin. Een strandvakantie met het gezin. Simpele genoegens. Ze voelde een onverhoedse scheut van pijn en keek de andere kant op. 'En is jullie huisje naar wens?'

'Ik wil er voor altijd blijven wonen. Wat hebben we verder nodig? Bedden, strand. Buitendouche. En een klamboe heeft iets heel… romantisch, vind je niet?'

Tara glimlachte bij het horen van Holly's enthousiasme over het simpele leven hier. Zij had in de loop der jaren hetzelfde gevoeld. Het was al te gemakkelijk om te vallen voor dit paradijs, maar het bleef een illusie. Wat op de ene dag aantrekkelijk was, kon op dag dertig vervelend worden. Om nog maar te zwijgen over de natte dagen, waarop de regen als glazen speertjes naar beneden kwam en er door de vochtigheid niets – niet je huid, niet je haar, niet je kleren – echt droog werd… En zodra Holly door haar antipluisspray heen was, zou de lol er snel af zijn.

Voor het eerst zag Tara een grote kokosnoot tussen de palmbladeren ver boven haar hoofd hangen. Ze probeerde zich te herinneren hoeveel mensen er ook alweer per jaar stierven door een vallende kokosnoot. Honderdvijftig? Zoiets.

Ze verzonk in gedachten. Honderdvijftig doden per jaar door een vallende kokosnoot. Wat een… toevallige dood. Belachelijk zelfs. Net zoals de twee doden die jaarlijks vielen doordat er een snoepautomaat op ze neerkwam. Of de tweeënhalfduizend linkshandigen die stierven door het gebruik van voor rechtshandigen bestemde producten. In de medische wereld deden veel anekdotes de ronde over onwillekeurige sterfgevallen en uitglijders. Tijdens haar studie hadden ze te horen gekregen dat meer dan zevenhonderd patiënten per jaar (gemiddeld twee per week) na een operatie werden gehecht terwijl er nog materiaal in hen achterbleef: een wattenstaafje, zelfs een hele tang, had ze weleens gehoord. Dat was dan nog minder erg dan zo'n klein haarscherp scalpelmesje. Minder fataal.

'... waterval!'

Tara werd uit haar gedachten gerukt. 'Hè?'

'Jed had het gisteren over een waterval. Zullen we daarheen gaan, na ons bezoek aan de kliniek?'

'Ja, dat klinkt goed.' Ze zwaaide beide benen uit de hangmat en worstelde zich overeind met een plotselinge drang om in beweging te komen en haar gedachten te ontvluchten. 'Ik ga het er even met hem over hebben, vertel jij het de jongens?'

Holly keek verbaasd. 'Het hoeft niet meteen hoor, maar oké.' Ze stond op – haar achterwerk onder het zand – en holde naar de waterkant.

Tara draaide zich om naar de bar en maakte aanstalten naar Jeds geruststellende silhouet in de schaduw te lopen toen ze achter zich een zwaar plofgeluid hoorde dat doortrilde via de grond. Ze keek achterom. De hangmat was nu gedraaid, met de bovenkant naar beneden, en ernaast in het zand lag de kokosnoot die enkele ogenblikken geleden nog boven haar hoofd had gehangen.

Ze staarde er geschokt naar. Honderdvijftig mensen op een wereldwijde bevolking van meer dan zeven miljard.

Toch leek het ineens een minder onwaarschijnlijk lot.

14

De open jeep ronkte door het plaatsje en de schaduw van de bomen wierp kantachtige patronen over hun gezichten. Jimmy, die achterin zat vastgegespt, zwaaide naar alle kraamhouders en venters op straat. De meesten zwaaiden met vlezige hand terug en grijnsden hun tanden bloot, wat hem nog meer aanmoedigde.

Tara was bijna vergeten hoe levendig het hier was, met al die verweerde gebouwtjes, geschilderd in geel en blauw, felroze en turquoise. De mensen zaten met z'n tweeën of in groepjes op barkrukken, leunend op een counter, of waren neergestreken op een motorkap. Er was geen stoep: voetgangers en bestuurders deelden het asfalt op een manier die in Londen ondenkbaar zou zijn. Erboven hingen de telefoondraden en er stonden allerlei voertuigen lukraak geparkeerd, al was het niet altijd duidelijk of de bestuurder het vehikel echt geparkeerd had of gewoon was gestopt. Er waren foodtrucks met fruit, scooters, fietsen en jeeps, niemand had haast, en her en der stak er een bruine arm nonchalant uit een autoraam.

Er speelden wat kinderen rond een gele brandkraan. Ze renden door de waterstralen, waarvan de druppels het vroege middaglicht vingen. Op de zijkant van gebouwen waren advertenties voor Coca-Cola te zien, en er hingen bordjes aan palen die de weg wezen naar surfverhuur, cabana's, hostels...

Tara bleef uitkijken naar drie zwoegende fietsers, maar ze waren nergens te bekennen. Ze hoopte maar dat Miles en Zac geen indruk op Rory probeerden te maken door hem mee te nemen op een al te lange rit, maar het zou haar niet verbazen. En Rory was weliswaar behoorlijk fit, maar omdat hij zoveel uren maakte, bracht hij heel wat minder tijd in de sportschool door dan haar broer en diens echtgenoot.

'Je hebt het goed voor elkaar, Jed!' riep Holly vanaf haar zitplaats achterin terwijl ze stilstonden bij het eenvoudige stoplicht en de mensen naar hem riepen en hem enthousiast begroetten. 'Ben je de burgemeester of zo?'

'Dat mocht ik willen!' riep Jed terug met een lach en een geamuseerd knikje. Ondertussen merkte Tara dat de ogen van de mensen van hem meteen naar haar gleden, alsof ze ook wisten wie zíj was. Het was een gemakkelijke optelsom – iedereen wist dat zijn vader en hij voor haar familie werkten – maar ze besefte dat de relatieve anonimiteit die haar familie hier in haar kindertijd had gekoesterd, tegenwoordig werd overstegen door hun status van grootste particuliere grondbezitter van het land. Het nationale park was groot nieuws en het gezicht van haar vader was inmiddels waarschijnlijk net zo bekend als dat van de president. Maar haar gezicht ook? Ze had zichzelf bewust verre van het project gehouden.

Ze keek vluchtig rond, losjes en oppervlakkig als een nachtvlinder. Nergens liet ze haar blik te lang hangen en ze maakte geen oogcontact. Ze bewonderde de kraampjes waar handgeweven manden van gras in allerlei soorten en maten werden verkocht, ze glimlachte bij de aanblik van kleurig aardewerk, van de stalletjes met ananassen, de souvenirwinkels met luchtbedden en ansichtkaarten voor de deur, en de strandhutjes met tie-dye-T-shirts en katoenen pareo's.

De zee lag links van hen, en de vloed stroomde over het diep goudkleurige strand. Ze keek naar een aantal surfers, voortsnellend op de golven en scherp afstekend tegen de heldere hemel. Jed sloeg rechts af en wachtte op een langsrijdende truck met bananen voordat hij verder reed over een van de lange, smalle wegen die landinwaarts leidden, naar de heuvels. Daar oogde de hemel juist onstuimig, met donkere wolken die wervelden en tegen elkaar botsten. Eronder viel een mistgordijn als een rolluik tot aan de grond.

De bebouwing werd geleidelijk lager en de huizen stonden steeds verder uit elkaar, met dichte hagen die het begin van de woonwijk markeerden. De meeste huizen hadden één woonlaag, sommige waren bedekt met golfplaten. Ze passeerden de basisschool, met daarnaast een verfomfaaid grasveld waar wat kinderen voetbalden, hun rugtassen op een slordige, vergeten hoop.

De bomen werden talrijker naarmate ze verder in de richting van de heuvels reden, en de weg was niet langer geasfalteerd. Ze stopten weer bij een stoplicht en ze liet haar blik over het enige huis op de hoek dwalen. Het lag grotendeels verborgen achter een betonnen muur die was beklad met graffiti, en het duurde even voordat tot haar doordrong wat er in het Spaans geschreven stond: BUITENLANDERS WEGWEZEN! COSTA RICA VOOR DE COSTA RICANEN!

Een duidelijke boodschap. Ze keek meteen naar Jed, en één blik op zijn norse gezichtsuitdrukking vertelde haar dat hij het ook had gezien en dat hij had gehoopt dat zij het niet zou opmerken. Hij had gewild dat dat licht op groen stond in plaats van op rood. Hij had snel willen doorrijden voordat zij kon lezen wat er stond.

Het licht sprong op groen en Jed gaf gas. Ze keek achterom naar het huis en kon net om de betonnen muur de binnenplaats op kijken. Daar haalde een man in spijkerbroek en met een pet op iets uit een pick-uptruck. Hij keek op en zijn ogen maakten contact met die van Tara. Het volgende moment waren ze voorbijgereden en was hij weer weg, maar iets in de manier waarop hij naar haar had gekeken, de manier waarop zijn lichaam verstrakte toen hij had gezien wie ze was…

'Wie was dat?' vroeg ze zacht, want ze wist dat Jed de interactie had opgemerkt.

Hij zweeg even. 'Een van de mannen van Miguel D'Arrosto.'

'En dat is?'

'Gewoon een veehouder die wil dat alles op zijn manier gebeurt.'

Tara aarzelde. 'Dezelfde veehouder wiens ranchers ons gisteren bijna van de weg reden?' vroeg ze met gedempte stem.

Jed wierp haar een blik toe. 'Maak je geen zorgen. Hij heeft alleen een grote mond.'

Tara was daar niet zo zeker van. Die truck die hen zo hard en dreigend genaderd was en rakelings langs was geraasd, had niet gevoeld als 'alleen een grote mond'. Eerder als een openlijke bedreiging.

Ze wreef automatisch over haar slapen, al wist ze dat ze haar hoofdpijn er niet mee weg zou krijgen. Ook wist ze dat dit niet het moment was om hierover te praten: haar vrienden zaten achterin, samen met hun zoontje, en bovendien waren ze op hun eerste bestemming aangekomen. Haar adem stokte even toen Jed de jeep de parkeerplaats op stuurde van de kliniek die ze alleen op haar beeldscherm had gezien, haar 'baby' die ze van een afstand liefhad. Dit was de eerste van haar met awards beloonde moeder-en-kindklinieken, en anders dan bij echte baby's had ze zo haar lievelingetjes. En dit zou altijd haar dierbaarste 'baby' zijn.

Om het driedimensionaal te zien, in het echt, was verrassend emotioneel, en ze voelde onmiddellijk de energie die er heerste. Het gebouw was veel groter dan ze het zich had voorgesteld. Het was geen prachtig pand, maar een blokachtig helderwit betonnen bouwwerk, bestaande uit één verdieping, met veel ramen en een rood kruis boven de deur, het universele teken voor medische hulp. Maar er zaten enkele jonge moeders op een bankje, van wie er een borstvoeding gaf terwijl er wat peuters om hen heen met een hoepel speelden.

Nadat de jeep was geparkeerd liepen Jed en Dev naar de kofferbak om de dozen met voorraden die ze vanuit Engeland had meegenomen uit te laden. Het waren voornamelijk basisbenodigdheden – injectiespuiten, ontsmettingsmiddelen, verband, antibiotica, zoutoplossing, bloeddrukmeters – maar het was haar ook gelukt om een paar echoapparaten op de kop te tikken.

'Ziet er aardig uit.' Holly knikte terloops naar de kliniek. Haar vriendin was niet snel onder de indruk.

Ze liepen de koelte in die de airconditioning bood. Anders dan de rustige uitstraling buiten deed vermoeden, wemelde het binnen van de mensen: dokters in witte jassen en verpleegkundigen die rondliepen tussen ouders en kinderen en baby's op stapelbare plastic stoelen. Het was lawaaiig, met baby's die huilden, peuters die krijsten, maar ook geroezemoes en gelach van moeders die met elkaar praatten tot ze aan de beurt waren.

Tara keek rond met een kritische blik. Ondanks de schijnbare chaos leek er een patiëntenregistratiesysteem te zijn en zag alles er schoon uit, voor zover ze kon nagaan. De geur van ontsmettingsmiddel was geruststellend.

'Ah, home, sweet home,' grapte Holly. 'Ik voel mijn cortisolgehalte alweer stijgen.'

'Hou toch op,' zei Tara grijnzend. 'Het duurt niet lang.'

Ze zag de balie en liep ernaartoe. Een jonge vrouw keek op, glimlachte en vroeg haar iets in het Spaans.

Tara antwoordde dat ze op zoek was naar dokter Morales, waarop de receptioniste naar een kantoor in de hoek wees. '*Gracias*.'

'Spreek jij Spaans?' vroeg Holly toen ze ernaartoe liepen. Nu was ze wél onder de indruk.

'Genoeg om me te kunnen redden.'

Ze klopte op de deur en leunde naar voren, wachtend op een stem die haar zou vragen binnen te komen. In plaats daarvan zwaaide de deur open en stond ze plotseling bijna oog in oog met een enorme boezem.

Er volgde een moment van wederzijdse verbazing, maar toen schonk de eigenares van de boezem haar een grote glimlach. 'Dokter Tara? Ben je er eindelijk?'

'In levenden lijve. Hoe gaat het met je, Yorleny?'

Als reactie kreeg ze een omhelzing en dat voelde alsof ze met kussens knuffelde, helemaal zacht en warm.

'Wat fijn je te zien,' zei de vrouw. 'We hebben lang op dit moment gewacht.'

'Ik ben lange tijd niet in Costa Rica geweest. Ik heb dit prachtige land gemist.' Tara zette een stap opzij om de anderen voor te stellen. 'Dit zijn vrienden van me, Holly en Dev Motha. Zij zijn beiden ook arts. En dit is hun zoontje, Jimmy.'

'Welkom, welkom,' zei Yorleny in het Engels terwijl ze hen met dubbele handdrukken begroette en Jimmy een aai over zijn wang gaf. Ze tilde haar hoofd op en riep rond in het Spaans: 'Hé allemaal, dit is dokter Tremain, de oprichtster en financier van onze kliniek.'

Tara's gezicht gloeide nu alle gezichten – van artsen, verpleegkundigen en patiënten – plotseling op haar gericht waren en de mensen zelfs begonnen te klappen.

'O god, dat is echt nergens voor nodig,' zei Tara, in verlegenheid gebracht, met een beleefde glimlach. Ze hoorde Holly naast zich lachen terwijl er een hele rij mensen in hun richting bewoog. Sommigen wilden haar de hand schudden, anderen – kennelijk – alleen maar even kijken, en ze begreep dat haar achternaam ook hier bekend was. De mensen kenden haar om andere redenen dan alleen deze kliniek.

'O nee, ik ben niemand, hoor,' hoorde ze Holly uitroepen nu er ook mensen naar haar hand reikten en haar krullende rode haar aanraakten alsof het magische krachten bezat. 'O, nou ja... hoe maakt u het... eh... Oké, ja, u mag mijn haar wel even aanraken... Ja, *hola*.'

Tara lachte terwijl de mensen om hen heen dromden. Ook Jimmy moest het ontgelden, met moeders die zijn heldere ogen bewonderden en kinderen die hem hun speelgoed lieten zien en naar zijn sneakers wezen.

'We hebben wat medische benodigdheden meegebracht,' zei Tara in haar beste Spaans, toen de rust eindelijk was weergekeerd. 'Ik had er wel over kunnen bellen, maar ik wilde niet dat jullie te veel moeite voor ons zouden doen.' Ze kon zich nu goed voorstellen hoe ze zouden zijn onthaald als ze hun bezoek had aangekondigd.

'Tara, wat aardig van je,' zei Yorleny in haperend Engels, zodat Holly en Dev het ook konden verstaan.

'Het is het minste wat ik kan doen. Het spijt me dat ik niet meer mee kon nemen. Maar dat komt de volgende keer,' beloofde ze, want ze wist dat ze snel weer in het land zou zijn. Ze had haar eigen glazen ingegooid door zo lang weg te blijven. Ze had zich door Alex Carter laten tegenhouden, alsof dit land niet groot genoeg was voor hen beiden. Maar dat was het natuurlijk wel.

'Vind je het goed als ik even rondkijk? Ik zou graag willen zien wat jullie hebben, en wat er ontbreekt. Het zou handig zijn om een inventarislijst te hebben.'

'Tara, dit is jouw kliniek, je hoeft dit niet te vragen.' Yorleny keek Holly en Dev aan. 'Jullie zijn ook arts, begrijp ik?'

'Dat klopt. Ik werk op de spoedeisende hulp. Mijn man is radioloog,' zei Holly met nadruk op elk woord, wat een komische uitwerking had.

Er verscheen een kleine schittering in de ogen van het hoofd van de kliniek, en Tara wist wat ze dacht. Er zaten wel vijftig patiënten in de wachtruimte, en tot nu toe had ze slechts vier dokters in witte jas geteld, onder wie Yorleny zelf. 'Zouden jullie dan misschien...'

'We hebben wel een uurtje, mochten jullie hulp kunnen gebruiken,' bood Tara namens hun alle drie aan. 'En we hebben een paar echoapparaten meegebracht voor de zwangere vrouwen, dus misschien kan Dev die voor jullie inwijden?' Ze keek hem aan.

'Ja hoor,' zei Dev schouderophalend, gemoedelijk als altijd.

'Ik weet gewoon niet wat ik moet zeggen,' reageerde Yorleny perplex.

'Laat ons maar zien waar we heen moeten. Verder redden we ons wel.'

Er ging een uur voorbij, maar het leek eerder een kwartier. Tara en Holly werkten in twee naast elkaar gelegen kamers en beoordeelden en reinigden verwondingen en schrammen, namen temperatuur op, onderzochten gezwollen buiken, namen bloeddruk op, namen bloed af, gaven inentingen en schreven recepten voor ijzertabletten uit. Het was alsof ze weer geneeskundestudenten waren, terug bij de basis en midden in het leven, niet de dood. Ze maakten verbinding met patiënten zonder het heftige drama dat hun rol thuis in Engeland soms kenmerkte. Tara voelde zich ver verwijderd van haar intensivecareafdeling, waar alles flitste en bliepte en waar meer apparatuur dan patiënt te zien was. Ze was hier in haar element.

Jimmy had de opdracht gekregen om de speelgoedkisten op te ruimen en de juiste puzzelstukken terug in de juiste dozen te doen. Dev had eerst de echoapparaten mee geïnstalleerd en de werking uitgelegd, waarna hij zijn eigen verloskundepraktijk leek te runnen terwijl hij zelf echo's uitvoerde en de vrouwen een echogram van hun foetus meegaf, met uitleg over wat erop te zien was. Jed pakte de dozen uit en zette de voorraad op de planken – die hij ook repareerde waar nodig.

'Jed, waar zijn de gaasjes die we hebben meegebracht?' vroeg ze hem met haar hoofd om de deur van haar kamer. Hij zat in de grote kast aan de andere kant van de gang op zijn knieën iets in de achterwand te spijkeren.

'De gang door, in het kantoor achter de tweede deur links.' Zijn stem klonk gedempt. 'Naast de speculums. Ik haal er wel wat voor je.'

'Dat hoeft niet. Ik haal ze zelf wel even,' zei ze met in het voorbijgaan een klopje op zijn schouder. Ze zag bij het langslopen dat Holly in haar kamer een vinger omhoogstak en een jongetje vroeg die te volgen terwijl ze hem heen en weer bewoog. Ze glimlachte en haar ogen straalden. Ze had nu geen suikerboost nodig. Zo keek ze nooit op de SEH.

Tara klopte aan bij het kantoor. Er werd niet gereageerd, dus liep ze naar binnen. Jed had de voorraden keurig neergezet, met alle etiketten naar voren gericht.

Ze pakte twee doosjes en keek uit het raam terwijl ze de kast weer sloot. Het was gaan regenen. Ze zag het stuk land met struikgewas en gras waar de kinderen uit de buurt voetbalden en waar zware boomkruinen doorhingen terwijl de bui met een nonchalante, vertrouwde hevigheid overtrok. Er liepen twee vrouwen met een tas in hun hand. Ze namen niet de moeite om te rennen, want ze wisten dat de regen over een paar minuten voorbij zou zijn en dat er sowieso geen plek was om naartoe te rennen. Ze zag Jeds jeep op de parkeerplaats staan, nu omringd door een aantal pick-uptrucks. Ze fronste. Ze stonden in een kluitje bij elkaar, als schapen die samendromden op zoek naar warmte. Ze moest parkeervakken laten schilderen, bedacht ze – nog iets voor haar to-dolijst – maar je zou toch denken dat handig parkeren op zo'n terreintje vanzelf zou gaan.

Ze liep terug door de gang.

'Jed.' Ze wachtte tot hij uit de kast was gekropen. Hij keek haar met een rood hoofd aan; hij was veel te groot om in zo'n kleine ruimte te passen. 'Misschien moet je even vragen of een paar mensen hun pick-ups willen verplaatsen? Zo kunnen we niet weg.'

'O. Oké.' Hij fronste nadenkend.

'Het is niet erg, maar ik ga ervan uit dat we over een minuut of tien wel klaar zijn om te gaan. Het is tenslotte vakantie en we hebben Jimmy beloofd dat hij onder een waterval mocht zwemmen.'

'Prima.'

Ze liep haar kamer weer in, waar haar patiënt, een zevenjarig jongetje met een geïnfecteerde beenwond, op haar wachtte. 'Goed. Waar waren we gebleven?' zei ze met een glimlach.

Tara lag op de rots, buiten adem en nog steeds lachend om Holly's wedgie na haar laatste plons. Jed had hen meegenomen naar de watervallen die ze als kind ook had bezocht. Ze waren minder hoog dan in haar herinnering, en niet zo azuurblauw als Instagram suggereerde, maar de rivier die het water aanvoerde was breed en stroomde snel, en de watervallen lagen in een halve waaier om het meertje. In de hoek deed een formatie van gladde rotsen dienst als glijbaan – en daar hadden ze nu een paar uur gebruik van gemaakt. Jimmy kon er geen genoeg van krijgen, en Holly en Dev hadden om beurten 'bommetjes' met hem gedaan. Ze voelden zich nu allemaal waterig, bij wijze van spreken.

'Heeft er iemand trek?' vroeg Jed.

'Ja, ik!' Holly's arm schoot omhoog alsof ze op school was.

'Ik zou een moord doen voor een kop koffie,' hijgde Dev, die door een ondiep gedeelte van het meertje naar de plek waadde waar Jed op de rotsen zat en zijn grote rugzak opentrok.

'Koffie heb ik niet, maar wat dacht je van vers papajasap en wat mango's?'

'O mijn god, ja,' zei Holly, die ook haastig kwam aanwaden, met haar ellebogen opzij als een koopjesjager. 'Dit lijkt wel zo'n duur kuuroord: waterval. Mango's. Papajasap.'

Tara ging weer plat op haar rots liggen, languit als een zeehond, en luisterde naar de klanken van de jungle om hen heen. Het was veel rumoeriger dan haar slaap-apps deden geloven. De lucht gonsde van het geluid en droop van de geuren. Ook haar eigen huid, bedekt met zweetpareltjes, leek over te stromen. Het was een zintuiglijke overvloed die haar het gevoel gaf dat ze landde en in haar eigen lichaam terugkeerde. Zelfs haar hoofdpijn stond op een laag pitje.

Ze hoorde een typische kreet en opende net op tijd haar ogen om een zwavelborsttoekan tussen de bomen te zien vliegen. Ze glimlachte bij de herinnering aan de eerste keer dat ze er een had gezien. Destijds was ze tien.

'Hier, T-t.' Jed hurkte op de rots naast haar neer en reikte haar een beker sap aan.

Ze krabbelde overeind op haar ellebogen en nam hem dankbaar aan. 'Dit is zalig.'

'Dat zou ik denken,' zei hij grijnzend.

'Heb je het naar je zin, Jimmy?' riep ze. Hij klauterde nog steeds over de rotsen, sprong keer op keer in het water en hoorde haar niet boven het lawaai van de watervallen uit.

Dev hield hem voortdurend in de gaten en Tara voelde een golf van genegenheid voor haar goede vriend. Hij was zo'n goede vader en zo'n geduldige echtgenoot. Tara geloofde dat er niet veel mannen zouden zijn die het met Holly zouden uithouden: ze was sterk, veeleisend en eigenzinnig. Ze voerde vaak het hoogste woord, maar Dev wist haar op de een of andere manier altijd bij te sturen, zodat ze uitkwam waar ze moest zijn. Ze vormden een goed team. Ze kon zich de een niet zonder de ander voorstellen – en dat terwijl er een tijd was geweest waarin Holly vastbesloten was hem uit haar leven te bannen. Dat was nu ondenkbaar. 'Het beangstigde me,' had Holly jaren later toegegeven. 'Ik had het vage gevoel dat hij de ware jakob zou zijn en dat ergerde me mateloos. Ik vond dat ik nog wel wat avontuurtjes tegoed had.' Dat Holly vrijwel tegelijk met Tara zwanger bleek te zijn was slechts een van de vele aardverschuivingen voor hen beiden in die periode. Het was de enige schok waar ze met warmte op kon terugkijken.

'Dus, Jed,' zei Holly, die met haar ellebogen op haar knieën op een rots ging zitten. 'Twig heeft me verteld dat jij haar al kent sinds ze een klein meisje was...'

Tara grijnsde om de toon waarmee ze het zei. O jee.

'Dat betekent dat je vast wel iets smeuïgs over haar te vertellen hebt.' Haar blauwe ogen twinkelden.

Jed lachte. 'Nou, als dat zo was, zou ik mijn leven niet in de waagschaal stellen door het met jou te delen.'

'Hè, dat is erg teleurstellend, Jed,' grapte Holly. 'Ik denk dat wij samen eens een keer een fles rum moeten opentrekken. Misschien dat je dan wat spraakzamer wordt.'

Iedereen grinnikte.

'Is het niet ongelooflijk dat we deze plek helemaal voor onszelf hebben?' Dev keek Jed aan. 'Je zou verwachten dat hier veel toeristen komen.'

'Nou, een paar kilometer verderop is er een veel grotere waterval. Daar gaan de meeste toeristen naartoe terwijl hier vooral de locals komen, omdat het dichtbij is. Maar het zal wel drukker worden als het nieuwe park wordt geopend. Hoe noemen ze dat ook alweer? Ecotoerisme?' Er verscheen een ironisch lachje op zijn gezicht.

Dev grijnsde. 'Ik kan nog steeds niet geloven dat jouw familie een nationaal park bezit, Twig.'

Tara bloosde. 'Nou, formeel gezien is het nog slechts tot aankomend weekend een particulier natuurbeschermingsproject. Als het eenmaal is teruggegeven aan de Costa Ricaanse bevolking wordt het nationaal domein.'

'O, doe toch niet zo moeilijk,' spotte Holly. 'Het is verdomme een nationaal park!'

Dev keek Tara aan. 'Het is wel fantastisch, vind ik, wat je familie heeft gedaan.'

'Het heeft niets met mij te maken, hoor.'

'Maar dat je familie haar geld op deze manier inzet, om zoiets visionairs te realiseren. Ik bedoel, hoeveel mensen in jullie positie zouden zich aan zoiets grootschaligs hebben verbonden? Het is niet zo moeilijk om goede doelen te steunen, maar om daadwerkelijk zelf op deze schaal het initiatief te nemen...'

'Dev... zo is het wel genoeg,' mompelde Holly, die Tara's verstarde gezichtsuitdrukking zag. Het duurde even voor hij haar begreep en het achtergrondverhaal weer bij hem bovenkwam. Het besef gleed openlijk over zijn gezicht. Hij was erbij geweest, indertijd; hij herinnerde zich de situatie rondom het grootse plan, hij kende het verlies dat ermee gepaard was gegaan...

Hij wendde zich tot Jed. 'Hoe wordt er door de Costa Ricanen tegen aangekeken?' vroeg hij, op zoek naar een veiliger invalshoek.

Jed gaf een voorzichtig knikje. 'De meeste mensen zijn er blij mee.'

'De meeste? Dus niet alle?'

'Nou nee, niet de mijnbouw- en houthakbedrijven, niet de oliemaatschappijen, niet de veefokkers, de boeren en plantage-eigenaren. Degenen die het woud moeten kappen om winst te behalen geven niets om het redden van de planeet.'

'Hm. Dat is het probleem, nietwaar?' zei Dev. 'Hoogstaande idealen als behoud van het tropische woud, bescherming van flora en fauna, beperking van de uitstoot van broeikasgassen... Het zijn goede en wezenlijke zaken, maar de man op het land die zijn broodwinning verliest, ervaart ze als een klap in het gezicht.'

'Ja. Er zijn inderdaad mensen die er niet gelukkig mee zijn.'

Tara sloeg Jed gade. Ze kende hem maar al te goed. Hij was een geboren diplomaat, voorzichtig in zijn woordkeuze, maar ze wist dat de waarheid vaak in zijn stiltes lag. Er was iets wat hij hun niet vertelde. Háár niet vertelde.

'Nou, jíj staat tenminste aan de goede kant,' ging Dev verder. 'Holly heeft me verteld dat jij en je familie heel belangrijk zijn voor Tara en haar familie.'

Jed glimlachte en wierp Tara een bijna verlegen blik toe. 'Dat is goed om te horen. Zij zijn ook heel belangrijk voor ons. Het is ons een eer om voor ze te werken.'

'Wat doet je vader precies?'

'Momenteel werkt hij vanuit de Lodge, het landhuis in het midden van het park. Hij geeft leiding aan de rangers. Het is een gevarieerde functie: grenzen bewaken, stropers en illegale boeren betrappen.' Hij lachte. 'Hij heeft bijvoorbeeld niet zo lang geleden weten te voorkomen dat een van de dorpen een weg zou aanleggen. Die had dan dwars door het gebied van de jaguarundi gelopen. Een bedreigde diersoort.'

'O, hemel.'

'Ja. Hij heeft het dus heel druk. En natuurlijk is er veel te doen om alles klaar te maken voor de overdracht.'

'Het klinkt als een enorme opgave,' zei Dev meelevend. 'En ondertussen ben jij hier om ons te gidsen en mee te nemen naar een waterval!'

'Ik heb aan het langste eind getrokken!' antwoordde Jed lachend. 'Maar het is ook belangrijk om jullie een fijn verblijf te bezorgen.'

'Jed, ik geloof dat ik het nooit fijner heb gehad,' mummelde Holly, die achterover ging liggen op een warme rots en haar ogen sloot.

'Heeft je vrouw ook werk?' vroeg Dev.

'Ja, ze geeft les in ons dorpje.'

Tara fronste. 'Dorpje? Maar ik dacht dat jullie in Puerto Viejo woonden?'

'Niet meer. Zie je wel? Er is veel veranderd sinds je laatste bezoek. Mijn vrouw is indígena, ze hoort bij de Bribri. Die wonen voorbij Manzanillo, in de bergen.'

'Maar ik dacht... Bedoel je dat je hier elke dag naartoe rijdt?'

'Alleen als je familie hier is. Anders help ik mijn vader, gewoonlijk op de thuisbasis van de rangers.' Hij glimlachte toen hij haar gezichtsuitdrukking zag. 'Ik vind het bepaald niet erg om naar het strand te komen, T-t.'

Tara zweeg, maar ze wist dat heen en weer reizen hier anders was dan thuis. Het was geen kwestie van de bus of de trein nemen, van een wandeling over straat of door een veld. Dit was een land van tropische wouden – regenwouden, nevelwouden, droge wouden. Op sommige plaatsen kon het al een uitdaging zijn om je tien meter te verplaatsen. Om elke dag tijdig op het strand te zijn, voordat zij wakker werden, moest hij lang voor zonsopgang vertrekken.

'Zou het niet gemakkelijker zijn om door de week in Puerto Viejo te verblijven en in de weekends thuis te zijn?'

'Gemakkelijker? Op zich wel,' zei hij grijnzend. 'Maar mijn vrouw achterlaten met de baby's? Geloof me maar dat mijn leven gemakkelijker is als ik 's avonds thuiskom.'

'O ja!' reageerde Dev knikkend. 'Dat snap ik helemaal.'

Jed grinnikte terwijl Holly het met een quasigepikeerde blik aanhoorde. Zijn glimlach stierf weg. 'Maar helaas is onze oudste jongen ziek. We moeten 's nachts echt allebei thuis zijn. De een zorgt voor hem, en de ander voor de drie anderen.'

Tara fronste. Iets aan de klank in Jeds stem, aan zijn veranderde manier van spreken, verontrustte haar. 'Wat heeft hij dan?'

'Erge buikpijn. Koorts. Hij eet niet. En hij heeft aldoor jeuk.'

'Ook gewrichtspijn? Zwellingen?' vroeg Holly, die haar hoofd fronsend naar hem toe draaide. Haar blik ontmoette kort die van Tara.

'Ja. In zijn handen. En hij heeft vaak een bloedneus.'

'Een blóédneus?' herhaalde Tara.

'Heeft hij geelzucht? Is er bloed bij hem afgenomen?' drong Holly aan terwijl ze half omhoogkwam en op haar ellebogen leunde.

Jed leek van zijn stuk gebracht door de vragen die op hem werden afgevuurd, maar Tara begreep precies waar haar vriendin naartoe wilde.

'Is hij naar de dokter geweest, Jed?' vroeg ze vriendelijk.

'Hij wordt behandeld door de *awa*.'

'Awa?' herhaalde Holly.

Hij zocht naar het Engelse woord. 'De sjamaan. De dokter wil niet naar het dorpje komen en mijn zoontje is te ziek om te reizen. Het is beter om hem thuis te houden.'

Holly en Tara keken elkaar veelbetekenend aan. Dat hij te zwak was om te reizen was reden genoeg om hem in een ziekenhuis op te nemen. Tara's blik gleed naar Dev en Jimmy. Dit was de vakantie van hun leven. Een paar uur helpen in de kliniek was tot daaraan toe, maar Holly kon haar vak hier niet blíjven uitoefenen.

'Jed, zou ik hem misschien mogen onderzoeken?' vroeg ze behoedzaam.

Hij knipperde ineens nerveus met zijn ogen. 'Dank je, maar dat is niet nodig. De awa behandelt hem.'

'Natuurlijk. En dat respecteer ik. Wat is er volgens de awa met hem aan de hand?'

'Hij heeft de spinnenziekte.'

'De spinnenziekte?'

'De ziekte is een draad die door de aderen en om het lichaam heen gaat, als een spin die over een web loopt.'

'Juist ja, natuurlijk.' Tara zette een glimlach op. Ze had nog nooit een mogelijk geval van hepatitis zo horen noemen. 'Maar zal ik toch even naar hem kijken? Gewoon voor een second opinion. Ik wil graag helpen. Jij doet altijd zoveel voor ons, dus dit is het minste wat ik kan doen.'

Jed aarzelde en plotseling werd de bezorgde ouder zichtbaar op zijn anders zo zorgeloze gezicht.

'Alsjeblieft. Jij en Sarita kunnen samen besluiten of jullie een eventueel advies van mijn kant opvolgen of niet,' voegde ze eraan toe. 'Ik zal geen druk uitoefenen. Hij is jullie zoon.'

'Oké,' zei hij ten slotte.

'Fijn. Hoe heet hij eigenlijk?'

'Paco.'

'Paco, wat een leuke naam.' Ze hield haar stem met opzet kalm en sprak de woorden rustig uit. 'Zal ik dan vanavond met je mee die kant op gaan?'

'Vanavond?'

'Ja,' zei ze achteloos, in de hoop dat hij niet ongerust zou worden door de haast die ze ermee had.

Weer een aarzeling. 'Maar het wordt heel donker. Je kunt pas de volgende ochtend weer terug.' Jed keek er bezorgd bij.

'Dat is prima zolang ik een plek heb om te slapen.'

Hij dacht even na. 'Er is wel een bed beschikbaar. De zoon van onze buren is naar San José om te werken.'

Ze knikte, hoewel ze zich niet bepaald verheugde op een logeerpartij bij volslagen onbekenden. 'Oké. Nou, als je zeker weet dat jullie buren het niet erg vinden als ik een nacht blijf slapen...'

Jed keek haar aan. 'Natuurlijk niet. Als jij denkt dat het echt nut heeft?'

'Dat denk ik, Jed,' zei ze knikkend. 'Dat denk ik echt.'

De zon was al aan het dalen toen ze eindelijk teruggingen. Het oorspronkelijke plan om een kort uitstapje naar de watervallen te maken was uitgelopen op een hele middag waarop ze beurtelings een tukje hadden gedaan, in de zon hadden gelegen en met Jimmy hadden gezwommen. Ook had Jed de jongen meegenomen om wat roodrugdoodshoofdaapjes te bekijken, die zich zelden lieten zien maar die hij vlakbij had gespot.

Nu de schemering viel, werd het woud nog luider, met het oorverdovende gesjirp van smaragdgroene cicaden, krijsende apen, klapwiekende en krassende parkieten en tapirs die door de ondergroei schuifelden. Alles was te horen, maar er was bijna niets te zien. Het wemelde en pulseerde van het leven, net buiten bereik, op hier en daar een flits van kleur of geknipper tussen de bladeren na.

Ze liepen onder de reusachtige kapokbomen in een rij achter Jed aan, waarbij ze – zoals hij had geïnstrueerd – goed keken waar ze hun voeten neerzetten. Er was hier alom schoonheid aanwezig, maar ook gevaar, bijvoorbeeld van koraalslangen en Braziliaanse zwerfspinnen, hoewel er volgens Jed maar weinig zo akelig was als de rode rupsen die in de schaduw van amandelbomen voorkwamen.

Het was een lange wandeling terug naar de weg waar ze de jeep hadden achtergelaten. Er was uiteraard geen parkeerplaats, alleen maar een open plek die de locals wisten te vinden, maar Tara zag aan de beweging van Jeds schouders meteen dat er iets mis was. Hij stopte, nog steeds een stuk bij de weg vandaan, verborgen door de bomen. Instinctief bleven ze allemaal staan en keken ze hoe hij naar het op het eerste gezicht onschuldige tafereel keek. De jeep stond nog op dezelfde plek. Hij stond niet in brand. Er lag geen jaguar op de achterbank. Maar iets had zijn aandacht getrokken.

Langzaam begon hij weer te lopen, tussen de bomen door naar de kant van de weg. Hij bleef staan bij het voorwiel.

Toen zag Tara het ook. De band was plat en de jeep stond in een andere hoek dan hoe ze hem hadden achtergelaten. Een paar graden verschil, maar toch... En Jed had het meteen opgemerkt.

'Wat is er gebeurd?' vroeg Jimmy nieuwsgierig toen Jed neerhurkte om beter te kijken.

Jed keek op. 'Niets bijzonders,' zei hij na een moment met een glimlach. 'We zullen onderweg hiernaartoe wel over een rots zijn gereden. Sommige zijn behoorlijk scherp. We hebben hier niet van die egale wegen zoals bij jullie.'

Holly schaterde. 'O, geloof mij maar, dan heb je nog niet gezien hoe onze wegen er tegenwoordig aan toe zijn! Sommige hebben gaten waarin je je omaatje een bad kunt geven!'

Jed grinnikte. 'Geen zorgen. We hebben een reservewiel. We verwisselen de wielen en dan zijn we zo weer op weg.' Hij keek Jimmy aan. 'Wil je me helpen, jongeman? Ik kan je spierkracht wel gebruiken.'

'Ja!' riep Jimmy enthousiast, alsof dit net zo leuk was als het spelen onder de waterval.

Tara keek hoe Jed opsprong. Ze wist nu zeker dat hij iets voor hen verborgen hield, iets wat al gaande was sinds hun aankomst hier. Dat incident op de weg gisteravond, de verachting in de blik van die man toen ze langsreden en zelfs al die pick-uptrucks die bij de kliniek om hun jeep geparkeerd stonden... Was daar echt niets aan de hand geweest, of was ook dat een waarschuwing?

Jed gaf Jimmy een klopje op de schouder. 'Goed zo. Kom mee. We moeten hem van de achterkant halen en de moer kan behoorlijk vastzitten. Ik hoop maar dat je heel sterk bent.'

Jimmy spande zijn biceps.

'Daar moet het wel mee lukken!'

Ze liepen naar de achterzijde van de jeep. Holly liet Dev de rugtas vasthouden terwijl zij de natte handdoeken opvouwde. Tara hurkte naast de lekke band en bestudeerde het gat. Ze legde er een vinger tegenaan. Het was een keurige, precieze snee. Dit was niet veroorzaakt door een scherpe steen. Dit was geen ongelukje. Ze was chirurg en ze wist heel goed hoe een messnede eruitzag.

Dit was niet 'alleen een grote mond' en het was meer dan een bedreiging.

Dit was een intentieverklaring.

15

'Waar zijn jullie geweest?'

Rory ging rechtop op het bed zitten. Hij droeg een boxershort en er stond een flesje bier op het zijtafeltje. Zijn gezicht was rood, maar ze wist niet of dat kwam door het bier, de zon of de fietstocht van eerder vandaag.

'Sorry.' Ze deed met een zucht de deur achter zich dicht. 'Het bleek een langere middag te zijn dan we hadden verwacht.'

'En je kon me niet even appen? Om me te laten weten waar je was?'

Tara keek hem geamuseerd aan. 'We zijn in het regenwoud, Ror! Hoe denk je dat het telefoonbereik hier is?' Ze ging op het voeteneinde zitten en liet zich kreunend achterovervallen. De klamboe was boven het bed samengeknoopt en achter het hoofdeinde geduwd. De ventilator aan het plafond draaide, waardoor er een warme luchtstroom door de kamer ging. Ze sloot haar ogen en voelde de hitte van de dag nog in haar lichaam.

'En?'

Ze draaide haar gezicht naar hem toe. 'Wat?'

'Waar waren jullie?'

'O. We hebben de voorraden afgeleverd bij de kliniek en hebben daar een poosje meegeholpen. Daarna zijn we met Jimmy naar de watervallen gegaan. We zouden maar even blijven, maar hij had zo ontzettend veel plezier. Jed heeft hem ook nog meegenomen om zeldzame aapjes te spotten en we hebben gepicknickt. Het was heerlijk.' Ze stak haar hand uit en wreef liefhebbend over zijn been. 'Ik zou willen dat je erbij was geweest.'

'Nou, ik ook!' Hij klonk geïrriteerd.

'Ror, jullie waren gaan fietsen. Ik had geen idee hoe laat je terug zou zijn.'

'Dus jij vond dat je dan maar meteen de hele dag op pad moest gaan?'

Ze zuchtte. 'Ik bedoel alleen maar dat ik niet wist hoelang jullie weg zouden blijven en ik wilde er graag voor zorgen dat Holly, Dev en Jimmy het leuk zouden hebben. Jimmy is nog nooit eerder buiten het Verenigd Koninkrijk geweest. Ze brengen elke zomer door in Suffolk. Ik wilde dat hij een fantastische eerste dag zou beleven.'

Rory zwaaide zijn benen van het bed en sloeg zijn restje bier achterover. Hij stond op en zette de fles op het geïmproviseerde kastje, waarna hij omlaagreikte naar een emmer met ijs op de vloer waarin nog drie flesjes bier stonden. Hij bewoog stijfjes en ze vermoedde dat hij morgen veel spierpijn zou hebben van de fietstocht.

'Luister, het spijt me,' zei ze terwijl ze hem gadesloeg. 'Het was niet de bedoeling om zo lang weg te zijn. En we zouden een uur geleden al terug zijn geweest, maar we hadden ook nog eens bandenpech. Jed moest een voorwiel verwisselen.'

Rory rolde met zijn ogen. 'Echt? Zeldzame aapjes opsporen. Een wiel verwisselen. Hij heeft niet toevallig ook nog een openhartoperatie uitgevoerd bij een jaguar?'

Tara wierp hem een blik toe, maar ze reageerde verder niet. Hij was prikkelbaar en voelde zich kennelijk een beetje gekwetst. 'Hoe was jouw middag? Wat heb je gedaan?'

'Niet veel. Ik heb hier wat rondgehangen voor het geval je terug zou komen.'

'O, dat was best aangenaam, denk ik? Even tot rust komen. Hoe laat waren jullie terug?'

'Om ongeveer twee uur.'

Ze kromp ineen. Zij en Jed en de anderen waren pas rond een uur vertrokken.

'Je broer en zwager vonden het de perfecte dag om richting de Cordillera te fietsen.'

'O nee toch.' Ze kromp weer ineen. De hoogste toppen van de bergketen waren hoger dan drieduizend meter. 'Dat spijt me voor je. Was het heel erg?'

'Laat ik het zo zeggen: terugkeren naar jou voelde als een welverdiende beloning. Maar...' Hij spreidde zijn armen. 'Je was er niet! En ik had geen idee waar je was! Of wanneer je terug zou komen!'

'Het spijt me.'

'Dat was dan onze eerste dag hier, naar de knoppen. Ik heb je amper gezien.'

'Het spijt me.' Ze wreef automatisch over haar slapen nu ze de bankschroef om haar schedel weer strakker voelde trekken.

'Kun je alsjeblieft ophouden met je te verontschuldigen?'

'Het spijt...'

Ze staarden elkaar aan. Ze maakten ruzie. Ze hadden nooit ruzie.

'Sinds wanneer slaap je überhaupt zo vast?' verzuchtte hij, met een hand op zijn heup terwijl hij rondliep en een grote slok nam.

'Ik heb hier altijd goed kunnen slapen,' zei ze schouderophalend. 'Ik weet niet goed waarom.'

'Ik zit onder de muggenbeten.' Hij krabde aan een gemene beet op zijn schouder.

'O nee. Ze moeten jou wel altijd hebben, hè?' zei ze meelevend.

Hij keek naar haar en hoorde haar sussende toon. Hij zuchtte en liet zijn schouders hangen. 'Nou ja, de dag is nog niet voorbij,' zei hij ten slotte. 'We kunnen nog met z'n tweetjes uit eten gaan. Hebben we eindelijk wat tijd voor elkaar.' Hij zag haar gezichtsuitdrukking. 'Wat is er?'

Ze kromp opnieuw ineen. 'Ik vrees dat ik weg moet.'

'Weg?' vroeg hij fronsend. 'Waarheen?'

'Naar Jeds dorp. Ongeveer negentig minuten hiervandaan.'

'Wat? Nu?'

Ze knikte. 'Hij wacht buiten op me.'

Rory keek naar de deur en toen weer naar haar. 'Waarom?'

Ze legde een vinger op haar lippen in een poging hem zover te krijgen dat hij zijn stem dempte. 'In een gesprek vanmiddag kwam zijn zoontje ter sprake. Het jochie is ziek en heeft tot nu toe geen medische hulp gehad, geen officiële diagnose.'

'Nou, dat is heel vervelend, maar waarom is het jouw...'

'Uit de dingen die hij zei, maak ik op dat het gaat om cholestatische hepatitis. Holly denkt het ook. Maar ik maak me zorgen. Andere symptomen die hij noemde, zouden kunnen duiden op AML.'

Rory knipperde met zijn ogen. Acute myeloïde leukemie was een zware diagnose, zelfs in een ziekenhuisomgeving. 'En dus ga je er nú heen?'

'Ik denk dat we het niet kunnen uitstellen. Hij is nog maar zes jaar, Ror. Bovendien is het maar voor één nacht. Ik ben morgenochtend terug voor je wakker bent, dat beloof ik.'

'Morgenochtend,' herhaalde hij perplex.

'Ja, en dan maak ik het goed.' Ze stond op en gaf hem een luchtige kus op de lippen. 'Ook dát beloof ik.'

Hij keek toe hoe ze haar reistas openritste. Ze trok er het kleine dokterskoffertje uit dat ze altijd bij zich had – met een stethoscoop, thermometer, bloeddrukmeter, kalmeringsmiddelen, pleisters en verband – en stopte het in haar rugzak, samen met een T-shirt om in te slapen en een insectenwerend middel.

Ze trok haar korte spijkerbroek uit en pakte een handdoek. 'Ik ga nog even douchen,' zei ze, en ze stapte in haar nog vochtige bikini naar buiten.

Rory volgde haar naar het gammele hokje met klapdeurtjes en keek eroverheen terwijl ze haar bikini uitdeed en het water over haar huid liet stromen. Ze zag dat hij zich bij haar wilde voegen, dat hij erover dacht om impulsief, romantisch...

'Jed wacht op me,' zei ze, terwijl ze haar haar snel inzeepte met shampoo en hem met één oog aankeek. Zelfs een vluggertje zou niet vlug genoeg gaan. 'Ik heb gezegd dat ik in tien minuten klaar zou zijn. Maar ik maak het morgenochtend goed. Beloofd.'

De jeep hobbelde over de onverharde weg en Tara moest zich vasthouden aan de rolstang boven haar hoofd terwijl ze tussen de reusachtige bomen door reden. De kakofonie van de schemering was stilgevallen, maar de dieren van het regenwoud hadden de slaap nog niet gevat, en ze voelde hun ogen op hen neerdalen vanuit hoge kruinen en lage, verborgen holen.

De lucht was nog warm en doortrokken van vocht en het parfum van ylangylangbomen. Ze herinnerde zich dat Jed haar ooit had verteld dat het de hoofdgeur in Chanel No. 5 was. Ze had destijds gelachen bij de gedachte aan een Parijs couturehuis dat naar het Costa Ricaanse regenwoud rook. De geur voelde tastbaar, net zo concreet als de bladeren die ze zouden moeten wegduwen en de boomwortels waar ze overheen zouden moeten klauteren als ze hadden geparkeerd. Jed had haar verteld dat ze twintig minuten moesten lopen vanaf de 'weg' tot het dorpje, en ze vroeg zich af hoe hij dat deed in het donker, elke ochtend en elke avond. Ondanks haar koude douche rolden de zweetdruppeltjes alweer over haar huid.

Jed zette de auto stil op een kleine open plek en Tara volgde hem en zette haar voeten steeds neer waar hij ze zojuist had geplaatst. Ze zeiden niet veel. Ze waren allebei moe en ze had haar concentratie nodig, moest alert blijven. Jeds lichaamstaal was ontspannen maar oplettend. Zijn hoofd bewoog zich steeds even in de richting van elk twijgje dat knakte, elk geruis van gebladerte, maar er lag geen spanning in de zwaai van zijn armen. Hij wist precies waar hij langs moest, hoewel er in haar ogen geen markeerpunten te zien waren.

Het eenzame lied van een zwarte nachtzwaluw zweefde in pirouettes boven de boomkronen door de lucht, in de richting van de sterren. De hemel was bijna niet zichtbaar, maar waar hij door het gebladerte heen te zien was, was hij gespikkeld, eerder licht dan donker, met melkwegstelsels die zich door de eindeloze ruimte bewogen. Af en toe vlogen er wat stille, donker afgetekende vogels over.

'Daar.'

Ze keek op. Jed stond stil en wees naar twee standbeelden van terracotta aan weerszijden van het pad, als een poort. Erachter lag een groep gebouwtjes, niet zozeer huizen maar eerder hutten, die wel groter waren dan ze had verwacht. Sommige waren kegelvormig met schuine rietdaken tot bijna aan de grond, andere waren rechthoekig en gebouwd op palen, met grote luiken die open konden als ramen voor licht en frisse lucht.

Ze zag een roestige kinderfiets bij een hut staan; ernaast ontwaarde ze een plastic zandbak op pootjes die ooit rood was geweest maar nu was verbleekt tot oudroze. Maar dat was de enige verwestersing, voor zover ze kon zien. Er hing een slangenhuid te drogen aan een houten rek en er stonden wat houten wandelstokken tegen een muur. De geur van houtrook hing in de lucht en ze hoorde zacht geroezemoes. En iemand die zong.

Het was inmiddels bijna tien uur en ze had nog steeds niets gegeten sinds de mango's op de rotsen bij de watervallen. Haar maag knorde alsof het besef daar ook ineens doordrong.

'Zal ik hier wachten? Ga jij eerst naar binnen?'

Maar Jed schudde zijn hoofd. 'Nee. Je bent zeer welkom.'

Ze volgde hem naar binnen. Eerst hoorde ze het gejuich van twee van zijn kinderen toen ze hem hoorden, en toen zag ze hun gezichtjes terwijl ze hem in de armen sprongen. Tara voelde een golf van emotie bij de aanblik van een klein meisje met ogen zo helder als van een eekhoorn dat haar armen om zijn hals sloeg – en toen haar pas zag. Ze keek Tara met onverholen nieuwsgierigheid aan. Tara glimlachte en werd er zelf bijna verlegen van.

Jeds vrouw, Sarita, stond op van een lage kruk. Ze had een baby in een draagzak en zat met een stamper iets fijn te malen in een schaal.

Jed zei iets tegen haar in het Spaans en ze knikte. Ze keek naar Tara met een nieuwsgierige, heldere blik, net als haar dochter zojuist. Ze liep naar hen toe terwijl Jed nog steeds tegen haar praatte.

Sarita stak een hand uit en pakte die van Tara vast. Ze zei iets met gedempte stem en trok zachtjes aan haar arm.

'Sarita zegt dat het een eer is je te ontmoeten. Ga alsjeblieft zitten, ze wil graag dat je je welkom voelt.'

'Bedankt,' antwoordde Tara, die driftig knikte om haar eigen waardering over te brengen. 'Maar vraag haar alsjeblieft om niet te veel moeite te doen. Ik ben immers hier om Paco te zien. Ik ben er eens een keer om júllie te helpen in plaats van andersom.'

Jed haalde zijn schouders op en aan dat gebaar zag ze dat het belangrijk was om de wensen van zijn vrouw te respecteren. Op hun rit hiernaartoe had Jed een en ander uitgelegd over de cultuur van de Bribri: dat mannen meer dan één vrouw mochten hebben, al wilde hij dat zélf niet, dat het huwelijk plaatsvond middels wederzijdse instemming, dat hun samenleving matrilineair was. Tara liet zich meeloodsen naar de houten kruk waar Sarita enkele ogenblikken geleden zelf nog had gezeten. Omdat ze wist dat het onbeleefd zou zijn om te weigeren, nam ze gedwee plaats.

Het vertrek was verrassend indrukwekkend. Het plafond was hoog en werd ondersteund door dikke houten palen en balken. Het was net een houten circustent. Het dak was bedekt met waaiers van gedroogd riet; ze zag glimpen van de hemel door kleine kiertjes – niet prettig in het natte seizoen – maar vanavond was ze blij met elk extra vlaagje lucht. Er hingen wat hangmatten van touw boven de grond, en zakken gevuld met kleding waren aan de verticale steunpalen geknoopt.

Ze keek hoe Sarita door de ruimte liep en levendig met haar echtgenoot praatte. De kinderen – het kleine meisje en een jongetje van een jaar of twee – stonden naast hun vader naar haar te staren. Waar was Paco?

Ze draaide zich om en zag in een hoek een groot matras op de vloer liggen. Daar lag een klein kinderlichaam onder een laken, dat plotseling bewoog, alsof het voelde dat het bekeken werd. Tara kromp ineen toen ze het jongetje zag. Hij was vel over been, en zijn ogen leken lichtjes uit te puilen vanuit zijn ingevallen gezicht, terwijl zijn tanden te groot leken voor zijn hoofd. Zijn haar was heel dun en hij zweette koortsig.

Ze vergat haar manieren en liep instinctief naar het matras, waar ze bij het jochie neerhurkte. Ze hoorde Jeds gedempte stem. Hij sprak weer Spaans, dus hij had het niet tegen haar.

'Hola, Paco,' zei ze met een glimlach. '*Me llamo Tara. Soy tu amiga,*' zei ze in het beetje Spaans dat ze sprak.

Ze kreeg een blanco blik als reactie.

'*Soy médica. ¿Cómo estás?*'

Langzaam, alsof ze hem om toestemming vroeg, hield ze haar hand vragend omhoog, en toen hij niet protesteerde, legde ze de rug van haar hand tegen zijn voorhoofd. Alleen al de aanraking vertelde haar dat hij meer dan negenendertig graden koorts had. Ze voelde aan zijn pols; zijn hart klopte razendsnel. Ze voelde dat zijn vingerkootjes licht gezwollen waren, en een emmer die naast het matras stond, suggereerde dat hij geregeld moest overgeven.

'Hoelang heeft hij deze symptomen al?' vroeg ze aan Jed, die dichterbij kwam.

'Zeven maanden.'

Zeven maanden? Ze zag de angst in zijn ogen. Sarita hield een houten kommetje in haar handen, maar dat was ze blijkbaar vergeten. Ze hield haar blik op Tara gericht.

Ze slikte haar schrik weg. 'Wat waren de eerste symptomen?'

Jed dacht na. 'Eh... pijn in zijn buik. En vingers. En hij bleef maar krabben. Volgens de awa is het zijn lever.'

'Awa?' Ja, dat was ook zo. De sjamaan. 'O, juist.' Ze keek weer naar Paco. Hij keek terug. Het leek alsof hij haar van een afstand gadesloeg, zijn blik gefocust maar blanco. 'Mag ik hem nader onderzoeken?'

Jed vertaalde haar vraag voor Sarita en ze knikte terwijl ze ongerust een hand naar haar mond bracht.

Tara controleerde zijn klieren.

'Paco, wil je even voor me ademhalen?' vroeg ze hem, en hoewel hij haar woorden niet verstond, voelde hij aan wat ze bedoelde en deed hij haar overdreven ademhaling na. Rustig liet ze haar handen over de rechterkant van zijn romp glijden, tastend naar de lever. Die was vergroot, net als de milt. Ze keek of zijn oogwit vergeeld was, maar er was te weinig licht om dat te kunnen zien. Wat ze wél zag, waren wat donkere vlekken als oude rozen op het laken bij zijn hoofd. Ze keek bezorgd weer naar het kind. Ze had verschillende vermoedens, maar ze kon weinig beginnen zonder diagnostische tests. Bloedonderzoek en liefst ook een leverbiopsie.

Ze schonk hem een zo geruststellend mogelijke glimlach en pakte zijn handen vast. 'Goed gedaan. Je bent heel dapper.' Haar Spaans was weliswaar matig, maar ze hoopte dat hij ook iets van de betekenis aan haar ogen kon aflezen, dat hij zag dat ze het beste met hem voorhad.

Ze stond langzaam op, want ze wist dat ze haar bezorgdheid met kalmte zou moeten overbrengen.

Sarita haastte zich naar haar toe en drukte haar het kommetje in haar handen, alsof de gastvrijheid haar bevindingen zou kunnen beïnvloeden, alsof dit iets was waar over te onderhandelen viel.

'Gracias,' zei Tara zacht. En ze nam een lange slok. Het was een soort sap, zoeter dan ze had verwacht. 'Mmm. *Bueno*, gracias.'

Sarita glimlachte en ontspande een beetje door het compliment.

'Jed, Sarita...' Ze keek hen aan. 'Paco is heel ziek. Ik vind dat hij naar het ziekenhuis moet, waar tests gedaan kunnen worden.'

Jed vertaalde haar woorden snel. Sarita keek even weg, met een gekwelde blik.

'Dat is onmogelijk. Hij is te zwak om te reizen,' zei Jed na een moment stilte namens zijn vrouw, want hij wist hoe zij erover dacht. 'Hij schreeuwt van de pijn, telkens als hij beweegt.'

Tara knipperde met haar ogen. Ze wist dat er geen gemakkelijke opties waren. De bomen stonden hier zo dicht op elkaar dat er geen helikopter kon landen, en als hij niet kon bewegen zonder pijn, zag ze niet hoe hij dertig minuten op een geïmproviseerde brancard zou kunnen verdragen, gevolgd door de hobbelige rit over de wegen hier.

'Jed, ik begrijp dat de pijn bij een verplaatsing heel erg voor hem is... maar hij gaat er niet dood aan.' Ze keek hem strak aan en hoopte dat hij begreep wat ze niet uitsprak: dat hij waarschijnlijk wél dood zou gaan als hij hier zo bleef liggen. 'Hij moet naar het ziekenhuis.' Ze was diep aangedaan door het leed op het gezicht van haar goede vriend. 'Het spijt me. Ik besef dat het moeilijk is. Maar het is voor zijn eigen bestw...'

Achter Jed ging de deur open, en er kwam een man binnen. Hij was niet groot, maar hij had een bepaalde uitstraling en een wijze oogopslag. Op het eerste gezicht zag hij eruit als een lokale bananen- of koffieboer, eenvoudig gekleed in een broek en een shirt, maar ze voelde direct aan dat hij belangrijk was.

Sarita begon meteen tegen hem te praten in een taal die Tara niet verstond – Bribri? – en gebaarde met haar armen naar haar. Ze begreep nu wie de man was door de manier waarop Jed en Sarita hem benaderden.

Na een paar minuten van een voor haar onverstaanbaar gesprek wendde Jed zich tot haar.

'Tara, dit is Don Carlos, de awa. Hij heeft Paco de afgelopen maanden behandeld.'

Tara knikte respectvol. 'Aangenaam kennis te maken, Don Carlos,' zei ze in het Spaans.

Don Carlos knikte langzaam en keek haar indringend aan. Ze had het gevoel dat ze werd geabsorbeerd, alsof zij inkt was, en hij vloeipapier.

Jed begon weer in het Spaans te spreken, al was dat duidelijk niet de moedertaal van de awa en Sarita. Zelfs Jed was hier een buitenstaander.

De awa keek haar weer aan met een welwillende blik terwijl Jed sprak en vervolgens zweeg.

Er volgde een lange stilte en Tara vroeg zich af of ze de gelegenheid moest aangrijpen om het balletje aan het rollen te brengen. Ze hadden onmiskenbaar een verschillende medische achtergrond.

Maar de awa sprak als eerste, met een diepe, sonore stem. Sarita herhaalde zijn woorden in het Spaans voor Jed, en Jed wendde zich weer tot haar. 'Hij zegt dat er meer dan vijftienhonderd planten in de jungle zijn die hij als medicijn kan toepassen. Dat er in de tuinen hier alleen al vijftig zijn.'

'Dat is mooi. Oké.'

'Hij heeft het vak van awa geleerd van zijn oom. Van de Huetaresstam.'

'O, echt?' Natuurlijk was ze geïnteresseerd. Maar waarom was dit nu relevant?

'Hun volk leeft al drieduizend jaar in de Alto Urén-bergen. Hun wijsheid en kennis is van generatie op generatie mondeling overgeleverd en nooit opgeschreven. Wat de awa weet, is niet in boeken te vinden.'

'Dat geloof ik graag. En ik zou er dolgraag meer over willen weten. Ik heb veel interesse in natuurlijke medicijnen en de botanische wereld – en de raakvlakken met de westerse geneeskunde.' Ze realiseerde zich dat ze haar 'werkstem' opzette, die ze gewoonlijk gebruikte om onbekenden slecht nieuws te brengen, als ze dokter moest zijn en niet ook een mens van vlees en bloed. 'Maar Jed, jullie zoon heeft dringend hulp nodig die gegarandeerd resultaat oplevert. Hij moest grondig worden onderzocht en zal waarschijnlijk immunosuppressiva nodig hebben. Ik kan het niet met zekerheid zeggen zonder tests, maar uit wat jij hebt verteld en de symptomen die ik waarneem, maak ik op dat hij vermoedelijk lijdt aan...'

'Hepatitis.'

Het woord kwam rechtstreeks uit de mond van de awa. Sprak hij Engels?

'Hepatitis, ja, dat is een mogelijkheid,' beaamde ze, zich tot hem wendend. 'Maar er zijn tests nodig om er zeker van te zijn.'

'Hepatitis,' herhaalde de awa. En hij liep naar de kruk waar Sarita had gezeten en pakte de kom waar zij iets in aan het fijnstampen was geweest toen ze aankwamen. Hij ging weer over op Bribri.

Tara wachtte tot de informatie zou worden overgebracht – via Sarita en Jed. 'Als deze bladeren worden gemalen, leveren ze sap op,' zei Jed. 'We hebben ze tot nu toe zeven maanden gebruikt, om het bloed te zuiveren. En hij mag verder niets eten.'

Tara's ogen werden groot van schrik. Zeven maanden zonder eten? Zelfs haar goede manieren konden haar schok niet verbloemen. Hij zou een hongerdood sterven voordat de ziekte hem fataal zou worden. Geen wonder dat hij broodmager was!

'Hij heeft voeding nodig, Jed, anders gaat hij dood.' Haar stem klonk nu dringender, vasthoudender.

'Hij zegt dat alle medicijnen die we nodig hebben hier aanwezig zijn. De aarde zal ons genezen, we moeten alleen weten hoe.'

De awa stak zijn hand in een stoffen zak die hij had meegebracht. Hij haalde er een bosje bladeren uit, nog groen en vers, hield ze omhoog en begon weer te spreken.

'Deze... koffiebladeren... helpen tegen hoofdpijn,' tolkte Jed gehoorzaam.

Hij stopte de koffiebladeren terug in de zak.

O god, dacht ze toen hij er een paar andere uit tevoorschijn haalde. Nog meer vertoon? Hij kon haar de bladeren van elke plant in deze jungle laten zien, maar daar zou het jongetje niet beter van worden.

'Dit is... *clorox*.' De awa wreef een blad tussen zijn handen en reikte het haar aan om eraan te ruiken. 'We gebruiken het om onze kleren mee te wassen,' vertaalde Jed.

'En dit blad... met de rode vlekjes...' Tara wachtte terwijl de awa het haar liet zien. '... is speciaal voor vrouwen, tegen menstruatiekramp. Je kunt er thee van maken. Zie je? Het ruikt zelfs naar bloed.' Tara wilde niet aan het blad ruiken, maar gedreven door haar typisch Britse beleefdheid – ze dacht even aan een gesprek van lang geleden – deed ze het toch. En gek genoeg rook het inderdaad licht metalig.

'En deze...' De awa stak wat glanzende groene bladeren met drie inkepingen omhoog en zei iets direct tegen Jed. 'Hij kent de naam niet in het Spaans. In het Bribri heeft dit kruid *curyho diwhipa*. Het geneest diabetes.'

'Diabetes? Serieus?'

'Maar hij noemt het mannenonderbroek.'

Tara fronste terwijl de awa plotseling lachte, een ietwat krakerige klank. 'Mannen...'

'Ja. Want het blad ziet eruit als een mannenonderbroek, zegt hij.'

Tara keek er nog eens naar. De vorm had misschien wel iets weg van een herenslip met een Y-vormige voorkant, hoewel ze dat niet honderd procent zeker wist, want Rory droeg boxershorts. Ze glimlachte beleefd. Ze verspilden kostbare tijd. Dit veranderde allemaal niets aan het feit dat er in de hoek van deze hut midden in de jungle een jongetje langzaam aan het sterven was.

'Don Carlos...' begon ze, precies op het moment dat de awa een stap naar haar toe zette en zijn handen op haar gonzende hoofd legde – een over haar voorhoofd en het andere op haar achterhoofd, aan de onderkant van haar schedel. Hij sloot zijn ogen.

Tara schrok, maar ze bleef stilstaan. Zijn greep was stevig en onverwacht en... kalmerend. Ze luisterde hoe de rust zich uitbreidde.

Ze wachtte... en begon een merkwaardige stroming te voelen, alsof er iets in haar verschoof, alsof er een dam doorbrak. Woede die eindelijk door haar goede manieren heen wist te breken misschien? Ze werd een beetje duizelig, maar ze bleef roerloos staan. Een halve minuut lang, of misschien nog wel langer, verroerde niemand zich. Toen stapte de awa achteruit en haalde zijn handen van haar hoofd, maar ze voelde de warmte nog. Het stromende gevoel was meteen weg. Hij zei iets tegen Sarita, die de boodschap doorgaf aan haar echtgenoot.

'Hij zegt dat je hartvibraties zwak zijn.'

'Harten vibreren niet, Jed,' wierp ze met zachte stem tegen.

De awa sprak opnieuw. Deze keer schrok Jed tijdens het luisteren en leek hij zich ongemakkelijk te voelen toen hij haar weer aankeek.

'Hij zegt dat je een kind hebt verloren. Dat je daarom hier bent.'

Het was een verontrustende uitspraak en er flitsten beelden van de kleine Lucy Miller door haar hoofd, maar ook van bloed in water...

Ze slikte. 'Ik ben hier om te voorkomen dat júllie je kind verliezen.'

De man sprak verder en Tara wachtte tot de boodschap werd omgezet in haar taal. 'Hij zegt dat je het in je hart meedraagt,' mompelde Jed.

Er haalden herinneringen naar haar uit als klauwende katten en de ruis van een opkomende hoofdpijn werd opgeschroefd naar het maximale volume.

'Natuurlijk. Wie zou dat niet doen? De dood van een kind is verschrikkelijk.' Maar haar stem klonk verstikt en ze zette een stap naar achteren, bij hen vandaan, en ze wendde zich af. Ze wilde niet weer 'gelezen' worden. Ze geloofde niet in... zulke dingen. 'En daarom is het van het grootste belang dat we Paco ergens naartoe brengen waar hij kan worden behandeld.'

De awa zei weer iets, maar Tara voelde dat haar geduld opraakte. Dit was belachelijk. Paco moest zo snel mogelijk naar een ziekenhuis.

'Hij zegt dat Paco zwartesterrenblad nodig heeft.'

Tara knipperde met haar ogen. 'Wat?'

'Dat is het kruid dat hem kan genezen. Maar het is hier niet te vinden. Het groeit slechts op één plek in de heilige Alto Urén-bergen, op twee dagen reizen van hier. En de bladeren moeten in de schemering door een vrouw worden geplukt.'

O, in vredesnaam! In de schemering door een vrouw? Tara keek hem aan en onderdrukte met moeite haar frustratie. 'Jed, jullie zoon kan over een aantal úren in een ziekenhuis in San José zijn. Als je hem ergens naartoe brengt waar een helikopter kan landen, krijgt hij vannacht nog de nodige medische hulp. Wil je me dat voor jullie laten regelen? Alsjeblieft.'

Jed keek haar aan en hoorde de scherpte in haar stem. Hij erkende de logica in haar woorden, dat zag ze, maar hij stond in tweestrijd, verscheurd tussen de echtgenoot en de vader in hem. Na een langgerekte stilte wendde hij zich tot Sarita. Tara sloeg haar gade en zag dat ze haar hoofd schudde, zich afwendde, haar ogen neersloeg en weigerde om nog contact met Tara te maken. Tara hoorde hoe schril haar stem klonk en zag hoe de awa fronste bij het horen van Jeds woorden.

De moed zonk Tara in de schoenen terwijl ze naar hun discussie luisterde. Ze begreep dat het een verloren zaak was. Jed kon zijn vrouw niet overtuigen en haar stem was doorslaggevend. Haar cultuur erkende de hulp die de westerse geneeskunde haar zoon kon bieden niet. Ze zag niet in dat zijn leven ermee gered kon worden.

Jed keek haar weer aan met een gezichtsuitdrukking die ze niet helemaal kon plaatsen. 'Tara,' zei hij langzaam. Hij koos zijn woorden zorgvuldig. 'We bedanken je voor je komst hiernaartoe en je bereidheid te helpen. Het is ons een grote eer dat je zoveel vriendschap en medeleven toont. Jij, een lid van een familie die heel veel heeft gedaan om te proberen ons land te beschermen. Sarita wil dat je weet dat ze je het allerbeste wenst.'

Hij klonk niet als haar vriend van vroeger, maar als een vreemdeling, een nederige werknemer die zijn baas beleefd tegenspreekt. Tara schonk hem een flauwe glimlach. 'Ik begrijp het. Nou...' Ze keek Sarita aan en knikte, maar ze wilde geen bedankje of eer of de allerbeste wensen. Ze wilde dat het jongetje zou blijven leven.

'Kom, je zult wel trek hebben. Laten we wat eten.'

'Nou, eigenlijk...' Ze voelde de verslagenheid over zich heen spoelen en al haar energie meenemen. 'Ik ben nog steeds moe. De vlucht gisteravond en de jetlag... Als ik hier niet kan helpen, is het dan erg onbeleefd als ik naar bed ga?'

'Natuurlijk niet...' Hij draaide zich om en zei weer iets tegen Sarita, die knikte en snel in actie kwam. Ze haalde het nodige beddengoed uit verborgen hoeken tevoorschijn.

Jed nam het aan en ging Tara voor naar buiten.

'Gracias. *Buenas noches*,' zei Tara bij de deur, en haar blik dwaalde nog een laatste keer naar het broodmagere jongetje op het matras. Ze kon het bijna niet verdragen.

'Buenas noches,' antwoordden Sarita en de awa terwijl ze haar nakeken.

Ze volgde Jed de avond in. Het was pikkedonker, maar hij liep met zekere tred naar een kleine hut, die maar een paar meter van die van hen verwijderd was.

'Dit huisje is vrij,' zei hij, en hij gaf haar een kussen en lakens. 'Het is er veilig.'

'Natuurlijk. Dank je.'

'Controleer het bed wel even op mieren. Die kunnen hier gemeen bijten.'

'Oké. Jed, ik...'

Maar hij hield haar met een besliste glimlach tegen. De wil van zijn vrouw was wet.

'Goedenacht, Tara.'

16

Ze voelde wat kriebelen, zo licht als een haartje, op de rug van haar hand. Een briesje had haar gevonden en warrelde over haar huid. Ze kreunde zachtjes en klom langzaam omhoog vanuit de diepte van de slaap. Ze voelde zich zwaar, zwaarder dan ooit, als een anker op de zeebodem. Vaag ontwaarde ze achter haar gesloten oogleden een zweem van licht. Het kriebelde weer, nu over haar pols in de richting van haar gez…

Ze sprong op met een hap naar adem en zag nog net een kever ter grootte van een pruim over de vloer wegscharrelen. Hij was felblauw en eigenlijk heel mooi. Maar ze kreeg hem liever niet in haar mond.

'Jezus!' siste ze terwijl ze op haar hurken op het matras ging zitten, waar ze probeerde haar hartslag weer tot rust te brengen. Ze liet even haar hoofd hangen. Ze had een vaag gevoel van vertwijfeling in haar lijf, maar ze kon er niet de vinger op leggen, wist de slaap nog niet volledig van zich af te schudden, tot ze het eenvoudige bed zag waar ze op lag en ze zich herinnerde waar ze was – en waarom.

O god. Ze wreef over haar gezicht. Het jongetje, dat arme kind. Hoelang had ze geslapen? Hoeveel uren had hij liggen lijden terwijl zij hier had liggen slapen? Ze herinnerde zich haar onmacht. Het verlies leek zich momenteel in haar leven op te stapelen.

Met een zucht keek ze om zich heen. Het vertrek van slechts enkele vierkante meters was zacht verlicht, met de ochtendzon die door talloze kiertjes tussen het riet binnenviel, zodat de ruimte bedekt leek te zijn met gouden splinters. In één muur zat een klein luik en ze stond op om het te openen.

Ze tuurde naar buiten en glimlachte instinctief. Het was weelderig groen en de bladeren van grote bananenbomen spreidden zich als parasols; aan een waslijn tussen twee stammen hingen wat lakens. Ze zag een paar kleine varkens in de grond wroeten. Er kringelde rook uit de bovenkant van een van de hutten. Het was een bijzonder tafereel, zo tropisch en anders dan de daken en terrassen waar ze vanuit haar appartement in Pimlico uitzicht op had. Thuis was de natuur iets om te snoeien, temmen en onderdrukken met perfecte buxusbollen, kunstige lavendelbosjes en rechte tulpen. Hier groeide alles onstuimig, tuimelde over elkaar, spreidde zich uit, vechtend om lucht, licht en regen...

Ze hoorde ergens in de buurt kippen pikken en bedacht dat het klonk alsof ze was ontwaakt in een volière, bij de klank van fladderende vleugels, trillers en kreten.

Ze voelde dat de natuur als een verzachtende balsem inwerkte op haar getergde zenuwen, dat het daglicht de heftige emoties van de vorige avond afzwakte. Dit was niet haar tragedie en ze moest haar grenzen zien te bewaken. Ze kon proberen om haar goede vriend te helpen, ja, maar als hij dat niet toeliet... Wat had Rory ook alweer gezegd? *Je kunt niet iedereen redden.*

Ze duwde haar vingers tegen haar slapen, een totaal onwetenschappelijke ingesleten gewoonte om de ernst van haar hoofdpijn te meten. Vandaag laag tot gemiddeld.

Hoe laat was het trouwens? Ze had geen klok. Haar telefoon was leeg en ze kon hem hier niet opladen. Ze nam zich voor om later vandaag indien verkrijgbaar een zonnelader te kopen, maar aan het licht en de stand van de zon te zien was het nog vroeg in de ochtend. Vijf of misschien zes uur? Als die kever er niet was geweest, had ze misschien nog uren langer geslapen. Ze gaapte en dacht aan haar belofte aan Rory: dat ze terug zou zijn voor hij wakker zou worden. Dat was tenminste iets wat ze kon doen. Een simpel waar te maken belofte inlossen – en meer.

Ze pakte het kussen en de lakens die Jed haar gisteravond had gegeven en vouwde ze netjes op. Haar slaapshirt zat nog in haar tas. Het was veel te warm voor nachtkleding en ze had in haar beha en slipje geslapen – tot vreugde van de muggen, besefte ze toen ze wat bultjes zag en eraan begon te krabben.

Ze stapte weer in haar afgeknipte spijkerbroek en trok een wijd kakikleurig T-shirt aan, terwijl een nieuwe fuchsiaroze bikini dienstdeed als ondergoed. Haar hand streek langs het dokterskoffertje in haar tas en ze voelde weer een steen op haar maag bij de gedachte aan de kleine Paco die lag weg te kwijnen.

Ze liep naar buiten. Tot haar verbazing lag er een piepklein pakketje voor de deur. Ze zou er misschien op gestapt zijn als ze niet toevallig naar beneden had gekeken. Ze pakte het voorzichtig op. Het was iets zachts, in bladeren gewikkeld en met een stengel bijeengehouden. Ze wist niet goed wat ze ermee moest doen, legde het op haar handpalm en liep naar Jeds hut, waar ze haar tas tegen een bananenboom zette. Ze hoorde stemmen vanuit de hut komen nu ze dichterbij was. Het leek alsof ze gedempt spraken en ze vroeg zich af of ze dat omwille van haar – als 'geëerde gast' – deden of omwille van Paco.

Moest ze aankloppen? Of buiten wachten? Ze draaide rond en aarzelde... tot ze bijna een meter in de lucht sprong. Een man die voor een naastgelegen hut wijdbeens op een grote houten trog met een enorme houten stamper graan zat te malen, sloeg haar gade.

'Hola,' stamelde ze, zich herpakkend terwijl hij bleef malen en haar onverstoorbaar bleef gadeslaan.

De man knikte en ze lachte nerveus in de lange stilte die zich tussen hen uitstrekte. Haar Spaans was bij lange na niet toereikend om een praatje te maken met een inheemse man in de Costa Ricaanse jungle.

'O, Tara.'

Ze draaide zich om en zag Jed staan. Hij had een mandje in zijn hand.

'Je hebt Juan ontmoet, zie ik.'

'Juan. Ja. We hebben elkaar zojuist begroet.' Ze knikte wat ongemakkelijk weer in de richting van de man.

'En je hebt de zalf van Don Carlos ontvangen?' Hij keek naar het pakketje in haar hand.

'O. Ja. Ik wist niet...'

'Goed tegen de muggen. Je kunt hem het beste aanbrengen voor je je aankleedt.'

'O, juist ja. Bedankt.' Ze lachte even, want het was mosterd na de maaltijd. Bovendien had ze krachtige DEET bij zich waar zelfs dinosaurussen niet van terug zouden hebben. Maar ze wilde niemand beledigen, dus opende ze haar tas en zette het pakketje behoedzaam op haar kleren.

'Kom. Ik wilde net de kippen gaan voeren,' zei Jed terwijl hij weg begon te lopen. 'Hoe was je nacht? Heb je goed geslapen?'

'Heel goed. En jij?'

'Prima.' Maar ze had de aarzeling gehoord voor hij het zei. Hoe was het mogelijk dat het hele gezin op dat ene grote matras sliep, laat staan met zo'n ziek kind?

'Je ziet er moe uit.'

'Ik?' Hij schudde zijn hoofd. 'Nee hoor.' Ze waren gestopt bij een hok dat niet ver van de hutten lag en ze zag een aantal magere zwarte kippen scharrelen. Jed stak zijn hand in het mandje en begon wat voer rond te strooien, waaraan de vogels zich verwoed tegoed deden. 'We kunnen bijna vertrekken. We mogen je gasten niet aan hun lot overlaten.'

Ze keek toe hoe de kippen pikten en fladderden. 'Natuurlijk. Zodra jij er klaar voor bent.'

Hij draaide zich om naar de hutten zonder haar aan te kijken en ze besefte dat hij nauwelijks oogcontact met haar had gemaakt. 'Maar Jed, voor we teruggaan...'

Even bleef hij stilstaan, met zijn blik op de grond gericht. 'Niet doen, Tara. Ik weet wat je wil zeggen en het heeft geen zin. Ze is mijn vrouw.'

Tara rende om hem heen en ging voor hem staan, vastbesloten om hem te dwingen haar aan te kijken. 'En *híj* is je kind. Het gaat er toch zeker om wat het beste voor hém is? Hij lijdt. We kunnen hem op zijn minst ergens naartoe brengen waar ze zijn pijn kunnen bestrijden.' Haar stem begon hoger te klinken, smekend, soebattend.

Jed keek haar aan, onvermurwbaar, onbereikbaar. 'Sarita vertrouwt de awa, en ik vertrouw haar.'

Hij liep weg en Tara staarde naar zijn brede rug. Ze wilde het uitschreeuwen, huilen, weer voor hem gaan staan. Maar het was hopeloos. Ze had hier geen rechten. Dat kind zou blijven lijden en hoogstwaarschijnlijk een langzame dood sterven, en ze kon er niets tegen doen.

Ze volgde hem terug naar de hut en bleef somber in de deuropening staan. Ze zag de twee middelste kinderen op de grond zitten eten uit kommen van bananenbladeren. Ze aten met hun handen en zaten vrolijk te kletsen.

'Alsjeblieft.' Ze zag dat Sarita haar naar binnen wenkte. Tara liep door het vertrek en ging gehoorzaam op de kruk zitten waar Sarita naar wees. Ze kreeg een 'kom' met fruit aangereikt en Tara zag in de ogen van haar gastvrouw dat ze heel graag wilde dat ze hun gastvrijheid zou accepteren nadat ze gisteravond zo snel was vertrokken. Ze wist dat ze haar gedrag bot vonden. Een jetlag zou de mensen in dit dorpje niets zeggen.

'Mmm, heerlijk,' zei ze met een zo dankbaar mogelijke glimlach, maar haar blik dwaalde steeds weer af naar het spichtige lichaampje op het matras in de hoek. Dat ze hem hier zou moeten achterlaten...

'*Para usted.*' Ze keek op en zag dat Sarita haar een van een kokosnoot gemaakte beker toestak. Er zat een drankje in dat ze niet herkende, maar ze moest het uit beleefdheid wel aannemen. Ze keek toe terwijl Sarita twee naar elkaar toe gekrulde bananenbladeren bij haar voeten plaatste.

'Om de beker op te zetten,' verklaarde Jed met een knikje naar de kokosnoot in haar handen.

'O.' Ze dronk. Deze drank was sterker en bitterder dan die van gisteren, maar ze nam nog een slokje en zette de beker op de standaard die Sarita had gecreëerd. Die bleef staan.

Dat was tenminste iets.

Twintig minuten later naderden Jed en zij de jeep en vroeg hij haar hoe ze zich voelde.

'Prima,' antwoordde ze, enigszins in verwarring gebracht. Ze hadden vanochtend meteen al de nodige beleefdheden uitgewisseld en hij kende haar goed genoeg om te weten dat een korte wandeling door de jungle voor haar geen punt was. 'Waarom vraag je dat?'

'De awa heeft het drankje van koffiebladeren vanochtend voor je langsgebracht,' zei hij schouderophalend. 'Hij zei dat het zou helpen, vandaar.'

'Helpen?' Maar terwijl ze het vroeg, realiseerde ze zich dat er iets… ontbrak. Ze knipperde geconcentreerd met haar ogen. En nog eens. Ze keek toe hoe hij zijn tas achter in de jeep gooide, met een glimlachje om zijn lippen.

Voor het eerst in vijf dagen, besefte ze, had ze geen hoofdpijn.

'Ik ben er weer,' fluisterde ze terwijl ze de deur van het huisje zachtjes achter zich sloot en op haar tenen naar het bed sloop.

Er vielen haar twee dingen op voordat ze Rory's slapende gestalte bereikte. Dat hij enorm luid snurkte en dat de kamer naar drank stonk. Hij droeg nog steeds de boxershort die hij gisteren aanhad toen ze terugkwam, maar nu stond er een fles tequila op het kastje van gestapelde kratjes.

'Ror?' Ze legde een hand op zijn schouder, en toen hij niet in beweging kwam, ging ze naast hem liggen en begon zachtjes over zijn arm te strijken. En ze wachtte.

Er verstreken een paar minuten, maar hij gaf er geen blijk van zich bewust te zijn van haar aanwezigheid. Ze had net zo goed de muur kunnen aaien.

Ze keek hoe laat het was. Nog geen acht uur. Ze had het gevoel dat ze al uren op was. Ergens wilde ze zelf haar ogen ook wel sluiten en weer gaan slapen, maar de geur van alcohol in zijn adem was te weeïg.

Met een zucht stond ze weer op en liep naar buiten. De deuren van alle huisjes zaten nog dicht, dus liep ze naar het strand en genoot van het koele zand onder haar voeten. De branding was vandaag sterk en aan de horizon zag ze dreigende donkere wolken. Ze had nog niet in de zee gezwommen, realiseerde ze zich. Ze trok haar korte spijkerbroek uit en waadde het water in, maar niet te ver. Jed had haar vroeger al gewaarschuwd voor de onvoorspelbare stromingen hier. En ja hoor, toen ze achteromkeek zag ze hem bij de bar naar haar staan kijken. Hij zou recht een getijstroom in rennen als het nodig was. Hij had dan misschien haar aanbod te helpen afgewezen, maar zij was nog steeds een Tremain, de dochter van de grote baas, en er zou haar niets overkomen als hij in de buurt was.

Ze hadden niet veel gezegd op de terugweg. Toen hij haar hulp definitief had geweigerd, leken alle gespreksonderwerpen zinloos. Ze had zijn weerstand gevoeld tegen haar zwijgende smeekbedes, als een muur die tussen hen in stond, en ze vroeg zich af met welke stille waarschuwingen Sarita hem in de deuropening van de hut had uitgezwaaid. Maar dat kon ze wel raden.

Tara liep weer het strand op, pakte haar spijkerbroek en ging in de gestreepte hangmat liggen. Ze kneep het water uit haar lange haar en liet een been over de rand bungelen. Ze voelde zich nog steeds gespannen, maar ze had geen hoofdpijn. Die was op onverklaarbare wijze verdwenen.

'Hé, je bent al terug! Hoe was het?'

Ze draaide zich om naar Holly, die met warrig haar en een flesje water in de hand kwam aanlopen en in de hangmat naast haar ging liggen.

'Afschuwelijk,' verzuchtte Tara. 'Hij is er slecht aan toe.'

'Hoe slecht?' vroeg Holly fronsend.

'Hoge koorts, vergrote lymfeklieren, hepatosplenomegalie.'

'Geelzucht?'

'Niet voor zover ik kon zien.'

'Denk je nog steeds aan hepatitis?'

'Eigenlijk wel. Er zaten ook wat krablittekens op zijn armen en buik, en jeuk is een belangrijke indicator.'

Holly's frons werd dieper. 'Maar?'

'Maar er zaten wat oude bloedvlekken op de lakens bij zijn hoofd die me zorgen baarden.'

'Van een bloedneus?'

'Ja. En hij had ook wat blauwe plekken.'

'Blauwe plekken,' zei Holly op onheilspellende toon, langzaam knikkend nu ze de puzzelstukjes in elkaar legde. 'Die hoeven natuurlijk niet per se relevant te zijn.'

'Niet per se. Maar ze zouden op acute myeloïde leukemie kunnen duiden.' Ze haalde hulpeloos haar schouders op. 'Het is onmogelijk vast te stellen zonder een volledig onderzoek. Een leverbiopsie, bloedtests en een scan.'

Holly keek haar ontdaan aan – ze hield van haar werk, maar soms ook niet – en nam een slokje water. 'En wat is nu het plan? Wordt hij naar San José gebracht?'

'Nee. Geen plan.'

Holly verslikte zich en hoestte. 'Hoe bedoel je, geen plan?'

'Precies dat. Er is geen plan. De ouders zeggen dat hij te ziek is om hem te verplaatsen en ze luisteren niet naar mijn advies.'

'Dus hij blijft daar gewoon liggen zonder behandeld te worden?'

'O nee, hij wordt wel behandeld. Door de awa.' Tara kon het sarcasme niet uit haar stem houden.

'Door wie?'

'De sjamaan, weet je nog? De... plaatselijke dokter, dorpsoudste en lokale wijze in één.'

'O, alsjeblieft, nee toch.'

'Yep. Zijn plan is de patiënt puur en alleen op bladersap te laten bestaan. Geen medicatie, zelfs geen voedsel. Helemaal niets, al zeven maanden lang. Om de ziekte uit te hongeren of zo.'

'Wat?' Holly zat nu stijf rechtop. 'Doe niet zo fucking belachelijk.'

'Hols, geloof me, ik ben het helemaal met je eens. Dat jochie zal overlijden en...' Tara slaakte een zucht en haar stem brak even van emotie. 'Ik voel me zo...' Haar woorden kregen geen vorm en vervluchtigden terwijl ze weer over haar gezicht wreef. De machteloosheid maakte haar razend. Het was zo onnodig. Waarom zag Jed niet in dat ze hem kon helpen?

Ze zaten een paar minuten in stilzwijgen. Ze wisten beiden hoe dit zou aflopen.

'Nou,' zei Holly ten slotte, haar stem ijl van bittere verslagenheid. 'Dat is het dan. Of we het nu leuk vinden of niet, er valt niets aan te doen. Jij hebt je medische advies naar eer en geweten gegeven.'

'En het heeft niets opgeleverd,' zei Tara scherp. 'Jed is trouwens niet degene die tegen is. Ik denk... Ik denk echt dat ik hem zou kunnen overhalen, maar zijn vrouw is inheemse en vertrouwt de westerse geneeskunde niet. En waarom zou ze ook? Ze heeft er geen ervaring mee. Ze denkt dat haar zoon nodeloos zal lijden als we hem naar een ziekenhuis overbrengen. Ze gelooft alles wat de awa zegt.'

Holly zweeg een lang ogenblik. 'Luister, we hebben allebei weleens zoiets meegemaakt. Herinner je je die familie van Jehova's getuigen waar ik mee te maken had? Het meisje dat onder paardenhoeven was terechtgekomen en dat van haar ouders geen bloedtransfusie mocht ondergaan?'

Tara knikte treurig en wilde er liever niet aan denken.

'Het aantal keren dat ik het heb willen uitschreeuwen omdat mensen vanwege hun verdomde gelóóf een behandeling weigeren terwijl je wéét dat ze dood zullen neervallen als ze de SEH verlaten.' Ze haalde hopeloos haar schouders op. 'Maar uiteindelijk hebben mensen zeggenschap over hun eigen lichaam. Zelfs als we het niet met ze eens zijn, zelfs als we weten dat ze het mis hebben... is het hun goed recht.'

'Maar het is wel moeilijk, Hols,' zei Tara knarsetandend terwijl ze haar vriendin met glinsterende ogen aankeek.

Holly knikte. 'Ik weet het. Het is klote.'

'... zin in vers kokoswater?'

Ze keken over het strand en zagen Jed aan komen lopen met twee opengekliefde kokosnoten waar rietjes uit staken. Hij bood een pijnlijk vrolijke aanblik op dit trieste moment, wat des te wranger voelde omdat het zíjn tragedie was.

'Dank je, Jed,' zei Holly op vlakke toon terwijl ze haar kokosnoot aannam. Tara zag dat Jed zijn ogen neersloeg toen zij de hare van hem aanpakte.

'Laat me maar weten als jullie aan het ontbijt toe zijn, oké?' zei hij.

'Bedankt, Jed,' zei Tara uitdrukkingsloos.

Ze keken hoe hij terugliep over het zand, in de richting van de strandbar.

'Zag je dat hij me niet aankeek?' mompelde Tara. Ze nam een slokje van het verrukkelijke vocht.

'Ja. Nou, dat wil zeggen dat hij het begrijpt, toch? Hij weet dat het verkeerd is.'

Tara zuchtte en keek naar de zee met zijn haastig voortrollende golven. Er was beslist storm op komst, met die donkere, sombere lucht aan de horizon. 'Wat is er hier gisteravond eigenlijk gebeurd? Rory ligt zo ongeveer in coma.'

Holly kreunde. 'Ze hebben gefeest. Kampvuur op het strand, muziek, dans, de hele santenkraam.'

'Dans?'

'Als je het dansen wilt noemen. Het was eerder strompelen. Dev presteerde het om op een glasscherf te gaan staan.'

'Au.' Tara kromp ineen.

'Ja.' Holly sloeg haar ogen ten hemel. 'Het was een leuk klusje om de wond schoon te maken, kan ik je vertellen. Overal zand.' Ze nam een slokje van haar kokoswater. 'Hé, heb jij antibiotische zalf bij je? Die van mij is op.'

'Ja. In mijn minikoffertje in de tas.'

'Super. Die zal ik erop smeren als Dev wakker wordt. Hij herinnert het zich waarschijnlijk niet eens – tot hij probeert erop te lopen.'

'Was hij zo dronken dan?'

'Net als alle anderen.' Holly wierp haar een blik toe. 'Rory zoop zich ook helemaal lam.'

'Hm, dat verbaast me niets. Hij is boos op me omdat ik er gisteren niet was toen hij terugkwam, en omdat ik na thuiskomst meteen weer vertrok met Jed.'

'Die arme schat. Voelt hij zich verwaarloosd?' vroeg Holly met een pruillip.

'Nou ja, ik ben ook een vriendin van niks, laten we eerlijk zijn. Toen we een jaar samen waren, was ik dat vergeten, en ik heb op zijn verjaardag gewerkt. En nu heb ik hem op vakantie in de steek gelaten.'

Holly gaf haar een liefdevolle trap. 'Hij heeft een lot uit de loterij, dat weet hij best. Hij past perfect bij je.'

'Jaja, ik weet het, hij is mij met een piemel eraan,' zei Tara rollend met haar ogen. 'Maar ik kan het hem niet kwalijk nemen. Het is niet zo gek dat hij nijdig is. Hij is helemaal hiernaartoe gekomen en we hebben elkaar nog amper gezien. We zouden net zo goed in Londen kunnen zijn, aan het werk.' Ze leunde met haar hoofd achterover tegen de hangmat en sloot haar ogen tegen het zonlicht. En iets anders... 'Over werk gesproken, ik heb nog niet de kans gekregen het je te vertellen, maar ik ben gebeld door Helen McPherson.'

Holly keek op. 'Wat?'

'Het lijkt erop dat ze een intern onderzoek gaan instellen na... je weet wel...'

'Dat kleine meisje?' Holly hield meelevend haar hoofd schuin.

Tara kreeg een brok in haar keel. 'Ja.' Ze slikte. 'Volgens Rory is dat de standaardprocedure.'

'Nou, daar heeft hij gelijk in. Al blijft het een klotesituatie. Maar aangezien de ouders haar in eerste instantie zo hebben mishandeld dat ze op de operatietafel terechtkwam, zal er een politieonderzoek plaatsvinden, neem ik aan?'

Tara knikte terwijl de herinneringen ongevraagd opborrelden. 'Dat we haar verloren was al erg genoeg. Het was zo'n schok. Het gebeurde allemaal heel snel en…' Ze kneep automatisch in haar neusbrug voordat ze besefte dat ze geen hoofdpijn had. Haar hand zakte omlaag. 'Ik bedoel, hoe groot is de kans dat er ongemerkt een mesje losraakt? Heb jij ooit zoiets gehoord?' Ze spreidde vol ongeloof haar handen.

'Nee, nooit.' Holly pakte haar hand vast. 'En daarom mag je jezelf niet kwalijk nemen dat je er niet aan hebt gedacht het te checken. Het was dikke pech. Uitzonderlijk.'

Tara staarde haar aan. Ze wilde haar woorden geloven, wilde ervan overtuigd zijn dat het logica was en geen mededogen. 'Het was gewoon een enorme schok, snap je? Alsof alles in elkaar stortte. En als ze me schorsen weet ik me geen raad.' Haar stem steeg een octaaf.

'Dat gaat niet gebeuren.'

'Dat weet je niet.'

'Jawel,' antwoordde Holly kalm. 'Je bent de beste arts die ze hebben.'

'Volgens Rory ben ik hun paradepaardje.'

Holly's mond verstrakte. 'Je bent de beste die ze hebben,' herhaalde ze.

'Hij zegt altijd dat ik niet iedereen kan redden.'

'Dáár zijn hij en ik het dan over eens.'

'Maar Hols, op dit moment lijk ik níémand te kunnen redden.' Ze dacht aan Paco, die nog op dat matras in de hut lag, met de levendige geluiden van de jungle om zich heen. 'Ik mág niet eens helpen.'

'Luister nou, je hebt je best gedaan, maar jouw logica staat tegenover hun emotie, en ze willen je niet horen.'

'Maar hij gaat dood, Hols.'

'Waarschijnlijk wel,' beaamde Holly en ze vertrok haar mond tot een boze streep. 'Maar als ze je niets láten doen, kun je er niets tegen beginnen.'

De twee vrouwen keken elkaar gefrustreerd aan.

‘We zouden hem kunnen ontvoeren,’ opperde Tara na een stilte.

‘Shit, ik weet niet eens zeker of je een grapje maakt.’ Holly lachte onzeker. ‘Jij kent vast mensen die zoiets kunnen regelen.’

Tara wist zelf ook niet zeker of ze een grapje maakte. De woorden waren spontaan in haar opgekomen. ‘Nou, het is helemaal niet zo gek,’ hield ze vol.

‘Ik denk niet dat dat goed zou gaan. Stel dat ze je met een gifpijltje beschieten of zo?’

‘O, wat erg!’ protesteerde Tara. ‘Dit is *Pocahontas* niet!’

‘Jíj bent degene die het heeft over de ontvoering van een ziek kind.’

Ze lachten naar elkaar, met waardering voor elkaars zwarte humor. Die had hen al eerder door zware tijden heen geholpen.

‘Jed zei dat het bladersap dat de awa gebruikt slechts een... voorlopige remedie is,’ mompelde Tara.

‘En wat komt daarna? Theeblaadjes lezen?’

‘O nee, beter nog! Er schijnt nóg een speciaal blad te zijn. Een magisch, mystiek blad dat alleen op een heilige berghelling groeit op twee dagen reizen van hier.’

Holly rolde met haar ogen. ‘Daar hebben we wat aan. Dus als het jochie sterft, kan hij beweren dat het komt doordat hij de juiste bladeren niet tot zijn beschikking had?’

‘Hm,’ mummelde Tara met haar blik op de horizon. Ze streek met een hand over haar voorhoofd. ‘Maar tussen haakjes, wat wel bijzonder is... Hij heeft me een of ander aftreksel gegeven dat goed lijkt te werken tegen mijn hoofdpijn.’

‘Hè?’ Holly trok een sceptische wenkbrauw op. ‘Echt?’ Zij wist beter dan wie ook hoeveel last Tara ervan had.

‘Ja, serieus. Vanochtend voor we vertrokken kreeg ik iets vies te drinken – ik weet niet precies wat het was – maar het werkt echt.’

‘Waarom drink je iets vies waarvan je niet precies weet wat het is? Ben je gek geworden?’ zei Holly vermanend. ‘Nam je ook snoepjes aan van onbekenden toen je klein was? Hij had je wel kunnen vergiftigen.’

‘Ik wilde beleefd zijn.’

Holly kreunde. 'Jij en die manieren van je.'

Tara glimlachte, maar ze huiverde even nu het oude grapje weer uit haar geheugen tevoorschijn piepte, op zijn tenen door haar gedachten sloop en kleine schroeiplekjes achterliet. 'Nou ja, het zal wel toeval zijn.'

'Natuurlijk! Toverkracht bestaat niet, meid.'

'Hm,' mompelde Tara. Want ze bedacht ineens dat ze de awa niet eens had vertéld dat ze hoofdpijn had. Ze had er met geen woord over gerept. En ze had ook niets over het overleden kind gezegd. En toch had hij van beide geweten... En haar hoofdpijn, die altijd als een schaduw aan haar kleefde, was verdwenen. Nadat ze dat drankje had opgedronken...

'Stel nou eens...' Tara kneep haar ogen nadenkend samen. 'Stel nou eens dat er wél iets in zit.'

Holly lachte. 'Nee.'

'Ik bedoel, ik weet dat het hoogst onwaarschijnlijk is. Uiteraard.'

'Ja.'

'Maar als wij weigeren de mogelijkheid te overwegen dat dit goedje zou kunnen werken... Doen we dan niet hetzelfde als Sarita wanneer ze weigert te geloven dat onze geneeskunde effect zou kunnen hebben?'

Holly wierp haar een strenge blik toe. 'Wij hebben de wetenschap aan onze kant staan. Bewezen, aantoonbare feiten.'

'Ja. Maar dat weet zij niet. En voor hetzelfde geld heeft deze sjamaan al een hele rits mensen gered op basis van remedies die zichzelf hebben bewezen. Weet je nog op het Imperial? Daar vertelden ze dat lamsoor vroeger werd gebruikt voor de wondverzorging op het slagveld. En dat het ook helpt bij een zere keel en koorts. Waarom zou dat wel waar zijn en dit niet?'

'Ontstekingsremmende eigenschappen is één ding, maar je kunt hepatitis niet met bláderen genezen,' wierp Holly tegen.

Tara kneep haar ogen half dicht en dacht diep na. 'Maar als we elkaar tegemoetkomen, als we ons in elkaars uitgangspunt verdiepen...' Tara's stem stierf weg nu de gedachte begon post te vatten.

'Ik kan je niet meer volgen.'

Tara's ogen werden groot. 'We kunnen een deal sluiten. Ik haal dat mystieke, magische blad uit de heilige bergen en breng het naar de awa, die het mag toepassen, op voorwaarde dat als het niet werkt – en natuurlijk werkt het niet – Sarita instemt met de verplaatsing van Paco naar San José voor een medische behandeling.'

Holly staarde haar aan. 'Dat is het stomste wat ik ooit heb gehoord.'

'Heb jij dan een beter idee?' Tara spreidde haar armen.

'Doe niet zo raar!'

'Als we haar niet kunnen overtuigen, gaan we mee in háár overtuiging, met óns plan als back-upmogelijkheid voor als het misgaat. Op die manier heeft ze niets te verliezen.'

'Zíj niet misschien. Maar dat arme jongetje ligt nog eens vier dagen een langzame dood te sterven terwijl jij door de bergen trekt.'

'Er is vast wel een snellere manier,' zei Tara snuivend. 'We kunnen een helikopter laten komen.'

'Helikopters kunnen niet in de jungle landen, mocht je dat nog niet doorhebben.' Holly maakte een zwaaiend handgebaar. 'Bomen. Eindeloos veel bomen.'

'We zouden kunnen...'

'Wat? Parachutespringen?' Holly lachte. 'Of ons aan een touw laten zakken? Kom nou.'

'Oké. Nou, zelfs al is het twee dagen lopen...'

'Twee heen en twee terug.'

'Ja. Dan gebeurt er over vijf dagen tenminste iets. Als we helemaal niets doen, blijft het zo en ligt dat jochie over twee jaar nog steeds op dat matras.'

Holly snoof minachtend. 'Dan is hij allang dood.'

'Precies.' Tara keek haar vriendin indringend aan.

Ze zwegen een moment voordat Holly zich ongemakkelijk begon te voelen onder haar onderzoekende blik. 'Wat is er? Waarom kijk je me zo aan?'

'Ik wil graag dat je zegt dat het een goed idee is.'

'Nee. Het is verdomme het slechtste idee dat ik ooit heb gehoord! En denk maar niet dat je mij erbij kunt betrekken. Ik ben hier op vakantie met mijn gezin.'

'Ik pieker er niet over jou hierin mee te sleuren.'

'Nou, je kunt moeilijk in je eentje gaan!' protesteerde Holly, zichzelf tegensprekend.

'Dat weet ik. Jed kan meegaan.'

'Wacht eventjes, waarom gaat Jed niet gewoon in zijn eentje?' vroeg Holly fronsend. 'Het is zijn kind.'

'Omdat de bladeren door een vrouw geplukt moeten worden. In de schemering.' Ze zag Holly's wenkbrauwen vol verbijstering omhooggaan. 'Ik weet het, zeg maar niets... Het is...'

'Waarom gaat de moeder dan niet?'

'Omdat ze een acht maanden oude baby en twee andere kinderen heeft om voor te zorgen. Ze kan niet zomaar vier dagen de bergen in verdwijnen.'

Holly schudde haar hoofd, liet haar ellebogen op haar knieën rusten en blies de lucht uit haar longen via haar wangen naar buiten. 'Rory ontploft als hij dit hoort.'

'Hij is arts. Hij begrijpt het wel.' Tara keek achterom naar het rode huisje. 'Hoewel hij compleet buiten westen is en het me niet zou verbazen als hij er finaal doorheen slaapt.' Ze keek weer naar Holly en kauwde op haar lip. 'Ik denk dat ik Jed het voorstel maar ga doen.' Ze klauterde uit de hangmat terwijl Holly haar met open mond aankeek.

'Wat, nu? Nu meteen?'

'Nou, als het vier dagen gaat duren, moeten we zo snel mogelijk gaan. Vrijdag is mijn vaders grote dag. Die mag ik niet missen.'

'Maar... we hebben nog niet eens ontbeten.'

'Meen je dit nou? Ik ga Indiana Jones spelen en jij denkt aan eten?'

Holly lachte vol ongeloof. 'Ik kan me gewoon niet voorstellen dat je dit serieus meent.'

'Tenzij jij een beter idee hebt,' zei Tara schouderophalend terwijl ze in de richting van de strandbar begon te lopen.

Holly stond op en holde achter haar aan. 'Nou, wat ik nog wel even wil zeggen is dat je een flink lunchpakket mee zult moeten nemen.'

17

De hemel brak als een ei in tweeën en de regen kwam als glazen kogeltjes naar beneden terwijl ze door de bomen liepen. Tara proestte terwijl het hemelwater over haar gezicht stroomde en haar haren tegen haar hoofd plakte. Deze regen had niets Engels. Het was geen malse neerslag, geen grijze miezerregen. Deze bui was tropisch: warm en zwaar, aanhoudend en overal.

'Hier.'

Jed, die twee stappen voor haar liep, reikte naar beneden en trok het mes uit de holster – holster! – die boven zijn knie zat vastgegespt. Hij bukte en haalde met twee sneden een groot bananenblad los van de steel. Hij hield het boven haar hoofd om als paraplu dienst te doen. Het was niet waterdicht, het liet wel kleine stroompjes door, maar het ergste werd erdoor tegengehouden. Het klonk zelfs als een paraplu: de regendruppels spatten zwaar op het bladoppervlak en deden haar gek genoeg denken aan een vergeten moment waarop ze lang geleden door Kensington Gate rende met een exemplaar van de *Evening Standard* boven haar hoofd. Ze herinnerde zich een hand om haar middel terwijl ze lachend voorthollden...

'Dank je.'

Ze liepen inmiddels een paar uur. Het had haar twintig minuten gekost om Jed ervan te overtuigen dat ze het echt meende, en daarna nog een uur en twintig minuten om terug naar het dorpje te gaan en het aan Sarita uit te leggen.

De awa was erbij gehaald.

Vreemd genoeg had hij helemaal niet verbaasd gekeken toen Jed hem het plan voorlegde, en hij leek ook geenszins verontrust te zijn bij het vooruitzicht dat Paco naar San José zou worden vervoerd als – of in haar beleving wanneer – zijn behandeling zou mislukken. Integendeel, hij had meteen twee tekeningen op een stuk doek gemaakt: een afbeelding van het zwartesterrenblad waar ze naar op zoek zouden gaan, plus een landkaart. In haar ogen niet duidelijk of gedetailleerd genoeg om zelfs maar mee van haar dakterras te navigeren, laat staan dat ze er een tweedaagse route door het tropisch regenwoud in herkende. Maar Jed leek er wel wijs uit te kunnen worden en hij had aandachtig naar de awa geluisterd.

Daarna waren ze snel uit het dorpje vertrokken. Zoals Holly had voorspeld waren er geen kortere manieren om Alto Urén te bereiken. Dit was geen kwestie van geld maar van bomen - en de enige weg ernaartoe was te voet erdoorheen. Alles aan deze tocht, had Tara zich al snel gerealiseerd, zou moeizaam zijn. Thuis in Londen was ze uitgegaan van de luxe van een vakantie op blote voeten, en ze had dan ook geen wandelschoenen ingepakt, zodat ze nu de sportschoenen aanhad die ze op reis had gedragen, die ontoereikend en vooral ook onpraktisch waren in de Costa Ricaanse modder. Ze hadden besloten dat ze geen tijd wilden verliezen door terug naar Puerto Viejo te gaan om goede schoenen te kopen, en dat Jed en zij naar de rangerbasis zouden lopen die een paar uur verderop in de bergen lag. Daar was Jeds vader aan het werk en Jed wist dat ze er de nodige uitrusting zouden aantreffen.

De awa had haar een lang, smal pakketje gegeven, in doek gewikkeld en met stengels dichtgebonden, dat ze pas mocht openen bij het plukken van de zwartesterrenbladeren. Ze had nog het advies gekregen om niet aan de stengels te trekken én nooit met haar mond open omhoog te kijken, waarna ze op weg waren gegaan.

Ze liep behoedzaam in de voetafdrukken van Jed, met het bananenblad boven haar hoofd en haar rugtas volgestopt met voedsel. (Holly had werk gemaakt van dat flinke lunchpakket.) En terwijl de voetstappen optelden tot duizenden, terwijl de jungle dichter en luider werd, begon ze te beseffen dat de tocht naar Jeds dorpje niets was vergeleken met de hellingen die hun te wachten stonden. Het Talamanca-gebergte verhief zich als paarse schaduwen, slaperige riviertjes begonnen wilder te stromen. Haar ademhaling versnelde, haar haastige kilometers over de trappen van de ziekenhuizen leken niet erg te tellen hier in de wildernis.

De spanning tussen Jed en haar was verdwenen met haar voorstel. Jed had haar tijdens het lopen inmiddels uitgelegd dat hun dorpje in feite slechts een 'modern satellietgehucht' in de uitlopers van het gebergte was en dat het oorspronkelijke dorp van de stam duizend meter hoger lag. Daar was Sarita geboren en daar had ze de eerste drieentwintig jaar van haar leven doorgebracht. Ze was wekelijks met de andere vrouwen naar beneden gelopen om koopwaar en diensten uit te wisselen met vrouwen van de andere stammen. Maar dat was niet genoeg. Haar broers hadden verlangd naar het moderne leven: ze wilde werken in de grotere plaatsen, ze wilden fietsen, televisiekijken en andere mensen ontmoeten. Het oude dorp had maar vierentwintig mannelijke en negenentwintig vrouwelijke bewoners – en meer dan de helft van hen waren kinderen. De verhuizing naar de heuvels was een compromis geweest, een manier om hun cultuur, taal en gewoonten te bewaren, met meer toegang tot de buitenwereld.

'Hoe heb je Sarita ontmoet?' hijgde ze, zich er vaag van bewust dat de grond rechts van hen zich begon te plooien tot een majestueuze kloof.

Jed lachte gegeneerd. 'Ik was verdwaald. Zij heeft me gered.'

Tara lachte ook. 'Maak je een grapje?'

'Dat mocht ik willen. Ik was door mijn vader op pad gestuurd om wat camera's in de natuur te plaatsen waar jaguarsporen waren aangetroffen, ik nam een verkeerde afslag en binnen twintig stappen had ik geen idee meer waar ik was.'

'En dat vertel je me nu? Nu ik jóú volg?'

Jed lachte opnieuw. 'Maak je geen zorgen. Dat is jaren geleden en de aanwijzingen van de awa waren heel duidelijk. Ik weet waar we langs moeten. Het gaat om een plek waarover hij me vaak heeft verteld. Het zal een eer zijn om er eindelijk te mogen komen.'

Ze bleven de ene voet voor de andere zetten. De regen bleef maar vallen en de grond werd snel zachter. Er was geen echt voetpad, slechts een vaag dierenspoor met gebroken takken en platgetreden bladeren. Er hingen dikke, gedraaide stengels uit de bomen, zo dik als touwen, en er bloeiden felgekleurde kleverige bloemen. Ze hoorden het geluid van verborgen dieren op schouderhoogte, maar die bleven steeds uit het zicht.

'T-t, ik vind het heel speciaal dat je dit doet,' zei hij na nog een paar minuten terwijl hij plotseling stopte en achteloos een hand opstak om haar te laten stilstaan. Ze keek, verschrikt en tegelijk gefascineerd, hoe een gele wimpergroefkopadder langs hun voeten gleed en het volgende moment in de ondergroei verdween.

Ze slikte. Als hij kalm bleef, kon zij dat ook.

Ze sloeg haar ogen weer op en keek hem aan. 'Waarom? Je zoon is een prachtig kind. Hij verdient een kans om zijn leven te leven.'

'Nee, ik bedoel dat het speciaal is dat je dit doet terwijl je er niet in gelooft. Je gelooft niet in de methode van de awa.'

Tara aarzelde, ze wilde niemand beledigen. 'Nou, laten we zeggen dat ik zijn geneeskunst niet begrijp. De awa heeft mijn hoofdpijn laten verdwijnen terwijl niets – maar dan ook niets – ooit heeft geholpen. Dat kan ik niet verklaren, dus sta ik open voor... andere mogelijkheden.'

Jed wierp haar een weifelende blik toe en begon weer te lopen. Hij kende haar al sinds haar negende. Hij wist het wanneer ze uit beleefdheid bepaalde bewoordingen koos. Ze zuchtte.

'Oké. Geloof ik dat de plant waar we naar op zoek zijn Paco zal helpen?' riep ze hem toe terwijl ze hem volgde. 'Nee, eerlijk gezegd niet. Maar ik zou het fijn vinden als ik het mis heb! Dat hoop ik zelfs. Maar voor mij is dit een manier om in elk geval íéts voor je zoon te doen – en dat is beter dan niets. Het is mijn plicht als arts om elk denkbaar pad voor mijn patiënten te volgen.' Ze kneep haar ogen samen toen iets door de boom boven hen rende en er een douche van regendruppels neerdaalde, recht haar kraag in en over haar rug. Tot zover de paraplu.

De klank van stromend water op de achtergrond ging plotseling over in gebrul toen ze om een steile rotswand heen liepen en op een schitterende waterval stuitten. Het was zo'n plaatje dat Tara alleen ooit op Instagram had gezien: water als paardenstaarten, regenbogen daar waar de zon in en uit de regenwolken schoot. Een groepje ara's vloog rond en landde in de naburige bomen. Ze wilde liefst stoppen en het tafereel bewonderen, fotograferen, erin zwemmen. Maar Jed liep door. Wat eerder de volledige focus van een dag vol #dankbaarheid zou zijn geweest, was hier slechts een voetnoot bij hun hogere doel, een mooi decor en niets meer. Binnen een paar minuten hadden ze het achter zich gelaten en was het gebrul weer afgenomen tot een rustig geruis op de achtergrond.

Het regende nog steeds.

'Hoe reageerde Rory toen je hem vertelde dat je dit ging doen?' vroeg Jed over zijn schouder terwijl hij met zijn stok de planten die over het pad knikten opzijsloeg om het voor haar gemakkelijk te maken hem te volgen. Althans, gemakkelijker. Hij nam erg grote stappen.

Tara trok een grimas en ploeterde achter hem aan. 'Hij heeft eigenlijk nog niet gereageerd. Ik heb geprobeerd het hem te vertellen, maar ik weet niet of het wel tot hem doordrong. Hij was vooral geërgerd omdat ik hem wakker maakte. Hij drinkt normaal niet zo veel.'

'Wat waren ze gisteravond aan het vieren eigenlijk?'

'Alles en niets. Vakantievibes. Ik denk dat ze gewoon blij zijn dat ze er even uit zijn. We maken allemaal idioot veel uren.'

'Jij werkt in elk geval te hard,' zei hij simpelweg, zoals hij gisterochtend ook al had geconstateerd.

Ondertussen bleven ze doorlopen over het steeds steilere pad, werd de modder gladder en bleef de regen gestaag neerdalen. Haar voeten waren doorweekt en het profiel van de zolen van haar sneakers ging volledig verloren nu de modder met elke stap dieper werd. Tara wilde dat ze een regenponcho – ja, een regenponcho! – had ingepakt in plaats van de dure linnen blouses en zijdezachte jurken die ze uit Engeland had meegenomen. Maar een reddingsmissie in de vorm van een trektocht door de bergen had ze bepaald niet voor ogen gehad – achteraf was het altijd verrekte makkelijk praten – en ze betreurde de dag dat ze de pijpen van haar oude spijkerbroek had afgeknipt. Ze bleef over haar bovenbenen strijken zonder te weten of ze insecten of planten voelde kriebelen.

'En is Rory de ware voor jou?' vroeg Jed, zijn stem iets verderop. Tara keek op en zag dat hij nu tien of elf stappen op haar voorlag. Ze besefte dat ze achter raakte, dat ze nu al moe werd op haar ondeugdelijke schoeisel, dat haar voeten steeds weggleden, haar sokken doornat waren en haar voeten blaren dreigden te krijgen. 'Gaan jullie trouwen?'

'Dat heb je me al gevraagd! Iedereen vraagt me dat,' riep ze terug. 'Mijn moeder is net een grammofoonplaat die blijft hangen.'

'Zo te horen is het antwoord "nee".' Hij duwde wat ineengestrengelde dikke ranken opzij die als een gordijn uit een boom hingen. Ze vielen terug op hun plaats, waardoor zij hem uit het oog verloor.

'Nee, het is geen "nee", het is een "ik weet het niet!"' riep ze hem toe. 'Want ik weet het gewoon niet!'

'Ze zeggen dat je het weet als je de ware tegenkomt!' riep hij terug.

'Ze zeggen wel meer!' riep ze. Ze hoorde Jed lachen – een hartelijke schaterlach – en zelf glimlachte ze tot ze schrok van een plotseling tumult en meteen stokstijf stilstond. De jungle leek zichzelf in actie te zetten: de continue nerveuze, ritselende traagheid ging over in een storm van geluiden, met wuivende bomen en trillende begroeiing.

Jed?

Ze wilde zijn naam roepen, maar een kreet en gedempt gebrom deden het woord in haar keel steken terwijl achter haar en overal om haar heen een snelle reeks harde krakende geluiden klonk. Ze hapte geschrokken naar adem en draaide zich vliegensvlug om. Wat was dat? Iets wat rende? Iets wat dichterbij kwam? Ze liet zich instinctief op haar hurken zakken, probeerde zich klein te maken en trachtte te begrijpen wat er gebeurde. Haar lichaam verkeerde in een staat van bevroren spanning, klaar om te vluchten, maar het was moeilijk om goed te horen boven de regen uit, om door het grijze waas en de mistflarden heen te kijken. Ze voelde zich vreselijk kwetsbaar. Jed had een mes, maar zij had niets, geen enkele manier om zich te beschermen. Ze keek om zich heen of ze iets zag wat ze kon gebruiken en pakte een stok van de grond. Het was maar een stok, vers geknakt, buigzaam en met een scherpe rand. Waarschijnlijk had een dier hem afgescheurd en laten vallen. Dit wapen zou niet veel uithalen tegen zeventig kilo spierkracht, maar het was iets om mee te dreigen en af te leiden.

Haar hart bonsde en haar ogen waren groot van angst, maar ze herinnerde zich wat Jed haar had geleerd toen ze hier in haar kindertijd op avontuur gingen: stoppen. Ze waren weliswaar nooit zo diep de jungle in getrokken als nu, maar hij had haar altijd geleerd om te stoppen. Na te denken. Te observeren. Een plan te maken. Ze liet haar geïmproviseerde paraplu vallen – nat worden was haar minste zorg op dit moment – en bleef zwijgend op haar hurken zitten. Begon te luisteren. Wat bevond zich achter hen?

Er trok een stilte door de jungle, als de ademhaling voor een schreeuw. Alles wat leefde leek zijn adem in te houden, en de onzichtbare schepsels die langs haar waren gestreken waren als standbeelden tot stilstand gekomen.

De kortstondige rust werd doorbroken door een vogel die wild en haastig fladderend de bomen in vloog, een paar ogenblikken later gevolgd door een harpij die in volmaakte stilte overvloog, op zoek naar een maaltijd.

Was dat het geweest? Ze draaide rond en bekeek schichtig de dichtbegroeide grond. Er was zo veel te zien dat er niets te zien was. Alles sidderde, groen en vol, en de regen bleef maar vallen uit het wolkendek dat de boomtoppen bijna raakte. De rust bleef. Zo snel als het gekomen was – wat het ook mocht wezen – leek het weer verdwenen te zijn.

Ze stond zichzelf toe te ademen, en het gevoel van naderend gevaar ebde weg. Misschien had ze overdreven gereageerd? Haar stadse zenuwen hadden haar overmand, elk onverwacht geluid maakte haar aan het schrikken. Ze stond weer op, voelde zich onnozel en was blij dat Jed haar reactie niet had gezien.

Maar waar was hij? Ze moest hem zien in te halen.

Ze wierp een blik achterom om te kijken of er niets naderde. Hun voetafdrukken, nog net zichtbaar in de modder, vulden zich snel met water, klaar om hun vorm te verliezen, te verdwijnen. Ze stelde haar blik scherp en begon details op te merken: een felgroene boomkikker met rode ogen op een blad, de hangende knop van een oranje orchidee, een luiaard aan een tak, zo'n tien meter verderop, die langzaam op een stengel kauwde... Hij was verrassend groot en leek zich niet aan haar aanwezigheid te storen. Had ze dát gehoord, dit dier dat zijn lunch zat af te scheuren? Of iets groters? Iets snels met scherpe tanden? Ze herinnerde zich dat Jed de avond van hun aankomst tegen Zac had gezegd dat de jaguars in het binnenland verbleven. Nou, dit was diep in het binnenland.

Daar was het geluid weer, van de andere kant van de ranken, weer een reeks krakende geluiden door het geroffel van de regen heen, het gevoel dat de jungle bewoog en golfde. Haar hartslag versnelde weer en haar ogen stelden zich zo scherp als mogelijk terwijl ze de ondergroei met forensische precisie afspeurde, haar hart bonkend tegen haar ribben alsof het naar buiten wilde. Ze verbeeldde zich dit niet. Ze reageerde niet overdreven. Er was daar iets.

Ze hield de stok als een toverstaf waarschuwend voor zich uit en zette een paar stappen in de richting van het rankengordijn. 'Jed?' fluisterde ze, maar haar stem werd overvleugeld door de regen die als een symfonie bleef neerdalen. 'Jed?'

Langzaam duwde ze de ranken opzij en bekeek het pad erachter. Het was leeg. Er knikten varens als gretige handen overheen, en ranken aan andere takken vormden weelderige wanden. Waar was hij?

Dertig meter verderop was een boom omgevallen – niet recent, maar er was wel een hindernis door ontstaan. Over bomen klauteren was nu niet de onschuldige activiteit uit haar jeugd: hier kon alles bijten, steken en een allergische reactie veroorzaken. Jed was daar toch zeker niet al voorbij? Ze was al met al maar een halve minuut gestopt.

'Jed?' Nu schreeuwde ze zijn naam boven de regen uit. Het kon haar niet schelen of grote katachtigen haar zouden horen. Hij had een mes en ze moest naar hem toe. 'Waar ben je?'

Ze wachtte op zijn montere antwoord.

Niets.

'Jed, nu is het wel genoeg. Dit is niet leuk meer.' Maar ze wist dat het geen grap was. Ze waren hier om zijn kind te redden. Hij zou geen gekkigheid uithalen. Ze waren hier geen van beiden voor de lol.

Ze draaide langzaam rond en had het gevoel dat er ogen op haar gericht waren. Haar hart klopte zwaar van de klim door de modder en van de opkomende paniek omdat ze alleen was. Haar vaardigheden om op een plek als deze te overleven waren zeer beperkt. Zonder Jed had ze geen beschutting, geen wapens en geen landkaart. Ze had slechts een rugzak vol sandwiches met kaas en ham en wat mango's.

Toen zag ze een diep slipspoor in de modder. Ze had naar voren gekeken en nog niet naar beneden. Ze rende ernaartoe en volgde het spoor van het pad af, dieper de ondergroei in. Er schuurde een tak over haar arm terwijl ze zich erlangs haastte, maar ze merkte het amper.

'Jed?'

Ze duwde wat planten opzij en zag hem.

'Jed!'

Hij lag op de grond, zijn lichaam ineengedoken, zijn gezicht in de modder. Hij bewoog niet en zijn arm stak uit in een groteske hoek. Er droop bloed uit een wond op zijn hoofd.

Ze staarde er vol afschuw naar en geloofde haar ogen nauwelijks. Enkele momenten geleden liep en lachte Jed nog, en nu lag hij gewond en met zijn gezicht omlaag in de modder. Wie had hem dit aangedaan? Of wat?

Het was nog niet voorbij, dat voelde ze, en de omvang van het gevaar drong nu volledig tot haar door. Dit was de genadeloze jungle en een weerloos mens betekende maar één ding: een prooi.

Ze keek weer omhoog naar de ondergroei en voelde nog steeds het gewicht van een op haar gerichte blik, koude knipperende ogen door de bladeren. Ze voelde het bloed in haar aderen stollen. Voorzichtig haalde ze het mes uit Jeds holster tevoorschijn, zwaaide er dreigend mee, porde ermee naar de ondergroei en zag hoe het stalen lemmet blonk, zelfs in de regen.

Haar woede en moed groeiden met elke uithaal. De adrenaline begon nu vrijelijk te vloeien en haar lijf vertelde haar dat ze moest vechten. Haar knokkels waren wit en ze speurde de beplanting af met een wilde blik.

Toen was het er weer.

Haar hoofd schoot omhoog en ze hapte naar adem terwijl achter haar het regenwoud opnieuw sidderde en beefde. Ze draaide rond en zag een flits van iets door de ondergroei bewegen, zo'n tien meter verderop. Ze kon niet zien wat het was, alleen wat erdoor opzij werd gestoten, takken die verschoven en knapten. Maar de kakofonie werd zwakker, niet luider. In de nabije verte begonnen wat brulapen te schreeuwen alsof ze het roofdier volgden. Hun kreten weerklonken door de boomkruinen over de kloof en door de junglevallei.

Het mes begon te trillen in haar hand nu ze voelde dat het gevaar eindelijk voorbij was. Het was haar gelukt! Ze had het afgeschrikt, wat het ook was geweest! Langzaam, heel langzaam, liet ze haar arm zakken. Ze keek weer naar Jed. Hij lag nog beweginloos in de modder en er stroomde water langs hem alsof hij een rots in een rivier was.

'Jed, zeg iets!' Ze ging hijgend op haar knieën zitten en hield haar gezicht vlak bij het zijne. Ze voelde zijn adem op haar huid. Hij ademde! Ze voelde aan zijn pols. 'Jed, hoor je me? Word wakker!'

Er volgde een lange stilte. Hij was nog steeds bewusteloos.

'Jed, wat is er gebeurd? Kun je iets zeggen?'

Hij reageerde niet, maar naast hem op de grond zag ze nu een knuppel liggen. Als een ouderwetse wapenstok van een politieagent, gemaakt van een stuk hout. Was hij daarmee geslagen?

Wie... Wie... Ze keek weer vertwijfeld rond. Was het een mán geweest die ze had zien wegrennen? Waren er meer? Anderen, die haar bekeken, misschien nu nog steeds?

Ze had geen idee. Ze wist alleen dat ze Jed wakker moest krijgen, dat hij de natte modder uit moest, weg van de regen. Zijn onderarm was gebroken, dat kon ze zien aan de hoek waarin die lag. Het leek erop dat zijn schouder ook uit de kom was. Als hij eenmaal was bijgekomen, zou ze hem niet kunnen verplaatsen in deze toestand. Met deze verwondingen zou hij niet eens rechtop kunnen gaan zitten. Hij zou flauwvallen van de pijn.

Ze voelde haar hersenen op de automatische piloot overschakelen...

Ze keek weer om zich heen. Een paar meter bij hen vandaan stond een bamboeplant met sterke, rechte stengels. Ze liep ernaartoe, hakte er eerst onhandig in en sneed vervolgens het rechtste stuk dat ze zag af. Dat sneed ze weer doormidden.

Er drupten regendruppels van haar neus terwijl ze weer bij Jed neerhurkte, zachtjes omdat ze nu juist níét wilde dat hij zou bijkomen. Zijn oogleden trilden een beetje, maar waren te zwaar om open te gaan, en ze wist dat zijn semibewusteloze toestand in elk geval de eerstvolgende momenten een zegen zou zijn. Voorzichtig tilde ze de gebroken arm op en begon die rustig te bevoelen. Ze nam twee breuken van het spaakbeen waar. De schouder was inderdaad uit de kom geschoten. Verwondingen die je opliep als je je verdedigde.

Ze bedacht dat ze haar kleine dokterskoffertje had meegenomen, schudde de rugzak af en trof het onder hun proviand aan. Er zat niet in wat ze eigenlijk nodig had – een flinke dosis morfine – maar ze had wel wat basisspullen die nuttig waren. Ze pakte de rolletjes gaasverband, plaatste de twee bamboestengels aan weerszijden van de pols en wikkelde het verband eromheen om de arm te spalken. En terwijl ze de gespalkte arm ondersteunde, bracht ze die langzaam in een hoek van negentig graden.

Jed kreunde, alweer iets alerter, en ze wist dat ze snel moest handelen. Hij was aan het bijkomen. Nu de onderarm stabiel was, rolde ze hem behoedzaam op zijn rug en plaatste ze haar handen aan weerskanten van zijn bovenarm, vlak boven de elleboog. Ze zette zachtjes een voet tegen zijn ribben en trok stevig in één gelijkmatige beweging.

Ze voelde het gewricht verschuiven terwijl Jeds ogen opengingen en hij een kreet van pijn slaakte, bleek, bezweet en angstig. 'Wat...' Hij staarde naar de lucht, de regen kletterde op zijn gezicht en zijn reflexen waren te traag.

'Niet bewegen.' Ze ging weer op haar knieën zitten zodat hij haar kon zien. 'Je hebt je arm gebroken.'

Hij kreunde bij wijze van antwoord, gedesoriënteerd door de hersenschudding die hij ongetwijfeld had opgelopen.

Ze trok snel haar shirt uit, zodat ze in haar beha zat, en knoopte het aan één kant dicht om er een driehoek van te maken die als mitella kon dienen. Ze tilde zijn hoofd een stukje omhoog en maakte een knoop achter zijn hals. Nu was de arm gespalkt en voor zijn borst gebonden.

Maar ze had nog iets anders nodig... en ze zag zijn riem. 'Sorry,' zei ze terwijl ze hem uit de lussen van zijn broek trok en stevig om zijn romp gespte, over zijn bovenarm heen. Zo zat de gewonde arm goed vast en zou de schouder beter op zijn plek blijven.

'Wat... T-t...' Hij kwam nu snel bij zijn positieven.

'Jed, kun je proberen te gaan zitten? Ik zal je daarbij moeten helpen.'

Hij keek verward, en omdat hij zijn ene arm niet kon gebruiken ging ze achter hem zitten om hem omhoog te duwen. Zijn rugzak was losgeraakt, de draagband was bij de naad afgescheurd. Ze zette de zak als steun tegen zijn rug. Hij hapte bij elke beweging naar adem en leek te moeten overgeven toen hij eenmaal rechtop zat. Dat kwam door het hoofdletsel, wist ze. 'Niet bewegen. Kalm aan. Probeer langzaam adem te halen,' zei ze kalm, terwijl ze keek hoe zijn hoofd voorover hing en zijn ogen traag open- en dichtgingen.

'Weet je nog wat er is gebeurd?' vroeg ze een paar ogenblikken later, toen duidelijk werd dat hij de zwaartekracht aankon en niet ging flauwvallen.

Hij kermde bevestigend.

'Wie heeft dit gedaan?' Hij had geen diepe schrammen, geen krabwonden. En de knuppel duidde erop dat hij was aangevallen door een mens en niet door een dier. Ze herinnerde zich de flits die ze door de bomen had zien gaan en keek weer rond. Net op dat moment hoorde ze twijgjes knappen. Ze zag het mes dat ze op de grond had gelegd toen ze hem verzorgde, en pakte het weer op, in hoogste staat van paraatheid. Ze staarde weer de ondergroei in en wist dat er talloze ogen en oogjes op haar gericht waren. Maar was de man die dit had gedaan nog steeds hier en sloeg hij hen gade? Of waren het mannen? Ze had geen idee of ze met meer waren, of waarom ze dit hadden gedaan, of wat ze wilden.

Een paar minuten lang durfde ze amper adem te halen en stak ze de punt van het mes naar alle planten en bomen waar ze wat hoorde. Jed bleef ineengezakt en amper bij bewustzijn zitten. Ze konden hier niet blijven. Een gebroken arm in de jungle was net zo gevaarlijk als een gebroken been in de Alpen.

Het regenwoud pulseerde en ritselde losjes om hen heen, maar met niets van de sidderende spanning van de aanvankelijke aanval. Langzaam verslapte haar greep om het mes. Haar zenuwen stonden nog op scherp, maar haar intuïtie vertelde haar dat degene die dit had gedaan nu weg was.

Jed begon verder bij te komen. Zijn hoofd knikte terwijl hij probeerde op te kijken.

'Jed, luister, je kunt hier niet in de natte modder blijven zitten. Dan raak je onderkoeld en ben je kwetsbaar. We moeten je naar een warme en droge plek zien te krijgen.' Maar dat was een belachelijke gedachte. In de Costa Ricaanse jungle was het nergens warm en droog, dat wist iedereen.

'Jed, de thuisbasis van de rangers. Waar is die?' Ze ondersteunde zijn hoofd met haar hand om ervoor te zorgen dat hij haar aankeek, dat hij zich focuste. 'Waar, Jed?'

Hij probeerde haar aan te kijken, maar zijn ogen bleven wegdraaien.

'Waar is de rangerbasis?' vroeg ze langzaam. Het kon toch niet ver meer zijn? Ze hadden al een paar uur gelopen en het was gelegen aan de voet van het bergachtige nationale park.

Hij staarde haar aan in de kletterende regen. 'De kaart.'

De kaart. De landkaart. Natuurlijk.

Ze pakte zijn rugzak en hield hem zolang tegen zich aan geleund terwijl ze de kaart opzocht, die met groene verfstof op het stuk doek was getekend.

'Hier.'

Ze zette de rugzak terug en opende de landkaart. Ze zag niet veel meer dan wat lijnen en symbolen, die hem misschien iets zeiden maar waar zij geen wijs uit kon worden.

Hij keek er een tijdje naar en wees toen moeizaam met zijn goede arm naar een plek onder een geschetste bergtop – halverwege de helling. 'Wij.'

Elk woord kostte inspanning, hij zag lijkbleek van de pijn.

Hij bewoog zijn arm langzaam en voorzichtig naar een punt er vlak boven. 'Rangers.'

'De rangerbasis?' vroeg ze. 'Boven ons? Hier?'

Ze keek omhoog, maar ze werden afgeschermd door de begroeiing die hem uit haar zicht had gehouden toen ze op het pad stond – en nu haar uitzicht weer blokkeerde. 'Jed, blijf zitten. Wacht. Ik ga kijken of ik kan zien waar we zijn.'

Hij protesteerde niet, maar sloot zijn ogen weer en liet zijn hoofd hangen. Ze klauterde terug naar het pad en keek omhoog naar de glooiing. Overal zag ze knobbelig groen. De uniformiteit van de gewassen was duizelingwekkend, alsof ze in het diepe blauw keek wanneer ze met Miles en haar vader snorkelde in Belize. Alle schaal ging verloren, er stak niets af binnen het allesomvattende zwart-met-groene decor.

Behalve…

Ze tuurde ingespannen naar een helder vlekje, een paar honderd meter verderop als ze het pad met haar ogen volgde. Het stelde niets voor, maar het onderbrak de eenvormigheid van de bomen. Het zou een omgevallen boom kunnen zijn. Of een gebouw. Het kon ook het dak van een gebouw zijn.

Ze bleef turen. Als dat de rangerbasis was… Maar dan was de afstand nog behoorlijk groot. Ze dacht niet dat Jed zo ver zou kunnen komen. Hij was lelijk verwond en ze wist niet welk letsel hij misschien nog meer had opgelopen.

Maar hem hier achterlaten om hulp te gaan halen was ook riskant. Er slopen hier grote katachtigen rond. Het was heel goed mogelijk dat een ocelot of poema of jaguar hem gewond en weerloos zou aantreffen. Dit was hun territorium. Zij en Jed waren slechts te gast.

Ze wreef met haar handen over haar gezicht. Ze geloofde bijna niet dat dit echt gebeurde. Gisteren zwom ze rond dit tijdstip nog bij de watervallen en genoot ze met haar vrienden van een picknick. Hoe kon alles in zo korte tijd zo ontzettend misgaan?

Ze probeerde helder na te denken. Alle emoties uit haar hoofd te bannen en te doen alsof ze in de operatiekamer stond.

Ze zou hem het mes geven, dan had hij iets om zich mee te verdedigen. Ze zou zelf een betere stok zoeken en naar de rangerbasis gaan om hulp te halen. De rangers kenden het terrein en zouden bij hem kunnen zijn in de helft van de tijd die het haar zou kosten om daar te komen. Hoe eerder ze zou gaan, hoe eerder ze hulp zouden krijgen.

Ze hoorde een geluid achter zich – weer het knappen van twijgjes – en draaide zich geschrokken om, haar ogen groot van angst. Ze was schrikachtig, paniekerig.

Daar stond Jed, wankelend en wit weggetrokken. Het was hem op de een of andere manier gelukt om op te staan. De landkaart zat verfrommeld in zijn goede hand, waarmee hij ook de rugzak vasthield. Hij leek elk moment over te gaan geven of weer flauw te vallen. Ze staarde hem vol ongeloof aan.

'Kom,' zei hij ten slotte, en hij zette een stap naar voren. En nog een.

'Hallo? Help!' riep ze buiten adem met hese stem terwijl Jed op haar leunde. Zijn arm lag over haar schouder en hij deed zijn best om overeind te blijven terwijl ze met kleine stapjes voortstrompelden over de oneffen grond, maar hij vocht tegen de bewusteloosheid en was al drie keer ineengezakt, samen met haar, want ze kon zijn gewicht niet dragen. Ze zou zich nog lang de kreten van pijn heugen die hij slaakte wanneer hij op zijn gebroken arm terechtkwam.

Ze hadden er bijna twee uur over gedaan om hier te komen – met de regen als een vijand die in hun gezichten striemde en hun voeten liet wegglijden – maar nu ze hun bemodderde voeten op het terrein van de rangerbasis zetten, voelde Tara een euforische golf van opluchting door zich heen gaan. Het was ze gelukt! Ze hadden hun toevluchtsoord bereikt! Hier konden ze hulp krijgen, hiervandaan konden ze terugkeren.

'Hallo! Is daar iemand?' riep ze weer terwijl ze de treden op wankelden en zij Jed moeizaam naar het lage, gebleekte houten gebouw meeloodste. Het had een aantal puntdaken die in de traditionele stijl met riet waren bedekt, en geweven luiken die dichtzaten tegen de regen.

De basis zag er gesloten en zorgwekkend onbewoond uit. Ze voelde de leegte, de stilte en rust die het gebouw uitstraalde. Ze voelde een steek van paniek. Het kon toch niet zo zijn dat ze hier voor niets met zoveel moeite naartoe waren gekomen. Jeds hoofd begon weer te hangen en hinkend probeerde ze de eerste deur die ze bereikten te openen. Die zat op slot.

Nee. Nee, nee. Ze moesten naar binnen. Als het nodig was, zou ze inbreken. Teruggaan was geen optie. Ze strompelde langzaam naar de andere kant. Met elke stap voelde Jeds gewicht zwaarder aan – hij had zichzelf volledig uitgeput om het tot hier te redden – en ze was blij met de stevige vlonder onder hun voeten na dat eindeloze glijden door de modder. Ze morrelde aan elk raam, keek of ze misschien met haar vingers een luik open kon wrikken, maar de luiken zaten stevig dicht. Ze kwamen bij een andere deur en ze reikte naar de deurknop.

Die draaide rond. Niet op slot. Zo simpel als wat.

'Ja!' riep ze, bijna huilend van dankbaarheid. Ze duwde de deur open en tuurde naar binnen. 'Hallo?' Ze hoorde haar stem in het kantoor verloren gaan, opgeslokt door de stilte. Ze konden naar binnen, maar ze waren nog steeds alleen.

Ze keek rond in het vertrek, op zoek naar iets wat hen kon helpen. Er stonden twee bureaus met stapels papierwerk, er stond een waterkoeler in een hoek en er waren wat dozen tegen een muur gestapeld. Ze zag een printer, posters van insecten, zoogdieren en vogels aan de muren, een telefoon...

Een telefoon!

'Jed, kom, hier kun je rusten,' zei ze terwijl ze hem voorzichtig door de deuropening leidde. Er was een stoel waarop hij kon zitten, eindelijk, terwijl zij om hulp zou bellen. Ze konden wat drinken, ze kon hem een beetje oplappen en wat droge kleren voor hen beiden zoeken. De natte kleding aanhouden was nu een van de grootste risico's. Er zouden toch op zijn minst wel handdoeken zijn. Er was toch wel een badkamer hier?

De buitendeur klapte dicht door een windvlaag en ze schrok zich kapot. 'Verdomme,' mompelde ze, nog steeds nerveus van de aanval, terwijl ze Jed half slepend naar de stoel achter het bureau loodste. Er droop nog steeds water uit haar haren, over de blote huid van haar schouders, rug en borst. Ze zat onder de moddervegen, ze zweette en haar huid was rood en geïrriteerd waar Jed op haar had geleund. Er zaten schrammen en talloze muggenbeten op haar bovenbenen.

'Oké, ga zitten,' zei ze hijgend terwijl ze de stoel met haar voet onder het bureau vandaan probeerde te schuiven. Op dat moment hoorde ze buiten een geluid. Ze keek op, nog steeds waakzaam. Het was een soort geruis, alsof de lucht ritselde, met krakerige stemmen in de verte. Een radio?

Ze hoorde zware voetstappen over de planken aankomen, die vervolgens stopten. Ze hield haar adem in, zich ervan bewust dat elke spier in haar lichaam gespannen was, zoals ze daar gebukt achter het bureau stond, nog steeds met Jeds gewicht op haar schouder. De voeten kwamen weer in beweging en begonnen te ijsberen, waarbij een stem telkens binnen en buiten gehoorsafstand zweefde. Het lage timbre vibreerde door de houten wanden.

Ze haalde weer adem en keek Jed van opzij vol vreugde aan. 'De ranger is er!' zei ze stralend. 'Hij is terug!'

Jed keek terug zonder haar echt te zien. Haar glimlach stierf weg. Hij was er slecht aan toe. 'Hoor je me, Jed? Er is hulp. Het komt goed. Het ergste is voorbij.'

Het geruis was nu vlakbij en kordate naderende voetstappen deden de vloer trillen. De deur zwaaide open en liet het kletterende staccato van de regen binnen. De ranger bleef in de deuropening staan bij de aanblik van hen beiden: een merkwaardig paar, aaneengeklonken, modderig, doorweekt, gehavend. De hand met de walkietalkie zakte omlaag en de mond van de man viel open om een geschokte 'o' te vormen.

Tara voelde de wereld in tweeën splijten.

'Alex?'

18

'Tara?'

De grond onder hun voeten schudde heen en weer, reusachtige oude bomen raakten ontworteld, wolken wervelden door de lucht en de vogels vlogen op naar de sterren.

Of misschien had alleen zij dat gevoel.

De stilte die zich opende tussen de twee kanten van het vertrek voelde als een gapend, eindeloos gat waar ze in zou kunnen vallen om er nooit meer uit te klimmen. Ze merkte niet eens dat Jed nog op haar leunde, dat ze half voorovergebogen stond en bijna onder zijn gewicht bezweek. Ze kon niet verwerken wat haar ogen haar vertelden: Alex, hier, in dit kantoor, in deze hut, in deze jungle.

Er waren tien jaren verstreken sinds ze hem voor het laatst had gezien, maar het voelde alsof de tijd een truc uithaalde: het kon net zo goed gisteren zijn geweest. Maar hoe was het mogelijk dat hij er beter uitzag dat die laatste avond in Londen? Zijn stedelijke bleekheid was vervangen door een zongebruinde huid, en zijn haar was langer en warriger met wat zonnige karamelkleurige highlights. Hij was destijds slank en gespierd, maar nu had hij bredere schouders en steviger dijen. Hij was nu een man in plaats van de jongen die ze had gekend.

Jed zakte plotseling voorover, zijn knieën knikkend van de inspanning om te blijven staan. Ze voelde ook haar eigen knieën bezwijken. Alex haastte zich naar voren en veranderde van een hologram in een driedimensionale waarheid terwijl hij Jed opving, die het uitschreeuwde van de pijn in zijn arm en schoudergewricht.

'Sorry, kerel. Sorry,' zei Alex verontschuldigend. Tara voelde dat Jeds gewicht in één keer van haar af werd getild terwijl hij naar de stoel werd geholpen.

'Wat is er gebeurd?' vroeg Alex haar, zijn lichte ogen gloeiend van ongerustheid.

'Hij is door iemand aangevallen.' Ze keek toe hoe hij haar goede vriend voorzichtig in een zithouding bracht, waarbij hij ervoor zorgde dat hij zijn gebroken arm spaarde.

Alex keek haar verontrust aan. 'En jij niet?'

Ze schudde haar hoofd. 'Jed liep een eindje voor me uit. Ik denk dat diegene mij niet heeft gezien.'

Alex staarde haar een moment met samengeknepen ogen aan, alsof hij moeite had dat te geloven. Hij keek weer naar de patiënt. 'Jed? Kun je me horen, kerel?' Alex hurkte voor hem neer en bekeek de ruwweg gespalkte arm wat beter. Voor het eerst realiseerde Tara zich dat ze daar in alleen haar beha en afgeknipte broek stond.

'Zijn arm is op twee plaatsen gebroken en zijn schouder was uit de kom geschoten. En hij heeft een klap op zijn hoofd gehad. We moeten hem zo snel mogelijk naar een ziekenhuis zien te krijgen. Er moet een CT-scan worden gemaakt.'

Alex dacht even na, stond op en bracht zijn walkietalkie naar zijn mond. Zijn duim drukte op een knop en het vertrek vulde zich weer met ruis, als een zwerm van een miljoen muggen. Het was geen prettige gedachte en Tara krabde zichzelf onwillekeurig, in het besef dat een minileger zich aan haar tegoed had gedaan in de drukkende vochtigheid, terwijl ze Jed zonder shirt had helpen voortstrompelen.

'Base aan Torto One, over.' Alex liep door het kantoor naar de deur en wachtte op een reactie. Die kwam snel.

'Torto One aan Base, over.'

'Medisch noodgeval,' zei hij in het Spaans. 'Mora en Jimenez zo snel mogelijk terug naar Base. Met brancard. Over.'

'Begrepen. Over en uit.'

Alex draaide zich naar hen om en wierp een blik op het meelijwekkende tafereel dat Jed en zij samen vormden, maar hij zei niets. Hij pakte de telefoon op het bureau en drukte op wat toetsen. Elke beweging was doortrokken van spanning. Hij keek bijna boos en zijn kaak stond strak.

'Hallo, ja,' zei hij, weer overschakelend op het Spaans alsof het zijn moedertaal was. Hij leek hier zo... thuis. 'Dit is Alex Carter. Ik ben op de rangerbasis in Tremain Talamanca Park. We hebben hier een medisch noodgeval. Een man van eind dertig, arm op twee plaatsen gebroken, schouder uit de kom, hoofdletsel. Arm is gespalkt. Verzoek om een ambulance op de Marzano-autoweg, knooppunt negen, over...' Zijn blik gleed automatisch naar de klok aan de wand terwijl hij rekende. 'Twee uur en twintig minuten.'

Tara voelde haar maag samentrekken. Het zou nog eens tweeënhalf uur duren voordat Jed in een ambulance kon worden geladen. En hoelang zou het dan nog rijden zijn naar het dichtstbijzijnde ziekenhuis? En wat voor voorzieningen hadden ze daar? Hadden ze wel een scanner? Elke minuut telde bij hoofdletsel.

Hij legde de telefoon neer en wendde zich tot haar. 'Er komt hulp.'

Tara voelde een vlaag van ergernis opborrelen. Er kwam hulp? Alsof híj het harde werk had gedaan? Alsof híj de reddende engel was?

Hij bleef een moment naar haar staan staren, alsof zij degene was die de klappen had gekregen, en verliet het vertrek.

Tara keek hem verward na. Waar ging hij naartoe?

Naast haar begon Jed te kreunen en zijn hoofd rolde achterover.

'Hé, het komt goed,' zei ze met een licht kneepje in zijn goede hand. 'Er komt hulp. We zijn nu veilig.'

'Paco...'

'Paco is...' Wat kon ze zeggen? 'Paco is in orde. Nog hetzelfde als voorheen. Laten we ons nu even op jou concentreren.'

'Nnnn...' protesteerde Jed, knipperend met zijn ogen. Zonder waarschuwing vooraf boog hij zich voorover en begon over te geven.

Tara pakte de prullenbak en zette die onder hem neer terwijl hij kokhalsde en braakte. Dit was een slecht teken. 'Stil maar, het komt goed,' suste ze, zachtjes over zijn rug wrijvend.

Alex kwam terug met een stapeltje keurig opgevouwen uniformen. Hij nam de laatste ontwikkeling zwijgend in ogenschouw.

'Is er een plek waar hij kan liggen?' vroeg ze.

'Ja, achterin staat een bed.'

'Dat zou beter zijn.'

Ze zette een stap achteruit en liet het aan Alex over om Jed overeind te helpen. Ze voelde zich nu zwak en haar spieren waren stijf en deden pijn van de twee uur dat ze een man van zo'n vijfennegentig kilo had moeten ondersteunen.

Ze liepen naar een klein kamertje achter in het gebouw. Er waren geen ramen en het was net groot genoeg voor een eenpersoonsbed en een stoel. Ze manoeuvreerden Jed in zithouding op het bed.

'We moeten hem deze natte kleren uittrekken,' zei Tara. 'Onderkoeling is een complicatie die we niet kunnen gebruiken.'

Maar met zijn arm in een mitella en vastgegespt was er maar één manier. Alex liep terug naar het kantoor en kwam even later terug met een schaar en een handdoek. Ze knipten zijn shirt los en Tara droogde hem voorzichtig af. Toen legden ze hem neer en trokken zijn bergschoenen, sokken en broek uit. Ze bedekte hem met de handdoek en knipte ook zijn kletsnatte onderbroek uit, waarna ze een deken over hem heen legde. 'We moeten hem warm zien te houden.'

'Maar jou ook.' Alex liet een waarschuwende blik over haar heen glijden om haar eraan te herinneren dat ook zij tot op het bot doorweekt was – en maar half gekleed. 'Er liggen daar droge kleren.'

Zwijgend liep ze terug naar het kantoor en bekeek het stapeltje rangeruniformen dat hij op het bureau had neergelegd. Het waren uniformen zoals hij er ook een droeg, en precies waar Jed en zij om hadden willen vragen – of die ze hadden willen lenen of desnoods stelen – als ze hier zouden zijn aangekomen: praktische ripstopbroeken in kakikleur met handige zakken en shirts met lange mouwen. Ze trok haar natte kleren uit. Ze droogde zich af met de handdoek en trok een van de uniformen aan. Ze moest de broeksband twee keer oprollen om te voorkomen dat de broek afzakte.

Ze pakte haar rugzak en liep terug naar het slaapkamertje, waar Jed net weer aan het overgeven was. Alex was er niet klaar voor geweest en het braaksel spreidde zich uit over de vloer.

'Een zwabber?' vroeg ze.

Hij keek op en aarzelde bij de aanblik van haar in het te grote rangeruniform. Ze veronderstelde dat ze er verwilderd uitzag. Als een Jane in de jungle. 'Er staan schoonmaakspullen in de kast naast de...'

Ze trok een wenkbrauw op en hij zweeg.

'Ik ga wel.' Hij haastte zich langs haar terwijl zij haar dokterskoffertje uit haar rugzak haalde. Ze pakte de stethoscoop en luisterde naar Jeds hart. Dat was aan het zwoegen. Ze plaatste de manchet om zijn goede arm en nam zijn bloeddruk op. Te hoog.

'Heb je een zaklamp?' riep ze naar Alex. Ze hoorde zijn voetstappen terugkeren door de gang, stoppen en weer weggaan.

'Hier,' zei hij een paar ogenblikken later.

Zonder iets te zeggen nam ze de zaklamp aan. Die was veel te groot, maar beter dan niets. Ze scheen met de lichtstraal in Jeds ogen. Zijn gezicht vertrok en de pupillen werden kleiner.

'Goed zo, dat is goed,' zei ze met een glimlach, en ze wreef bemoedigend over zijn ongedeerde arm. 'Hou vol, Jed.'

Alex begon de vloer te dweilen en ze stapte opzij. De geur van schoonmaakmiddel was een welkom alternatief voor de lucht van overgeefsel. Ze keek toe hoe hij de zwabber in de wringer boven de emmer duwde. Het was bizar dat dit gebeurde. Dat uitgerekend híj naar deze afgelegen standplaats was gekomen. Of eerder dat zij hier allebéí waren.

Hij keek op en zag haar staren.

'Er ligt ook nog wat in het kantoor, weet je nog,' zei ze.

'Juist.' Zijn ogen vernauwden zich.

'Hoelang nog voor er hulp is?'

Alex keek op zijn horloge. 'Vijf minuten? Of tien? We horen ze wel komen.'

Hóren? ‘En wat gaat er dan gebeuren?’

‘Als de twee anderen er zijn, brengen ze hem op een brancard naar de weg, waar een ambulance kan komen.’

‘En het ziekenhuis?’

‘Dat ligt daar ongeveer een half uur vandaan.’

‘Hebben ze daar de juiste apparatuur? Er moet echt een CT-scan worden gemaakt.’

‘Ze hebben er goede artsen.’

Dat was geen antwoord. ‘Goede artsen kunnen niet zien of er een bloeding in het hoofd zit,’ zei ze mat. ‘Moeten we een helikopter regelen om hem naar San José te brengen?’

Hij keek haar strak aan en ze besefte dat hij haar nooit zo had horen praten, refererend aan haar eenvoudige toegang tot middelen die de meeste mensen niet tot hun beschikking hadden. Toen zij samen waren – lang, heel lang geleden – had ze haar achtergrond zorgvuldig verborgen gehouden. Zoals ze beiden heel goed wisten.

‘Waarschijnlijk wel, ja.’

‘Dan neem ik aan dat jij dat kunt organiseren.’ Ze keek hem effen aan. ‘Of heb je liever dat ik het zelf doe?’ Ze liet hem voelen wie de baas was, dat wisten ze allebei.

‘Ik doe het wel,’ zei hij, en hij liep het kamertje uit.

Tara voelde het benauwd worden in het vertrek nu hij door de gang liep om het telefoontje te gaan plegen. Alle lucht leek met hem te verdwijnen. Ze keek weer naar haar patiënt. Jed lag languit en zijn oogleden trilden terwijl hij nietsziend naar het plafond staarde.

‘Niet in slaap vallen, Jed. Je moet wakker blijven. Voor Paco en voor Sarita en al jullie prachtige kinderen, blijf alsjeblieft wakker.’

Hij kreunde. ‘Pac…’ Zijn lippen vormden het geluid, maar het lukte hem niet het woord af te maken.

‘Paco is in orde,’ zei ze sussend. Dat was natuurlijk niet zo, maar het was ook geen flagrante leugen. De jongen verkeerde nog in dezelfde toestand als toen zij waren vertrokken, zoals hij ook nog steeds zou zijn als ze niet aan deze missie waren begonnen. Ze wist dat het al die tijd al kansloos was geweest, een wanhopige poging om in elk geval iets te doen.

Alex kwam tien minuten later terug. 'Oké. Het is geregeld. Er zal een heli komen om hem rechtstreeks naar San José te brengen.'

'Mooi zo.'

Zijn gezichtsuitdrukking veranderde toen hij naar Jed keek. 'Hoe gaat het met hem?'

'Zijn GCS is negen, dat baart me zorgen.'

'GCS?'

'Glasgow-comaschaal. Daarmee kun je het bewustzijnsniveau bij hoofdletsel meten.'

'O.' Hij stak zijn handen in zijn zakken en begon te ijsberen. De kamer rook naar schoonmaakmiddel en haar aanvankelijke opluchting om verlost te zijn van de stank van overgeefsel verdween snel. De lucht deed toxisch en chemisch aan. Ze voelde een toenemend verlangen om naar buiten te gaan en haar gezicht naar de regen te keren.

Buiten klonk een geluid en ze draaiden allebei hun hoofd om. Het was een gezoem in de verte, hoog en aanhoudend.

'Daar zijn ze,' zei Alex. 'Laten we hem overeind helpen.'

Hij liep naar het bed en duwde Jed behoedzaam weer in zithouding.

'Ik zal hem even bedekken,' zei ze, en ze wikkelde de handdoek zo goed en zo kwaad als het ging om Jeds heupen. Waardigheid deed ertoe, ook op een moment als dit.

Alex legde Jeds goede arm over zijn schouder en wist hem voorzichtig omhoog te trekken tot hij min of meer stond. Tara greep de deken en hield de deuren open terwijl de twee mannen door de smalle gang naar het kantoor hinkten. Ze opende de buitendeur en zag tot haar opluchting dat het eindelijk was opgehouden met regenen. De hemel werd nu verlicht door een wazige zonneschijn, er steeg damp op van grond, bomen en planten... Ook de dieren kwamen weer tevoorschijn, vogels kwinkeleerden en krijsten, insecten gonsden en vlogen druk in het rond.

Ze geloofde bijna dat de gebeurtenissen van de afgelopen uren een of andere vreemde zinsbegoocheling waren geweest: de schok om de aanblik van Jed, gehavend op de grond, het verlenen van eerste hulp in een jungledecor, het wankelen door de glibberige modder, Alex...

Ze keek op, onzeker over het geluid dat ze hoorde, en was stomverbaasd toen ze een ultralicht vliegtuigje zag komen aanvliegen. Ze zag het snel naderen, waarna het op een punt vlak bij de basis bleef hangen voordat het daalde tussen de bomen.

Alex keek opzij naar Jed. 'Ze zijn er bijna, kerel. Hou vol.'

Binnen de kortste keren verschenen er twee rangers, gekleed in net zulke uniformen als Alex en nu ook Tara droegen. Het waren goedgebouwde indígenas– ze wist dat haar vader er de voorkeur aan gaf de rangerbanen eerst aan mensen uit de inheemse bevolking aan te bieden, want zij kenden het terrein hier het beste – en ze kwamen door de bomen de vlonder op gerend.

'Wat hebben we hier?' vroegen ze in het Spaans.

'Jed Alvarado.'

De ogen van de mannen werden groot bij het horen van zijn naam.

'Hij is aangevallen...'

Tara zag dat de drie mannen een veelbetekenende blik wisselden.

'We moeten hem van de berg af zien te krijgen. Er komt een ambulance naar de Marzano-kruising om hem naar de helikopter te brengen die hem naar San José zal vervoeren.'

Beide mannen knikten en wierpen weer een blik op de gebogen gestalte die zwaar op Alex leunde.

'We hebben de brancard,' zei een van hen. Hij ontvouwde een stevig plastic exemplaar met draagbanden. De mannen bonden de draagbanden om terwijl Alex en Tara Jed op de brancard hielpen, maar hij leek steeds verwarder en gekwelder te worden nu hij voelde dat er iets veranderde.

'Nnnnee,' kermde hij.

'Jawel, Jed,' zei Tara, die hem voorzichtig ondersteunde en tegen zijn goede schouder duwde om hem zover te krijgen dat hij ging liggen. 'Je moet goed worden onderzocht.'

'Nnnee...'

Ze drapeerde de deken over Jeds lichaam en gespte de riemen om hem heen zodat hij stevig vastlag. 'Alex, wil jij voor me tolken? Dan kunnen deze mannen de info overbrengen aan de ambulancemedewerkers.'

Haar Spaans was niet goed genoeg om het medische verhaal te vertellen. 'Zijn spaakbeen is op twee plaatsen gebroken,' zei ze langzaam, wachtend terwijl Alex het vertaalde, ondertussen wijzend naar Jeds onderarm om de rangers te laten zien wat ze bedoelde. 'Zijn schouder is uit de kom geweest en zal dus nog onstabiel en zeer pijnlijk zijn... Wees daar dus voorzichtig mee... En vertel de ambulancemedewerkers dat hij negen scoort op de Glasgow-comaschaal. Zij weten wel wat dat betekent,' voegde ze eraan toe toen de rangers haar niet-begrijpend aankeken, ook nog na het tolken door Alex.

'Hebben jullie dat begrepen?' vroeg Alex indringend, want hij zag ook hun blanco gezichtsuitdrukking. 'Tara is IC-specialist in het St Thomas' Hospital in Londen. Ze weet waar ze het over heeft.'

Beide mannen knikten en ze voelde haar maag samenkrimpen door het feit dat zij kennelijk alleen geloofwaardig was omdat Alex het zei. 'Oké.'

'Goed dan, zo snel mogelijk dus,' spoorde Alex hen aan.

'Maar wel voorzichtig,' zei Tara toen de mannen bukten en de brancard met hulp van Alex aan hun draagband bevestigden. Ze telden tot drie en stonden op.

Tara keek naar Jed. Hij bracht zijn hoofd schuin omhoog nu hij voelde dat hij werd opgetild en gedragen.

'Sar...'

'Ik licht Sarita in, maak je geen zorgen,' zei ze toen Jed haar met een wilde blik aankeek. Ze pakte de hand van zijn goede arm vast om hem te kalmeren. 'En ik zal haar naar San José laten brengen om je te bezoeken, dat komt goed.'

'Nnnee… Paco…'

Tara slikte en keek hem bezorgd aan. 'Dit heeft nu even voorrang.'

'Pahhh… co.' Hij keek haar doordringend aan en ze zag hoeveel inspanning het hem kostte om zijn ogen te focussen en haar in zijn gezichtsveld te houden. 'Paco.'

'Wie is Paco?' vroeg Alex.

Ze keek even op. 'Zijn zoontje. Hij is erg ziek. We kwamen hier langs omdat we namens de awa een medicijn voor hem gingen halen.'

Alex' ogen knepen samen. 'Wat voor medicijn? En waar precies vandaan?'

'We waren op weg naar Alto Urén,' mompelde ze afwezig. Wat maakte het uit? Ze keek Jed weer aan. 'Zodra we weten dat het goed met je gaat, gaan we weer,' jokte ze.

'Nnnnee!' Het woord knalde eruit en zijn lichaam verstijfde, bood weerstand. Hij lag vastgegespt, maar hij was een grote vent en de rangers konden maar met moeite het evenwicht bewaren toen hij zich begon te verzetten.

'Jed…' Ze probeerde hem te kalmeren. 'Ik beloof je dat we Paco zullen geven wat hij nodig heeft, maar we moeten nu eerst voor jou zorgen. We hebben jou nodig om ons erheen te brengen, weet je nog? Jij en de awa zijn de enigen die weten wat we precies zoeken en waar we het kunnen vinden.'

Maar Jed wilde niet luisteren. Hij probeerde rechtop te gaan zitten, met zijn goede hand de riemen los te maken, hoewel zijn coördinatie zo slecht was dat zijn bewegingen zinloos waren.

'Ik weet waar Alto Urén is,' zei Alex plotseling, met een kalmerende hand op zijn borst. 'Ik ga er wel naartoe.'

Jed stopte met tegenstribbelen. Hij liet zijn hoofd achteroverzakken op de brancard en keek Alex aan. Tara vroeg zich af hoe goed ze elkaar kenden. Alex had hem een paar keer op vertrouwelijke toon 'kerel' genoemd, en Jeds vader werkte veel met Alex samen. De gedachte dat ze bevriend konden zijn voelde als een verlies, alwéér iets wat Alex haar had afgenomen.

'Vertel me waar jullie naar op zoek zijn.'

Jed mompelde een woord in het Bribri dat Tara niet verstond, maar Alex knikte langzaam. 'Die plant ken ik. Die heb ik daar zien staan. En je weet zeker dat jullie daarvan de bladeren nodig hebben?'

'Pahhco,' herhaalde Jed bijna als een zucht.

'Laat het dan maar aan mij over. Ik haal die bladeren wel. Maak je niet ongerust. Wij zorgen voor je zoontje.'

Jeds lichaam ontspande alsof hij verdoofd werd en na een knikje van Alex vertrokken de twee rangers meteen. Tara en Alex keken toe hoe hij over de vlonder en de treden af werd gedragen in de richting van het junglepad. Binnen enkele ogenblikken waren ze verdwenen en waren Alex en zij achtergebleven.

Ze wist dat hij hetzelfde ongemak voelde als zij over het feit dat ze nu alleen waren in de Costa Ricaanse jungle, met één vraag die door hun hoofd speelde.

Wat nu?

Ze ging weer naar binnen. In de haast had ze haar natte kleren op een hoopje op de vloer achtergelaten. Ze raapte ze op, vouwde ze tot zo klein mogelijke pakketjes en stopte ze terug in haar rugzak. Ze liep naar het achterkamertje en deed hetzelfde met Jeds kleren, hoewel ze zijn kapotgeknipte shirt in de prullenbak gooide.

Alex keek hoe ze druk in de weer was. 'Komt het goed met hem?'

'Zolang er verder geen tegenslagen zijn, verwacht ik van wel, ja.' Haar stem klonk kordaat en haar ogen gingen alle kanten op behalve naar hem.

Hij zag dat ze haar rugzak dichtmaakte en fronste toen ze hem op haar rug wilde hijsen. 'Wat doe je?'

Zij fronste op haar beurt ook. 'Ik ga terug. Wat anders?'

Hij lachte kort. 'Wat?'

Ze keek op en zag dat Alex haar geschokt aankeek. 'Ik ga terug. Om zijn vrouw te vertellen wat er is gebeurd. Wat is daar grappig aan?'

'Je kunt niet zomaar in je eentje door de jungle gaan wandelen!'

Er viel een stilte. 'Ik kan doen wat ik wil,' zei ze effen. Hij dacht toch zeker niet dat hij haar kon vertellen wat ze wel of niet kon doen, dat hij tegen haar kon praten alsof hij haar kende?

'Tara, dit is Hyde Park niet!'

'Daar ben ik me heel goed van bewust,' zei ze koeltjes. Zijn neerbuigende toon stond haar niet aan.

'Je hebt geen idee waar hun dorpje ligt ten opzichte van hier.'

Dat was waar. 'O nee? En hoe weet jij dat?'

Hij keek haar aan zonder te kunnen peilen of ze blufte. Hij wist dat ze hier al sinds haar kindertijd kwam.

Ze trok de bandjes van de rugzak strakker aan. 'Bedankt. Ik zal mijn vader laten weten dat je ons heel goed hebt geholpen.'

Ze zag dat de belediging aankwam. Ze stelde vast wat zijn plaats in de pikorde was: hij was een werknemer – weliswaar een belangrijke – en niets meer of minder.

Ze wilde hem voorbijlopen, maar hij versperde haar de weg. 'Twig...' Daar was dat geschokte lachje weer.

'Noem me niet zo,' zei ze scherp. Ze voelde haar zelfbeheersing wankelen nu hij zo dicht bij haar stond. Ze voelde dat het haar te veel werd, dat haar hart op hol sloeg. Haar hartslag was nu hoog in de honderdveertig, schatte ze, misschien nog wel hoger. Dit ontwikkelde zich snel tot iets wat ze niet meer kon verdragen. Nu de aanvankelijke dringende zorg voor Jed was weggevallen, voelde ze zich overweldigd door de schok dat ze plotseling oog in oog was komen te staan met de man die haar leven bijna had verwoest. Ze had zichzelf beloofd dat ze hem nooit meer in de ogen zou hoeven kijken. Dat was de voorwaarde – haar boodschap aan het universum – geweest waaronder ze na die eerste diep ellendige weken weer haar bed uit was gekomen... Maar nu stond hij hier vlak voor haar. Hij werkte voor haar vader, natuurlijk, dus ze wist dat hij aan het eind van deze week bij de overdracht aanwezig zou zijn – ze had maandenlang geweigerd daarover na te denken – maar om hem midden in de jungle tegen te komen, in een gebied dat zo'n vijftigduizend vierkante kilometer besloeg... Ze was ervan uitgegaan dat ze hem met gemak kon ontlopen.

'Luister nou even. Ik zal Jimenez inseinen dat hij naar Jeds dorp moet gaan om zijn vrouw in te lichten nadat ze Jed hebben overgedragen aan de ambulance. De plek waar dat gebeurt ligt daar niet al te ver vandaan.'

Ze haalde haar schouders op. Dat was een veel betere oplossing, dat zag ze wel in, al wilde ze het niet toegeven. 'Oké, prima. Tot ziens dan maar.' Ze maakte aanstalten hem voorbij te lopen, maar hij sprong opzij om haar de weg weer te versperren.

'Tara, kunnen we... even praten? Alsjeblieft?'

'Waarom?'

Hij lachte verwonderd en streek met een hand door zijn haar. 'Nou, in de eerste plaats omdat ik je in geen tien jaar heb gezien. Hoe gaat het met je?'

Ze knipperde met haar ogen. Deze gemakkelijke omschakeling naar beleefdheden vertelde haar alles wat ze niet had willen weten: dat hij het fijn vond om haar te zien, dat het hem niet van zijn stuk bracht. Hij stond voor haar als een tevreden man, op zijn gemak, en zijn vijf simpele woorden kwetsten haar opnieuw, bevestigden haar overtuiging dat zij nooit voor hem had betekend wat hij voor háár had betekend. Ze was slechts zijn manier geweest om zijn ambitie op zijn drieëntwintigste te verwerkelijken. Natuurlijk had hij nooit meer achteromgekeken toen hij hiernaartoe was gekomen! Hij had opdracht gekregen om een compleet nationaal park te creëren. Alsof hij er tijd voor zou hebben gehad!

De constatering was nu niet minder pijnlijk dan destijds, hoewel ook zij een succes van haar leven had gemaakt, uitblonk in haar werk, de privileges omarmde die ze ooit het liefst geheimhield, haar plaats had ingenomen in de beau monde. Ze was een graag geziene gast op feesten en diners, op congressen en skiweekends. Ze had minnaars gehad die voor prettige afleiding hadden gezorgd, en nu had ze natuurlijk Rory, die haar een veilig en zeker gevoel gaf. En toch, nu ze voor deze man stond, leek dat allemaal een luchtspiegeling, een flonkerend beeld van een leven zonder inhoud. Vijf simpele woorden en ze voelde zich naakt.

'Dag, Alex.' Ze liep hem voorbij en duwde daarbij zo hard tegen de deur dat die tegen de wand terugklapte. Ze was halverwege de treden op weg terug naar het pad toen ze hem haar achterna hoorde roepen.

'En het jongetje dan?'

Ze stopte niet. 'Er valt nu niets meer aan te doen,' riep ze terug, zonder dat het haar kon schelen of hij het hoorde. Ze moest hier gewoon weg. Ze zou geen minuut langer blijven.

Haar hart klopte steeds sneller terwijl ze het vage pad bereikte dat haar – hopelijk, uiteindelijk – van deze berg af zou leiden, terug naar vlakker terrein en vervolgens de weg. Ze zag dat het pad leek te verdwijnen tussen de beplanting, maar hadden ze niet grotendeels in een rechte lijn gelopen? Ze kon zich geen scherpe bochten naar links of rechts herinneren. Ze was er tamelijk zeker van dat ze de weg terug kon vinden. Of misschien kon ze achter de rangers aan gaan? Die waren maar vijf of zes minuten geleden vertrokken, toch? Ze waren bijna joggend begonnen, maar als ze rende, haalde ze ze wel in. Zij droegen een volwassen man mee, en zíj had een verleden dat haar op de hielen zat. Ja, ze zou ze gemakkelijk inhalen. Het was de beste optie.

'Tara.' Een hijgende Alex staarde haar aan alsof ze gek geworden was. Zijn hand lag op haar arm. 'Wacht nou even.'

'Laat me los. Ik moet ze inhalen.'

'Wie...' Hij keek beduusd. En toen verbaasd. 'Mora en Jimenez?' Hij lachte. 'Onmogelijk! Echt, dat gaat niet.'

'Dat is jouw mening.'

'Nee, dat is mijn ervaring,' wierp hij tegen met een blik die haar vertelde dat hij het meende. Hij hield nog steeds haar arm vast, alsof hij er rekening mee hield dat ze er weer vandoor zou gaan. Ze voelde zijn handpalm op haar huid, de druk van zijn vingertoppen. 'Bovendien moeten we de volgende stappen bespreken.'

'Wat voor volgende stappen? Jed krijgt medische hulp en ik ga deze berg af voordat het donker wordt.'

'En het jongetje? Jed was ongerust. We hebben hem een belofte gedaan.'

'Jed had ernstig hoofdletsel en die beloftes hadden daarom niets te betekenen. Hij is ze ongetwijfeld al vergeten. En we kunnen simpelweg niets meer doen.'

'Maar ik weet waar Alto Urén is. Ik ken de Huetares-stam en de plant waar jullie naar op zoek waren.'

'O! Nou, uitstekend! Haal maar op, zou ik zeggen! Hang de held uit!' Haar sarcasme bereikte een hoogtepunt.

Plotseling flitsten ook zijn ogen van woede. 'En ondertussen? Moet ik jou in je eentje door de jungle laten wandelen?'

'Ik ben een grote meid,' snauwde ze. 'Ik kan heel goed voor mezelf zorgen.'

'O ja? Dus als je een poema tegenkomt, wat doe je dan?' Hij keek nadrukkelijk of ze iets van een wapen meedroeg, iets wat ze kon gebruiken om zich mee te verdedigen. Hij leek te zijn vergeten dat zijn hand nog steeds op haar arm lag en dat ze worstelden als een tweekoppige slang. 'Nee hè? Niets?'

'De kans dat ik een poema tegenkom is klein tot nihil.'

'Net zo klein als dat je mij tegen zou komen?' Hij keek haar aan met een donkere schittering in zijn ogen. 'En de man of mannen die Jed hebben aangevallen? Wat als die weer toeslaan?'

'Hoezo? Ze hebben misschien een probleem met Jed, maar niet met mij.'

Hij opende zijn mond om iets te zeggen, maar deed hem weer dicht. Hij haalde een paar keer adem en ze zag dat hij probeerde zijn kalmte te bewaren. Hij liet haar arm los en zette een stap achteruit. Nabijheid was altijd een probleem voor hen geweest, herinnerde ze zich. Ze konden niet helder nadenken als ze te dicht bij elkaar waren. 'Luister, dit is een of-ofsituatie, Tara. Ik kan je óf van deze berg af brengen óf je naar Alto Urén begeleiden.' Hij zetten zijn handen op zijn heupen en keek haar met knipperende ogen aan. 'Ik verlies mijn werk als je vader erachter komt dat ik jou in je eentje, onbeschermd, door de jungle heb laten sjouwen.'

Het was zijn antwoord op haar eigen kleinering. Voor haar was hij slechts een werknemer van haar vader. Voor hem was zij slechts de dochter van zijn baas.

Ze staarde hem vol haat aan. Ze vroeg zich af hoe ze ooit van hem gehouden kon hebben, hoe het kón dat ze ooit bereid was geweest haar carrière op te geven, al haar ambities en dromen, om het leven met hem te delen. Hij was egocentrisch, zelfzuchtig, machtsbelust en ijdel.

Hij las de afkeer af van haar gezicht en zette nog een stap achteruit. Hij ademde uit en leek verbijsterd te zijn dat dit echt gebeurde. Dat ze na tien jaar meteen in een ruzie belandden. 'Vertel me eens wat meer over het jongetje. Wat mankeert hem?'

Tara keek de andere kant op. Ze wilde nu niet aan dat jochie denken. Ze wilde niet aan zijn lijden worden herinnerd. Ze wilde hier weg, bij Alex vandaan. 'Ik denk dat hij hepatitis heeft, maar het zou ook leukemie kunnen zijn en ik kan het niet zeker weten zonder nader onderzoek.' Ze keek hem nog steeds niet aan, ze was niet geïnteresseerd in de droefheid in zijn ogen, zijn meelevende houding.

Het was even stil. 'Hoe oud is hij?'

'Zes.'

'En jij denkt dat zijn hepatitis of leukemie behandeld kan worden met een kruidenmedicijn?'

Ze keek hem fel aan. 'Nee, natuurlijk niet! Maar het was de enige manier om zijn ouders over te halen naar mij te luisteren. Ze moeten eerst alle remedies waar zij zelf op vertrouwen hebben geprobeerd. Pas als die mislukken, mag ik ingrijpen.'

Hij stak zijn handen verontschuldigend omhoog. 'Ik vraag het alleen maar omdat er indrukwekkende resultaten schijnen te zijn behaald met bepaalde plantaardige geneesmiddelen. Maar het lijkt me niet helemaal in jouw wereldje te passen.'

'Jij kent mijn wereldje niet,' zei ze bits. Hoewel hij kennelijk wel wat dingen over haar wist. Ze herinnerde zich hoe hij met haar functie, titel en werkplek had geschermd tegenover de rangers. Op dat moment had ze er niet bij stilgestaan omdat ze vooral verontwaardigd was dat er niet naar haar professionele mening werd geluisterd, vermoedelijk omdat ze een vrouw was. 'Ik laat me leiden door de wetenschap. Ik doe wat ik kan voor mijn patiënten. Jij bent niet de enige die alles, maar dan ook álles, zou doen voor zijn werk.'

Elk woord weerspiegelde haar woede als zonlicht op staal, verblindde hem en dwong hem verder naar achteren. In de stilte die volgde probeerde ze zich te herpakken. Ze wilde dat ze dat niet had gezegd, dat ze hun verleden er niet bij had gehaald, dat ze hem niet had laten merken hoeveel pijn hij haar had gedaan. Dat suggereerde dat het nog steeds een open wond was, terwijl er alleen nog littekenweefsel zat. Ze was gewoon uitgeput door wat er vanmiddag was gebeurd, van streek over wat Jed was overkomen. En daar kwam dit dan nog bij.

'Maar wat wil je nu doen?' vroeg hij ten slotte.

'Ik wil deze kloteberg af,' snauwde ze. Ze kon het niet helpen. Hoe sneller ze uit zijn buurt zou zijn, hoe beter. Ze kon dit niet verdragen. Het was of de kosmos een zieke grap met haar uithaalde.

Hij knikte alsof hij haar begreep, maar dat was niet zo. Dat had hij nooit gedaan. 'Dan ga ik met je mee naar beneden. Wacht even. Twee minuten. Ik moet de deur op slot doen.'

Ze keek hoe hij de treden weer op liep. Hij had nog steeds datzelfde lome loopje, die ontspannen manier van doen. Ze was razend, verontwaardigd. En ze voelde zich schuldig. Hij was weliswaar de laatste persoon die ze ooit nog had willen zien in dit leven, op deze planeet, maar dat gevoel kon ze toch geen voorrang geven boven een ziek kind dat haar hulp nodig had?

Zijn hand lag al om de deurknop. Hij was klaar om haar deze berg af te gidsen zodat ze op tijd voor het eten terug zou zijn. Maar zou ze haar persoonlijke gevoelens echt toestaan haar professionele handelswijze te beïnvloeden? Ze wist heel goed dat niets doen in dit geval kwaad zou doen.

Ze zuchtte en sloot haar ogen, die brandden van wrok. Nee. Nee. Nee.

'Alex, wacht.'

19

Tara keek omlaag vanuit het ultralichte vliegtuigje. Haar maag voelde wee aan bij de aanblik van de jungle onder haar voeten. De enorme boomkronen die op de grond de zon blokkeerden, zagen er nu uit als broccoliroosjes. Het was alsof ze in een luchtbel reisde, maar Alex, die vlak voor haar zat, bestuurde het toestel kundig en relaxed. Ergerlijk genoeg gaf dat haar een veilig gevoel. Ze vroeg zich af hoe vaak hij al in zo'n machine gevlogen had. Het was de meest efficiënte manier om het nationaal park te bereizen, had hij haar verteld toen ze erin klommen, op plekken waar je door de dichte bebossing niet met een helikopter kon landen. Het scheelde hun een halve dag, want ze konden op een plek landen die maar zo'n vijfenveertig kilometer van hun bestemming lag. Dat was een zegen, als ze tenminste heelhuids zouden overkomen. Op een bepaald punt, nadat ze de rivier waren overgestoken, had hij haar verteld, werd de jungle een nevelwoud, waar zelfs nog geen drone kon landen. De rest van de route moesten ze te voet afleggen. Maar een halve dag minder was een halve dag minder. Hoe korter het zou duren, hoe beter.

Ze keek naar beneden terwijl de minuten voorbijtikten en begon te ontspannen. Het was hierboven prachtig. De wind op haar gezicht nam de klamheid tijdelijk weg, de mist van watervallen wolkte op boven de bomen, er vlogen felgekleurde vogels door de lucht. Ze zag hun eigen imposante schaduw zacht over de altijd pulserende, krijsende jungle glijden. Haar ogen volgden de stijgende en dalende glooiingen van het land. Ergens in haar achterhoofd zei een stemmetje dat dit allemaal van haar was – of formeel gezien van haar familie. Zij bezaten dit allemaal, zover als het oog reikte. Het was een duizelingwekkende gedachte. Fantastisch, overweldigend, utopisch.

Ze vroeg zich vaag af of Alex hetzelfde dacht wanneer hij dit allemaal overzag. Hij zou toch wel trots zijn op de resultaten? Het was tenslotte zijn verbluffend simpele, revolutionaire idee geweest: een miljardair overtuigen om zijn vermogen te investeren in het tegengaan van een wereldwijd probleem. Een van de meest broze ecosystemen van de planeet beschermen door zo ongeveer een half land te kopen. Waarom niet?

Ze bewonderde het concept. Filantropie was big business en er waren altijd veel te veel ego's en bijbedoelingen in het spel, te veel tussenpersonen om de koek over te verdelen. Haar vader had in de loop der jaren vaak uitgelegd waarom hij in Alex' pitch was meegegaan, en zij had dan altijd geknikt en geglimlacht en beaamd dat het een geweldig idee was. Hij leefde in de veronderstelling dat ze de kennismaking had georganiseerd omdat ze in het concept geloofde, en dat ze Alex sinds die avond niet meer had gezien omdat hun vriendschap was verwaterd nadat ze haar rol had uitgespeeld. Dat had ze ook als reden gegeven toen ze niet de moeite had genomen om dat weekend bij Alex' pitch aanwezig te zijn.

Maar ze wist dat hij – net als haar moeder – zijn vermoedens had, en dat hij zich afvroeg of er een verband was tussen dit erfgoedproject en de abrupte manier waarop hun dochter zich had teruggetrokken. Haar vader vond het heel erg dat ze sindsdien niet meer in Costa Rica was geweest, omdat ze haar studie en werk altijd zwaarder liet wegen. Hij had geen idee dat ze hier alleen naartoe was gekomen voor de overdracht, tien jaar later, als blijk van steun aan hem, omdat ze het mooi vond wat hij hier had gedaan en omdat ze van hem hield. De liefde voor haar vader was nog net groter dan haar weerzin om Alex bij de ceremonie tegen te komen. Ze had ervoor gezorgd dat ze Holly en Dev en Rory aan haar zijde zou hebben – om nog maar te zwijgen van Miles, die Alex op zijn gezicht zou slaan als hij maar in haar richting zou durven kijken. Ze probeerde zich maar niet voor te stellen hoe haar broer zou reageren op de aanblik van zijn zus op een halve meter afstand van Alex in een soort plastic bubbel in de lucht.

Hij wees globaal in de richting van Alto Urén en waar ze zouden lopen. Het zag er niet veel anders uit dan de rest van het park – een lange weg te gaan, steil, veel bomen – en ze vroeg zich af hoe ze in vredesnaam die ene speciale plant zouden moeten vinden. Ook vroeg ze zich af waarom ze, als Alto Urén dáár lag, nu in de tegenovergestelde richting vlogen.

Ze vlogen verder en verder weg, tot ze een plek bereikten waar genoeg open ruimte was om te landen. Het was een hortende landing en ze moest een kreet van angst onderdrukken terwijl ze op de kleine wielen – het leken wel zijwieltjes van een fiets – over de grond hobbelden en pas stopten in de schaduw van een grote kei.

Alex gespte zich los, sprong uit het toestel en stak haar zijn hand toe, maar die negeerde ze en ze stapte op eigen kracht uit. Ze was een volwassen vrouw. Ze kon zichzelf prima redden.

Ze keek naar hun uitrusting, verdeeld over twee grote rugzakken. Het was een upgrade ten opzichte van het eerste deel van haar tocht. Holly's enthousiast ingepakte akela-achtige padvinderslunch was vervangen door voedzamere kost. Toen ze had ingestemd met de voortzetting van de expeditie, was Alex op de basis in de kast met verloren voorwerpen gedoken en had hij een riem voor haar gevonden (godzijdank!) en een paar bergschoenen in haar maat. Daarna was hij de opslag in verdwenen, onder de vlonder, en was hij veertig minuten later weer verschenen met twee enorme rugzakken, bijna zo groot als zijzelf. Ze hadden nu slaaphangmatten en tarpen bij zich, reishanddoeken, een gasbrandertje, vuurstarterkits, zaklantaarns en hoofdlampen, waterzuiveringstabletten en een selectie messen, waaronder een paar voor haar, 'voor het geval we elkaar kwijtraken'. Hij had erbij gekeken alsof hij half verwachtte dat ze weer zou wegvluchten. Nu hoefden ze alles alleen nog maar vijfenveertig kilometer heen en vijfenveertig kilometer terug te dragen. Het begon toch een beetje angstaanjagend te voelen.

Alex deed zijn rugzak om alsof hij een coole oom was die een kind een ritje op zijn rug liet maken. Tara worstelde met de hare en tuimelde bijna achterover toen ze te snel rechtop ging staan zonder haar voeten eerst goed naast elkaar te zetten. Alex lachte, maar bood niet aan haar te helpen.

'Eh... en hoe zit het daarmee?' vroeg ze, wijzend naar het minivliegtuigje terwijl hij aanstalten maakte om op pad te gaan.

Alex keek ernaar. 'Hoe bedoel je?'

'We kunnen het hier toch niet zo achterlaten?'

'Wat moeten we er anders mee? Ik heb de sleutels. Het zit op slot, dus de apen kunnen er niet in om het te gebruiken.'

Hij deed sarcastisch. Ze zuchtte ongeduldig. 'Ik bedoel, hoe vind je het ooit weer terug?'

Hij knipperde met zijn ogen. 'Zoals het daar nu staat. Dit park is mijn werkterrein, Tara. Ik ken het behoorlijk goed.'

Ze keek hem boos aan, balend van zijn arrogantie. Hij was altijd zo zelfverzekerd, hij twijfelde nooit aan zichzelf.

Ze vertrokken, met Tara twee stappen achter Alex, haar blik op zijn hakken, maar anders dan bij Jed praatten ze nauwelijks met elkaar. Ze wilde duidelijk uitstralen dat ze niet bevriend waren. Bovendien was Alex veel fitter dan Jed en liep hij in een tempo dat bergafwaarts al vermoeiend zou zijn, zonder bepakking, laat staan bergopwaarts met een klein huishouden op haar rug. Praten was dus sowieso geen optie. Maar haar trots weerhield haar ervan om hem te vragen wat langzamer te gaan. Ondanks de luchtvochtigheid lukte het haar hem bij te houden, hoewel het zweet haar over de wangen, over haar rug en langs haar benen liep. Ook haar haar, dat nu in een paardenstaart zat, was nat van het transpireren.

Ze kon moeilijk inschatten hoeveel afstand ze aflegden. Het was zwaar, want met elke stap moest ze zich weren tegen bomen en planten die zouden kunnen steken of krassen, een dikke tak zouden kunnen laten vallen of iets met scherpe tanden zouden kunnen verbergen. De ochtendregen had de toch al doordrenkte grond nog natter gemaakt, zodat hun voeten vaak weggleden, zelf in hun bergschoenen. Alex stopte om de zoveel tijd om te drinken uit de grote, wasachtige bladeren waarin regenwater was opgevangen.

Zonder iets te zeggen deed ze hem na. Het was van het grootste belang, dat wist ze, om genoeg vocht tot zich te nemen, vooral omdat ze door de laatste middagwarmte als custardpuddingen werden gestoomd. Het begon al te schemeren en ze zouden snel moeten stoppen voor de nacht, voordat het donker werd. De zon ging hier snel onder, zonder de lang nagloeiende hemel van thuis. De hemel werd hier snel zwart en de dag was altijd binnen een paar minuten ten einde.

Voor het eerst dacht ze na over het feit dat ze hier ergens zou moeten slapen. Alles was zo spontaan gegaan, vanaf het moment in de hangmat vanochtend, met Holly – was dat echt de afgelopen ochtend geweest? – dat ze alleen had stilgestaan bij de stappen die ze zouden nemen wanneer de behandeling van de awa zou mislukken. Ze had vooruitgedacht over de contacten die ze in Midden-Amerika had, en of het beter zou zijn om de jongen naar Miami te laten vliegen. Niet één keer had ze overwogen wat ze éérst moest doorstaan: slapen in een hangmat in de open ruimte, zonder muren, zonder dak, met niets om de apen tegen te houden die uit de bomen klommen, met hun staart nieuwsgierig gekruld. Met niets om voortglijdende slangen te stoppen, of spinnen die over de touwen zouden kruipen...

'Dit is een goede plek,' zei Alex ten slotte. Ze keek op en zag dat hij rondkeek in een stukje jungle dat er precies hetzelfde uitzag als het decor waar ze de hele tijd al doorheen liepen. Ze hadden ongeveer anderhalf uur gelopen, schatte ze in, en het licht stierf al weg.

'De rivier is daar en stroomt snel. Hoor je wel?' Het was niet echt een vraag. Hij dacht alleen maar hardop en hield zijn blik op de grond tussen de bomen gericht. 'Geen stilstaand water in de buurt, zo te zien, dus we worden niet opgevreten door de muggen.' Hij draaide langzaam rond. 'En die bomen hebben de juiste onderlinge afstand voor de hangmatten.' Zijn ogen vernauwden zich terwijl hij de bladeren beter bekeek. 'Ik geloof dat het hier niet geregend heeft.' Hij stak een hand uit en wreef wat bladeren tussen zijn vingers. 'Dat betekent hopelijk dat we gemakkelijker een vuur kunnen maken.'

Tara wilde haar rugzak van zich afschudden. Ze wilde wanhopig graag het gewicht van haar schouders halen en languit gaan liggen, liefst op mals Engels gras, met een briesje op haar gezicht, luisterend naar het gegraas van koeien verderop... In plaats daarvan sloeg ze naar een mug die haar bleef lastigvallen en wachtte ze op Alex' instructie. Ze weigerde hem te laten zien dat ze het moeilijk had, of tot zich te laten doordringen dat het een heel slecht idee was geweest om dit te doen, laat staan om de tocht voort te zetten terwijl ze een goed excuus – een uitstekende reden – had gehad om het op te geven en terug te gaan naar het strand. En haar vrienden. En Rory.

Rory!

Ze realiseerde zich dat ze hem vanaf de rangerbasis had kunnen bellen om hem haar plan uit te leggen. Dan had ze hem een picknick bij de watervallen kunnen beloven, of een dag op een gehuurde boot, alleen zij tweeën. Maar ze had niet aan hem gedacht. Haar dag was te... enerverend geweest om over haar geliefde te dagdromen. Ze schudde haar hoofd, alsof ze haar schuldgevoel zo kwijt kon raken.

'Gaat het wel?' vroeg Alex. 'Last van de muggen?'

'Het gaat prima.'

'Ik heb DEET bij me, mocht je die nodig hebben.'

'Ik zei dat het prima gaat.'

Hij ademde scherp in bij het horen van haar bruuske toon en keek verstoord. 'Oké, nou, laten we hier in elk geval maar stoppen.' En hij deed zijn rugzak af. Zonder aarzelen deed Tara hetzelfde, waarna ze haar schouders ronddraaide en zich eventjes vederlicht voelde toen ze het gewicht kwijt was. Er ontsnapte haar een kreuntje en ze zag zijn hoofd automatisch in haar richting draaien bij het geluid.

Ze keek hoe Alex zijn hangmat uitrolde en hem tussen twee bomen hing die gunstig ten opzichte van elkaar waren gelegen. Hij hoefde maar een paar laaggroeiende takken weg te hakken, die hem anders in de rug zouden porren. Toen bevestigde hij een nylon lijn hoger tussen de stammen en drapeerde er een groot muskietennet overheen, dat aan weerszijden van de hangmat viel. Ten slotte gebruikte hij nog een lijn om tussen een paar bomen een tarp op te hangen die een hoek boven zijn slaapplek maakte, als een schuine wand.

Tara keek toe, geïrriteerd door de indrukwekkende geïmproviseerde 'kamer' die hij had gecreëerd: een bed ver boven de grond, droog, beschermd tegen insecten en regen. Hij keek haar aan. 'Zal ik die van jou ook doen?'

Ze keek hem knorrig aan. 'Sorry hoor, maar staat er soms "hulpeloos" op mijn voorhoofd geschreven?'

Hij slaakte een zucht en keek haar aan met zijn handen op zijn heupen en een geërgerde blik die ze herkende omdat hij die vroeger gebruikte als zij hun bed opnieuw opmaakte – de kussens opschudde, het laken beter instopte, de plooien uit de dekbedhoes streek – vlak nadat hij er al zijn best op had gedaan. Hij had dan altijd gereageerd door haar op het bed te gooien en de boel samen met haar weer overhoop te vrijen. Maar nu keek hij de andere kant op. 'Neem me niet kwalijk.'

Ze slikte en betreurde al gauw haar hoogmoedige reactie terwijl ze haar best deed om hetzelfde te doen wat hij net had gedaan. Maar haar bomen leken verder uit elkaar te staan, zodat haar bed te langgerekt werd en te strak stond, en de tarpboom stond verder weg, waardoor ze maar half beschut was tegen de boomkruin boven haar hoofd. Dat was riskant – Jed had haar toen ze klein was voortdurend gewaarschuwd dat apen graag dingen als stenen en vruchten lieten vallen – maar als dat de prijs was die ze moest betalen voor haar privacy, dan was dat maar zo. Anders dan Alex' tarp, die schuin boven en achter zijn bed hing, drapeerde zij die van haar bewust over de voorkant om een afscheiding te vormen tussen zijn hangmat en de hare.

Ze hoorde zijn zuchten zwaarder en frequenter worden nu ze zijn geduld zo op de proef stelde, maar dat kon haar niet schelen. Wat had hij dan verwacht? Dat ze een 'band zouden opbouwen'? Dat ze herinneringen gingen ophalen?

Hij stak zijn hoofd om de tarp en keek even toe hoe ze worstelde met de touwen van de hangmat; die kreeg ze niet uit elkaar. 'Wil jij het toilet graven of het water halen?'

Ze staarde hem aan alsof de vraag een grap was.

'Ja, dat dacht ik al... Kijk wel uit voor krokodillen.' En hij zette een paar opvouwbare rubberen emmers op de grond. Ze keek op haar beurt om de tarp heen en zag dat hij een kleine schep had gepakt – van het type dat Rory in zijn lawine-uitrusting had als hij ging skiën – en door de ondergroei liep, met het gemak van een tuinman die op weg is naar zijn schuurtje. Hij verdween binnen enkele seconden uit het zicht en ze voelde zich onmiddellijk weer moederziel alleen. De gebeurtenissen van de middag hadden haar meer van haar stuk gebracht dan ze dacht, en hoezeer ze hem ook verfoeide, ze had toch ook houvast gevonden in zijn gezelschap en expertise. Dit was tenslotte al bijna tien jaar zijn thuis.

Ze draaide rond om de omgeving nog eens goed te bekijken, maar ze voelde zich opvallend onbeholpen, zoals ze daar niets stond te doen. Het voelde beter om in beweging te blijven, dus pakte ze de emmers en liep in de richting van de stromende rivier. Ze baande zich voorzichtig een weg door de begroeiing en schrok even toen ze bij haar voeten een staart door de bladeren weg zag schieten. Twee vlinders dansten dartelend in een spiraal boven een groene struik met helderoranje puntige bloemen. Het licht was intenser geworden, zoals vaak gebeurde vlak voor zonsondergang, en de felle kleuren gloeiden bijna als neon, in ultraviolette tinten.

Er was geen pad, er waren slechts dierensporen die om bomen heen meanderden, ranken die ze opzij moest duwen en gigantische muren van boomwortels van omgevallen reuzen. Ze keek goed waar ze haar voeten neerzette en zag hoe groot de mieren waren – zo groot als druivenpitten. Kogelmieren. Jed had ze in haar kindertijd vaak aangewezen en gezegd dat ze niet voor niets zo heetten: hun beet was enorm pijnlijk.

Ze stapte vanuit de jungle de rivieroever op en haalde diep adem nu de wereld plotseling weer open leek te gaan. Ze had uitzicht, ademruimte; ze hoefde nergens tegenaan te duwen om eromheen te kijken. Ze stopte bij de waterkant en keek hoe de rivier voortstroomde. Het water was modderig door de zware regenval van eerder, en er zwierden takken voorbij met gevorkte, bebladerde vingers die hier en daar achter een rots bleven haken tot ze zich weer losmaakten.

De rivier was hier breed, maar leek niet erg diep te zijn. Er staken rotsen boven het oppervlak uit, als gladde nijlpaardruggen, hoewel sommige verder in de rivier waren bedekt met glibberig mos. Er was geen teken van mensetende reptielen, voor zover ze kon zien. Zo ver stroomopwaarts zouden toch zeker geen krokodillen zijn? Alex had haar alleen maar bang proberen te maken, haar van haar à propos willen brengen.

Dat zou hem niet lukken!

Ze stapte voorzichtig in het water, blij met de geleende hoge bergschoenen, die waterdicht waren – en mogelijk ook kogelvrij, naar hun dikte te oordelen – zodat ze tot haar enkels in het water kon staan en haar voeten toch drooghield. Een luxe die ze ineens wist te waarderen.

Ze bleef een paar minuten staan en voelde de waterdruk tegen haar voeten terwijl ze in de verte staarde. Steeds opnieuw speelde dezelfde vraag door haar hoofd: wat dééd ze hier? Het was complete waanzin dat ze hier was, dat ze dit deed, laat staan samen met hém. Ze had impulsief gehandeld, was vastbesloten geweest om een kind te redden, alsof ze zo kon goedmaken dat ze een ander kind had verloren, terwijl niets of niemand Lucy kon terugbrengen. Had ze maar niet zo haastig gehandeld, had ze maar even de tijd genomen om erover na te denken. Dan zou Rory de kans hebben gekregen om het haar uit het hoofd te praten. Of hij had kunnen meegaan als ze hem de tijd had gegeven om zijn roes uit te slapen...

Ze liet haar gedachten een moment de vrije loop: hoe zou dat zijn gegaan met haar en Rory en Alex, hier samen in de jungle? Ze huiverde. Ze had Rory nooit iets over Alex verteld, want waarom zou ze? Alex deed er niet meer toe. Hij was maar vier maanden in haar leven geweest, tien jaar geleden. Toch kon ze haar weerzin jegens hem niet verbergen, en het zou zeer ongemakkelijk zijn geweest als ze hier met z'n drieën waren.

Ze strekte haar nek, die stijf aanvoelde. Geen wonder, nadat ze Jed eerder vandaag had moeten ondersteunen en vervolgens die zware rugzak had gedragen. Ze wilde het liefst een tijdje – of eigenlijk een week – zitten en uitrusten. Ze was al de hele dag in beweging, al zo ongeveer vanaf het moment dat ze Jeds dorpje had verlaten, maar ze wist al dat ze zich niet zou kunnen ontspannen in haar hangmat met hém aan de andere kant van de tarp. Een grote rots rees op uit de ondiepte stroomopwaarts en ze waadde ernaartoe, zette de emmers neer en ging op haar hurken zitten, met haar ellebogen op haar knieën en haar kin in haar handen. Wat deed ze hier? Wat deed ze hier?

Paco.

Ze dacht aan het jongetje, nog steeds ziek, nog steeds op dat matras. Terwijl haar omgeving de afgelopen vierentwintig uur enorm was veranderd, staarde hij nog steeds naar hetzelfde plafond vanuit dezelfde hoek van de kamer. Alleen al de eindeloze eentonigheid moest vreselijk voor hem zijn. Hij was nu al zeven maanden ziek en hij at niets en hij lag daar alleen maar. Het was moeilijk voor te stellen – en nog moeilijker te vergeten.

Haar vastberadenheid keerde terug. Wat deed ze hier? Ze was hier voor Paco. En niet alleen voor hem, maar ook voor Jed. Of ze het nou leuk vond of niet, Alex had gelijk: ze was het Jed verschuldigd om haar belofte aan hem na te komen. Ze moest gewoon het hoofd koel houden. Er was vandaag tijd verloren gegaan, maar als alles nu verder goed ging, zouden Alex en zij morgenavond Alto Urén bereiken. En als ze de ochtend daarna heel vroeg zouden vertrekken en flink door zouden lopen, waren ze misschien vroeg genoeg bij het lichtgewichtvliegtuigje om diezelfde avond laat nog in Jeds dorp te kunnen zijn. Als ze zou doorzetten, kon Paco's situatie over twee dagen eindelijk veranderen – en kon ze Alex Carter weer uit haar leven bannen. Nog achtenveertig uur. Dat kon ze wel doorstaan voor een ziek kind.

Ze hoorde het gezoem van insecten plotseling beginnen en ze besefte dat de zon nu snel onderging. De intense kleuren waren al gedempt en over een paar minuten zou het donker worden. En tussen de bomen zou het natuurlijk nóg donkerder zijn, en ze moest het water meebrengen, en ze moest Alex helpen een vuur te maken voor het nodige licht...

Ze stond op, vulde de emmers en draaide zich om naar de bomen, maar stopte toen ze er met een nieuwe blik naar keek. Ze tuurde. Vanaf deze plek, vanaf de rivier zag ze niet precies waar ze vandaan was gekomen. De ene wirwar van takken en stengels was lastig te onderscheiden van de andere.

Hoeveel stappen had ze door het water naar deze rots gezet? Vijftien? Of misschien twintig? En best grote stappen, toch, vanwege het waden? Ze liep tien tellen terug. Ze fronste toen ze zich omdraaide en zich het exacte uitzicht voor de geest probeerde te halen van toen ze uit de bomen tevoorschijn was gekomen, maar aan de overzijde van de rivier was niets specifieks te zien – geen grotten, geen omgevallen bomen, geen stroomversnelling... Ze slikte nu ze zich realiseerde dat ze onoplettend naar de rivier was gelopen – de geluiden had gevolgd – zonder aandacht te besteden aan herkenningstekens.

Hoe moest ze hun kamp nu terugvinden? Zodra ze weer tussen de bomen zou stappen, al was ze maar drie meter verwijderd van de plek waar ze eruit tevoorschijn was gekomen, kon ze zomaar hun kamp voorbijlopen en met elke stap dieper de nachtelijke jungle in dwalen.

Ze bleef roerloos staan, met in elke hand een emmer, terwijl ze de immensiteit van de jungle aanschouwde. Ze voelde zich zowel angstig als onnozel. Hoe had ze zo... verstrooid kunnen zijn? Dit was Hyde Park niet...

'Hoi.'

Ze draaide zich verschrikt om en zag Alex tien meter verder

stroomopwaarts in de rivier stappen, waar hij neerhurkte en water in zijn gezicht spatte. De druppels braken het wegebbende licht van de dag.

'Hoi,' mompelde ze terug. Had hij haar gadegeslagen? Had hij haar opborrelende paniek gezien toen ze zojuist verstijfd naar de bomen stond te staren? Ze had het onaangename gevoel dat het antwoord ja was. Dat hij hierheen was gekomen om te kijken of het goed met haar ging toen ze niet meteen terug was gekeerd, dat hij had gedacht dat ze misschien iets doms zou doen, zoals blindelings door de jungle lopen zonder op te letten waar ze was.

'Zal ik ze dragen?' vroeg hij nadat hij overeind was gekomen. Hij stak zijn hand uit naar de emmers.

'Nee, het gaat best,' zei ze terwijl ze naar hem toe liep.

'Natuurlijk,' mompelde hij schouderophalend, en hij draaide zich om naar de bomen. Ze liep snel achter hem aan, want ze wilde hem niet uit het oog verliezen. Was ze maar niet zo koppig geweest. Als ze hem in elk geval één emmer had gegeven, zou ze een hand vrij hebben om de begroeiing opzij te duwen.

Ze hield hem de hele tijd in het oog en na een minuut viel het haar op dat er om de paar meter een wit streepje – als een likje Tipp-Ex – op wat bladeren was achtergelaten. Ze zag dat zijn handen er automatisch naar grepen, alsof hij ze in het voorbijgaan telde. Binnen enkele minuten waren ze terug bij hun kamp.

Ze stopte bij het tafereel dat haar begroette. Hij had een vuurtje gemaakt dat al roodoranje flakkerde. Maar dat niet alleen.

'Waarom heb je dat gedaan?' vroeg ze toen ze zag dat hij haar tarp naar de andere kant van haar hangmat had verhuisd, waarmee hij in feite een kamertje had gecreëerd waar ze beiden zouden slapen.

'Ten eerste om ruimte te maken voor het vuur,' verklaarde hij. Dat lag tussen hun twee bedden in. 'En voor je eigen veiligheid. Vallende takken zijn hier oorzaak nummer een van verwondingen.'

'Als er een tak op me valt, betwijfel ik of die tarp veel bescherming biedt.'

Hij knipperde met zijn ogen en liet zich niet uit de tent lokken. 'Alles wat de val breekt is nuttig. Bovendien zullen de apen zich enorm vermaken en je bestoken met god weet wat als ze zien dat je onbeschut slaapt.'

Ze zag nu dat haar hangmat ook anders hing. Hij zag er nu losjes en uitnodigend uit, om zo in te rollen in plaats van je aan vast te klampen. Normaal gesproken zou ze hem hebben bedankt. Maar hier was niets normaals aan.

'Geef mij die maar,' mompelde hij, en ze verschoot van kleur toen hij zich vooroverboog en de emmers uit haar handen pakte, waarbij ze heel even zijn huid tegen de hare voelde. De onverwacht zijdeachtige warmte ervan bezorgde haar een rilling. Dat was niet persoonlijk, het had niets met hem te maken. De jungle was gewoon heel puntig en kriebelig en heet en nat. Huid op huid voelde hier als kasjmier op een novemberavond in Engeland.

Ze zag dat Alex het gasbrandertje neerzette en wat water uit een van de emmers in een kleine pan goot. Hij voegde een zuiveringstablet toe en samen keken ze op hun hurken aan weerszijden van de vlammen zwijgend toe hoe het water langzaam aan de kook kwam.

'Je kunt je ze beter naar beneden trekken,' zei hij met een blik op haar opgerolde mouwen. 'De muggen komen rond deze tijd tevoorschijn.'

Ze reageerde niet. Ze wilde haar mouwen nu juist niet afrollen – zijn advies negeren was een prettige gedachte – maar met die mindset zou ze alleen zichzelf dwarszitten. Hoe ging dat citaat van Boeddha ook alweer dat Holly zo graag aanhaalde? Vasthouden aan woede is als het drinken van vergif en te verwachten dat de ander doodgaat.

Ze maakte aanstalten haar mouwen naar beneden te rollen, maar hij stak plotseling een hand uit om haar tegen te houden. 'Hm, dat ziet er akelig uit,' mummelde hij terwijl hij onderzoekend naar haar onderarm keek. Ze zag dat er een kras aan de binnenkant zat, vlak onder haar elleboog, van bijna tien centimeter lang. Die zag er ontstoken uit, een dikke rode striem, en ze kromp ineen toen hij er een beschermende hand overheen legde. Hij keek haar aan. 'Hoe kom je daaraan?'

'Geen idee, ik zie het nu voor het eerst,' antwoordde ze fronsend.

'Echt? Het ziet er diep uit. Je zult het toch wel hebben gevoeld toen je het opliep?'

Hij had gelijk. Ze bleven beiden naar de wond kijken. 'Het moet zijn gebeurd toen Jed werd aangevallen,' zei ze nadenkend. 'Het was heel hectisch. Ik rende en probeerde hem te vinden en...'

Zijn ogen vernauwden zich en hij leek haar met een nieuwe blik te bekijken. Hij keek... Ze wist het niet precies. Bezorgd? 'En weet je zeker dat ze jou niet hebben verwond?'

Ze keek hem koeltjes aan. Ze wilde zijn bezorgdheid niet. Of zijn medelijden. 'Zie ik er gewond uit?'

Missie geslaagd.

Hij liet haar arm los. 'Nee. Eerder gepantserd.'

Er ging een moment voorbij waarin ze niets zeiden en elkaar alleen maar aanstaarden, allebei verbijsterd dat ze zich in dit scenario bevonden.

Hij wendde zich af om het water te checken en zij bestudeerde de wond. Die zag er inderdaad akelig uit - diep, rood en heet. Ze rolde haar mouw eroverheen. In deze hitte, met deze luchtvochtigheid en het gebrek aan sanitaire voorzieningen zou ze ervoor moeten zorgen dat er geen infectie ontstond.

Het daglicht was nagenoeg verdwenen en het vuur verspreidde een warme gloed. Alex schudde een pakje rijst leeg in de pan, voegde wat zwarte bonen toe en begon te roeren. Ze liep naar haar rugzak, haalde haar hoofdlamp en de knijpkat die hij haar had gegeven eruit en legde ze allebei in haar hangmat. Ze frutselde aan haar muskietennet alsof het de draperieën van een hemelbed betrof, en hoorde de vlammen achter zich ritselen. Ze stoorde zich aan het gemak waarmee hij alles deed. Ze wist heel goed dat het een heel ander verhaal zou worden als ze hier alleen zou zijn. De lessen die Jed haar vroeger had geleerd zouden tot dusver niet heel veel hebben uitgehaald.

'Jed moet wel een goede vriend van je zijn, dat je dit allemaal voor hem overhebt,' zei hij, nog steeds roerend in de rijst toen zij weer naar het vuur liep, bij gebrek aan iets beters te doen. Hij had – hoe kon het ook anders – een paar boomstronken gevonden waar ze op konden zitten, en ze nam plaats op de dichtstbijzijnde.

'Ieder ander zou hetzelfde doen.'

Hij fronste. 'Denk je? Dit is niet bepaald kamperen voor beginners.'

'Nou, ik ben ook niet bepaald een beginner. Niet helemaal. Jed nam mij en Miles weleens voor een nachtje mee naar het woud, toen we klein waren. Hij heeft ons geleerd waar we naar uit moesten kijken, maar ook wat we niet moesten doen.'

'Dat was vast leuk.'

'Ja. We hebben hier onze beste tijden beleefd,' zei ze mat. Ze vond het niet prettig te beamen wat hij zei.

'Dan is het des te spijtiger dat je hier zo lang niet bent geweest.'

'Hoe weet jij dat nou?' Haar stem klonk een tikje spottend.

Maar ze wist dat hij het wist. Hij keek haar aan en wendde zijn blik weer af. Hun gedeelde verleden, wat hij destijds had gedaan, bleef tussen hen in staan. Het was aanwezig in elk gesprek, elke oogopslag. Hij schraapte zijn keel.

Iets boven hen, verborgen in de schaduwen, maakte een plotselinge beweging, waardoor er een regen van blaadjes, pitten en zaden op hen neerdaalde. Ze sloeg Alex gade terwijl hij met samengeknepen ogen iets over een tak volgde om te kijken wat het kon zijn. Hij zag dat ze naar hem keek en trok zijn wenkbrauwen even op. 'Een kapucijnaap.' Zijn ogen vielen op de gouden ketting om haar hals. Er hing een glazen medaillon aan met een robijn erin – een geschenk van Rory toen ze een jaar bij elkaar waren. 'Wees maar voorzichtig, ze houden van glimmende dingen,' zei hij met een effen blik, alsof hij ook dat wist.

Hij nam de pan van de gasbrander en schepte de rijst voorzichtig in twee emaillen bekers die als kommen dienden, en waarvan hij er een aan haar gaf. Er was geen bestek.

'Ik begrijp niet dat je tijd hebt om hier te zijn en dit te doen terwijl de overdracht van het park over een paar dagen plaatsvindt,' zei ze in plaats van een dankjewel.

'Dat heb ik ook niet,' zei hij met neergeslagen ogen terwijl hij het eten met zijn handen at, zoals ze de kinderen in Jeds dorp had zien doen. 'Maar het is een noodgeval, toch? Er is een kind ziek. Wie zou iets anders nou belangrijker vinden? Als dit de enige manier is om hem te helpen, heeft dit prioriteit...' Hij haalde zijn schouders op.

Ze keek hem met een stille woede aan. Dus er was wel íéts wat hij voor zijn ambities liet gaan? Er was een moreel principe waar hij naar leefde? Hij kon haar misleiden en verleiden om toegang te krijgen tot iets wat hij nodig had, maar hij was niet zo berekenend dat hij zijn carrière voor een stervend kind stelde? Zó slecht was hij ook weer niet?

Zo te zien was hij zich niet bewust van haar boze blik. Hij leek zijn maaltijd met smaak te eten en ze keek naar haar eigen beker. Ze begon ook met haar vingers te eten, eerst aarzelend, maar het smaakte heerlijk en het zetmeel prikkelde haar tong nu ze besefte hoeveel honger ze had. Dat had ze zich tot nu toe niet gerealiseerd.

'Bovendien is het niet zo dat ik zelf de ceremonie moet organiseren of zo,' ging hij verder, het gesprek weer hervattend alsof hij niet net tussen de regels door zowat een hele maaltijd had opgegeten. Hij hield de beker – die bijna leeg was – dicht bij zijn gezicht terwijl hij at. 'De overdracht is in dit stadium vooral een kwestie van papierwerk. De juristen zullen er wel nachtwerk aan hebben, vrees ik, maar ik ben met langetermijnprojecten bezig die volgende week doorgaan, ongeacht wie het land bezit.'

Ze probeerde met haar vinger een boon uit de beker te schuiven. 'Zoals?' vroeg ze op zo verveeld mogelijke toon.

Hij keek op. 'Zoals dit hier.' Hij gebaarde met zijn hoofd om zich heen naar de groene reuzen die boven hen uittorenden, hun takken daar als vingers ineenstrengelden en speelvelden creëerden voor de dieren die er leefden. 'Deze bomen zijn nog maar negen jaar oud.'

Ze stopte met eten. 'Wat?'

'Ja. Er was hier een knakker bezig bomen te kappen om ze te vervangen door koffiestruiken. Wij hebben er weer natuurgebied van gemaakt.'

'Maar ze zien er... eeuwenoud uit,' mompelde ze terwijl ze rondkeek.

'Ik weet het. Er is niet heel veel voor nodig om de dingen weer in hun natuurlijke staat terug te brengen en ze weer te laten gedijen. De natuur krijgt uiteindelijk altijd de overhand. Het is slechts een kwestie van de juiste beschermingsmaatregelen.' Hij keek haar aan vanaf de andere kant van het vuur. 'In het afgelopen decennium hebben we het woud teruggewonnen en meer dan zeventigduizend hectares herbebost. En door die habitats te beschermen en te koesteren hebben we talloze soorten behoed voor uitsterven.'

Ze hoorde de trots in zijn stem. Het ontbreken van spijt. Hij vertelde haar dat het het waard was geweest, dat hij het zó weer zou doen. 'Nou,' zei ze na een moment. 'Geen wonder dat mijn vader zo tevreden is.'

Ze staarde in de vlammen, blij met de droge warmte die ze afgaven, een welkom respijt na de regen en de hoge luchtvochtigheid waar ze de hele dag klam van was geweest.

'Tara...'

Ze keek op en zag dat hij haar gadesloeg. Ze zag dat er dingen waren die hij wilde zeggen, een verontschuldiging misschien, waardoor hij zich beter zou voelen – *Ik heb je nooit pijn willen doen* – maar daar zou het niet anders van worden. Want hij zou het allemaal zó weer doen, dat wist ze. Bovendien, gedane zaken namen geen keer en ze zouden altijd door vlammen van elkaar gescheiden blijven. Ze keek de andere kant op en snoerde hem de mond met haar zwijgen.

'We wassen morgenochtend wel af,' zei hij ten slotte. Hij stond op, nam haar beker van haar aan en zette beide bekers in de pan met kooknat. 'Tot die tijd houdt dit de insecten op afstand.'

Het was veel te donker om nu terug te gaan naar de rivier. De witte streepjes op de bladeren zouden moeilijk te volgen zijn met alleen licht van een zaklamp. Het was nog maar half zeven, maar het had net zo goed drie uur in de ochtend kunnen zijn. De dag was afmattend geweest en heel, heel lang. Ze gaapte en rekte zich uit.

'We kunnen maar beter gaan slapen,' zei hij.

'Daar heb ik niets op tegen,' mompelde ze terwijl ze naar haar hangmat liep en haar hoofdlamp opzette en aandeed. Ze draaide zich naar hem om. 'Waar is eh...'

'Ongeveer twintig meter die kant op.' Hij kromp ineen, bijna verblind door de lichtstraal van haar lamp. Hij wees. 'Zie je dat rode koord aan die struik?' Ze keek en zag een dik rood touw dat aan een struik was vastgebonden, over de bladeren gedrapeerd en naar een plek uit het zicht leidde. 'Dat kun je volgen, dan kom je er vanzelf.'

'Oké.' Wat een geweldige padvinder was hij toch! De simpele vindingrijkheid ergerde haar. Zijn continue heerschappij over een wilde omgeving als deze... Met elke handeling bewees hij dat hij overal kon floreren. Zonder haar. Zonder iemand.

Ze voelde het koord door haar handpalm glijden terwijl ze voorzichtig liep, met bladeren en twijgjes ritselend en knappend in het donker. Ze keek een paar keer achterom om er zeker van te zijn dat de kust veilig was voordat ze haar broek openritste en sneller plaste dan ze ooit had gedaan. Het wemelde in de jungle nog van het leven. Allerlei onverwachte kraakgeluidjes maakten haar schrikachtig, net als het knisperende gegons van vlijtige insecten overal om haar heen.

Ze haastte zich binnen enkele minuten terug, maar stopte even toen ze het tafereel in het licht van het kampvuur zag. Ze knipte haar hoofdlamp uit terwijl ze naderde, hoewel ze in de verleiding kwam om Alex er 'per ongeluk' weer mee te verblinden, maar iets aan zijn bewegingen maakte dat ze stilstond. Ze bleef tussen de bomen toekijken hoe hij een massa pitten, zaden en blaadjes uit haar hangmat schudde. Hij trok aan de bevestigingspunten van de hangmat om er zeker van te zijn dat die goed vastzat. Hij drapeerde het muskietennet er weer overheen en trok aan de tarp om ervoor te zorgen dat ze bedekt zou zijn...

Ergens dichtbij knapte een twijgje en hij verstarde bij het geluid en keek op. Ze besefte dat hij haar niet kon zien in de duisternis – het vuur gaf te veel licht – maar hij liep terug naar zijn eigen hangmat en begon in zijn rugzak te rommelen. Een paar ogenblikken later stapte ze vanuit de bomen tevoorschijn en wierp hij haar een achteloze blik toe. 'Alles oké?'

'Natuurlijk.'

Hij verdween in dezelfde richting als waar zij vandaan was gekomen. Ze wist zonder dat hij het had gezegd dat ze in hun kleren zouden moeten slapen, ondanks de vochtigheid. Blote huid was voor insecten in de jungle net zoiets als een aangereden dier voor buizerds in Engeland. Ze trok haar schoenen uit en klom in haar zojuist uitgeschudde hangmat, maar ze weigerde dankbaar te zijn voor zijn geheime zorgzaamheid. Ze kreunde zachtjes nu haar uitgeputte lichaam zich eindelijk ontspande en zwaar werd. Haar ogen gingen bijna meteen dicht.

Ondanks haar eerdere vrees dat ze naast hem niet zou kunnen slapen, wist ze nu dat ze snel zou wegzakken. De dag had haar afgemat en haar ademhaling begon al zwaar en traag te worden...

Slechts in de verte hoorde ze hem een paar minuten later terugkeren. Zijn voetstappen hielden even stil toen hij haar in haar hangmat zag liggen, nu al roerloos. Ze hoorde hem nog even rondscharrelen, wat dingen opruimen, zijn eigen hangmat checken, het vuur verspreiden en met vochtige bladeren en aarde bedekken, zodat het smeulde. Daarna stond hij opnieuw stil, een lang moment, en toen hoorde ze zijn voetstappen dichterbij komen. Tot hij naast haar stond.

Haar ogen zaten dicht – de oogleden zwaar als lood – maar haar hart bonsde terwijl ze hem naar haar voelde kijken, zich ervan bewust dat hij haar zag slapen in de schemerige donkerte. Er klonk een zacht geritsel. Haar muskietennet werd opengetrokken en er streek iets lichts over haar haar, een lok die van haar wang naar achteren werd geduwd. De aanraking was schokkend, bijna elektrisch geladen, maar ze verroerde zich niet.

Er klonk een zucht en daarna weer zijn voetstappen. Ze luisterde hoe hij zijn bergschoenen uittrok en in zijn eigen hangmat ging liggen, een paar meter verderop. Ze hoorde hoe hij ging verliggen en zijn ademhaling vertraagde. Ze opende haar ogen en staarde naar de resten van het vuur, dat nog zachtjes flakkerde en weigerde uit te doven.

20

Ze werd wakker van, nota bene, een tapir die onder haar hangmat rondsnuffelde. Het duurde even voordat ze haar ogen opendeed, en toen nog een moment voor ze wist waar ze naar keek. Het dier liep met zijn snuit omlaag door hun kleine kamp heen. Klaarblijkelijk had het de belofte van het kooknat met de twee bekers erin onderzocht, want de pan was omgegooid en het water sijpelde de grond in.

Een paar minuten lang keek ze toe vanachter het gaas van haar muskietennet, geboeid, maar ook met het verlangen om het besef uit te stellen dat haar ex-verloofde drie meter verderop lag te slapen.

Ze keek uiteindelijk op en zag dat Alex al wakker was en zijn ogen op haar gericht had alsof hij haar de hele nacht had liggen bewaken. Ze zou ook wel kostbare waar zijn: een erfgename, de dochter van zijn schatrijke baas. Zijn broodwinning.

'Goedemorgen.' Zijn stem klonk nog wat schor van de slaap en zijn accent leek wat zwaarder te zijn, zo vlak na het ontwaken. Dat herinnerde ze zich van vroeger, maar ze zette de herinnering uit haar hoofd. 'Goed geslapen?'

'Yep.' Ze draaide zich op haar rug om hem te ontmoedigen een gesprek te beginnen en staarde omhoog, haar zicht op de bomen deels geblokkeerd door de zilverkleurige onderkant van de tarp. Het was geen Instagram-moment, maar het doek leek de dauw te hebben tegengehouden; overal om hen heen drupte het vocht van de bladeren.

Gelukkig regende het niet – nog niet, tenminste – maar het vooruitzicht van nóg zo'n lange, zware dag als gisteren voelde overweldigend. Ze lag alweer te zweten, haar kleren plakten aan haar huid en zo te voelen zag haar haar eruit als een slordig vogelnest. Ze kreunde zachtjes en legde haar arm over haar gezicht. Ze wist niet of ze de energie nog kon opbrengen. Ze voelde zich helemaal leeg en werd weer overvallen door twijfels over hun expeditie. Dit was haar leven niet, het was niet haar verhaal. Op de een of andere manier was ze zomaar… andermans tragedie in gedwaald. Háár verhaal zou op dit moment tien uur slaap per nacht, uitslapen, dansen op het strand en veel seks met haar knappe vriend moeten zijn. Dat was de gedachte achter een vakantie: het gewone leven met al zijn moeilijkheden werd even on hold gezet. Het was niet de bedoeling dat het érger werd. In de ochtend zou ze cocktails moeten drinken en ze zou moeten surfen bij vollemaan in plaats van slapen in een hangmat tegenover de persoon aan wie ze de grootste hekel ter wereld had, met een grote herbivoor die onder haar liep te scharrelen.

Alex had waarschijnlijk net zoiets sombers gedacht, want hij kwam met een zucht uit zijn hangmat, checkte zijn schoenen en haalde er een enorme duizendpoot uit voor hij ze aantrok.

'Er zijn bananen voor het ontbijt,' zei hij, onderweg naar een grote tros die op een boomstronk lag. Wanneer had hij die nou weer opgesnord, vroeg ze zich vol ongeloof af toen hij naar haar toe liep en er haar een toestak. 'Eet er zoveel als je kunt. Je hebt de energie nodig vandaag.'

Zoveel als je kunt? Ze nam de vrucht met een verbaasde blik aan. Dacht hij serieus dat ze vijf bananen ging eten? Mooi niet.

Ze keek zwijgend toe hoe hij de pan en bekers oppakte, een handdoek over zijn schouder legde en in de richting van de rivier liep. Ze begon te eten. Gelukkig was ze dol op bananen. Rory lustte ze niet. Ze dacht aan hem terwijl ze kauwde en vroeg zich af of zijn kater al was verdwenen of dat hij had besloten zich weer een stuk in de kraag te drinken. Hij zou woedend op haar zijn als ze terugkwam, dat wist ze. Dit was niet de vakantie die hij zich had voorgesteld – zijzelf trouwens ook niet – en hij zou niet onder de indruk zijn van haar zoektocht naar bladeren op een afgelegen plek in de bergen om een kind mee te behandelen dat mogelijk een levertransplantatie nodig had. Ze zouden ongetwijfeld ruzie krijgen.

Nu de banaan op was en de tapir verdwenen zwaaide ze haar benen uit de hangmat. Dat was lastiger dan het leek en ze was zo stijf als wat. Ook zij checkte haar schoenen voor ze haar voeten erin liet glijden. Ze krabde verstrooid aan haar arm – ondanks het net leken behoorlijk wat muggen haar te hebben gevonden – en kromp ineen toen ze het uiteinde van die akelige kras zag. Ze rolde haar mouw verder op en keek nog eens goed. De striem zag er nog roder uit dan gisteren en de eerste tekenen van een infectie waren beslist aanwezig. Het voelde heet aan en was gezwollen en er leken zich kleine blaasjes te ontwikkelen in het meest gevoelige deel van de verwonding. De luchtvochtigheid versnelde het proces ongetwijfeld.

Ze wilde de antibiotische zalf uit haar koffertje halen, maar terwijl ze er vergeefs naar zocht herinnerde ze zich dat Holly de zalf nog had voor Devs voet. 'O, balen,' kermde ze. Dat zou je net zien. Ze zou de kras moeten laten behandelen zodra ze terug waren. Ze zag de ironie er wel van in dat ze dozen vol ontstekingsremmende middelen naar de kliniek had gebracht, maar nu niets voor zichzelf bij zich had.

Haar handen stuitten op iets koels en onbekends, en ze haalde het kleine pakketje met antimuggenspul tevoorschijn dat ze gisterochtend van de awa had gekregen. Ze was het helemaal vergeten, maar de muggen hadden haar nogal te pakken gehad, en iets was beter dan niets, toch? En als het net zo goed hielp als dat drankje tegen de hoofdpijn... Ze realiseerde zich dat haar hoofd nog steeds helder was – geen drukkend gevoel op haar slapen, geen stekende pijn achter haar ogen.

Jed had gezegd dat ze het goedje moest aanbrengen voor ze zich aankleedde. Ze keek rond, maar ze was alleen; Alex was nog bij de rivier. Desondanks draaide ze zich om zodat ze met haar rug in die richting stond terwijl ze snel haar shirt en beha uittrok. Er stond nog een volle emmer water van gisteravond en ze hurkte en spatte wat water over haar gezicht, nek en bovenlichaam om zichzelf zo goed en zo kwaad als het ging te wassen.

Het voelde fijn, al was het maar heel even, die frisse koelte op haar huid. Ze opende het pakketje van bladeren en trof een dikke, vettige substantie aan die ze snel over haar huid wreef. Ze wachtte ongeduldig tot het kleverige goedje in haar huid trok. Ze kon niet al te lang wachten. De man die ooit elke centimeter van haar lichaam had gekend kon elk moment terugkomen.

En ja hoor, na een paar minuten hoorde ze weer voetstappen – knappende twijgjes, ritselende bladeren – en ze had net haar beha weer aan toen hij met de schone pannen tevoorschijn kwam. Ze hield haar ogen neergeslagen, maar ze hoorde dat hij stopte toen hij haar zag, met haar rug naar hem toe, terwijl ze haar shirt weer aandeed. Haar vingers prutsten aan de knopen, niet snel genoeg, maar ze herinnerde zichzelf eraan dat er niets nieuws onder de zon was. Bij hun hernieuwde kennismaking gisteren had ze er immers precies zo uitgezien.

De stof plakte aan haar kleverige huid, wat niet erg aantrekkelijk was, want het shirt was verfomfaaid na een dag gedragen te zijn. Uiteindelijk keek ze op met een opstandige nonchalance, en zag ze dat zijn donkere haar nat was en achterover was gestreken, alsof hij een otter was. Zij was niet de enige die zich had opgefrist. En ze kon het niet tegenhouden, het beeld van hoe hij er vroeger uitzag als hij onder de douche vandaan kwam, een handdoek om zijn heupen, flitste door haar hoofd.

Zonder iets te zeggen nam hij de schone bekers en pan mee naar zijn rugzak en begon hij alles weer zorgvuldig in te pakken. Ze haalden hun tarpen en hangmatten los en rolden het rode touw op. Hij controleerde of het vuur echt goed uit was. Tara deed haar best om haar hangmat tot een compact pakketje op te vouwen.

'Laat mij maar.' Hij stak een hand uit.

'Nee, ik kan het zelf.'

'Dat weet ik. Maar het is de vraag hoe snel je weg wilt zijn.' Hij keek haar effen aan en met tegenzin liet ze het aan hem over, intens geïrriteerd toen ze zag hoe vlot hij er weer een klein bundeltje van maakte.

'Goed dan,' zei hij een paar minuten later. Ze dacht een licht vermoeide klank in zijn stem te ontwaren. 'Klaar?'

Nu ze de rugzakken op hun rug hadden getrokken, was amper nog te zien dat ze hier waren geweest.

'Ja.' Hoe sneller ze die bladeren hadden geplukt, hoe sneller ze terug konden. Terug naar Rory en het land van de antibiotica.

Ze hield haar ogen op zijn voetafdrukken gericht terwijl ze hem volgde, net zo vastbesloten als gisteren om hem bij te houden en niet te klagen over het wrijven van haar hak tegen de achterkant van haar schoen dat bijna meteen begon. Haar schoenen waren wel ingelopen, maar niet door haar voeten.

Binnen twintig minuten bleken hun opfrisactiviteiten vergeefs te zijn geweest en rolde het zweet in stroompjes over hun huid. Beiden waren ze buiten adem nu de luchtvochtigheid hoger werd. Ze had geen idee hoe laat het was, ze leefde nu al twee dagen zonder telefoon, maar vreemd genoeg had ze steeds minder behoefte aan een klok. Wat maakte het uit of het zes of negen uur was? De regels waren simpel: als de zon op was, konden ze lopen, als de zon onderging, stopten ze voordat de donkere junglenacht begon.

Ze liepen verder. Ze luisterde naar de dieren die met elkaar communiceerden en probeerde ze tussen de takken te zien, ze hoorde vogelzang vol levenskracht, ze zag het vroeg fonkelende zonlicht gouden bundels door de bomen op de grond werpen, waardoor het leek alsof ze door de plek liepen waar regenbogen eindigden. De kleuren waren intens – tienduizend tinten groen, met bladeren die gisteren in de regen zwart en muf hadden geleken en nu glanzend en helder. De grond onder hun voeten was stevig, de schaduwen trilden met scherpe randen en ondanks haar vermoeidheid en boosheid en aanstaande blaren werd ze zich bewust van een sterk gevoel van dankbaarheid, de erkenning dat het leven mooi was.

Het was zelfs moeilijk aan het worden om hem te blijven verfoeien. Haar blik bleef telkens weer naar hem omhooggaan – logisch, hij was haar gids – en ze zag de energie in zijn bewegingen, hoe hij met deze plek verbonden was. Ze vroeg zich af hoe vaak hij hier al had gelopen. Ze zag hoe zijn hand nu en dan over een bepaalde plant streek, hoe zijn vingers dan over de bladeren of bloemen gleden, hoe hij bij bepaalde bomen met interesse omhoogkeek naar de kruin. Hij leek verhalen te zien in het decor, hij kon 'lezen' wat hij zag en de kleine, onzichtbare levens begrijpen die daar in een broos evenwicht werden geleid. Hij bewoog zich zo zelfverzekerd dat zij zich kon ontspannen. Ze hoefde niet na te denken of zich te oriënteren. Ze liep en volgde alleen maar. Kilometer na kilometer. De ene voet na de andere. Bij een helling omhoog naar de top en weer naar beneden.

Na een aantal uren stopte Alex en wees hij. 'Daar.'

Ze volgde de lijn van zijn vinger, op zoek naar iets kenmerkends, maar het land golfde groen voor hen uit, monotoon en eindeloos.

'Oké,' zei ze vermoeid, het woord omlijst met een spoortje sarcasme. Wat zou ze nu eigenlijk moeten zien? 'Als jij het zegt.'

Hij leek geïrriteerd door haar reactie. 'Ja, ik zeg dat.'

Ze trok een wenkbrauw op, verbaasd maar ergens ook blij dat ze hem kennelijk kon ergeren. 'Oké. Wat wil je nu? Een applaus?' Daar maakte hij ongeveer net zoveel kans op als vergiffenis.

Ze zag de irritatie achter zijn ogen overgaan in boosheid. Hij zette zich weer in beweging, maar de snelheid waarmee was slopend. Hij liep steeds sneller bergafwaarts. Ze verwachtte half dat hij het op een hollen zou zetten en de rest van de tocht zou blijven rennen, maar ze vertikte het om hem te vragen langzamer te gaan. Wilde hij dat ze achter hem aan zou rennen? Probeerde hij haar uit te dagen om hem te vragen minder hard te lopen? Haar te helpen? Dat ging ze niet doen, ze zou niet het hulpeloze vrouwtje spelen en hem de held laten uithangen. Ze ging door, hield vol, liep achter hem aan, kilometer na kilometer door de vallei, terwijl er een koppige stilte als een onweerswolk tussen hen in hing.

Ze hoorde een rivier dichtbij – de ruisende klanken werden steeds luider, dus ze liepen er kennelijk naartoe – en tot haar opluchting begon hij eindelijk zijn pas te vertragen. Ze zouden nu stoppen, wat eten en even uitrusten. Dankzij hun stille strijd hadden ze er allebei flink de pas in gezet en hadden ze een behoorlijke afstand afgelegd. Maar haar voeten deden pijn en ze was uitgeput. Bovendien had hij gelijk gehad: één banaan was niet genoeg geweest als ontbijt.

Ze stapten tussen de bomen uit en knipperden een paar keer met hun ogen nu de open hemel en het heldere licht hun tegemoetkwam. Dit deel van de rivier was heel wat anders dan het gedeelte waarlangs ze hadden overnacht. Of misschien was het een andere rivier? Hier was het tien keer zo breed en zo te zien drie keer zo diep. Het bruingroene water zag er zijdeachtig en soepel uit; het stroomde zwaar voort, als een logge paling. Ze slikte bij de aanblik. Hier zouden weleens krokodillen kunnen zitten.

Stroomafwaarts zag ze een hert drinken aan de waterkant. Voorzichtig, dacht ze bij zichzelf, en ze zag het zijn oren heen en weer bewegen en zijn kop optillen toen hun geur zijn kant op dreef. Het volgende moment was het dier weg.

Het water stroomde voorbij en strekte zich uit tot in de verte. Ze keek naar Alex en wachtte tot hij zou vertellen wat hun volgende stap zou zijn. Hier oversteken was duidelijk geen optie en ze vond het idee van een lunch aan dit water, waar ze van alle kanten gadegeslagen konden worden, niet echt aanlokkelijk.

Maar tot haar teleurstelling dacht Alex schijnbaar niet aan eten. Hij leek naar iets op zoek te zijn. Hij stond met zijn rug naar het water geconcentreerd langs de oever te turen.

'Wat zoek je?' vroeg ze.

'Ik weet zeker dat ik het hier heb achtergelaten,' mompelde hij.

'Wat?'

Zijn ogen vernauwden, zijn stem klonk afwezig. 'Een boot. Die heb ik ongeveer een jaar geleden met de Cabécar-stam geruild.'

Stammen. Ruilhandel. Dit was een inkijkje in zijn leven. 'Wat hebben ze ervoor teruggekregen?'

'Een paar walkietalkies. Ze wonen in de bergen, heel afgelegen, maar zelfs zij willen iets meer in verbinding staan met de buitenwereld – helemaal na de overdracht.'

Tara fronste. Waarom zouden ze daarna meer willen communiceren dan nu?

'Het is een prima boot,' zei hij. 'Het is vooral handig voor mij om me te kunnen verplaatsen zonder vele kilometers te hoeven lopen. Er zijn hier ravijnen. Het is hier vrij moeilijk begaanbaar.'

'Dus je komt hier vaak?' Het was een spottende variant op de eeuwenoude vaag, maar hij pikte haar sarcasme niet op. Zijn ogen waren nog op de oever gericht.

'Vrij vaak,' zei hij verstrooid. 'Er is een jonge jaguar die we volgen, een vrouwtje. Ze steekt hier vaak over.'

Een jaguar? Tara keek weer nerveus rond, maar het was onheilspellend stil tussen de bomen. Alleen de rivier stroomde voorbij.

'Tja, kan iemand hem hebben meegenomen?' vroeg ze toen hij langs de waterkant begon te lopen, zich vooroverboog en de ondergroei in keek. Hij kwam weer tevoorschijn en rechtte zijn rug, zich er niet van bewust dat er een blad in zijn haar was blijven haken. Haar blik werd ernaartoe getrokken, maar ze weerstond de neiging het eruit te plukken.

'Dat zou kunnen,' antwoordde hij met tegenzin, alsof praten verspilling van kostbare energie was. 'Maar het is onwaarschijnlijk. We zijn hier behoorlijk ver in de jungle en ik heb hem tussen de begroeiing geschoven, zodat hij niet goed zichtbaar zou zijn. Maar ik heb hem dus duidelijk te ver erin geduwd.' Hij tuurde naar de horizon en deed iets met zijn handen, alsof hij markeringen probeerde te lokaliseren. 'Ik weet zeker dat het in de uitsparing... tegenover de...' mompelde hij tegen zichzelf.

Tara keek naar de tegenoverliggende oever, maar zag alleen maar bomen. Bomen, bomen en nog meer bomen.

'Ah!'

Plotseling kwam hij in beweging. Vastberaden liep hij naar een plek honderd meter stroomafwaarts. Er hing een boom iets naar voren ten opzichte van de andere, en een van de wortels was zichtbaar als een liefdesknoop. Alex bukte, duwde het gebladerte opzij en slaakte een paar seconden later een triomfantelijke kreet. Hij leek heel blij te zijn dat hij de boot had gevonden en ze dacht bij zichzelf dat de rest van de tocht vreselijk moest zijn als zelfs híj een kortere manier zocht. Ze keek hoe hij begon te trekken en langzaam de punt van een erg lange en smalle kano tevoorschijn haalde.

'Je mag gerust helpen!' riep hij haar sarcastisch toe.

'Pff.' Ze rende naar hem toe en ze begonnen de kano naar het water te slepen. Hij was ontzettend zwaar en leek te zijn gemaakt van de stam van één enkele boom. Ze zag een horizontale ladder van zitplanken. De smalle boot was prachtig in zijn eenvoud. Bijna een sculptuur.

De kano wiebelde vervaarlijk toen de voorkant in het water werd geschoven. Tara dacht aan ouderwetse houten ski's, die veel langer en smaller waren dan de moderne exemplaren; ze snapte nooit hoe mensen die konden gebruiken zonder hun benen te breken.

Na veel rukken en sleuren belandde ook de achterkant met een plons in het water. Alex duwde de kano van de oever af. 'Klim erin,' zei hij, en hij liet de rugzak van zijn schouders glijden en in de boot vallen. 'Ik haal de peddels.'

Voorzichtig – ze wilde geen natte voeten meer krijgen na het debacle met de sneakers gisteren – greep ze beide zijden van de kano stevig vast en klom erin. Tot haar schrik deinde de smalle boot heftig op en neer. Ze droeg nog steeds haar rugzak en voelde zich onhandig en wankel. Ze ging op haar knieën zitten en wachtte tot het wiegen ophield, waarna ze haar rug rechtte en snel de rugzak losmaakte en liet neervallen op de bodem. Het was opnieuw een onmiddellijke opluchting om dat gewicht kwijt te zijn, maar de boot golfde en schommelde hevig. Ze greep beide kanten weer vast, draaide zich om...

'Alex!' Ze gilde en hij keek om vanwaar hij met gespreide benen op de oever stond, zijn hand uitgestoken in de ondergroei. Hij had de ene peddel bij zijn benen liggen en het uiteinde van de andere peddel in zijn hand. Het leek alsof er nog een stengel omheen geslingerd zat. Ze zag zijn gezichtsuitdrukking veranderen en hem verbleken. Zijn mond vormde een perfecte 'o' toen hij haar zag – langzaam wegdrijvend.

'Tara!' Hij liet de peddel instinctief vallen en rende het water in tot aan zijn bovenbenen, maar de rivier was minstens dertig meter breed. Hij kon nooit op tijd bij haar zijn.

'Alex, nee! Ga terug! Het water uit!' riep ze. Het water was donker en ondoorzichtig – er kon zich van alles onder het oppervlak bevinden. 'Een peddel! Ik heb een peddel nodig!'

Die zou lang genoeg zijn om het gat tussen hen te overbruggen. Ze zou zich eraan vast kunnen houden en hij kon haar dan terugtrekken. Hij draaide zich om en haastte zich terug naar de oever, maar ze dreef snel verder de rivier op en binnen enkele seconden was ze te ver weg en kon de peddel haar al niet meer bereiken. Het was al te laat. Ze was tien meter verder, twintig, en de kano gleed als een scherp gesneden rietstengel door het snelstromende zijdeachtige water. Deze boot was te goed gemaakt, door mensen die wisten wat ze deden.

Alex stond als bevroren tot aan zijn knieën in de rivier. 'Twig! Probeer terug te komen! Peddel terug! Met je armen! Peddelen!'

Ze leunde over de rand en staarde in de onzichtbare diepte, maar de zijkanten van de kano waren laag en bij de verplaatsing van haar gewicht klotste er gemakkelijk water over, waardoor haar bovenbenen nat werden en ze een gil gaf.

'Dat gaat niet!' schreeuwde ze. 'Dan kapseis ik!'

Ze zag dat Alex' mond openging, maar er kwamen geen woorden. Hij wist niet wat hij moest zeggen, hoe hij haar moest helpen. Want er was geen manier om haar te helpen. Voor de verandering kon hij niets doen. 'Tara!'

Ze bekeek de bodem van de kano, op zoek naar iets wat ze zou kunnen gebruiken, iets om over de achterkant te gooien om het drijven te vertragen, af te remmen, maar ze zag alleen een nutteloze halve kokosnoot. Ze dacht snel na over wat er in hun rugzakken zat, maar dat waren alleen maar kampeerspullen om te kunnen slapen en koken.

Ze jammerde van angst en voelde haar paniek in golven toenemen. Ze kon niets doen. Zij niet. Hij ook niet. Ze klemde haar handen om de houten rand en keek achterom. Alex' gestalte werd met de seconde kleiner nu de kano in het centrale gedeelte terechtkwam terwijl de rivier zich tussen de steile hellingen door spoedde. Hij sprintte nu over de oever. Zijn schok had plaatsgemaakt voor actie. De blik op zijn gezicht was niet meer te zien, maar zijn geschreeuw was hoorbaar en verraadde zijn angst. Ze hoorde haar naam klinken in de lucht, boven bij de vogels, mooi maar zinloos.

Ze keek weer voor zich uit. De rivier – hier breed en glad – was net een zilveren spiegel, bedrieglijk vriendelijk, maar ze voelde de ongelooflijke kracht van de stroming onder de kano die haar voortstuwde. De zon scheen, maar de lucht was heiig geworden, en opeens nam een wolk het licht eventjes weg, als het plotselinge sluiten van een waaier. Ze voelde de schaduw op haar gezicht en er streek een koude rilling over haar zweterige huid.

Ze keek achterom. Alex rende nog steeds met pompende armen en benen achter haar aan, ze hoorde nog steeds zijn kreten, maar hij raakte steeds verder achter. Hij zou haar onmogelijk kunnen bijhouden. De kano lag nu midden in de stroom en zoefde soepel, snel en ongehinderd voort.

Ze was alleen. Hij riep haar maar ze verstond hem niet meer en ze moest zich nu helemaal omdraaien om hem te kunnen zien – en dan zou de boot gaan schommelen. Ze wilde alleen maar stilletjes zitten, zo stil en klein en licht als ze kon. Ze wilde haar ogen sluiten en net doen alsof dit niet echt gebeurde. Ze wilde zich oprollen in de holte van de kano en daar blijven liggen tot ze op de een of andere manier in veiligheid kwam.

De kano deinde zachtjes met de stroom mee. Ze kon niets doen. Ze was overgeleverd aan een rivier die groot was, snel stroomde en waar krokodillen in zaten. Het water strekte zich vredig en bedrieglijk bedaard uit. Als ze hier nu op de oever had gestaan – om te baden, af te wassen, emmers te vullen – had ze de rivier waarschijnlijk mooi gevonden. In plaats daarvan keek ze oplettend naar de oevers terwijl ze stroomafwaarts dreef, haar ogen op zoek naar een rimpeling op het oppervlak, belletjes die opborrelden, afdrukken in de modder. Maar ze was geen expert, ze kende de waarschuwingssignalen niet, had geen idee waar de roofdieren van de rivier op de loer lagen.

Alex was nu uit het zicht. Ze keek zo ver als ze durfde achterom, maar zelfs als hij haar had kunnen bijhouden, had hij de oever niet kunnen blijven volgen. Het landschap begon te veranderen naarmate de kilometers verstreken: de stenige oever stond nu onder water waar de rivier de kant raakte, de ondiepe, beboste strook land werd steeds hoger, de modder maakte plaats voor rotsen. Hij zou gedwongen worden tussen de bomen door te hollen, en de rivier uit het oog verliezen.

Ze had geen idee hoever ze al was afgedreven. Drie kilometer? Vijf kilometer? Meer? Het was onmogelijk in te schatten. Ze zag Alex' rugzak voor in de kano liggen en besefte wat dat voor hem betekende. Zonder zijn uitrusting was hij net zo weerloos als zij. Hij kon geen slaapplek creëren, had geen eten...

Toen bedacht ze iets. De kleine schep die hij had gebruikt om het gat te graven dat als toilet had gediend! Had ze daar wat aan? Als peddel? Of om mee af te remmen? Zou ze genoeg vaart kunnen minderen om naar de ondiepte terug te keren?

Ze kroop op handen en voeten naar de rugzak. Ze moest twee zitplanken passeren om er te komen, en toen ze over de eerste heen klauterde, schommelde de kano vervaarlijk en klotste het water bijna over de rand. Ze verloor bijna de moed en haar angst nam toe terwijl de smalle boot vlot en hydrodynamisch door het water bleef glijden.

Met nog één zitplank tussen haar en de rugzak hurkte ze neer en stak haar hand ernaar uit, maar de zak was zwaar – hij woog minstens twintig kilo. Ze hijgde en trok zo hard als ze kon, maar het lukte niet om gehurkt op een stabiele ondergrond te zitten en dat gewicht te tillen. Ze moest erbij zien te komen om hem open te maken.

Ze haalde diep adem en zette zich schrap om over de laatste zitplank te klimmen, haar lichaam zo laag mogelijk terwijl ze een been eroverheen zwaaide. Er klotste wat water over de rand en ze zag dat de plas op de bodem iets dieper werd. Ze durfde amper adem te halen terwijl ze voorzichtig op de plank ging zitten en zich voorover-boog om de rugzak te openen, waarna ze haar arm erin stak. Haar hand zocht naar de smalle handgreep, maar alles voelde onbekend. Maar... was dat het? Haar vingers sloten zich om een harde steel. Ze keek even op en zag iets vanuit haar ooghoeken. Haar hoofd ging met een ruk omhoog. Het serene, zijdeachtige wateroppervlak werd verstoord. De rivier begon te veranderen, het koele, gladde water vóór haar begon te klateren en te kabbelen. Ze tuurde vooruit en zag dat er wat rotsen uit het water omhoogstaken, zoals bij de kampeer-plek. Dat wilde zeggen dat het ondieper werd, maar het betekende ook dat er obstakels zouden zijn waar ze tegenaan kon botsen.

Ze trok aan de schep – als het tenminste de schep was – maar de hangmat en tarp zaten er stevig in gepropt en er was geen beweging in te krijgen. De schep leek onderin vast te zitten tegen de pan. Vanaf haar nieuwe plek op de zitplank begon ze de hindernissen te zien die verborgen waren geweest toen ze nog op de bodem van de kano zat, zoals de boomtakken vlak boven het oppervlak, die stroomafwaarts waren gedreven en nu op de rivierbodem bleven haken. En vlak voor haar stak een rots uit het water, bijna niet waarneembaar, maar wat eronder lag baarde haar zorgen.

Erachter zag ze nog een rots – een veel grotere in de vorm van een bult – met daarachter een witte sluier van opspattend water. Ze dreef voort met een vaart die het onmogelijk maakte hem te ontwijken en binnen een paar seconden botste de kano erbovenop en zat de voor-kant vast. Door de botsing viel ze achterover in de kano en stootte haar hoofd tegen de houten plank erachter. Even was ze als verdoofd. De boot was op de rots gestrand en deinde grillig terwijl het water er aan één kant tegenaan golfde en de rivier eronderdoor bleef stro-men. Ze voelde het water met kracht tegen de achterkant duwen, waardoor de onderkant centimeter voor centimeter opschoof...

Ze schreeuwde het uit toen de kano plotseling losraakte en een paar meter zijwaarts door de snelstromende rivier dreef, waarbij adembenemend koud water over de zijkant spatte voordat de boot zijn koers corrigeerde en de boeg weer vooruitstak.

Maar het was nog niet voorbij. De rotsen lagen nu her en der als miniatuureilandjes in de rivier, en twee seconden later botste ze op een volgende. Door de vaart waarmee dat ging, werd de kano er een stukje overheen gedragen voordat hij weer vast kwam te zitten, met de boeg boven het water uitgestoken in de kolkende rivier.

Ze keek over de rand vooruit en begon te gillen om wat ze daar zag. Ze begon te schreeuwen, te krijsen om iemand, wie dan ook – Alex! Alex! – die haar zou komen redden. Ze schreeuwde niet omdat ze van deze rots in de rivier af wilde, maar omdat ze erop wilde blijven. Want ze zag nu wat eerder uit het zicht had gelegen. De stroomversnellingen verderop, schijnbaar ondiepe geultjes waarin de bodem van de kano opengereten kon worden, gingen vooraf aan nog iets veel ergers: een mist die omhoogrees waar de rivier wegviel. Gewoon... verdween.

Ze voelde het water nog steeds krachtig tegen de boot duwen, als meedogenloze handen, als wind en wielen. Het voelde persoonlijk, genadeloos. Langzaam maar zeker begon de kano te verschuiven. Ze keek wild om zich heen, maar er was niets om zich aan vast te grijpen, geen boomtakken, geen...

De voortstromende rivier vóór haar was nu een donderend geraas, zodat haar kreten werden opgeslokt toen de kano weer losraakte. Hij scheerde over de lage rotsen, raakte een rots, zodat ze door elkaar werd geschud, maar hij bleef niet hangen, de vaart was te groot. Ze probeerde te gaan zitten, maar de boot werd heen en weer geslingerd terwijl het water kolkte en schuimde, en de kano als in een flipperkast alle kanten op leek te schieten. Het ging nu weer zijwaarts en er klotste meer water over de rand, waardoor ze verder zonk. Ze hoorde de rivier bulderen, zag de gladde rotswanden aan de oever... Maar ze kon niet vooruitkijken, alleen naar boven.

De kano botste op een volgende rots, een enorme kei, waardoor haar lichaam tegen de zijkant stootte, en deze keer hoorde ze luid gekraak. Dat vertelde haar dat het voorbij was. Plotseling lag ze in het water en dreef de kano in twee stukken bij haar vandaan. Ze had geen tijd om te gillen. Haar handen reikten naar de lucht toen ze kopje-onder ging en ze voelde de eeuwenoude, onder gigantische druk geërodeerde gladde rotsen, terwijl ze als een lappenpop over de rand werd geworpen. Een moment lang bevond ze zich in een massa vocht, bijna als een embryo, zwevend, beschermd…

Toen spatte de stroom uiteen in miljoenen kleine kristallen en voelde ze dat ze viel.

21

Het duurde eindeloos, maar tegelijkertijd was het in enkele ogenblikken voorbij. Het water eronder was diep en helder, de stukken van de kano doken onder het oppervlak en kwamen een paar seconden later weer tevoorschijn, iets verderop. Ze was hard geland en de lucht was uit haar longen geslagen. Happend naar adem kwam ze boven. Maar haar longen vulden zich niet met lucht. Ze was buiten adem, letterlijk ademloos.

De stuivende waterval maakte het haar onmogelijk iets te zien. Als een harde regen kletterde het water op haar hoofd en dwong haar weer kopje-onder. Haar lichaam zonk gemakkelijk zonder het drijfvermogen van met lucht gevulde longen. Zelfs onder het oppervlak hoorde ze het gebrul, voelde ze de immense kracht over haar heen tuimelen en haar omlaagduwen. Haar longen schreeuwden om lucht en ze wist dat ze hier op de een of andere manier weg moest zien te komen. Haar ledematen zwaaiden om zich heen met tegenstrijdige instincten – naar boven komen, ademhalen – maar ze beheerste zich genoeg om drie of vier slagen te zwemmen, weg uit het hart van de waterval.

Bijna meteen werd het water kalmer. Kalm. Ze kwam boven en de lucht was als een klap op haar huid. Zoals bij de allereerste oerademhaling vulden haar longen zich met zuurstof terwijl ze hoestte en proestte. Ze watertrappelde blindelings opzij, kreeg een rots te pakken en hield die vast terwijl ze de lucht met gretige happen naar binnen zoog, alsof ze het pigment van de hemel probeerde te krijgen. Ze trok zichzelf op en ging op haar buik liggen, naar adem snakkend als een vis op het droge, tot ze geleidelijk haar middenrif voelde ontspannen en haar lichaam zich enigszins herstelde. De schok had haar in zijn greep: ze beefde te erg om te kunnen staan, haar benen waren zwak en trilden als die van een pasgeboren veulen. Ze durfde nauwelijks om te kijken, omhóóg te kijken... Wat was er zojuist gebeurd? Het was allemaal zo snel gegaan...

Toen ze het zag, slaakte ze weer een kreet. Dáár was ze overheen gekomen?

Een valhoogte van twaalf of misschien wel vijftien meter, het denderende water dat door de ontzaglijke druk horizontaal vooruitschoot voor het begon te vallen. Misschien was dat een zegen, want daardoor had ze eventuele uitstekende rotsen langs en onderaan de wand gemist.

Ze lag krampachtig te rillen, te huiveren, en haar gedachten schoten alle kanten op, vormeloos, zonder omhulsel, zoals het water. Maar een stemmetje, een instinct, vertelde haar dat ze op de oever moest zien te komen, dat ze warm moest worden. Ze was nog niet veilig.

Ze sleepte zich met moeite omhoog, trok haar benen uit het koude water en kroop op haar handen en knieën snikkend over de rotsen terwijl haar ellebogen knikten of een knie uitgleed, waardoor ze weer onderuitging, zich bezeerde, weer half in het water terechtkwam. Niets werkte naar behoren, haar lichaam leek niet in verbinding te staan met haar brein en ze bibberde hevig. Het leek een eeuwigheid te duren, het geraas van de waterval bonkend in haar oren, zo machtig dat ze ervan schokte en beefde. Ze wilde niet meer in dat water belanden.

Ze was bijna veilig, ze naderde de oever, maar er glipte hier nog een stroompje tussen de rotsen door. Normaal gesproken zou ze eroverheen huppelen met een meisjesachtige sprong, haar armen in de lucht. Maar vandaag was ze bijna dood geweest. Op een haar na. Ze had niets meer over, de adrenaline verliet haar en ze voelde zich slap. Ze stopte waar ze was, niet in staat om door te gaan.

Het stemmetje in haar hoofd vertelde haar dat ze een droge plek moest vinden, maar dat was te veel gevraagd, een onmogelijke taak. De rots onder haar was vlak en langwerpig en warm van de zon die erop scheen. Ze was bekaf, uitgeput, en ze bleef liggen, huiverend in de zon, waarvan ze de warmte in haar lichaam voelde sijpelen terwijl ze zich oprolde. Ze stond haar hoofd en ledematen toe om zwaar te worden en keek hoe het water gestaag voorbijgleed nu het tumult voorbij was.

Ze staarde naar de waterval. De rotswanden verrezen aan weerszijden, glad en donker en onneembaar. Het leek haar onmogelijk dat ze over die rand was gekomen. Maar ze kon het gevoel van het vallen niet vergeten, van haar armen en benen die in het rond maaiden terwijl ze door lucht en water vloog, het moment van de klap... Ze kon de angst om dood te gaan niet vergeten. En ze kon niet vergeten dat ze op het allerlaatst, vlak voor de vergetelheid, aan haar eerste liefde dacht.

De stem klonk veraf, als in een droom. Haar vingers trilden tegen de rots en ze verzette zich tegen de roep terug naar het bewustzijn. Ze wilde onder blijven, stilliggen. Op vaste grond. Geen beweging, geen stroming. Zolang ze zich niet verroerde, was ze veilig. Niets kon haar hier bereiken...

'Tara!'

Haar oogleden gingen knipperend open, hoewel ze zich loodzwaar voelde, aangetrokken door een kracht die haar de aarde in zoog. Ze hoorde het zware geluid van rennende voetstappen, gehijg dat dichterbij kwam, het gespat van water. En toen werd ze opgetild, vastgehouden, gewiegd in warme armen.

'Tara?' Alex' stem was als gescheurd fluweel. Zijn ogen bekeken haar wanhopig en zochten naar tekenen van leven, naar verwondingen. 'Zeg dat je in orde bent.'

Het was een bevel.

'Ik ben in orde,' mummelde ze, hem aanstarend, niet in staat om te bewegen. Ze had zich nog nooit zo zwaar gevoeld. Haar lichaam leek gevuld te zijn met lood, haar ledematen stijf in hun gebogen foetushouding.

'Ongelooflijk...' Maar zijn stem stierf weg toen hij naar de waterval keek. Hij verbleekte en zijn hart sloeg een slag over. Ze zag zijn adamsappel op en neer gaan terwijl hij slikte.

Hij keek weer naar haar en ze voelde zich een kind. Klein in haar vaders armen. Veilig. Ze voelde iets wat ze vele jaren niet had gevoeld nu zijn ogen op haar rustten. Alsof er in haar binnenste een slot werd omgedraaid. Of opengedraaid. Alsof er grendels en schuifjes op hun plaats werden geschoven. Ze voelde dat er tranen begonnen te stromen, stil en onophoudelijk. De angst werd verdrongen door opluchting. Ze was nu veilig.

Zijn hand streek over haar gezicht, duwde tegen haar huid om haar temperatuur in te schatten. 'Je bent ijskoud. Die natte kleren moeten uit.' Hij keek naar de tranen die als regendruppels over een raam bleven vloeien. 'Jezus, ik geloof bijna niet...' Zijn stem klonk schor. De adamsappel ging weer op en neer. Hij schraapte zijn keel. 'Kun je rechtop zitten?'

Ze voelde zijn hart bonzen. Het klonk als de hartslag van een renpaard, van een van haar vaders toppers in Cheltenham. Had hij de hele weg hiernaartoe gerend? Hoeveel kilometer? Wist hij dat deze waterval hier was? Ongetwijfeld. Daarom had hij zo angstig gekeken toen ze wegdreef. Hij wist op dat moment dat ze hier zou eindigen. Had hij gedacht dat ze het zou kunnen overleven?

Ze kon het zichzelf niet eens voorstellen. De sensatie golfde nog steeds door haar heen: haar lichaam dat door de lucht werd geslingerd toen de watermassa in druppeltjes uiteenspatte en haar... liet vallen. Het was geen onbekend gevoel, besefte ze. Ze was al heel lang aan het vallen, zette zich al tijden schrap voor de landing, in de wetenschap dat ze zou breken.

'Kom.' Hij hielp haar voorzichtig in een zithouding. 'We moeten deze kleren laten drogen nu de dag nog warm is.'

Ze voelde zijn vingers op haar huid terwijl hij haar shirt openknoopte en uittrok. Hij deed hetzelfde met haar broek, maakte haar veters los en trok haar sokken uit, zodat ze alleen nog haar ondergoed aanhad. Gisteren was Jed de patiënt. Vandaag zij.

'Je hebt een gast,' hoorde ze hem mompelen en ze keek lang genoeg om te zien dat hij een bloedzuiger lostrok van haar kuit. 'Het zal even jeuken, maar daar heb ik wel wat tegen.'

Ze reageerde niet. Hij trok snel zijn eigen shirt uit en trok het over haar heen, boog haar armen door de armsgaten en knoopte het dicht. Zelf kon ze even niets. 'Zo, nu ben je tenminste bedekt. Een verbrande huid is het laatste wat je nu kunt gebruiken.'

'Het gaat wel,' prevelde ze, haar stem slechts een vaag gefluister, wat zelfs haar verraste.

'Nee. Je bent in shock.' Hij gleed met zijn handen over haar hoofd en streek haar haren glad terwijl hij naar haar keek. Ze voelde zich een klein meisje. Hij keek weer naar de waterval alsof die een magnetische kracht op hem uitoefende, zijn vertwijfeling stil maar tastbaar, als de bedroefde melancholie in de blik van een hond. Ze voelde dat hij niet wist wat hij moest doen. Hij keek rond en verstijfde plotseling. 'O... Wacht hier op me.'

Zij ging nergens heen. Waar kónden ze eigenlijk heen?

Ze hadden geen proviand, geen schuilplaats. Ze hoorde hem met lange, krachtige passen door het water waden. De passen stierven weg en kwamen even later terug.

Vanuit haar ooghoeken zag ze iets roods. Langzaam keek ze op. Hij sleepte een van hun rugzakken mee.

'Hij is blijven hangen aan die tak!' zei hij verwonderd, vol ongeloof. Ze keek wezenloos toe terwijl hij de rugzak op de oever uitpakte. Er stroomden liters water over de stenen, die donker kleurden nu hij alles langzaam uitvouwde en in de zon legde. Hangmat. Tarp. Lijnen. Gasbrandertje. Mes in holster. Opvouwbare emmers. Wat pakjes gedroogde noedels. Zelfs het vreemde smalle pakketje dat Don Carlos, de awa, haar had meegegeven, dat ze pas mocht openen bij het plukken van de zwartesterrenbladeren. Hij ging op een steen op de oever zitten, naast hun bezittingen, met zijn ellebogen op zijn knieën terwijl hij wachtte tot het allemaal zou opdrogen. Hij sloeg haar zwijgend gade. Ze rolde zich weer in foetushouding op, nog steeds huiverend op haar rots, maar minder dan eerst nu ze zijn shirt aanhad, en keek terug. Ze zeiden geen van beiden een woord, haar ogen begonnen langzamer te knipperen en haar hartslag kwam tot rust. De rivier was weer een serene plek geworden, een mooi decor waar libellen dansten en toekans kibbelden om vruchten in de bomen. Het was een idylle, een tropisch paradijs. Hier kon niets ergs gebeuren. Het was een prachtige dag. Het laatste wat ze dacht toen ze haar ogen weer sloot, was dat de zon nog niet zijn hoogste punt had bereikt.

22

Ze gingen weer op weg toen er nog twee uren daglicht over waren. Alex was er zeker van dat ze het konden halen. Door de snelle voettocht van vanochtend, gecombineerd met haar onbedoelde tochtje over de rivier en zijn sprint over de oever, hadden ze veel meer afstand afgelegd dan hij had verwacht, en hij was ervan overtuigd dat ze het dorp waar ze naartoe gingen voor de avondschemering konden halen, ook al liepen ze maar half zo snel als vanochtend.

Hij bleef om de paar stappen achteromkijken om te controleren of ze er nog was, of het goed ging. Ze zag, nu ze hem volgde, dat zijn kleren hier en daar gescheurd waren, dat hij akelige schrammen op zijn onderarmen had, en een grasachtige moddervlek op zijn achterwerk, alsof hij was gaan sleeën zonder slee. Hij leek wel in gevecht te zijn geweest met iets wat groter en gevaarlijker was dan hij. Ze vroeg zich weer af wat hij had doorstaan om bij haar te kunnen komen.

Alles was opgedroogd, ook haar kleren, die stijf en kreukelig waren, en haar middagslaap was weldadig geweest. Heilzaam. Ze was als herboren wakker geworden. Misschien kwam dat door het gevoel dat ze beschermd werd, dat haar geest had kunnen rusten, want toen ze was ontwaakt – voor de tweede keer vandaag terwijl hij haar nauwlettend gadesloeg – merkte ze dat haar zenuwen waren gekalmeerd, dat haar kracht was teruggekeerd, dat haar lichaam weer reageerde op prikkels en dat de sudderende bitterheid tussen hen was verdwenen. Ze waren misschien geen vrienden, maar ook niet langer vijanden.

Ze praatten ongedwongen terwijl ze voortliepen, en aten wat vruchten die hij onderweg plukte – verse mango's en wat bananen. 'Er zijn in dit land meer bananen dan dat er sterren aan de hemel staan,' verkondigde hij terwijl hij zijn riem gebruikte als een lus om langs de stam omhoog te slingeren, zoals ze Jed in haar kindertijd had zien doen.

'Je bent hier helemaal ingeburgerd,' zei ze toen hij met gemak omlaagklom en haar een banaan gaf.

'Nee, ik voelde me altijd al meer thuis in de wildernis dan in de beschaving,' zei hij schouderophalend.

Die opmerking verwonderde haar. 'Dat is niet waar.'

'Jawel. Jij koos ervoor om dat niet te zien.'

'Maar dat je bent opgegroeid op boerderijen wil toch niet zeggen dat...'

'Ik paste niet in jouw wereld, Tara,' zei hij simpelweg. Hij keek haar aan met een ondoorgrondelijke blik voordat hij weer in beweging kwam en zij hem in verwarring nakeek.

Ze liepen alsof ze een wandeling door het park maakten. De gespannen haast van gisteren en vanochtend had plaatsgemaakt voor iets zachters, iets aangenamers.

'Daar vooral niet aan likken,' zei hij op een gegeven moment, wijzend naar een rood kikkertje op de onderkant van een enorm palmblad.

'Dat was ik ook niet van plan. De tijd dat ik aan kikkers likte, ligt ver achter me.'

Zijn lach golfde door haar heen. Hij wees naar vogels – scharlakenrode ara's, maar ook een kiskadie, geelstaarttroepialen, spechten en haar favoriet: de toekans, die een heerlijk klakgeluid maakten terwijl ze trachtten niet tegen bomen te botsen met hun bovenmaatse snavels. Hij benoemde planten. 'Dit is de zogeheten verdovingsboom,' zei hij, en hij hakte er met zijn mes een twijgje af.

'Ah, de beroemde propofolboom. Ja, daar heb ik van gehoord,' grapte ze droogjes.

Hij wierp haar een blik toe. 'Kauw hier maar eens op.'

Ze kauwde op het takje. Na een paar minuten tintelden haar mond en tong en proefde ze niets meer. 'Hm. Dat kan van pas komen.'

'Zeker. Het ís al vaak van pas gekomen.' Hij begon weer te lopen.

'Voor jou?'

'Ja, een paar keer.'

'Wanneer dan?' drong ze aan.

'Nou, bijvoorbeeld toen ik eens op zoek was naar quetzals waarvan we hadden gehoord dat ze hier nestelden. Die verblijven meestal aan de Pacifische kant van het Talamanca-gebergte.'

'En quetzals zijn dus... vogels?' vroeg ze. Hij leek er altijd van uit te gaan dat iedereen een master in de biologie had gevolgd.

'Ja, heel beroemde vogels.' Ze hóórde hem bijna met zijn ogen rollen. 'Hoewel ze nu helaas met uitsterven worden bedreigd. Ze zijn prachtig, met donkergroene vleugels, een rode buik, lange staartveren en een grappig hanenkammetje op hun kop. Ze zijn moeilijk waar te nemen. Ik was hier al drie dagen en stond op het punt het op te geven toen ik een onfortuinlijke ontmoeting had met een overbezorgde pekarimoeder en op mijn vlucht tegen een manzanillaboom botste.'

Hij keek achterom om te kijken of ze begreep wat dat betekende.

'Ik raakte de draad kwijt bij het hanenkammetje,' zei ze schouderophalend, terwijl ze vermoeid over een boomstam stapte.

'De manzanillaboom wordt ook wel boom des doods genoemd.'

Ze trok haar wenkbrauwen op. 'Gaan we dramatisch doen?'

'Hun vruchten lijken op appeltjes. Als je ze eet veroorzaken ze misselijkheid, braken, koorts, vreselijke keelpijn, maag-darmbloedingen, vertraging van de hartslag, coma en soms zelfs de dood.'

Ze knikte. Deze taal sprak ze tenminste. 'Wow. Indrukwekkend.'

'Uiteraard heb ik geen appeltje gegeten. Maar de bast en bladeren zijn ook giftig – die veroorzaken wondjes en blaren. Als het regent, mag je niet onder zo'n boom gaan schuilen, want de druppels nemen het giftige sap op.'

'Jakkes.'

'Ja, en ik holde er dus tegenaan en gaf die boom zo ongeveer een knuffel.'

'Terwijl je wegvluchtte van een verwant van het varken?'

'Hé!' protesteerde hij lachend. 'Het was een ellendig incident, hoor! Maar ik vond snel wat verdovingsbladeren en heb mijn huid ermee ingewreven. Ik heb de littekens nog wel, kijk zelf maar.' Hij pakte haar hand en duwde haar vinger tegen zijn borst en hals.

Tien jaren verschrompelden tot een enkele zucht bij het plotselinge contact tussen haar huid en de zijne, waardoor haar lach verstomde. Ze voelde de littekens onder haar vingertoppen. De huid die ze ooit zo intiem had gekend was nu gemarkeerd door een gebeurtenis die in haar afwezigheid had plaatsgevonden, en ze vroeg zich af hoe zijn leven was verlopen. Hoeveel verhalen, hoeveel avonturen, hoeveel vrouwen...

Diep vanbinnen voelde ze een flits van pijn. Herinneringen die ze lang geleden had verdrongen schoten als vuurwerk omhoog. 'Alex...' Ze probeerde haar hand weg te trekken, maar de druk op haar hand nam toe.

'Tara.' Zijn stem brak en ze keek instinctief op. Een vergissing. De hartstocht die tussen hen had gegloeid vanaf het eerste moment dat ze elkaar ooit zagen, was er nog, onmiskenbaar, als een ondergrondse stengel die naar het licht reikte. Ze begreep nu dat die passie niet was verwelkt maar slechts begraven was geweest. 'Tara, vergeef me.'

Ze slikte. 'Nee.' Het antwoord was duidelijk.

'Ik weet hoeveel pijn ik je heb gedaan.'

Ze keek hem recht aan en onderdrukte alle gevoelens die wilden opwellen, gezien wilden worden, erkend, gevoeld. 'Je weet helemaal niets.'

'Vergeef het me,' herhaalde hij. 'Het is tien jaar geleden!'

'Dat weet ik,' zei ze simpelweg. 'Ons kind zou nu negen jaar zijn geweest.'

Haar woorden, zacht uitgesproken, kwamen aan als donderslagen en ze zag de verwarring over zijn gezicht glijden. Zijn hand liet de hare los en hij zette een wankelende stap achteruit, alsof ze hem een klap had gegeven.

'Wát?' Het was een fluistering.

'Ik was zwanger. Ik wilde het je na de verloving vertellen.'

Ze sprak zacht maar krachtig. Hoeveel jaar had ze deze woorden al willen zeggen? Ze zag de pijn door hem heen gaan, een elektrische stroom die ze rechtstreeks van haar hart in het zijne had gezonden, waardoor hij nu stond te beven. Maar ze schepte er geen genoegen in. Het verzachtte haar verlies niet. Ze voelde slechts droefheid omdat het geheim dat ze hem zo graag op een nacht in bed had willen vertellen, al die jaren geleden, nu hier op deze manier werd onthuld. Ze kon zich Holly en haarzelf nog voor de geest halen op de brug in Hyde Park, toen ze allebei dachten dat ze hun eigen toekomst hadden uitgestippeld. Wat hadden ze het allebei mis gehad.

Ze keek hem recht aan, vastbesloten de volgende vraag te beantwoorden voor hij hem had gesteld. 'Ik heb negen dagen later een miskraam gehad.' De suggestie was duidelijk.

'Tara...'

'En daarom kan ik het je niet vergeven, hoeveel tijd er ook overheen gaat,' zei ze. Hij keek diepbedroefd, maar ze liet zich niet vermurwen. *Het hartje is gestopt met kloppen. Je hebt je kindje verloren.* Ze had er tien jaar mee geleefd en de pijn was nog net zo groot. Ze voelde zich niet minder leeg, het opbiechten van het geheim voelde niet als een bevrijding. Hij wist het nu ook, dat was alles. Hij begreep eindelijk dat ze veel meer waren kwijtgeraakt dan het afgelopen decennium, dat er geen weg terug kon zijn, hoeveel fysieke aantrekkingskracht er ook was. 'Wat je van me hebt afgenomen, kun je nooit teruggeven. En hoe zorgzaam en lief je ook bent – nu je hebt bereikt wat je wilde – we zijn niet bevriend. Ik heb je nodig om mij te helpen Paco te helpen en dan is het klaar.'

Hij staarde haar gekweld aan. Ze zag de woorden in zijn ogen en op zijn lippen ontstaan – en weer verworpen worden. Ze zouden een kind gehad hebben, van negen jaar oud? Daar kon geen argument tegenop.

Ze zag dat hij slikte en zich afwendde. Zijn lichaam draaide zich in slow motion om. Hij zette zijn ene voet voor de andere en ze hervatten hun tocht in stilte.

Er werden geen grapjes of verhalen meer verteld, de kilometers werden zwijgend afgelegd terwijl de zon aan zijn afdaling begon. De jungle kleurde zwarter in het snel afnemende licht, de vogels staken als vleermuizen af tegen de schemering en er begon een spookachtige grijze mist door de bomen te kronkelen.

'Daar is het, in het nevelwoud,' zei hij ten slotte terwijl hij stopte aan de rand van een imposante, smalle kloof, een doorgang tussen twee bergen. De vallei lag vijftig meter lager tussen de rotsen, waar een rivier stroomde. De ene kant werd met de andere verbonden door een touwbrug, die er net zo fragiel uitzag als een spinnenweb, simpele planken om over te lopen. Tara keek nog eens omlaag, onzeker of ze haar gewicht er wel aan wilde toevertrouwen, maar Alex stapte er zonder aarzeling op, dus volgde ze. Hierin vertrouwde ze hem.

Ze voelde meteen dat de omgeving aan de overkant anders was. Na drie stappen werd de hemel een abstractie, compleet uit het zicht gehouden door verstrengelde boomtoppen die dertig tot veertig meter boven hen uittorenden. Er zweefden lage wolkenflarden tussen de boomstammen door en de grond was gemakkelijker te belopen. Na enkele minuten liepen ze te hijgen door de steile klim.

'Wat is dat?' vroeg ze toen ze iets hoorde wat anders klonk dan al het andere sinds haar eerste stap in de jungle. In tegenstelling tot de kakofonie van gekrijs en geroep van de dieren die er woonden, klonk dit melodieus: een mild gefluit dat zich rond de boomstammen leek te slingeren en haar wenkte.

'Een panfluit.'

Het was een meeslepend geluid, zeker in het halfdonker, en het stopte abrupt toen ze een grasrijke open plek bereikten en aan de rand tussen de bomen bleven staan.

'Hier is het,' zei hij.

Ze keek hem aan. Ze waren er? Nu? Na een tocht waarin Jed was aangevallen en ernstig gewond geraakt, waarin zij door haar verleden was achtervolgd, waarin ze aan de dood was ontsnapt... En nu waren ze er zomaar? Op de een of andere manier voelde het als een anticlimax.

Ze keek naar de kegelvormige hutten met rieten daken tot op de grond, qua stijl vergelijkbaar met die in het dorpje van Jed en Sarita, maar meer verspreid. Er stond een man naast een van de hutten, die naar hen terugkeek alsof hij op hen had gewacht. Hij droeg een westerse broek maar met een traditioneel gewaad met franje over zijn borst. In zijn hand had hij een kleine panfluit.

Alex zette een paar stappen naar voren en zei iets in een haar onbekende taal. Hij gebaarde in haar richting en de man keek even naar haar en toen weer naar Alex. Hij glimlachte zijn tanden bloot, met een spleetje in het midden, en ze lachten op een toon die verrassend kameraadschappelijk klonk.

Alex wenkte haar. 'Tara, dit is William, de lokale awa.'

'William?' herhaalde ze verwonderd. Ze hadden een tocht van twee dagen achter de rug om hier te komen. Ze waren midden in de rimboe en de naam van de awa klonk als die van een Engelse schooljongen?

William keek haar met een openlijk onderzoekende blik aan, alsof hij haar gedachten zou kunnen lezen. Kon hij zien wat ze had doorstaan om hier te komen? Zou hij het zelfs maar geloven? Haar gezicht was aan één kant door de zon verbrand toen ze op de rots had geslapen, ze had schrammen en blauwe plekken, ze zat onder de muggenbeten en haar been jeukte vreselijk op de plek waar de bloedzuiger had gezeten. Kon hij daar genoeg uit opmaken of waren de verschrikkingen – en haar vermoeidheid – aan haar ogen af te lezen?

'Hij bestudeert je energie,' zei Alex zacht terwijl de awa – net als Don Carlos in Jeds dorp – haar hand pakte en vasthield terwijl hij even zijn ogen sloot. 'Dit is een standaardbegroeting.'

William opende zijn ogen na enkele momenten en keek haar weer aan. Toen knikte hij alsof ze iets voor hem had bevestigd. Hij stak zijn andere hand uit en legde die op haar onderarm, vlak onder haar wond. Ze kromp meteen ineen. De kras, die toch al tekenen van een infectie had vertoond, was nu nog pijnlijker.

William stroopte haar mouw een stukje omhoog en keek ernaar. Ze vroeg zich af hoe hij wist dat die kras er zat. De infectie was toegenomen, de blaasjes werden groter en witter. Ze probeerde niet in paniek te raken. De jungle was geen fijne plek om een infectie te hebben, zeker niet, maar ze herinnerde zichzelf eraan dat ze in minder dan twee dagen terug in de bewoonde wereld zou zijn. Dan was ze toch nog wel op tijd?

William liep zonder een woord te zeggen naar de bomen een paar meter verderop, en kwam een paar ogenblikken later terug met een bundeltje bladeren.

Natuurlijk, nog meer bladeren, dacht ze bij zichzelf, maar ze gehoorzaamde braaf toen William gebaarde dat ze hem moest volgen. Ze liep achter hem aan naar de grootste hut, waar haar ogen groot werden bij de aanblik die haar begroette. Hierbij stelde de schaal en grandeur van de hut van Jeds awa niets voor. Er hingen houten maskers aan de wanden, bogen bungelend aan hun touw, en er stonden versierde kalebassen en uit hout gesneden dieren die ze bijna herkende, maar net niet helemaal, op tafels en planken langs de wanden. Slangen- en hertenhuiden hingen aan lijnen te drogen, en er waren ook twee losjes geweven hangmatten tussen de enorme houten palen bevestigd.

Hij legde de bladeren op de tafel en hakte ze grof met een mesje, waarna hij ze tot een pasta stampte. Hij werkte snel en efficiënt. Niemand zei iets. Tara keek alleen maar toe, te vermoeid om te protesteren. Zijn doelgerichtheid had iets hypnotiserends. Binnen enkele minuten had hij een limoengroen smeersel gemaakt dat hij aanbracht op haar arm. Het rook smerig, maar het prikte niet. Tara bleef met een sceptische blik kijken terwijl hij een groot, glanzend blad pakte, een ander dan dat van het smeersel, en het er als een soort pleister overheen plakte. Hij duwde erop met zijn handpalm, hield het tien tellen vast en stapte toen achteruit. Het blad bleef zitten toen ze haar arm bewoog. Hij mompelde iets.

'Morgen zal het al beter gaan,' vertaalde Alex.

'Gracias,' zei ze alleen maar. Ze voelde het papje al in de etterende wond trekken en diep vanbinnen kon ze amper geloven dat zij – een arts – een volslagen onbekende zonder medische diploma's zojuist had toegestaan haar wondinfectie te behandelen. Het zou er zomaar erger van kunnen worden. Hij had geen patiëntendossier, hij wist niet of ze allergieën had of niet, of er contra-indicaties waren... Maar de vermoeienissen van de dag hadden haar mentale weerstand weggenomen. Ze was nog nooit zo moe geweest. Haar ongeluk en de daaropvolgende confrontatie met Alex hadden haar volledig uitgeput.

De dorpsbewoners druppelden inmiddels de hut binnen en staarden hen bij de deuropening nieuwsgierig aan. Er werd al snel veel gepraat terwijl de menigte groeide. Bijna alle ogen waren op haar gericht, want de mensen leken Alex te herkennen. Toen, alsof ze een seintje hadden gekregen, holden de kinderen enthousiast naar hem toe, trokken aan zijn broek om opgepakt te worden, en al die tijd bleven hun ogen behoedzaam naar haar terugkeren. Tara zag hoe hij de kinderen high fives gaf en ze begroette met een glimlach die voor de verandering zijn ogen niet bereikte.

'Mooi,' zei een van de vrouwen terwijl ze dichterbij kwam. Ze was gekleed in een donkerrode rok en een blauwkatoenen T-shirt en hield een klein kind tegen haar borst, met beentjes die onder de draagdoek uitstaken. Langzaam streek ze met een vinger rond de helft van Tara's gezicht, maar ze keek naar Alex. 'Heel mooi.'

Enkele kinderen schuifelden dichter naar Tara toe, nu ze doorhadden dat ze niet zou bijten. Ze staken hun handen uit naar haar benen, alsof ze haar wilden aanraken om te kijken of ze echt was. Een klein meisje met amandelvormige ogen staarde haar aan en Tara strekte instinctief haar armen naar haar uit. Ze tilde haar op en ze keken elkaar met wederzijdse belangstelling aan.

'Hoi,' zei Tara glimlachend. 'Hola.'

'Hola,' fluisterde het meisje verlegen terug.

'Jij arts, mevrouw?' zei een van de vrouwen, die ook dichterbij kwam.

Tara was verbaasd, en niet alleen omdat ze een klein beetje Engels sprak. Hoe kon ze weten wat Tara voor werk deed? 'Ja.'

'Uit Engeland?'

'Ja.' Ze keek vragend naar Alex, die op elke heup een driejarig kind had en een ondoorgrondelijk gezicht trok toen hij de vragen zag die haar op de lippen brandden: hoe wisten ze dat zij arts was? En dat ze uit Engeland kwam?

De lach die ze eerder had gehoord, buiten, weerklonk nu achter haar. 'Alex heeft hier veel tijd doorgebracht,' zei William, alsof dat het verklaarde.

Ze stond perplex. 'Jij spreekt ook Engels?'

'Natuurlijk.'

'Maar waarom zei je dat niet toen we aankwamen?'

'Omdat je teleurgesteld zou zijn misschien?' Hij glimlachte en zijn ogen twinkelden ondeugend terwijl hij met een hand over zijn traditionele gewaad streek. Had hij die ook aan om haar te plezieren? 'Toen onze vriend hier de... grote baas werd...' William rolde met zijn ogen. '... wilde hij de jungle leren kennen via de inheemse stammen.' Hij haalde zijn schouders op. 'Dus we hebben geruild. Hij leerde ons Engels en mocht bij ons wonen om onze gewoonten te leren kennen.'

'O.' Dit was weer een inkijkje in het leven dat hij na haar had geleid. Heel anders dan het leven dat zij na hem had geleid. Ze vroeg zich af hoelang hij hier had gewoond, en wanneer. Een maand na zijn aankomst? Een jaar? Zes jaar? Het was weer een tipje van de sluier, weer een stukje van de avonturen die hij zonder haar had beleefd, het leven dat hij had geleefd zonder haar aan zijn zijde, en ze voelde een nieuwe steek van pijn om het verlies, om het leven dat ze niet had gekregen. Hij had haar gevraagd met hem te trouwen, haar leven met hem te delen... Misschien was hun kind wel geboren. Maar in plaats daarvan waren ze van elkaar weggedreven – tien jaar lang met een oceaan tussen hen in en zonder een woord te wisselen.

Tara zag hoe Alex de kinderen neerzette en ze lachend en gillend wegrenden. Hij streek met een hand door zijn haar. Hij zag er ouder uit. Moe.

'Nou, over de "grote baas" gesproken, Tara's vader is míjn baas,' zei Alex nadrukkelijk. William leek de betekenis hiervan tot zich te laten doordringen. Tara zag zijn gezichtsuitdrukking veranderen.

'Wat doen jullie hier dan?' vroeg William hem. 'De ceremonie is binnenkort.'

'Ja, over drie dagen, daar ben ik me van bewust,' verzuchtte Alex. 'Tara is hier om een vriend te helpen. Die heeft de zwartesterrenbladeren nodig voor een medische behandeling.'

Er verscheen een diepe frons in Williams voorhoofd. 'Is het de spinnenziekte?'

'Dat schijnt zo,' zei Tara knikkend. Ze had nog steeds het nieuwsgierige kleine meisje op haar heup.

'William, we hebben een lange tocht achter de rug en Tara is doodmoe,' zei Alex. 'Zij en haar gids zijn gisteren aangevallen, vlak bij de rangerbasis, en de tijd dringt. We moeten morgenochtend vertrekken zodra het licht is.' Hij verviel vervolgens weer in de taal van de awa en toen hij was uitgesproken, maakte William oogcontact met een oudere vrouw die bij de deur stond, en hij gaf haar een knikje. Ze liep naar hem toe en William sprak met haar.

'Zij gaat de zwartesterrenbladeren plukken voordat de zon ondergaat,' vertaalde Alex.

'O. Maar moet ík dat niet...' begon ze, waarna ze weer zweeg en wrang glimlachte. Dacht ze nou echt dat het wat uitmaakte wie ze plukte en op welk tijdstip? Maar ze herinnerde zich hoe haar hoofdpijn was overgegaan... 'Wacht, ik heb iets van Don Carlos.' Ze stond op en haastte zich naar de rugzak om het pakketje te pakken dat hij haar bij haar vertrek had meegegeven. 'Het schijnt dat dit pas geopend mag worden bij het plukken van de bladeren,' zei ze. 'Ik weet niet wat het is.'

'Het is een talisman, die de geneeskracht van de plant zal bevorderen.' Alex nam het pakketje aan en gaf het aan de vrouw, die het met een begrijpende blik aanpakte, alsof ze zoiets wel had verwacht. Zwijgend glipte de vrouw de hut uit. Tara zou graag met haar zijn meegegaan om het mysterieuze ritueel mee te maken, al was het maar uit nieuwsgierigheid, maar de vrouw zou snel moeten zijn. Ze moest dit in de schemering doen en over een paar minuten zou het donker worden.

'Kom. Jullie hebben voedsel en rust nodig,' zei William, en met een armgebaar loodste hij hen mee naar het gedeelte waar houten krukken – oude boomstronken – in een kring om een knisperend vuurtje stonden.

Tara zette het kleine meisje op de grond en knipoogde, waarop ze wegholde, en nam plaats op de haar aangewezen plek bij het vuur terwijl de dorpsbewoners hun gastvrijheid tentoonspreidden. Ze was te moe om ook maar ergens bezwaar tegen te maken en ze pakte dankbaar de drank aan die ze kreeg aangereikt. Die was amberkleurig en rook zo sterk als brandy.

'Wat is dit?' vroeg ze aan Alex.

'Aguardiente. Of "brandend water",' antwoordde hij, terwijl hij toekeek hoe ze gretig begon te drinken. 'Rustig aan, het is sterk spul.'

Ze haalde haar schouders op. Ze was blij met alles wat haar dag kon verzachten. Het was een memorabele dag geweest, om de verkeerde redenen. Het gevoel bij het vallen zat nog in haar lijf, alsof ze het steeds herbeleefde, en haar hart deed pijn van het lang bewaarde geheim. Ze merkte dat Alex haar blik nu ook vermeed. Hun verleden lag nu als een pulserende wond tussen hen in.

William ging tegenover hen zitten, maar de speelse blik die ze bij aankomst in zijn ogen had gezien, was verdwenen. De mededeling dat zij een Tremain was, en niet zomaar een ecotoerist, leek de zaak te hebben veranderd. Hij leek nu meer op een stereotiepe dorpsoudste zoals zij zich die voorstelde. 'Wie heeft jullie aangevallen?'

Ze was verbaasd dat hij het onderwerp weer aansneed. 'Geen idee.

Ik heb diegene of diegenen niet gezien. Mijn vriend Jed is gewond geraakt, ik niet.'

Ze zag dat Williams blik naar Alex gleed. 'Wat is er?' vroeg ze aan hen beiden.

'Er zijn de laatste tijd wat problemen geweest, dat is alles,' zei Alex luchtig, maar met zijn ogen neergeslagen. 'Sommige veefokkers en plantage-eigenaren zien de overdracht niet zitten, dus bepaalde... moeilijkheden zijn geëscaleerd.'

Ze dacht aan de vijandige blik van die man naast de pick-uptruck bij het huis met de graffiti, hoe Jeds jeep was ingesloten, de lek gestoken band, hoe ze bijna van de weg gereden waren... 'Wat voor moeilijkheden?'

Hij aarzelde. 'Er is sprake van diefstallen, brandstichting, intimidatietactieken... Kleinigheden. Maar het is allemaal onder controle.'

'Kleinigheden?' herhaalde ze. 'Een man bewusteloos slaan is geen kleinigheid. Dat is een ernstige aanval, misschien wel poging tot doodslag!'

Hij keek haar eindelijk weer aan. 'Zoals ik al zei, hebben we het onder controle. Het is alleen maar bangmakerij. Niets kan de overdracht van vrijdag tegenhouden.'

Maar Tara zag een somberheid in zijn ogen die ze niet eerder had opgemerkt en even staarden ze elkaar aan in een stilte die luider klonk dan hun woorden.

William, zag ze, leek zich ook zorgen te maken. Ze vroeg zich af hoeveel hij wist en of ook hij iets verzweeg. Ze had het sterke vermoeden dat Alex de kwestie bagatelliseerde.

'Alex, verzwijg je iets voor me?'

'Nee.'

'Zijn er bedreigingen geweest?'

'Het komt goed. Ze hebben gewoon een grote mond.'

Was dat niet precies wat Jed had gezegd? En moest je hem nu zien! Ze keek Alex strak aan. 'Zijn ze van plan om vrijdag iets te doen?'

'Nee!'

Maar hij had te snel antwoord gegeven, te fel. 'Is mijn vader het doelwit?'

'Tara, ik zei net...'

'Jij kunt goed liegen, Alex! Ik geloof niet wat je zegt,' snauwde ze. 'Loopt mijn vader gevaar?'

Hij keek haar aan, geschokt en boos. 'We hebben de beveiligingsteams gewaarschuwd. De persoonsbeveiliger van je vader weet ervan en we hebben de relevante overheidsinstanties op de hoogte gesteld. Ik beloof je dat hem niets zal gebeuren. Deze mensen willen een punt maken en ophef veroorzaken, maar ze worden echt wel op afstand gehouden. We weten allebei dat het moeilijk is om bij een man als jouw vader in de buurt te komen.'

Het was zijn tegenzet, de verbale klap terug. 'Ja. Daar ben ik me zeer bewust van,' zei ze kalm.

Hij keek haar enkele lange seconden aan en wendde zich toen af. Een spiertje in zijn kaak trilde ritmisch, er bleven woorden onuitgesproken. Maar ze wist wat hij haar wilde zeggen: dat hij kon rechtvaardigen wat hij had gedaan, ondanks wat ze hem had verteld, dat hij er nog steeds van overtuigd was dat hij haar – of hen – had mogen opofferen voor het goede doel.

En wás dat ook zo? Hoe vaak had ze haar vader in de loop der jaren wel niet horen uitweiden over de resultaten van zijn erfgoedproject? Het zou miljarden opleveren in het ecotoerisme, de habitats van wilde dieren beschermen, evenals de inheemse cultuur, de herbebossing bevorderen, de uitstoot van broeikasgassen verminderen... Ze kon de voordelen in haar slaap opdreunen. Haar gebroken hart was het enige minpunt en er waren tijden geweest dat ze half verwachtte dat haar vader zou worden benoemd tot patroonheilige van Costa Rica. Dus hoe was het nu mogelijk dat hij persoonlijk werd bedreigd, en dat hun vrienden en medewerkers werden aangevallen?

Ze keek op bij het horen van een schaterlach, een universele klank, ongeacht de taal. De vrouwen waren druk in de weer met de bereiding van de maaltijd. Ze schilden, hakten en sneden, terwijl ze af en toe heimelijk in de richting van hun onverwachte gasten keken, sommigen giechelend naar elkaar toe gebogen. Ze vroeg zich af of zij ook onderwerp van hun grapjes was.

De vrouw kwam weer binnen en liep recht op William af. Ze opende haar handen om te laten zien wat ze had meegebracht: een grote bos versgeplukte bladeren, in vochtig neteldoek gewikkeld. Alex zag het en wierp haar een intense blik toe. Dus dit was het geweldige geneesmiddel waar ze voor waren gekomen?

'Goed zo.' William knikte, bestudeerde de bladeren en snoof eraan. Hij keek haar aan. 'Ze moeten in de schemering worden geplukt, dan is het sap op zijn best.'

'Ah ja, de schemering,' reageerde ze beleefd, denkend aan de instructies van de awa uit het dorpje van Jed. Ze had bijna haar leven gegeven in haar poging dit kruid op te halen, terwijl ze wist dat het net zo effectief tegen hepatitis zou zijn als het drinken van citroensap of alleen te baden op dagen met oostenwind.

Maar het is een middel om het gewenste doel te bereiken, zei ze tegen zichzelf, en ze dacht weer aan Paco die nog steeds op dat matras lag. Voor hém was ze hier, genoot ze de gastvrijheid van een heel dorp en dronk ze iets wat zo sterk was dat haar eigen flirt met de dood als een warme, wazige droom begon te voelen.

Ze keek naar Alex, zag hoe ongedwongen hij glimlachte nu hij met William zat te praten, hoe hij zijn benen strekte en zijn enkels kruiste als een victoriaanse edelman in zijn salon. Hij leek zich overal op zijn gemak te voelen... Hij kon met iedereen een gesprek voeren, van een stamhoofd tot een miljardair, hij behandelde ze allemaal hetzelfde.

Een heel mooie jonge vrouw kwam naar hen toe met wat gesneden fruit en bessen, gerangschikt op bananenbladeren. Tara zag hoe haar ogen op Alex bleven rusten en contact maakten toen hij met een dankbare glimlach opkeek. Een moment van verstandhouding. Hij wierp Tara een blik toe, maar ze wendde zich snel af, denkend aan Jeds woorden over de polygame cultuur van de stammen. Het was onwaarschijnlijk dat Alex hier maanden had gewoond zonder een relatie te hebben met in elk geval een van de vrouwen. Hadden de vrouwen daarom zo gelachen? Haar hart deed nog wat meer pijn.

William sloeg haar gade en leek veelzeggend te glimlachen toen ze zijn kant op keek. 'Ben je getrouwd?'

Het was de onvermijdelijke vraag die aan iedere vrouw van in de dertig – of zelfs al tegen de dertig – werd gesteld als ze voor het eerst met iemand kennismaakte. Zelfs in de jungle. 'Nee.'

'Nee? Niet te geloven!' William lachte en sloeg plotseling joviaal op zijn bovenbeen alsof ze een geweldige grap had verteld. 'Heeft Alex Carter je niet eens gevraagd?' Hij keek haar vol ongeloof aan, alsof het niet anders kon dan dat de twee witte mensen in de hut met elkaar zouden trouwen.

Tara keek van de ene man naar de andere en vroeg zich weer af wat Alex hem over haar had verteld. In elk geval íéts, dat wist ze. Zij was de arts uit Engeland. Maar wat nog meer? Voormalige verloofde? Gewoon een ex?

Ze besloot om haar kant van het verhaal te vertellen.

'Nou, zoals je waarschijnlijk wel weet, heeft hij het lang geleden wel geprobeerd,' zei ze luchtig, na een moment. Het antwoord werd in een verbale golf doorgegeven en de dorpsbewoners – van wie sommigen het voor anderen vertaalden – barstten in joelen uit. Misschien dat ze het dus níét wisten.

'En je hebt nee gezegd?' vroeg William geamuseerd.

'Ik had nooit ja moeten zeggen,' zei ze hoofdschuddend, alsof het om iets onbeduidends ging. Ze voelde Alex' blik op haar huid branden terwijl ze een glimlach forceerde en de drank – brandend water – in haar keel gloeide.

'Nou, misschien wil je dan een van onze mannen overwegen? Ze zijn snel en sterk en ze maken flinke baby's.'

Bij die woorden voelde Tara dat de wereld stopte met draaien. Ze zag Alex' gezicht vanuit haar ooghoeken verstarren. 'Dat is een genereus aanbod,' zei ze, zich herpakkend. 'Maar ik vrees dat mijn vriend het me niet in dank zal afnemen als ik met een echtgenoot uit de jungle terugkeer.'

William schaterde van het lachen. Iedereen moest lachen, zelfs de kinderen, al begrepen die natuurlijk niet wat er werd gezegd, maar ze waren uitgelaten vanwege het bezoek van vanavond. De hut gonsde van de hilariteit.

Tara durfde niet naar Alex te kijken, maar ze voelde haar wangen gloeien onder zijn blik. Ze stonden quitte, ze had haar punt gemaakt. Hij had minnaressen gehad, nou, zij had een minnaar. Hij wist het nu, van Rory, als hij het niet al had geweten. Ze vroeg zich af hoe discreet haar vader eigenlijk was als hij hiernaartoe kwam, of hij veel vertelde over de familie. Hoe had Alex anders kunnen weten hoe haar carrière verliep?

Nu zou hij in elk geval begrijpen dat ze iemand had om haar vast te houden, iemand die haar miste. Hij zou weten dat haar vriend, als ze hem vertelde over de aanval op Jed en haar ongeluk, verschrikt zou reageren, en boos en ongerust. Haar geliefde zou niet kunnen verdragen dat ze zo had geleden. Op een merkwaardige manier kon Tara niet wachten tot ze het hem zou vertellen, tot ze de liefde op zijn gezicht zou zien. Dat zou zo...

Ze herinnerde zich hoe schor Alex' stem had geklonken toen hij haar op de rots vond, de blik in zijn ogen toen hij haar op verwondingen controleerde, het gevoel van zijn handen die haar haren gladstreken in de hangmat, hoe hij met haar op de oever had gezeten en over haar had gewaakt toen ze sliep.

Langzaam keek ze op. Alex staarde naar de grond met een blik die haar lichaam verlamde. Haar vlijmscherpe woorden hadden hem pijn gedaan, een gevoelige snaar geraakt.

Het kleine meisje dat Tara eerder had opgetild kwam met iets naar haar toe gerend. Het was een ketting van gevlochten grassen met gedroogde zaden en zaadpeulen erin verweven. 'Voor mij?' vroeg ze met een holle stem en opnieuw een glimlach. Beleefd als altijd.

Het kleine meisje knikte verheugd en begon ter plekke te dansen toen Tara de ketting voorzichtig aannam en over haar hoofd schoof. 'Wat prachtig! Ik ben er heel blij mee.' Ze legde haar vingertoppen erop. 'Dank je wel.'

Ze keek hoe het kind wegholde en zich achter de benen van haar moeder verschool. Het eten werd nu gebracht – kip, aardappels, yuca – en de geur deed haar onmiddellijk watertanden. Ze had in geen dagen een fatsoenlijke maaltijd gegeten en de spanning had haar hongergevoel onderdrukt, maar nu kwam het in alle hevigheid terug. De dorpsbewoners aten met hen mee, de kinderen zaten op de vloer naast haar, de stemmen buitelden over elkaar heen. Tara at tot ze dacht dat haar maag zou knappen – en iedereen was verrukt over haar enorme eetlust. De aguardiente had haar aangenaam verdoofd en zorgde ervoor dat de hut een beetje zwierde en schommelde. Ze keek om zich heen alsof ze achter vitrage zat, een stap verwijderd van het tafereel.

Een krakend geruis deed haar opkijken en ze zag Alex de walkietalkie uit de zak op zijn bovenbeen halen. 'Alex Carter, over,' hoorde ze hem zeggen terwijl hij een vinger in zijn andere oor stak om te kunnen luisteren wat er werd gezegd. Hij stond op van zijn kruk en liep weg van de groep. 'Hola?'

Met zijn rug naar de ruimte stond hij naar de donkere jungle te kijken tot hij een ogenblik later naar buiten stapte. Tara staarde naar de plek waar hij had gestaan. De ruimte voelde leeg zonder hem.

Ze zag hem langs de deur ijsberen, zijn lichaam kaarsrecht. Hij oogde gespannen terwijl hij met de persoon aan de andere kant sprak en ze verstijfde. Waren het de rangers? Hadden ze nieuws over Jed?

'Neem me niet kwalijk,' zei ze tegen William. Voorzichtig zette ze haar bananenbladbord op de grond. 'Ik moet Alex even spreken. Ik denk dat hij nieuws heeft over onze vriend die is aangevallen.'

William knikte en keek haar na.

Ze stapte de avondlijke jungle in. De hemel was saffierblauw en de sterren waren zo talrijk dat ze elkaar vast leken te pakken en als fonkelende serpentines door de lucht schoten. Om haar heen kwetterde een onzichtbaar achtergrondkoor.

De kegelvormige hutten waren nu gigantische geometrische silhouetten en ze zag Alex met een hand op zijn heup staan, met zijn rug naar haar toe. Zijn lichaamstaal was stekelig.

Ze begon naar hem toe te lopen en voelde haar spanning toenemen. Wat was er gebeurd? Was Jed op tijd in het ziekenhuis aangekomen? De vertraging was onwenselijk en zorgwekkend geweest…

Ze kwam dichterbij en hoorde het geruis weer, en toen een stem er dwars doorheen: '*… maakte een tocht door de bergen met Jed Alvarado, die is aangevallen. Hij is in veiligheid gebracht, maar ik moet weten of zij in orde is. Ik moet haar spreken. Over.*'

'En zoals ik al zei, weet ik niet waar je het over hebt…' snauwde Alex.

Tara stond stil. Wacht eens, wat?

Er klink weer geruis, schurend door de zachte nacht.

'*Dokter Tara Tremain…*' zei de stem aan de andere kant, geduldig en vasthoudend.

Rory?

'*Ze is voor het laatst gezien op de rangerbasis. Ze is dertig jaar oud, blank, Engels, een meter drieënzeventig, donker haar, hazelnootkleurige ogen. Is er een vrouw gezien die voldoet aan deze beschrijving? Over.*'

Ze bleef verbijsterd staan terwijl Alex de walkietalkie van zijn oor haalde. Hij leek het ding op elk moment te kunnen laten vallen.

Tara stond stokstijf. Ze begreep niet wat er aan de hand was. Kwam het door de drank? Waarom zou Alex ontkennen dat hij haar kende? Waarom zou hij niet zeggen dat ze hier was en dat het goed met haar ging?

Ze zette een stap naar voren, stil, dacht ze, maar hij had het blijkbaar gehoord – of gevoeld – want het volgende moment draaide hij zich met een wilde blik op zijn gezicht om.

'Wat doe je?' vroeg ze, haar stem niet meer dan een fluistering.

'Tara…'

'Dat is Rory.'

Juist op dat moment kraakte de walkietalkie weer. '*Hallo? Ben je daar nog? Over.*'

Alex wierp er een blik op en keek haar aan. 'Luister...'

'Waarom vertel je hem niet dat ik hier ben?' Ze liep verder in zijn richting, maar stopte op een meter afstand.

Zijn mond ging open, maar er kwam nog geen leugen uit.

'Alex? Vertel hem dat ik hier ben,' hield ze vol. 'Hij maakt zich zorgen om me.'

'Geef me alsjeblieft de kans het uit te leggen,' zei hij rustig. Zijn ogen brandden fel in de hare, zodat ze het gevoel kreeg dat ze van de grond zou kunnen opstijgen.

'Toe maar dan. Leg uit,' zei ze met beverige stem in de stilte. Maar de stilte werd niet met woorden gevuld. Hij kon niet snel genoeg bedenken waarom hij haar vriend niet kon vertellen dat ze veilig was, dat ze hier was, zolang er andere woorden waren die onuitgesproken bleven.

'Geef mij maar,' zei ze plotseling, en ze schoot naar voren om de walkietalkie uit zijn hand te pakken. Hij bewoog zijn arm snel naar achteren en boven zijn hoofd, zodat zij er niet bij kon. 'Alex!'

Ze reikte ernaar, vechtend, en merkte niet hoe hun lichamen tegen elkaar werden gedrukt. Ze had haar ogen op de walkietalkie gericht en zag niet dat hij zijn hoofd boog, dat zijn mond de hare zocht...

De tijd stond stil. Ze voelde hoe de wereld ophield met draaien, hoe de zwaartekracht zijn greep op haar, de bomen en het gras onder hun voeten verloor... Ze zweefde door de kosmos, naar de schuimige sterrenstelsels, de bubbel van stilte in...

'*Hallo? Is daar iemand? Over.*' Het gekraak schoot als een taser tussen hen in.

'Nee!' Tara duwde hem van zich af, buiten adem, woedend. 'Nee!'

Hij staarde haar met glanzende ogen aan. 'Dáárom!'

'Nee!' Ze bleef het maar zeggen, het was haar enige verweer. De kus had haar van haar stuk gebracht.

'Jawel. Er is niets veranderd. Dat weet je.'

'Ik ben veranderd! Ik wil jou niet! Ik haat je!'

Hij knipperde met zijn ogen. 'Nee. Je wílt me haten.'

'Vertel mij niet wat ik wil! Je kent mij niet!'

Hij zag dat haar vuisten gebald waren, dat het wit van haar ogen de waarheid van haar woorden versterkte. Haar borst bewoog hijgend op een neer door de inspanning die het vergde om daar zo te staan en hem te haten, haar complete wezen in een krachtveld dat hem afweerde.

'Wat ik heb gedaan...'

'Nee!' Ze stak een hand omhoog om hem tegen te houden, ook al bewoog hij niet. Het waren alleen maar woorden, maar het waren woorden die bedoeld waren om een muur af te breken en de wortels uit te trekken die haar basis voor een nieuw leven vormden. Het leven zonder hem.

'Wat ik heb gedaan is onvergeeflijk,' zei hij, zijn stem rustiger en zachter nu hij zijn zelfbeheersing hervond. Met zijn kalmte ontmantelde hij haar chaos, maar ze beefde nog. Hij keek haar aan. 'Er is geen excuus voor, ik rook een kans en die greep ik aan. Het was niet persoonlijk. Het was nooit mijn bedoeling om je pijn te doen, en al helemaal niet om verliefd op je te worden.' Hij slikte. 'Ik hoopte alleen dichtbij genoeg te kunnen komen om kennis te maken met je vader. Niet oké, dat weet ik, maar ik had een doel voor ogen. Toen ik jou in dat krantenartikel zag, wist ik dat jij mijn enige manier was om in contact te komen met een van de weinige mensen op deze planeet die zou kunnen doen wat nodig was.'

'Er waren andere manieren!' Ze balde haar vuisten opnieuw. Er was geen rechtvaardiging voor wat hij had gedaan!

'Nee. Geloof me, ik had ze allemaal geprobeerd: brieven schrijven, lobbyen, netwerken. Daarmee kom je er niet. Het is eenvoudiger om de president te spreken te krijgen dan Bill Gates, of Jeff Bezos, of je vader.'

'Doe niet zo belachelijk.'

'Nee? Kijk maar eens naar Attenborough. Hij had een welwillend oor bij Obama in het Witte Huis, maar wat heeft dat feitelijk opgeleverd? Wat krantenkoppen en fotosessies, maar de planeet heeft geen slogans of posters of beloftes nodig, maar géld.' Het woord klonk hatelijk. 'Er zijn slechts enkele mensen op de wereld die grote cheques – en dan bedoel ik écht grote cheques – kunnen uitschrijven waar je iets mee kunt. Het moment dat ik je vader te spreken kreeg, begreep hij het meteen. Dat was precies wat ik nodig had. Een uurtje met de Grote Man!' Zijn ogen begonnen te schitteren. 'Mijn briljante plan werkte, op één ding na: jij was niet meer alleen een gezicht in een krantenartikel.'

'Bespaar me je spijtbetuiging. We weten allebei dat je het zo weer zou doen.'

Hij aarzelde. 'Aanvankelijk dacht ik dat ik er wel overheen zou komen.'

Ze staarden elkaar aan terwijl het onuitgesproken 'maar' in de lucht hing, dat ze niet wilde horen. Ze liet het bungelen als een dromenvanger voor een raam die het licht en alles wat hij verkondigde tegenhield.

Hij zette weer een stap in haar richting. 'Luister nou, ik probeer geen excuses te maken. Ik sta voor de besluiten die ik destijds heb genomen en voor de reden die ik had. Die is altijd groter geweest dan wij tweeën. Je weet dat het niet overdreven is als ik zeg dat het resultaat van dit project impact heeft op miljoenen levens. Ik dacht dat jij en ik...' Hij liet zijn schouders zakken, alsof zijn ziel zich loswurmde uit zijn lichaam. 'Maar er is sindsdien geen dag voorbijgegaan waarop ik niet wenste dat het anders had kunnen gaan.'

'Nou, nu voel ik me veel beter. Je zou het zo weer doen, maar ik elk geval weet ik dat je er een rotgevoel over hebt,' sneerde ze. 'Je hebt me ten huwelijk gevraagd, alleen maar om er vaart achter te zetten...'

'Nee. Dat was echt. Dat had ik niet gepland.'

'Ik geloof je niet!' riep ze. 'Ik geloof helemaal niets van wat je zegt.'

Hij zweeg en staarde haar aan onder de avondhemel. 'Weet je nog dat ik je verteld heb wat mijn moeder altijd tegen me zei?'

'Nee. Ik heb mijn best gedaan om al je leugens te vergeten.' Haar toon was vernietigend en haar ogen keken hem koud aan terwijl haar eigen leugen gemakkelijk uit haar mond rolde. Het was haar enige wapen.

Hij knipperde met zijn ogen. 'De mensen die voorbestemd zijn om deel van jouw leven uit te maken, zul je twee keer ontmoeten zonder dat je er invloed op hebt.'

'Dit is niet de tweede keer,' reageerde ze hoofdschuddend, want ze wist meteen waar hij op doelde. Zij waren niet door het lot verbonden.

'Jawel. Hoe groot was de kans...'

'Nee. Want jij hebt er de eerste keer wél invloed op gehad. Jij had het zo gepland. Je had research gepleegd, was erachter gekomen dat een van je targets een dochter had en je hebt me opgespoord. Dat is stalking, geen voorzienigheid!'

Hij zette weer een stap naar voren, zodat zij werd gedwongen een stap naar achteren te zetten. 'Tara, je kunt al je sarcasme en je haat en je woede op me loslaten, en ik heb het allemaal verdiend. Maar we weten allebei dat ik nog van jou hou, en jij nog van mij.'

'Nee.'

'Ik laat je niet weer gaan.'

'Je hebt geen keus! Wanneer laat je tot je doordringen wat ik zeg? Ik haat je.'

Ze maakte aanstalten om weg te lopen, maar hij pakte haar elleboog, zwaaide haar naar zich toe en kuste haar opnieuw. De wereld stond weer in vuur een vlam.

'Goed dan,' zei hij toen ze zich eindelijk van elkaar losmaakten om op adem te komen, hun ogen hunkerend, hun hart bonzend. 'Haat me dan maar.'

Ze lag in haar hangmat en kon niet slapen. Ze was tegen haar natuur in gegaan door zich te verzetten tegen elk instinct om naar zijn woorden te luisteren en ze te geloven, en nu kwam haar hart niet tot rust. Ze voerde een innerlijke strijd. De leugens die ze zichzelf in de loop der jaren had verteld, bestierven haar nu op de lippen.

Zelfs hier, midden in de nacht, wilde ze niet toegeven dat haar hele leven sinds die noodlottige dag bij haar ouders thuis een schertsvertoning was geweest. Dat ze had geglimlacht, gelachen en gepresteerd zonder er iets van te voelen. Dat ze een uitmuntende arts en een fantastische vriendin was geweest, maar een afstandelijke dochter en slechts een middelmatige geliefde. Ze had de schijn opgehouden, de weg van de minste weerstand gevolgd, en gezien hoe haar vrienden hun leven namens haar leefden: ze had confetti gegooid bij hun huwelijken en op hun kinderen gepast als het zo uitkwam. Ze hadden geen idee dat ze hen benijdde om wat ze hadden – huizen die een thuis waren, levens vol verjaardagen, gekibbel, schooldata en op elkaar afgestemde agenda's. Het maakte niet uit dat ze allereerst werkten om de hypotheek te kunnen betalen en dat voldoening in hun carrière grotendeels op toeval berustte. Zij was naar de top geklommen om de wereld te laten zien dat ze meer was dan wat Alex Carter haar had toegedacht: slechts de dochter van een rijke man. Maar ze kon nooit genoeg mensen redden om zich echt waardevol te voelen. Ze kon er nooit meer op vertrouwen dat een man haar echt wilde om wie ze was.

In de nasleep van zijn verraad had ze hem als een tumor uit haar leven verwijderd – met scherpe, chirurgische precisie – maar nu besefte ze dat er nog wat cellen waren achtergebleven die zich stilletjes hadden vermenigvuldigd en haar pogingen om verder te gaan steeds hadden gesaboteerd. Hij bewoog zich als een ontsteking door haar bloedbaan en ze zou nooit volledig herstellen. Hij maakte haar koortsig en rillerig. *Haat me dan maar.* Ze kon zichzelf niet vertrouwen. Ze kon er niet op vertrouwen dat ze hem bleef wantrouwen. De aantrekkingskracht was te sterk en zijn kus had een onmiskenbare waarheid blootgelegd waar ze aan weigerde toe te geven. Ze *wílde* hem inderdaad alleen maar haten.

Ze liet het simpele feit eindelijk tot haar hele wezen doordringen. Ze kon niet anders dan toegeven dat ze van hem hield en altijd van hem zou houden. Daar viel niets aan te doen. Het was een decennium lang niet gelukt om eraan te ontkomen. Ze hadden zich geen van beiden losgemaakt van de schaduw van de ander. Op dit moment lag hij in een hut tien meter verderop. Was hij ook wakker?

Ze sloot een lang moment haar ogen. Als ze vroeg zouden vertrekken, voor de zonsopgang, zouden ze het minivliegtuigje misschien voor het donker nog kunnen bereiken en het park uit kunnen vliegen. Dan konden ze naar Jeds dorp rijden en het korte stuk tussen de bomen door lopen. Morgen rond deze tijd zou ze – als er tenminste geen verdere rampen gebeurden – terug zijn bij Rory. Ze zou weer in zijn armen liggen en terug zijn in haar eigen leven. Dan kon ze dit alles in een kistje stoppen en heimelijk bewaren op een diep, donker plekje. De waarheid die ze hier onder ogen moest zien, zou een geheim worden, en na de overdrachtsceremonie, met Miles en Holly als poortwachters, zou ze Alex nooit meer hoeven zien.

Nooit meer.

Ze voelde hoe definitief dat was. Dit was het einde.

Er gleden minuten voorbij.

Dit was het einde. Ze zou hem nooit meer zien.

Nooit meer.

Haar hart bonsde tegen haar ribben toen ze haar benen uit de hangmat zwaaide en er net op tijd aan dacht om haar schoenen te controleren voor ze erin stapte. Ze hield ze op hun kop en kromp ineen toen er een rode spin uit viel. Ze rilde, kleedde zich met onhandig prutsende vingers aan en sloop haar hut uit. Het dorp sliep en zelfs de jungle hield zich stil. Het licht van de maan gaf het decor een zilveren glans terwijl ze naar de hut liep die William had aangewezen nadat hij naar hen toe was gekomen zonder door te hebben wat voor scène hij onderbrak.

Even bleef ze voor de deur stilstaan en vertelde ze zichzelf dat ze nog steeds kon omkeren, al wist ze dat ze dat niet zou doen. Dit was onvermijdelijk, het moest gewoon zo zijn. Ze bracht de klink omhoog en tuurde de duisternis in.

'Ik ben het,' fluisterde ze, en ze stapte naar binnen.

23

Holly lag languit te genieten en duwde haar billen en schouders nog wat verder in het zand. Voor de twintigste keer dat uur slaakte ze een dankbare zucht. Ze hoorde Dev en Jimmy in het water, waar ze op hun surfboard probeerden te blijven staan. Wat zo te horen niet lukte.

Ze tilde haar hoofd op en keek even – gewoon om te checken of het goed ging. Een van hen zou zijn hoofd kunnen stoten aan een plank of in een getijstroom terecht kunnen komen. De locals zeiden dat ze daarvoor moesten oppassen, dat het Playa Cocles veiliger, groter en beter was, maar zij vonden het hier fijner. De kleine baai bood meer privacy. Afgezien van wat plaatselijke bewoners kwamen hier niet veel mensen. Ze lieten zelfs de deuren van hun huisjes open als ze op hun handdoek op het strand lagen.

Ze bestudeerde een been, blij dat ze – zelfs zij! – eindelijk een klein beetje bruin werd. Haar sproetjes leken zich aan elkaar te verbinden en ze voelde zich goed van al het verse sap dat ze had gedronken.

'Hoi.'

Ze keek op, haar ogen afschermend met haar hand, en zag het silhouet van Rory tegen de ondergaande zon afsteken. Zelfs bij tegenlicht zag hij er slecht uit. Hij had gisteren het grootste gedeelte van de dag in zijn huisje doorgebracht, had tijdens het eten amper een woord gezegd, en vandaag had hij zich weer niet laten zien, zelfs niet voor de lunch. Mokken was ook een kunst.

'Mag ik bij je komen zitten?' Zijn stem klonk alsof hij schuurpapier in zijn keel had.

'Natuurlijk,' zei ze terwijl hij zich op het zand liet zakken. 'Hoe gaat het vandaag met je? We hebben je gemist.'

Hij haalde zijn schouders op en drapeerde zijn armen loom om zijn knieën, uitkijkend over zee.

'Tja, een jetlag is geen pretje,' mompelde ze. Ze keek opzij en ontwaarde donkere kringen onder zijn ogen. Hij had zich dagenlang niet geschoren en er lag een gouden stoppelbaard over zijn kaak en wangen, als een tarweveld waar net geoogst was. De arme jongen zag er echt slecht uit. Ze zuchtte. 'Ror… Maak er nu niet meer van dan het is. Ze kan elk moment terugkomen!'

'Ze is al vier dagen weg.'

'Ik weet het.' Holly kon haar eigen teleurstelling niet helemaal verbergen. Zij had haar vriendin ook gemist. Hun groepje was niet hetzelfde zonder haar als middelpunt. 'Ik denk niet dat ze had verwacht dat het zo lang zou duren. En ze had dit ook niet voorzien, laten we eerlijk zijn. Ze is spontaan op kruistocht gegaan. Ze is arts. Het bloed kruipt waar het niet gaan kan. Ze probeert een leven te redden. De dood van dat meisje op de operatietafel heeft haar heel erg aangegrepen en met het onderzoek van het ziekenhuis daar nog bovenop… Zulke problemen heeft ze nog nooit gehad! Het ligt nogal voor de hand dat ze ergens controle op probeert uit te oefenen omdat ze zich machteloos voelt.'

Rory keek haar aan met een ernstige uitdrukking op zijn gezicht. Hij leek iets te willen zeggen, maar de woorden bleven onuitgesproken.

'Luister, ik begrijp dat je je zorgen maakt, maar de helikopter komt ons over twee uur ophalen en voor die tijd is ze hier. Zeker weten. Ik ken Ta. Ze is dol op haar vader en ze laat hem op zijn grote dag niet in de steek. Wat er ook gebeurt, ze is op tijd terug.'

Rory gaf geen antwoord, maar ze leek hem wel te hebben overtuigd. Hij wist ook hoeveel Tara van haar vader hield. Holly leunde op haar ellebogen en keek samen met hem naar haar twee jongens, spelend in het water. Jimmy had een golf te pakken en deed een zogeheten pop-up. Ze hadden Dev al veel geplaagd met zijn pop-ups, hij had niet de soepelheid van hun zoon. De zon begon onder te gaan en Holly hield haar adem in terwijl ze keek hoe haar kind zijn armen spreidde en ging staan, zijn evenwicht vond en over een golf naar het strand gleed. Dev zat schrijlings op zijn plank, verder in zee, te juichen en te joelen als een gek.

Holly glimlachte. Mafkees.

'Maar vertel me eens wie Alex is?'

De vraag overviel haar en ze keek Rory zo snel aan dat er een haarsliert tegen haar gezicht sloeg. 'Alex?' herhaalde ze onnozel.

'Ja. En voor je wilt beweren dat je dat niet weet: niet doen.' Rory wierp haar een blik toe die haar vertelde dat hij geen bullshit zou dulden.

Holly ging rechtop zitten en haalde nog eens diep adem, deze keer een stuk minder dankbaar. Dit was niet een gesprek dat zíj met Rory zou moeten voeren. 'Tara's ex... Uit een ver verleden. Al een decennium geleden zelfs. Ik kan me hem eigenlijk nauwelijks herinneren,' jokte ze. Ze had haar beste vriendin de afgelopen tien jaar elke dag weer met de geest van die man zien leven.

Rory reageerde niet meteen. Hij keek nog steeds uit over zee, maar Holly had de indruk dat hij helemaal niet zag hoe Dev zich op zijn surfboard vooroverboog, zijn evenwicht verloor en met een plons en een schreeuw in het water belandde.

Ze slikte nerveus, niet gelukkig met de vibe die vandaag om hem heen hing. Hij was de hele week al knorrig. Het was ook niet bepaald de tropische vakantiedroom geweest die hij had verwacht, en Holly had enorm met hem meegeleefd. Als zij in zijn schoenen had gestaan, zou ze ook nijdig zijn. Maar dit voelde anders. Dat Alex Carter in één adem met Tara werd genoemd was geen goede zaak. 'Hoezo?'

'Het kwam aan de orde in een gesprek,' zei hij schouderophalend, met een ontwijkende blik.

'Met Ta? Bedoel je dat je haar hebt gesproken?'

'Niet echt.'

Hij sprak in raadselen. Holly legde een hand op zijn arm. 'Ror, wat is er aan de hand? Vertel.'

Er viel een lange stilte, waarna hij in elkaar dook en moedeloos zijn hoofd boog. Holly voelde een steek van ongerustheid. Dit was niets voor hem. Hij stortte niet in, raakte nooit van de kook. Hij was rustig en betrouwbaar en veerkrachtig. Een beetje saai misschien, naar Holly's smaak, maar een goeie vent. Hij verdiende dit niet.

Hij keek haar weer aan. 'Twee avonden geleden had ik een ingeving.'

'O?'

'Het leek me een goed idee.'

'Vertel op.'

'Weet je nog, die mannen die ons kwamen vertellen wat er met Jed was gebeurd?'

Ze knikte fronsend. 'Ja, vreselijk.'

'Ja... Nou, ik besloot met hen mee terug te keren.'

'Wat? Terug waarnaartoe?'

'Het nationale park. Waar Tara naartoe was gegaan.'

'Wanneer dan?'

Hij zuchtte, geïrriteerd omdat ze hem niet meteen begreep. 'Ze vertelden immers dat Ta de expeditie had voortgezet met een andere ranger, dus ik vroeg of ik op de een of andere manier contact met hem kon opnemen. Ik was bezorgd om haar en wilde weten of ze in orde was. Ze zeiden dat ze op hun thuisbasis zendapparatuur hadden die binnen een bepaalde radius werkt. Dus hebben ze me meegenomen daarnaartoe. Ik moest verdomme op de vloer slapen.' Hij rekte zijn nek.

'Maar ik dacht dat je met Miles en Zac mee was!' mompelde Holly geschokt terwijl ze terug probeerde te denken. De dagen begonnen nu allemaal op elkaar te lijken. Ze herinnerde zich dat zij met Dev en Jimmy taco's waren gaan eten en naar het optreden van een reggaeband waren geweest. 'Jezus... En heb je die vent te pakken gekregen?'

'O ja.' Hij staarde naar de zee. Jimmy peddelde weer weg op zijn board, liggend op zijn buik en draaiend met zijn armen.

'En? O shit,' fluisterde ze, nu ze het eindelijk begreep. 'Alex is die ranger.' Haar lichaam verstrakte. 'Tara is in de jungle... met Alex.'

Rory kromp ineen toen hij haar reactie zag. 'En dat is precies waarom ik wilde weten wie die Alex in godsnaam is. Ik heb geprobeerd het te negeren – ik bleef mezelf maar vertellen dat ik haar moet vertrouwen – maar ik weet wat ik gehoord heb. Ze is verliefd op hem.'

'Wat?! Nee!' Holly's brein moest moeite doen om deze ontwikkeling tot zich te nemen. Het sloeg nergens op. Hoe kon het zijn dat Tara daar uitgerekend met hém was? Ze wist dat hij voor Tara's vader werkte – iedereen die er tien jaar geleden bij was wist dat – maar dat ze elkaar in de jungle waren tegengekomen...

'Je hoeft haar niet in bescherming te nemen, Hols... Ik heb ze gehoord. Ik weet hoe het zit.' Elk woord leek een echo te veroorzaken die in haar hoofd bleef doorklinken. Hier klopte niets van. Helemaal niets.

'Rory, hoe bedoel je, dat je weet hoe het zit? Tara heeft Alex bijna tien jaar niet gezien! Hij was een ongelooflijke hufter, hij heeft haar gebruikt! Die hele kwestie was een ramp voor haar. Hij was het ergste wat haar ooit is overkomen. En jij bent het beste!'

Rory tuurde voorbij de horizon. 'Er speelt nog iets tussen hen.'

'Wat? Nee!' sputterde ze tegen. 'Je hebt het mis. Waarom denk je dat in vredesnaam?'

'Omdat ik ze heb gehoord! Dat zeg ik steeds, ik hoorde ze via de walkietalkie... Hij zal de zendknop wel ingedrukt hebben gehouden. Ik denk dat die klootzak wílde dat ik ze hoorde.'

Holly staarde hem vol ongeloof met open mond aan. 'Ror, luister even,' smeekte ze. 'Tara kan hem niet uitstaan. Ze haat hem. Ik kan dit niet genoeg benadrukken. Ze wil zijn náám zelfs niet horen.'

'En vind je dat dan niet merkwaardig?' vroeg hij botweg. 'Vind je het niet vreemd dat ze tegen mij nog nooit over deze man heeft gesproken in de vijftien maanden dat we samen zijn? Als het tien jaar geleden is, waarom is ze er dan nog niet overheen? Zijn naam zou haar nauwelijks iets moeten doen, toch?'

Holly slikte, ze wist niet goed wat ze hiermee aan moest. Het was niet aan haar om dit gesprek met hem te voeren. 'Weet je, het was geen gewone relatiebreuk. Er zijn ook andere dingen gebeurd. Ze was er kapot van. Ze heeft haar bed drie weken lang niet verlaten.'

Maar Rory luisterde niet. 'Volgens mij kuste hij haar.'

'Nee,' protesteerde Holly weer. 'Dat zou Tara nooit doen.'

'Dat deed ze ook niet. Volgens mij kuste híj háár, want ze was daarna heel kwaad. Ze bleef nee zeggen. En dat ze hem haatte. Alles wat jij net hebt bevestigd.'

'Waarom maak je je dan zorgen?'

Hij keek haar weer aan. 'Omdat ze net iets te hard protesteerde. Ik ken Tara. Ik weet hoe ze kan zeggen dat ze best biefstuk wil eten terwijl ze eigenlijk zin heeft in spaghetti aglio e olio. Ze kan niet goed liegen. Ze haat hem niet. Ze wil hem alleen maar haten.' Hij schaterlachte spottend. 'Dat zei Alex zelfs tegen haar. Hij weet het ook... Ze houdt nog van hem.' Hij keek abrupt de andere kant op. 'En dus houdt ze niet van mij.'

'Rory, hou op!' Holly zat nu op haar knieën. Ze zou hem smeken haar te geloven.

Hij hield haar tegen met een oprechte blik. 'Hols, we weten allebei dat het waar is. Wat ik als... gereserveerdheid beschouwde, dat gevoel van afstand dat ze om zich heen creëert... Dat is geen afstand. Het is afwezigheid. Ze is er wel, maar ook weer niet.'

Holly staarde hem aan. Haar mond werd droog en haar hart ging tekeer... Kon ze dit eigenlijk wel ontkennen?

Ze keek hem schuldbewust aan en wendde haar blik vervolgens weer af. Nu ze op haar knieën zat, met haar rug naar de zee, had ze zicht op het strand in de richting van Jeds strandtentje, langs die akelige bomen aan de rand van het zand waar Dev blaren van had gekregen toen hij een appeltje opraapte.

'Nee hè, in godsnaam,' kreunde ze toen ze zag dat het luik was geopend en dat er een man achter de bar stond te praten met een klant. 'Wat doet hij nou? Hij mag nog helemaal niet op de been zijn.' Ze schudde haar hoofd en keek Rory weer aan. 'Het is Jed. Hij gaat zo te zien aan het werk vanavond. Alsof hij zín heeft in een hersenbloeding!'

'Hm,' zei hij verstrooid. 'Dat is te vroeg.'

'Luister, ik ga naar hem toe om hem te zeggen dat hij meteen naar huis moet gaan. Blijf hier, oké? Niet weggaan. Ik haal wat te drinken voor ons en we gaan hierover praten, goed? Het zit allemaal anders dan je denkt.'

Ze stond op, keek nog snel even naar haar jongens en draaide zich weer om. 'Oké. Ik ben zo terug.' Ze klopte het zand van haar billen, zette zich in beweging en zag dat de klant met wie Jed had staan praten over het zand begon te rennen. Recht op hen af.

'O, verdomme!' riep ze uit met een paniekerige blik op Rory.

Hij fronste. 'Wat is er?'

Even kon ze de woorden niet vinden. Ze strekte haar arm en wees naar de man die hen naderde. 'Dat is Alex. Hij komt naar ons toe.'

'Wat?' Hij kwam in een oogwenk overeind en keek vol ongeloof naar Alex, die over het zand aan kwam strompelen. Hij droeg een kakikleurig uniform vol scheuren en vlekken. 'Wat een lef!'

Binnen enkele momenten stond Alex hijgend voor hen. Hij was amper veranderd sinds de laatste keer dat Holly hem had gezien. De tijd leek als een elfje over hem heen te zijn getrippeld. Zijn haar was misschien wat langer, de zongebruinde huid iets verweerder en die lichtgroene ogen van hem waren omringd door een iets zachtere huid. Hij was nog steeds veel aantrekkelijker dan goed voor hem was.

De twee mannen staarden elkaar een paar seconden zwijgend aan tot Rory zijn rechtervuist naar achteren bracht en Alex een klap op zijn kaak verkocht.

Alex probeerde niet eens weg te duiken. Hij lag languit op het zand met een bloedende neus, een moment verbijsterd voordat hij hen opstandig aankeek. Even zei niemand iets. Holly voelde de spanning tussen de beide mannen. Er was nog geen woord gezegd, maar ze wisten van elkaar waar de ander voor stond. 'Ik moet haar spreken.'

Wat?

Alex begon zijn knieën op te trekken en overeind te komen. Hij had er al uitgeput en gehavend uitgezien voordat hij die klap kreeg.

Hij kwam vlak voor Rory staan. 'Het spijt me, man,' zei hij terwijl hij zijn rivaal recht in de ogen keek. 'Echt. Maar ik ga niet weg tot ik haar gesproken heb.'

Rory's handen waren niet langer tot vuisten gebald. Holly keek toe alsof alles in slow motion gebeurde. Ze voelde het zand wegstromen onder haar voeten, alsof het in een afvoerputje verdween.

Alex keek verward van de een naar de ander. 'Wat? Wat is er mis?'

Holly slikte en durfde de vraag bijna niet te stellen toen ze de groeiende vertwijfeling in zijn ogen zag. 'Alex, zeg je nou... dat Tara niet bij jóú is?'

24

'Dit kan niet kloppen.'

Maar William liep te ver voor haar uit om het te horen.

'William!' riep ze.

Hij stopte, draaide zich om en wachtte geduldig, leunend op zijn fraai bewerkte wandelstok. Ze legde haar handen op haar bovenbenen en liet haar hoofd hangen. Ze droop van het zweet, en de blaren – echte blaren – scheidden vocht af in haar sokken, want haar voeten waren kapotgewreven. Dit was de tweede dag dat ze onderweg waren, en het licht nam alweer af. Ze zouden er nu toch moeten zijn? Misschien was het al te optimistisch geweest om te denken dat ze er één dag over zouden kunnen doen, maar na twee dagen continu lopen?

Natuurlijk hadden ze niet de beschikking over het minivliegtuigje, dat op de heenweg zoveel verschil had gemaakt, maar dat had alleen maar de verloren tijd gecompenseerd na de aanval op Jed. En aangezien ze gisteren voor het krieken van de dag waren vertrokken, was het een redelijke aanname dat ze vandaag terug zouden zijn voordat de avond viel. Op elke top die ze overgingen keek ze hoopvol over de boomkruinen, op zoek naar een herkenningsteken of iets wat ze op de heenweg had gezien. Maar ze zag alleen maar bomen, bomen en nog eens bomen. De zee was nu wel in de verte te zien en ze knikte vermoeid toen William ernaar wees. Die kant op. Ze moesten doorlopen.

Haar voeten begonnen weer op de automatische piloot te bewegen. Ze waren gisteren al een paar uur onderweg geweest – de zon steeg al aan de hemel – toen ze zich had gerealiseerd dat ze niet aan de zwartesterrenbladeren had gedacht. Ze was stokstijf blijven staan. Ze was zo wanhopig geweest om weg te komen van Alex dat de hele reden waarom ze daar eigenlijk was op de achtergrond was geraakt. Dat ze niet kon waarmaken wat ze had beloofd bezorgde haar een des te intenser schuldgevoel omdat ze haar eigen problemen boven die van dat arme jochie had gesteld.

Ze kon alleen maar hopen dat Alex ze mee terug zou brengen. Toen hij eenmaal had ingezien wat zij had gedaan – gedwongen door zijn toedoen – zou hij toch zeker ook zijn teruggegaan? En hij zou de bladeren toch zeker niet uit wrok achterlaten? Hij mocht dan meedogenloos, ambitieus, doortrapt en compromisloos zijn, maar hij was niet wraakzuchtig.

Ze probeerde niet na te denken over het moment waarop hij had ontdekt dat ze weg was, probeerde zich niet de blik op zijn gezicht voor te stellen toen hij haar hut was binnengekomen en hij die leeg had aangetroffen. Misschien had hij even gewacht om haar wat langer rust te gunnen, of misschien was hij te beschaamd geweest over zijn gedrag – dronken van uitputting, aguardiente en nostalgie – om haar al te vroeg onder ogen te komen. Maar uiteindelijk had hij wel gemóéten. En toen had hij gezien dat haar spullen waren verdwenen. En in het dorp zou het als een lopend vuurtje rondgaan dat William – zijn oude mentor, gids en vriend – ook weg was.

Hij zou begrepen hebben wat dat betekende en...

Dát was het moment dat ze voor zich bleef zien terwijl haar voeten voortbewogen: links-rechts-links-rechts... Ze zag de verandering in zijn ogen, het langzaam openen van zijn mond, het verbleken van zijn huid toen hij begreep dat ze hem had verlaten, dat ze hem had achtergelaten. Ze zag tot in microscopisch detail zijn gevoelens van pijn, van afwijzing. En van woede. *Haat me dan maar.*

Ze vroeg zich af hoe laat hij was vertrokken en hoever achter hen hij zich bevond. Zou hij met het minivliegtuigje gaan? Hij kon hen te voet niet inhalen, daar was ze vrij zeker van. William liep niet zo snel als Alex, maar ze hadden een voorsprong van minstens drie uur en ze had het idee – maar ze wist het niet zeker – dat hun route terug anders was.

Het was nog pikkedonker geweest toen ze waren vertrokken. Alleen dankzij de hoofdlamp – die Alex haar de eerste nacht zo galant had gegeven voor het geval ze 's nachts naar het geïmproviseerde toilet zou moeten – had ze iets kunnen zien van hun pad door de bomen. William had geen hulpmiddel nodig gehad, zelfs de sikkel van de maan leek voor hem puur ter decoratie aan de hemel te staan. Hij bewoog eerder instinctmatig voort, hij begreep de loop van het woud en kende de verhalen en geheimen die het verborg. Een inwendig kompas gidste hem door het land van zijn voorouders. Ze vertrouwde hem onvoorwaardelijk.

De afgelopen nacht hadden ze in een grot achter een waterval geslapen, waar het droog was. Ze was eerst te angstig geweest om ernaartoe te lopen en had hem uitgelegd wat haar was overkomen met de kano. Hij had er vreemd genoeg niet verbaasd op gereageerd, bijna alsof hij het had kunnen verwachten. Vanwege haar naïviteit? Haar westerse achtergrond? Hij had simpelweg zijn hand uitgestoken en haar meegeloodst naar een plek achter het denderende water, waar geen druppel water kwam.

Hij had bijna niets meegenomen, alleen een jachtmes in een schede aan zijn riem, zijn wandelstok en een zak stenen die belangrijk leek te zijn. Een omslagdoek die overdag diagonaal over zijn schouder was geknoopt, deed 's nachts dienst als deken. Dat was alles.

Hij had de wond onder haar elleboog gecontroleerd en uitgelegd dat wat zij had aangezien voor slechts een geïnfecteerde kras in feite door een insect was binnengedrongen, dat er eitjes in had gelegd. Onbehandeld, had hij verteld, zouden er wormpjes uit die eitjes zijn gekomen. Maar het bladersap dat hij er na hun aankomst in had gesmeerd en vervolgens met een blad had bedekt, had de wormpjes binnen twee uur gedood – dat was het gekriebel dat ze had gevoeld – en de wond herstelde nu snel. Ze vond het tegelijkertijd weerzinwekkend en fascinerend. Zelfs steroïdezalf werkte niet zo snel.

Ze keek voor zich uit naar de glinsterende strook zee die zich uitstrekte aan de horizon. De lichtjes van verre schepen twinkelden aan de rand van de aarde en ze wist dat daarachter ergens Jamaica lag. Jeds familie kwam daar oorspronkelijk vandaan. In de jaren dertig en veertig waren ze over de Caribische Zee hiernaartoe gekomen om op schildpadden te jagen. Hij vond het zowel ironisch als mooi dat hij nu werkte voor een man wiens stichting in het leven was geroepen om juist die dieren, en heel veel andere soorten, te beschermen.

Jed. Ze vroeg zich weer af hoe het met hem ging en wenste vurig dat hij het ziekenhuis had bereikt voordat een eventuele zwelling van de hersenen problematisch was geworden. Ze vroeg zich of zijn familie ervan wist. Of háár familie ervan wist. Was haar vader zich ervan bewust dat er hier ernstige problemen met de ranchers waren? Alex' toon als hij erover sprak was net als die van Jed ontwijkend geweest, hij had oogcontact vermeden. Het was duidelijk dat hij haar niet het hele verhaal had verteld. Maar haar vader, die de cheques uitschreef en zijn naam aan het project had verbonden... Hij zou toch wel volledig op de hoogte zijn? Tenzij Alex het ook voor hém achterhield.

Ze zou het er met haar vader over moeten hebben als hij hier zou aankomen. Ze fronste en probeerde te bedenken wanneer dat zou zijn. De overdracht zou op vrijdag plaatsvinden en het was vandaag... Het was vandaag... Alles liep in elkaar over zonder telefoons, klokken, horloges...

Was het vandaag donderdag? Of vrijdag? Nee. Het moest donderdag zijn... Of woensdag misschien?

Ze begon terug te denken, de dagen te tellen sinds ze zaterdagavond Engeland hadden verlaten... Het was donderdag. De overdracht was morgen, wat betekende dat haar ouders vandaag zouden arriveren. Ze zouden vanavond allemaal naar de Lodge worden overgevlogen. Nu! Rory en zij, Miles en Zac, Holly, Dev en Jimmy. Het kon niet zo zijn dat zij er niet bij was. Haar vader had vijfennegentig procent van zijn vermogen met één pennenstreek weggegeven. Het was een historische filantropische daad. Zelfs Chuck Feeney, de medeoprichter van DFS en een oude vriend van haar vader, had er decennia over gedaan om zijn vermogen van acht miljard dollar weg te geven. Haar vader deed het in minder dan één decennium. Dat was wat hij zo mooi had gevonden aan Alex' voorstel: de puurheid van het project, de zuivere eenvoud ervan. Eén probleem, één man, één cheque, één decennium, één oplossing.

Ze moest zo snel mogelijk naar Puerto Viejo zien te komen. Ze zou sneller gaan lopen, ze liep nu toch al dagen door de pijn heen. Met een energie waarvan ze niet wist dat ze die nog in zich had begon ze te rennen en sloot het gat tussen haar en William.

'William, hoever nog? Ik moet vandaag echt terug zijn,' zei ze hijgend toen ze hem had ingehaald.

Hij draaide zich niet om. 'Nee.'

'Maar het moet. Je begrijpt het niet, ik moet vanavond terug zijn. We vliegen naar de Lodge voor de overdracht. Mijn ouders komen vandaag aan, en het kan niet zo zijn dat ik er niet bij ben.'

'Het is onmogelijk.'

'Maar...' Ze fronste. Hóé kon het onmogelijk zijn? Het was vanuit de heuvels bij Puerto Viejo twee dagen lopen naar Alto Urén. Dat had Jed haar verteld en Alex en zij hadden de route in iets minder tijd afgelegd dankzij het minivliegtuigje. William en zij liepen nu al bijna twee volle dagen. Ze zouden er nu toch al moeten zijn?

'Luister, het spijt me als we er nog even aan moeten trekken.' Ze schonk hem een strak glimlachje. 'Ik was de laatste dagen de tijd uit het oog verloren, ik was nogal afgeleid, maar het kan écht niet zo zijn dat ik er niet bij ben. We móéten doorlopen, zo nodig tot na zonsondergang.' Ze haalde haar schouders op. 'We zijn tenslotte ook in het donker begonnen. We kunnen ook in het donker eindigen. Dat vind ik niet erg.'

'Het gaat niet.'

Ze staarde hem aan, begreep niet waarom hij zo dwarslag. Hij leek hier een andere man dan degene die ze in het dorp had leren kennen. Hij had niet geglimlacht sinds ze op pad waren gegaan, er was geen spoortje meer over van de gemoedelijke manier van doen die hij had tentoongespreid toen ze met Alex was aangekomen. Ze had steeds gedacht dat dat kwam doordat hij zich concentreerde op hun tocht. Zelfs voor iemand met zijn enorme kennis was de jungle vol gevaren. Hij moest zich concentreren.

Toen daagde haar iets. Zijn gemeenschap deed aan ruilhandel, dus ze moest onderhandelen.

'Ah. Je wilt meer geld.' Ze haalde haar schouders weer op. 'Oké, prima, ik kan je meer betalen.' Ze vond zelf dat het bedrag dat ze hem had geboden om haar de berg af te gidsen en terug naar het strand te brengen meer dan royaal, hoewel ze zich eigenlijk afvroeg wat hij aan haar geld had. Het dorp was volledig zelfvoorzienend.

'Nee.'

Hij draaide zich om en liep door.

'William!' blafte ze tegen zijn rug. Ze rende hem voorbij en ging voor hem staan. 'Het spijt me als ik niet duidelijk genoeg geweest ben, maar hier is geen discussie over mogelijk. Ik vraag het je niet, ik zeg dat je me vanavond moet terugbrengen naar Puerto Viejo.'

'En ik heb gezegd dat het niet gaat. Puerto Viejo ligt hier vier dagen vandaan.'

'Vier...' Haar stem stierf weg en ze keek om zich heen met een nieuwe blik. Er begon zich een paniekgevoel door haar lijf te verspreiden. Ze had hem vertrouwd, puur omdat Alex dat ook deed. Ze had blindelings verondersteld dat hij haar zou helpen simpelweg omdat ze dat aan hem had gevraagd (en ervoor betaalde). Maar nu besefte ze in welke situatie ze zich werkelijk bevond. De afgelopen twee dagen had ze haar vertrouwen geschonken aan een volslagen onbekende, een man wiens gedrag, nu ze er zo over nadacht, meer dan terughoudend was. Eerder stilletjes vijandig.

Ze zette een stap achteruit en voelde dat haar hele lichaam koud werd. 'O mijn god, waar zijn we?' fluisterde ze. 'William? Wat is er aan de hand?'

'Ze hebben haar verdomme ontvoerd!' Miles greep zijn haar met zijn handen vast en begon langs de strandbar heen en weer te ijsberen.

'Dat weten we niet zeker,' zei Holly, die probeerde hem te kalmeren, wat niet lukte.

'Wat? Denk je dat het puur toeval is dat ze de dag voordat de wereldpers zich verzamelt om getuige te zijn van mijn vaders grote gebaar is verdwenen in de jungle?'

Holly slikte. 'We...'

'Jed is aangevallen!' Hij gebaarde met zijn arm naar de man die – op Holly's aandringen – met zijn grote lijf op een iets te kleine kruk zat. 'Hoe weet je dat dat niet een mislukte poging was om háár te pakken te krijgen? Voor hetzelfde geld was zíj het doelwit!'

'Eerlijk gezegd dacht ik dat ook,' gaf Alex toe. Hij keek naar Rory. 'En dat is deels waarom ik je niet vertelde dat ze bij mij was. Jij noemde haar naam over de walkietalkie. Als de kerels die Jed hadden aangevallen meeluisterden via dat kanaal...'

Maar Rory's ogen vernauwden zich. 'Deels?' vroeg hij nadrukkelijk.

Holly zag de spanning tussen de twee mannen weer toenemen, en Miles kon er ook wat van. Hij bleef de vent die het leven van zijn zus had verwoest dreigend aankijken – hij had Alex ook bijna een klap verkocht vlak voordat hij overrompeld werd door het nieuws dat zijn zus vermist was.

'Nee. Het was ze om mij te doen,' zei Jed zacht vanaf zijn kruk. Hij was nog zwak en Holly hield hem goed in de gaten. Hij nam te veel risico, deed te vroeg te veel. Hij had maandag meteen naar San José gebracht moeten worden, zoals Tara had geprobeerd te regelen, maar niemand had hem de ambulance uit kunnen krijgen – het idee dat hij niet naar huis, naar zijn vrouw, zou gaan had zijn bloeddruk dusdanig verhoogd dat dat zorgwekkender was dan het hoofdletsel. Om hem te kalmeren waren ze gedwongen geweest om hem naar het plaatselijke ziekenhuis te brengen. Het was pure mazzel dat het uiteindelijk toch alleen een hersenschudding was geweest. Zijn arm zat in het gips, zijn schouder was gecontroleerd en hij was diezelfde avond nog thuisgekomen. 'Ik ken de man die me aanviel. Hij is een rancher die veel problemen veroorzaakt.' Jed wierp een blik op Alex. Zijn handen peuterden nerveus aan het in vochtig neteldoek verpakte pakketje dat Alex hem had overhandigd toen hij bij de strandbar was aangekomen. 'Miguel D'Arrosto's handlanger.'

Alex gaf een knikje dat suggereerde dat hij de man kende.

'Een rancher,' zei Miles, en hij plantte zijn handen op zijn heupen. 'En waarom zou een rancher problemen voor jou veroorzaken, Jed? Is het iets persoonlijks? Ben je hem geld schuldig? Ben je met zijn vrouw naar bed geweest?' Jeds hoofd kwam met een ruk omhoog en er trok een woedende flits door zijn ogen. 'Of komt het doordat jij en je familie voor mijn vader werken?'

Jeds zwijgen was een bevestiging van het laatste. Meer bewijs dat Tara was ontvoerd had Miles niet nodig.

Holly keek naar Alex' verstrakte en bleke gezicht. Zijn ogen bleven alle kanten op schieten alsof zijn brein gedachten en theorieën afvuurde die rondfladderden als libellen, dansend en ongrijpbaar. Holly had de blik gezien die op zijn gezicht verscheen toen ze hem vertelde dat Tara hier niet was... Het was een blik die ze maar al te goed kende. Die zag ze maar al te vaak op haar werk als ouders hun zieke of gewonde kind brachten, als echtgenoten meekwamen met hun vrouw... Het was een blik van pure angst. Pure liefde.

'Het kan William niet zijn,' mompelde Alex. 'Dat kan niet.'

Er viel een stilte waarin iedereen zich afvroeg wie William was.

'Wie is William?' vroeg Dev namens iedereen.

'De sjamaan in Alto Urén. Hij is een vriend van me.'

'Een goede vriend?' vroeg Holly sceptisch.

'Ik heb negen maanden in het dorp gewoond, kort nadat ik hiernaartoe kwam. Hij was mijn mentor. Het kan niet zo zijn dat hij hierbij betrokken is.'

'En waarom opper je die mogelijkheid dan toch?'

Alex aarzelde. 'Omdat hij gisterochtend óók niet meer in het dorp was.'

Ze keken elkaar allemaal geschrokken aan.

'Maar dat hoeft niet per se te betekenen dat hij bij Tara is,' zei Alex snel. 'Het kan zijn dat hij bladeren aan het plukken was voor zijn medicijnen. Hij staat vaak voor zonsopgang op om in zijn eentje de jungle in te gaan.'

Holly staarde hem aan. 'Maar toen je erachter kwam dat Tara weg was, en hij ook... Wat was het eerste wat er in je opkwam?'

Alex slikte. 'Dat ze samen vertrokken waren. Ik nam aan dat ze hem had gevraagd haar hiernaartoe te brengen.'

'Dat zou wel zo logisch zijn,' zei Rory. 'Zoals we weten, is Tara een verstandige vrouw. Ze houdt van orde en regelmaat. Ze... houdt niet van onvoorspelbaarheid.' Zijn woorden waren geladen en zijn oogopslag was openlijk vijandig. Ze wisten allebei wat hij had gedaan om haar van haar stuk te brengen.

'Maar het is wel raar dat ze zonder jou is weggegaan, Alex,' zei Dev. Hij had het aanvankelijke gesprek tussen Holly en Rory over Alex niet meegekregen. Hij was pas uit de zee komen aanlopen toen hij zag dat Rory Alex neersloeg, een figuur uit hun verleden. 'Ik bedoel, waarom zou ze vertrekken terwijl jij nog sliep nadat je al die moeite had gedaan om haar te helpen daar te komen? Dat doet toch eerder vermoeden dat ze is... meegenomen in plaats van dat ze op eigen initiatief is vertrokken.'

Holly zuchtte. Ze wist dat dit geen moment was om tactvol te zijn. 'Waar Rory op doelt, is dat Alex Tara heeft gekust, de avond voor ze vertrok,' zei ze met haar gebruikelijke directheid.

Devs ogen werden groot. 'O, fuck.'

Miles' ogen knepen zich tot spleetjes, want hij had de onthullingen van eerder ook gemist. 'Je hebt wát?'

Rory's hand had zich ook weer tot een vuist gebald, maar Holly gaf hem een klopje op zijn arm. 'Nu niet. Jullie slaan elkaar later de hersens maar in. We moeten nu eerst zien uit te vinden waar Tara is.'

Zac deed ook een duit in het zakje. Als onpartijdige toeschouwer wist hij niets van het traumatische verleden van Tara en Alex. 'Oké.

Laten we op een rijtje zetten wat we weten,' zei hij met zijn gebruikelijke juridische efficiëntie. 'Ze heeft het dorp verlaten op enig tijdstip in de nacht. Misschien is ze vrijwillig gegaan, misschien is ze meegenomen. Die William was ook weg, dus die kan erbij betrokken zijn. Maar jij denkt van niet, Alex.'

'Niet op een kwaadwillige manier, nee.' Alex haalde zijn schouders op. 'Zodra ik me realiseerde dat ze weg waren, ben ik ook gegaan. Ik heb verder niemand gezien, het was nog vroeg. Ik dacht dat ik ze misschien nog kon inhalen.'

Zac dacht even na. 'Kan het zijn dat William haar hiernaartoe wilde brengen maar dat ze verdwaald zijn?'

'Zou jij kunnen verdwalen als je van de ene kant van Sloane Street naar de andere loopt?'

Zac fronste. 'Natuurlijk niet.'

'Precies. William kent de jungle op zijn duimpje. Verdwalen is geen optie.'

'Oké. Ik probeer het gewoon vanuit alle invalshoeken te bekijken,' mompelde Zac, die het sarcasme niet kon waarderen. 'Kunnen ze een ongeluk hebben gehad?'

Alex staarde hem een moment aan en Holly merkte de paniek in zijn ogen op en zag zijn gezicht weer verbleken. Hij keek abrupt de andere kant op en begon te ijsberen. 'Dan zou ik ze hebben gezien.'

'Zeker weten, Alex? Er zal toch wel meer dan één route zijn die door de jungle leidt?' Deze keer kwam het sarcasme van Miles.

Alex schudde zijn hoofd, alsof hij er niets van wilde horen. 'Je begrijpt het niet. William is ónderdeel van de jungle. Hij kent de dieren die er leven, de bomen en bloemen en struiken die er groeien. Hij weet wat geneest en wat giftig is. Hij kent de ravijnen en de rivieren. De seizoenen. Het weer. Alles.'

'Maar een ongeluk kan iedereen op elk moment overkomen.'

Alex keek Miles boos aan. Hun slechte start tien jaar geleden was geenszins vergeten. Even zei niemand iets, ze waren zich er allemaal pijnlijk van bewust dat ze geen idee hadden waar Tara in verzeild was geraakt. Ze kon ontvoerd zijn, of niet. Ze kon veilig zijn bij William en gewond zijn, of gevaar lopen bij William en gewond zijn; ze kon veilig bij hem en ongedeerd zijn, of gevaar lopen en ongedeerd zijn. Ze zou ook alleen kunnen zijn en verdwaald en gewond... De mogelijkheden waren eindeloos.

'We moeten een helikopter sturen om ze te zoeken,' zei Miles beslist. 'Een groot gebied bestrijken.'

'Miles, zelfs als je direct onder de helikopter tussen de bomen staat, zie je hem niet,' zei Alex met een zucht. 'De boomkruinen dekken de grond af. Vanuit de lucht zie je niks.'

'Maar wat dan?' riep Miles, en hij spreidde gefrustreerd zijn armen. 'Gaan we gewoon niks doen en hier zitten wachten tot ze terugkomt – of niet? Mijn ouders landen over een uur. Wat moet ik hun vertellen? Dat ze is verdwenen en dat we niets hebben gedaan?'

'Natuurlijk gaan we niet niks doen,' zei Holly om de gemoederen te sussen. 'We moeten dit gewoon op een logische manier aanpakken. Tara is geen impulsieve persoon. Achter haar acties zal een... navolgbare gedachtegang zitten.'

Rory keek weer naar Alex. Dat deden ze allemaal. Alex wendde zich af met een diepe zucht, sloeg zijn ogen op en kneep ze vervolgens stijf dicht. *Haat me dan maar.*

'Maar dat is nou net mijn punt. Als dit niet háár eigen keuze is geweest,' zei Miles, zijn stem trillend van onderdrukte angst. 'Als ze er niet voor heeft gekozen om te vertrekken, maar is gedwongen...' Hij liet de conclusie in de lucht hangen. Er zou niets na te volgen zijn. Hoe zouden ze haar ooit kunnen vinden?

Holly slikte. 'Nou, als ze is meegenomen, zal er wel een vraag om losgeld komen,' zei ze kalm, met een zelfbeheersing die ze niet voelde. 'En dat zullen we dan snel genoeg weten.' Ze keek rond. 'Dus we moeten allemaal onze telefoon opgeladen en bij de hand houden, en proberen ergens te zijn waar er bereik is. Vooral jij, Miles, als haar broer.'

Hij knikte, dankbaar dat er eindelijk iemand naar hem luisterde.

Hij zag er plotseling jonger uit dan zijn achtentwintig jaar. 'Als dat het is... Als ze haar hebben ontvoerd... dan weet ze wat ze moet doen. We hebben als kind kidnaptraining gehad. Nou ja, toen we tieners waren.'

'Kidnaptraining?' herhaalde Holly.

'Ja. Onze vader heeft de SAS verzocht ons te leren wat we moesten doen in het geval van een ontvoering.'

'Fuck,' fluisterde Dev onthutst.

Alex leek elk moment te kunnen gaan overgeven. Hij dacht misschien dat hij gewend was aan de extreme rijkdom van zijn werkgever, maar hoe het voor de familie was, bleek een heel ander verhaal te zijn. Holly vroeg zich af of hij begon in te zien waarom zijn leugens zo verschrikkelijk waren geweest voor Tara, waarom zijn verraad veel meer impact had op iemand die toch al moeilijk mensen kon vertrouwen.

'Dus ze zal weten wat ze moet doen om te ontsnappen,' zei Miles, wiens ogen oplichtten bij dat idee, alsof het betekende dat alles goed zou komen. Die training van ruim vijftien jaar geleden zou haar redden.

'Ik weet eigenlijk niet of ik wil dat ze kan wegkomen, midden in de jungle,' zei Jed zacht, met zijn blik op de grond gericht. 'Niet zonder... uitrusting.'

Hij zei 'uitrusting', maar Holly vermoedde dat hij 'wapens' bedoelde. En een noodpakket. 'Vertel eens wat over de problemen die jullie met de ranchers hebben gehad,' zei ze. 'Wat is er precies aan de hand?'

'Ze zijn er niet blij mee dat ze hun boerderijen en plantages niet kunnen uitbreiden,' zei hij schouderophalend. 'Ze zeggen dat het land van de Costa Ricanen is, en niet van rijke buitenlanders. Ze weigeren de geldigheid van de aankoop van het land te erkennen.'

'Weigeren, hoe dan?'

'Ze breiden hun grondgebied in het geheim uit: ze kappen hier een paar bomen, en daar wat meer. Ze stichten brand en zeggen dan dat die spontaan ontstaan zijn. Ze negeren boetes. Intimideren de rangers en vallen ze lastig. En hun gezinnen ook.'

Holly fronste bij het horen van de spanning in zijn stem bij dat laatste zinnetje. 'Ook dat van jou?'

Jed keek haar aan. Hij knikte.

'Maar je zoontje...' Ze herinnerde zich dat Tara had gezegd dat het niet veilig was om Paco te verplaatsen, ze dacht aan Tara's verlangen om te handelen toen ze terugkwam van haar bezoek en Jeds eigen drang om naar zijn gezin terug te keren en niet in een heli de regio uit gevlogen te worden, naar San José. Hij had zijn vrouw en kinderen willen beschermen. Als hij niet in de buurt was, waren ze kwetsbaarder.

Ze hurkte voor hem neer. 'Jed, ik weet dat je hebt geprobeerd om Tara te beschermen door haar niet te vertellen hoe ernstig het allemaal is geweest met die intimidaties en zo, maar ik heb gezien hoe die kerels jouw jeep bij de kliniek klemzetten en we weten best dat die lekke band niet door een scherpe steen onderweg was veroorzaakt. Geloof me, ik werk op de spoedeisende hulp, ik weet hoe intimidatietactieken werken. Maar je moet nu eerlijk tegen ons zijn. Toen je werd aangevallen, denk je dat ze eigenlijk op zoek waren naar Tara?'

Jed slikte en ze zag dat hij het gevel had dat hij had gefaald. 'Het zou kunnen. De situatie is een stuk verslechterd sinds haar komst.'

Ze voelde haar hartslag versnellen en haar mond werd droog. 'Kan het zijn dat ze haar hebben achtervolgd, denk je, nadat jij de berg af bent gebracht?'

'Ik weet het niet. Ik kan me niet veel herinneren.' Hij friemelde weer aan de ingepakte bladeren en klemde ze vast als een talisman.

'Maar zou het kunnen dat ze in de buurt zijn gebleven en haar in de gaten hebben gehouden? Dat ze jou met opzet hebben verwond om jullie uit elkaar te halen, omdat ze haar in haar eentje dan gemakkelijker te pakken zouden kunnen krijgen?'

Jed staarde haar met een gekwelde blik aan.

‘Maar ze was niet in haar eentje,’ merkte Alex op. ‘Ik arriveerde op de rangerbasis en trof ze daar aan. We hebben Jed in veiligheid gebracht en zijn samen verdergegaan naar Alto Urén om de geneeskrachtige plant voor Jeds zoon te halen.’

‘Nou, dan zijn ze jullie beiden gevolgd,’ zei Miles.

‘Nee. We hebben het eerste stuk gevlogen met het minivliegtuigje. Ze hadden ons niet te voet kunnen bijhouden. Ze konden niet weten waar we waren tenzij ze, zoals ik opperde, hebben meegeluisterd via de radiokanalen.’ Zijn blik gleed weer kort in Rory’s richting.

‘Maar je was daar bezorgd genoeg over om bewust stil te houden dat ze bij jou was,’ zei Holly.

‘Dééls,’ zei Rory sarcastisch.

Alex zei even niets. Zo te zien probeerde hij kalm te blijven, maar er lag een gepijnigde blik in zijn ogen. ‘Ik had niet het gevoel dat we gevolgd werden.’

‘Maar heb je er wel op gelet?’ drong Holly aan. ‘Of genoot je er gewoon van dat je weer met haar samen was? Misschien was je minder gefocust dan anders?’

Alex’ ogen vernauwden zich. ‘Er viel niet veel te genieten, hoor! Tara was nou niet bepaald verheugd me te zien. De eerste dag heeft ze amper iets tegen me gezegd.’

Rory keek direct op, want hij hoorde wat in die zin besloten lag. ‘En de tweede?’

Alex aarzelde. ‘Er was een voorval waardoor er iets veranderde.’

‘Wat voor voorval?’ reageerde Miles met een felle blik.

‘Ik had een kano liggen, verborgen aan de oever van de rivier. Het stroomt daar snel, maar ik had bedacht dat we tijd konden winnen als we een paar kilometer over het water zouden afleggen. Maar de boot raakte los toen ik de peddels ging pakken en ze… werd meegevoerd.’

Iedereen zweeg onthutst. ‘Pardon?’ zei Miles met een schorre stem.

‘Het is goed gegaan,’ zei Alex snel. ‘Ik bedoel, de kano werd over een waterval meegetrokken en is in tweeën gebroken, maar het was niet… Nou ja, toch wel, maar…' Hij keek hen met opengesperde ogen aan. 'Ze was in orde. Alleen even in shock.'

Holly kon geen woord uitbrengen. Ze kon het nauwelijks geloven. Terwijl zij de afgelopen dagen op het strand had gelegen, had haar beste vriendin dat allemaal moeten doorstaan? De ene verschrikking na de andere?

'Daarna ging het beter tussen ons. Ze realiseerde zich dat we als een team moesten samenwerken. Het ging allemaal oké…'

'Tot je haar zo nodig moest kussen,' onderbrak Rory hem woedend.

'Het is niet zijn schuld,' zei Jed met een stille, intense blik op zijn gezicht.

Iedereen draaide zich weer naar hem toe.

'O, maar dat denk ik wel!' riep Miles uit. 'Omdat hij mijn zus zo nodig moest versieren, hebben we nu verdomme geen idee of ze is gevlucht of ontvoerd!'

'Het is de vloek.' Jed keek hen aan.

Er viel een verblufte stilte.

'De vloek?' herhaalde Dev op zijn kenmerkende milde toon, alsof er zojuist een redelijke verklaring ter tafel was gekomen.

'Jullie moeten begrijpen dat de rivier voor de Bribri gelijkstaat aan het leven. Die ligt aan de basis van hun cultuur, hun hele bestaan. Ze respecteren en behoeden Iriria, of Moeder Aarde, zoals jullie zouden zeggen. En elk levend wezen maakt deel uit van Moeder Aarde, zelfs de fossiele brandstoffen, olie, kolen, gas, zijn overblijfselen van oude planten en dieren, en behoren dus onderdeel te blijven van Iriria's lichaam. Dat is wat de Bribri geloven.'

'Oké. Maar wat heeft dat met Tara's verdwijning te maken?' vroeg Dev.

Jed zweeg een ogenblik. 'Er is een vloek uitgesproken. Daarom heeft de rivier haar meegevoerd. Dat was geen ongeluk.'

De stilte die zijn woorden begroette, was oorverdovend.

'Ik begrijp het niet,' zei Miles ten slotte. Hij keek Zac hulpeloos aan. 'Wat… waarom zegt hij zoiets? Wat voor vloek?'

'Er is een vloek uitgesproken over het project,' verklaarde Jed.

'Over het projéct? Je bedoelt het park? Dat is onlogisch,' zei Zac sceptisch. 'De Tremains staan aan de goede kant. Natuurbehoud, milieubescherming. Zij zorgen er juist voor dat er geen plantages bij komen, dat er geen mijnbouw wordt gepleegd. Costa Rica staat wereldwijd gezien nu zelfs bekend als het eerste land waar alle energie duurzaam wordt opgewekt. Waarom zou daar een vloek op moeten rusten… als zoiets überhaupt mogelijk is?'

Maar Alex richtte zich op met een intense uitdrukking op zijn gezicht, alsof hij wel wist waarom. Hij leek het spel dat werd gespeeld te begrijpen. 'Wie heeft de vloek uitgesproken, Jed? Welke stam?' vroeg hij op dringende toon.

Jed knipperde met zijn ogen. Hij leek zich ongelukkig te voelen met de situatie, alsof hij een spion was die werd gedwongen zijn geheimen prijs te geven.

'Vertel op!'

'De Huetares.'

Alex boog zijn hoofd en Holly voelde instinctief aan wat dat antwoord betekende.

William.

25

De dag besprong haar als een kat, geruisloos, zacht en onverbiddelijk. Een zonnestraal piepte langs een bananenblad en spatte als water over haar gezicht. Ze knipperde een paar keer en probeerde haar gedachten te ordenen, te bedenken waar ze was, maar dat was moeilijk. Alles deed pijn van het liggen op de harde grond en ze voelde zich op een vreemde manier afwezig, alsof haar lichaam een omhulsel was en zijzelf slechts een vluchtige schaduw die zich erin bevond.

Haar blik bleef rusten op de steen die zo'n tien centimeter van haar gezicht lag. Die was glad en rond. Een andere steen was dertig centimeter ervandaan neergelegd, gevolgd door nog een, gerangschikt in een vorm die te symmetrisch was om toevallig te zijn. In een flits herinnerde ze zich...

Ze ging rechtop zitten en keek om zich heen. Haar adem stokte. De stenen lagen in een ovaal om haar lichaam heen, net ruim genoeg om niet te worden verstoord als zij zich omdraaide. William zat op een boomstronk en was zo te zien iets uit een stok aan het snijden.

'Er is thee,' zei hij zonder op te kijken. Ze zag een halve kokosnoot vlak buiten haar stenen omtrek staan, gevuld met een groen aftreksel. Zonder iets te zeggen reikte ze ernaar en nam een voorzichtig slokje. Ze wilde het niet drinken, ze wilde geen 'gastvrijheid' accepteren nu ze geen gast wás, maar feitelijk een gevangene, maar ze wist ook dat ze vocht nodig had. Uitdroging lag continu op de loer en hoewel ze hem niet vertrouwde, nam ze aan dat hijzelf ook van deze thee had gedronken. Hij kon deze jungle misschien zonder kompas, landkaart of telefoon doorkruisen, maar hij was een mens, bestond voor zeventig procent uit water en moest ook drinken.

'Waar zijn deze voor?' mompelde ze met een hoofdgebaar naar de stenen. Ze stak met opzet een been uit om er een te raken, zodat die een paar centimeter verschoof. De lichte asymmetrie die erdoor ontstond was aangenaam. Ze kruiste haar benen en staarde hem over de kokosnoot heem opstandig aan terwijl ze van de thee nipte.

Maar William keek niet op. 'Bescherming. Er zullen geen roofdieren en ongedierte voorbij de stenen komen.'

Ze snoof laatdunkend – de enige bescherming die stenen te bieden hadden was ter verdediging met een klap op een hoofd of een kop – maar ze besefte dat ze de hele nacht zwaar had geslapen, ook al hadden haar ogen zich tegen haar wil gesloten, en ook al had ze verlangd naar de luxe van een hangmat en gevreesd voor lichtgroene groefkopadders die in haar slaap over haar heen zouden glijden, de beten van bladsnijdermieren, de steek van een schorpioen...

Ze keek hoe hij de stok met zijn mesje bewerkte. Het was gemaakt van been, maar de snijkant zag er net zo scherp uit als het mesje van een scalpel. Als ze het hem af zou kunnen pakken, zou ze precies weten waar ze moest toeslaan... niet om hem te vermoorden, maar om de juiste pezen door te snijden om hem te beletten achter haar aan te komen als ze zou vluchten. Het maakte niet uit dat ze geen idee had waar ze naartoe moest. Ze wist ook mét hem niet waar ze was, en hoewel ze wist dat zijn ervaring en vaardigheden veiligheid boden, was ze ook in gevaar zolang ze in zijn gezelschap verkeerde. Ze wist nog steeds niet wat hij wilde. Geld leek nu geen indruk te maken, hoewel hij wél snel had gereageerd toen ze naar zijn hut was gegaan en hem een klein fortuin had geboden om haar terug naar Puerto Viejo te brengen. Het was vreemd. Als ze nu bedragen noemde, steeds hoger, met tienduizenden dollars tegelijk, leek hij haar alleen maar vol medelijden aan te kijken.

Ze wist dat ze bij hem vandaan moest zien te komen, en ze wist dat het vandaag moest gebeuren, voordat ze verder zou verzwakken. Ze had de afgelopen week niet genoeg gegeten om hele dagen bij een verstikkende temperatuur door de jungle te trekken. Haar voeten waren rauw, en in deze verzwakte toestand werd ze steeds kwetsbaarder voor een ongeluk of een infectie. Ze had geen idee hoelang hij haar hier wilde houden.

Wist haar familie al wat er met haar was gebeurd? Vast wel. Ze kon de gedachte bijna niet verdragen. Haar moeder zou ineenstorten tot een hoopje hysterische ellende. Miles zou overstuur zijn, maar op een andere manier. En haar vader... Het was zijn ergste nachtmerrie die uitkwam. Hij had altijd zijn best gedaan om Miles en haar te beschermen tegen de harde realiteit waarmee rijkdom als die van hun familie gepaard ging, hij had geprobeerd hun een normaal leven te geven, hij had hen zelfs voorbereid op een situatie als deze. 'Helaas maakt ons vermogen ieder van ons ook een doelwit,' had hij uitgelegd toen ze nog maar amper tieners waren en er een paar leden van de SAS de zitkamer binnenliepen. Maar was het echt mogelijk om hierop voorbereid te zijn? Haar ontvoerder was een stamhoofd van begin zestig die met een deken omgeslagen op een boomstronk een stok zat te bewerken. Als ze zich in een andere omgeving in een ander scenario zouden bevinden, zou hij eerder wat van haar te vrezen hebben dan andersom.

'Dus...' zei ze terwijl ze de kokosnoot liet zakken. 'Wat nu?'

Hij liet het mesje en de stok in de riem van zijn broek glijden, kwam overeind, raapte de stenen van het ovaal behoedzaam – bijna eerbiedig – op en deed ze terug in hun zak. Hij pakte zijn wandelstok, die hij tegen een tak had neergezet, en keek haar eindelijk aan.

'Nu gaan we weer lopen.'

De schoonheid deed haar niets. Twintigduizend verschillende tinten groen, apen die door de bomen slingerden, exotisch gekleurde vogels op takken die zich naar hartenlust lieten horen terwijl zij voorbijliepen... Het kon haar allemaal niet schelen. Het regende weer (en deze keer kreeg ze geen bananenbladparaplu aangeboden), het was heet, de onophoudelijke junglegeluiden werkten haar op de zenuwen en de lucht was zo zwaar en drukkend dat ze er bijna in kon bijten. Ze verlangde naar haar slaapkamer in Londen, het gedempte licht als de louvreluiken gesloten waren, de zijdezachte lakens, de luchtigheid van haar dekbed en het stevige maar verende matras... Een bubbelbad in de naastgelegen badkamer, de geur van rozenolie die delicaat door de frisse lucht zweefde, een gekoeld glas champagne, zachte muziek, een maaltijd die werd bereid, Alex die bezig was in de keuken...

Was ze aan het hallucineren? Of droomde ze alleen maar? Zou ze er ooit naar terugkeren? Het leek onmogelijk. Ze kon zich niet voorstellen dat ze hier ooit nog vandaan zou komen, tussen die hoge bomen uit zou stappen en weer een open hemel zou zien. Hoeveel was er in minder dan een week wel niet veranderd? Er was een klein meisje overleden, een jongetje was niet gered en nu was het haar leven in Londen dat voelde als een paradijselijk toevluchtsoord in plaats van het leven hier.

Wacht eens.

Haar voeten stopten met bewegen nu ze haar vergissing opmerkte.

Alex? Ze had natuurlijk Rory bedoeld.

Rory.

Ze was alleen maar in de war. En doorweekt. En moe.

Ze begon weer te lopen, weer op de automatische piloot.

Rory.

Rory in de keuken.

In alleen zijn spijkerbroek, een theedoek in zijn broeksband gestopt, een blaadje in zijn bruine haar terwijl hij de kippenpastei uit de oven haalde...

Ze stopte opnieuw terwijl de regendruppels uit haar haar en van haar neuspunt bleven vallen. Haar brein hield haar voor de gek. Ze sloot haar ogen en voelde zijn lippen tegen de hare, zo levendig, bijna echt... *Haat me dan maar.* Dit was allemaal gebeurd omdat ze bij hem vandaan had willen vluchten, een waarheid had willen ontkennen die voor hen allebei klaar als een klontje was. Als ze nou maar was gebleven...

Ze zag William lopen, met elke stap een beetje verder weg, en ze besefte – voor het eerst – dat ze gewoon… kon omkeren. Hij hield geen pistool tegen haar hoofd. Ze kon simpelweg rechtsomkeert maken en teruggaan naar waar ze vandaan waren gekomen. Hij liep kilometer na kilometer zonder zich om te draaien om te checken of ze er nog was. Zij kon kilometers weg zijn voordat hij zou opmerken dat ze was verdwenen. Natuurlijk zou ze na tien meter al verdwalen, maar wat maakte dat uit? Ze had nu ook geen idee waar ze naartoe gingen. En wat kon hij beginnen? Zou hij haar tegenhouden met dat benen mesje?

Ze keek achterom en toen weer voor zich.

'Ik zou het niet doen.'

Er welden tranen op in haar ogen en de frustratie en woede golfden door haar aderen toen ze zag dat William was gestopt en haar gadesloeg. Hij had in de twee dagen dat ze al liepen amper naar haar omgekeken en de eerste keer dat ze overwoog om terug te gaan had hij dat door?

'Waarom niet, verdomme? Ik ben niet bang voor je!' schreeuwde ze. Haar zelfbeheersing was eindelijk geknapt. 'Ik ben toch zeker jouw gevangene niet! Je hebt niets over mij te zeggen! Je kunt me nergens toe dwingen!'

Hij gaf geen antwoord, die goedaardige schurk met zijn zak stenen en zijn wandelstok. Hij bleef alleen maar even staan, draaide zich weer om en vervolgde zijn weg. Bijna alsof hij het met haar eens was. Hij kon haar niet dwingen.

Tara's mond viel open van ongeloof. Dat was het dan? Hij zou haar hier zomaar achterlaten? 'Wat wíl je nou eigenlijk?' riep ze hem na. 'Vertel het me! Vertel me wat je wilt!'

Maar hij draaide zich niet meer om en ze zag hoe er bladeren en takken achter hem weer op hun plaats vielen, zodat hij in steeds kleinere stukken uit haar zicht verdween. Even later was hij weg. Zomaar.

Ze draaide rond – haar adem ingehouden, haar hart bonzend – en ze voelde dezelfde overweldigende, angstaanjagende eenzaamheid die ze in de kano had gevoeld, toen de rivier zo krachtig onder haar voortstroomde.

Met een snik stormde ze achter hem aan. 'William!' riep ze, in blinde haast voorthollend tussen de takken door, die ze voelde krassen en klauwen omdat ze er dicht langs, te snel...

Hij was gestopt op een open plek, waar een regenboog in het zonlicht blonk terwijl de regen maar bleef stromen.

'Wat is...' stamelde ze. Zoiets had ze nog nooit gezien. Ze strekte een arm uit en liep naar de kei die voor hen lag. Hij was reusachtig – hoger dan zijzelf lang was, met een doorsnee van minstens twee meter en volmaakt bolvormig. Vol ontzag streek ze met haar hand over het gladde oppervlak. Hoe was zoiets imposants, met zo veel precisie vormgegeven, in godsnaam hier terechtgekomen, midden in de jungle?

En het was er niet één, maar... ze telde... het waren er twaalf. Ze varieerden in grootte, maar waren perfect symmetrisch. De voertuigen die nodig zouden zijn voor het vervoer van stenen bollen van deze afmeting – ze wogen vast wel een ton of vijftien – konden op geen enkele manier door de bomen komen. En in de wijde omtrek waren geen wegen te vinden.

Ze liep naar het midden en draaide langzaam rond. Door de opening tussen de bomen scheen de zon met een schitterende intensiteit op het gras, ook al bleef het regenen. 'Wat is dit?' fluisterde ze.

'De heiligste plek die we hebben. Onze kerk, zou je kunnen zeggen.'

Ze keek nog eens om zich heen. Er hing inderdaad een spirituele sfeer. Ze kon het niet omschrijven, maar de lucht leek hier gevuld te zijn, geladen. Het leek er te flonkeren, de ronde stenen leken te worden gekoesterd door het zonlicht. Ze verwachtte half dat ze elfjes zou zien ronddartelen met vlinders, dat er hertjes zouden komen snuffelen in het gras.

'We denken dat ze meer dan tweeduizend jaar oud zijn.'

Tara's wenkbrauw ging omhoog. 'Dat is behoorlijk... behoorlijk oud,' mompelde ze. Ze wilde ze aanraken. 'Is het goed als ik...' vroeg ze met een armgebaar.

Hij knikte en sloeg haar gade terwijl ze langzaam in de kring rondliep en elke bol in het voorbijgaan aanraakte. Ze voelden allemaal verschillend aan. Sommige voelden ouder en sterker 'gehavend' of getekend dan andere.

'Ze zijn van...' Hij zocht naar het woord. 'Gabbro? Vanuit het binnenste van de aarde. Gesmolten...' Hij fronste.

'Magma?' opperde ze.

Hij knikte. 'Magma. Magma.'

'Hoe kan het dat ze zo perfect rond zijn?'

'Ze zijn bewerkt door te hameren en te schaven met kleinere stenen... Er zijn er driehonderd in het hele land.'

'Driehonderd,' zei ze verwonderd. 'Ongelooflijk. Ik heb nog nooit zoiets gezien.'

Dat was niet helemaal waar. Stonehenge was ook ontzagwekkend en mysterieus, maar daar zat de kracht hem vooral in de hoogte van de stenen. Hier vielen vooral de schoonheid en de perfecte bolvorm van de stenen op.

Ze keek achterom en zag dat hij haar gadesloeg en haar reactie leek te waarderen. 'William, waarom heb je me hiernaartoe gebracht?'

'Kom.' Hij liep naar het midden van de kring, ging zitten en nodigde haar uit hetzelfde te doen. In het midden lagen twee platte stenen, een soort schijven, en daar was ze blij om, want de grond was zacht en modderig, en het regenwater stroomde vrijelijk langs hun voeten.

Ze nam plaats en zuchtte van opluchting dat ze kon rusten. Geleidelijk werd ze zich weer bewust van de vogelzang en de schuine lichtstralen door de bomen. De schoonheid liet zich weer gelden, net als de hoop. Ze realiseerde zich dat ze niet meer bang was.

William keek haar aan met zijn bruine ogen, die meer leken waar te nemen dan wat zich daadwerkelijk voor hem afspeelde. Zoals papegaaien ultraviolet licht konden zien, zo had ze het gevoel dat hij haar voorbij het normale spectrum kon lezen. 'Je vader is een rijk man.'

Ze zweeg een moment. 'Ja.'

'Hij is een goed mens.'

'Ja.'

'En jij... bent ook goed.' Het waren constateringen, geen vragen.

'Ik doe mijn best. Mijn carrière draait om het helpen van anderen.'

'Ook zonder je carrière.'

Ze haalde haar schouders op.

'Is Alex goed?'

De vraag verbaasde haar. Alex was Williams vriend. Dat hij eraan durfde te twijfelen, dat hij suggereerde dat hij misschien géén goed mens was, leek haar een daad van verraad. Maar hoe moest zij deze vraag beantwoorden? Kon ze in alle eerlijkheid zeggen dat hij goed voor háár was geweest? Hij had vermoedelijk niemand anders zo veel pijn gedaan.

Haar mond ging open, maar er kwam even geen antwoord over haar lippen. 'Ik geloof dat zijn bedoelingen goed zijn,' zei ze ten slotte.

William keek haar aan, geduldig wachtend op de 'maar'.

Ze haalde diep adem. 'Maar hij pakt de dingen niet altijd goed aan.'

'Hij is te ambitieus.' Dat was weer een constatering.

'Ja.'

'Hij heeft jou pijn gedaan.'

Alleen erover praten deed al pijn. 'Ja. Maar dat is lang geleden. Vergeven en vergeten, zoals ze zeggen.'

'Zeggen ze dat?'

'Nou ja, sommige mensen wel.' Ze haalde weer haar schouders op. Het leek nu nog harder te regenen – als dat mogelijk was – maar ze had er minder last van. Het water was warm en voelde op de een of andere manier... zuiverend.

William zweeg even. 'Ik geloof ook dat zijn bedoelingen goed zijn. Ik geloof niet dat hij ons met opzet schade toebrengt.'

Tara fronste. 'Júllie schade toebrengt?'

'Mijn volk. Zijn visie is groot, hij wil de hele wereld redden en als dat betekent dat hij het welzijn van enkele mensen moet opofferen voor het hogere doel...' Hij keek haar veelbetekenend aan. 'Jij. En wij. We zijn vervangbaar voor hem.'

Het klonk genadeloos en onverbiddelijk. Maar was het wel waar? Ze had gezien hoe Alex' ogen hadden geschitterd van pijn toen de 'maar' tussen hen boven was gekomen. *Ik dacht dat ik er wel overheen zou komen.* Ze had zelf de indruk gekregen dat zij toch niet zo vervangbaar was als hij dacht.

Ze schoof haar voeten dichter naar haar billen en er begon een kriebel van bezorgdheid in haar buik te ontkiemen. 'William, god weet dat Alex en ik onze moeilijkheden hebben gehad, en ik ben niet zijn grootste fan, maar ik begrijp niet wat je bedoelt als je zegt dat hij jullie schade heeft toegebracht. Hij is geen slecht mens en ik weet hoe belangrijk jij voor hem bent. Dat heb ik gezien aan de manier waarop hij met je lachte en met je sprak. Hij heeft zelfs bij jullie gewoond.'

'Ja. We verwelkomden hem als een vriend.' Hij knikte langzaam en keek rond in het decor waarin ze zaten. Hij sloot zijn ogen en wiegde kort heen en weer. Hij deed zijn ogen weer open en keek haar recht aan. Iets aan zijn blik was uitzonderlijk – vooruitziend, bijna niet geheel menselijk, of misschien juist meer dan menselijk, dat kon ze niet goed peilen.

'Het is voor jou moeilijk te begrijpen, dat weet ik, het feit dat ik met dieren kan communiceren, en met de geesten van de jungle.'

'Ik...' Ze stamelde. 'We hebben in onze cultuur niets vergelijkbaars, het spijt me.'

'Dat hoeft niet. Het spijt mij voor jullie. Wij zitten hier nu en ik voel de aanwezigheid van mijn voorouders. Ze zijn overal om ons heen.'

Tara's ogen draaiden rond in een poging om de flonkerende lucht te 'zien' en niet alleen de regen.

'In ons dorp, in Alto Urén, wonen alle families op hetzelfde stukje grond waar hun voorouders al meer dan drieduizend jaar hebben gewoond. Nog langer dan deze heilige plek bestaat.'

'Dat is prachtig.'

'Ja. We verbouwen meer dan honderd gewassen als voedsel, bouwmateriaal en geneesmiddelen. We hebben niets nodig van de buitenwereld en we nemen niets aan. We leven zoals we altijd hebben gedaan, in hetzelfde ritme als het woud en de seizoenen... Dus je zult wel begrijpen dat ik de plicht heb om mijn volk te beschermen.'

'Ja, dat begrijp ik.'

'We hebben hier een gezegde: het is beter om een magere hond te zijn dan een dode leeuw.'

Tara zweeg een ogenblik. Ze was er niet zeker van dat ze het begreep. Heel veel van wat hij zei was voor haar ondoorgrondelijk. Vertelde hij haar dit allemaal omdat hij vond dat Alex zijn stam op de een of andere manier tegenwerkte? 'William, je weet toch dat het project ook is bedoeld om inheemse culturen en gemeenschappen zoals die van jullie te behoeden, naast het beschermen van de regenwouden, het tegengaan van mijnbouw enzovoort?'

Er verscheen een glimlachje om Williams mond, maar het bereikte zijn ogen niet. 'Geen mijnbouw, dat klopt.'

'Precies. Projecten als dit nationale park maken mijnbouw onmogelijk. Jullie land loopt vóór op de rest van de wereld op het gebied van duurzame energie.'

William hield zijn hoofd belangstellend schuin. 'En hoe ook alweer?'

'Door het gebruik van waterkracht in plaats van fossiele brandstoffen.'

'Juist. Waterkracht.' Hij keek haar recht in de ogen en Tara kreeg ineens het gevoel dat ze in een val was gelokt. 'En wanneer de overdracht vandaag plaatsvindt en het land wordt teruggegeven aan het Costa Ricaanse volk, om precies te zijn de regering...' De toon waarmee hij het woord uitsprak maakte duidelijk dat hij daar geen hoge dunk van had. 'Ze zullen een dam gaan bouwen waardoor een gebied van duizenden hectares onder water komt te staan. Grond die voor mijn volk heilig is. Plaatsen waar wij duizenden jaren hebben gewoond en onze goden hebben geëerd. Onze dorpen raken overstroomd.' Hij maakte een armgebaar om zich heen. 'Onze monumenten komen onder water te staan. Onze cultuur gaat verloren, onze mensen hebben straks geen thuis meer. En het zal niemand wat kunnen schelen, want het is veel belangrijker om de wereld te laten zien dat we duurzame energie gebruiken.'

Tara keek hem aan. 'Maar...' Ze fronste. 'Nee. Er zijn wetten die jullie rechten beschermen.'

'Wetten kunnen veranderd worden. En als het land eenmaal eigendom van de natie wordt, zúllen ze worden veranderd.'

'Maar ik herinner me dat mijn vader...' Ze probeerde zich de details te herinneren van de vele gesprekken aan de eettafel die ze juist liever altijd uit de weg was gegaan. 'Ik herinner me dat hij heeft gezegd dat er een overheidsinstantie is opgericht om de belangen van de inheemse gemeenschappen te beschermen. Co...'

'Niemand van CONAI heeft ooit ons dorp bezocht. Het is voor de vorm opgericht. Ze doen alsof ze met ons overleggen, maar er verandert niets. Ik heb je hiernaartoe gebracht omdat ik wilde dat je het zou zien, voelen en begrijpen. Als het verloren gaat, gaat het voor eeuwig verloren.'

Tara beet op haar lip en keek rond over de open plek – eeuwenoud en verborgen, geheim en heilig. Er was hier heel veel wat ze niet begreep en nooit zou begrijpen... Maar ze kon niet ontkennen dat er dingen waren gebeurd die ze niet kon verklaren. Haar hoofdpijn was verdwenen en ze had gezien dat er planten waren die een wond genazen waar de medische middelen thuis weken over zouden doen. Beide awa's hadden haar in haar ziel gekeken op een manier die geen huisarts of therapeut ooit had gedaan. En deze plek had onmiskenbaar iets spiritueels. Ze voelde hier meer eerbied dan in elk kerkgebouw dat ze ooit had bezocht.

'William, ik wil je helpen. Ik weet niet of wat je zegt over Alex waar is – ik kan niet met zekerheid zeggen dat het niet zo is – maar ik weet wél dat mijn vader zou willen helpen als hij hiervan wist.' Ze zuchtte. 'Maar we zijn kilometers verwijderd van de bewoonde wereld en de overdracht is vandaag...' Ze haalde hulpeloos haar schouders op. 'Het is te laat om nog iets te doen.'

Hij stak zijn hand in zijn zak en haalde er iets langwerpigs uit, een soort zwarte baksteen.

Ze fronste toen hij het logge ding aan haar overhandigde. 'Wat is dat?' vroeg ze. Ze draaide het om en haar ogen werden groot. 'Heb je een satelliettelefoon?' zei ze naar adem happend. 'Maar hoe...'

'Alex,' verklaarde William schouderophalend. 'We hebben geruild.'

Ze sperde haar ogen nog verder open. 'Wat heeft hij dan van jou gekregen?'

'Een geit.'

Ze zweeg een langgerekt moment. Een telefoon voor een geit. Ze kon de glimlach die in haar ogen verscheen niet tegenhouden nu ze zich een nachtelijk gesprek van jaren geleden herinnerde... 'Hij wilde altijd al een geit hebben.'

William sloeg haar gade met een eigen raadselachtige glimlach.

Ze keek weer naar het prehistorische telefoontoestel. 'Je moet me wel laten zien hoe dit ding werkt,' zei ze.

'Zul je met je vader praten?'

'Zeker. Maar ik weet niet wat er in dit stadium mogelijk is. De voorbereiding op vandaag is een enorme onderneming geweest. Er zijn honderden mensen bij betrokken: rangers, ecologen, consultants, juristen. Het is een gigantische operatie. Uitstel van de overdracht is zoiets als het keren van een slagschip.'

'Ik heb nog nooit een slagschip gezien,' zei hij simpelweg. 'Maar alle schepen en boten, hoe groot ze ook zijn, kunnen keren.'

Ze glimlachte. 'Dat is waar.'

'Zorg dat hij naar je luistert, Tara. Daarna kun je naar huis.'

Er viel een lange stilte aan de andere kant van de lijn. Zó lang dat Tara zich bijna afvroeg of de verbinding was weggevallen.

'Dus als ik het goed begrijp,' zei haar vader ten slotte op heldere en gebiedende toon. 'Vertel je mij dat het losgeld een clausule is?'

Ze keek naar William, die midden in de kring in kleermakerszit met het mesje zijn stok zat te bewerken, en knipoogde. Hij schonk haar een glimlach met een spleetje in het midden.

'Pap, het is geen losgeld. William heeft me meegenomen naar deze plek om me te laten zien wat er op het spel staat. Als je het park eenmaal hebt overgedragen, is het te laat. De rechten van zijn volk moeten worden beschermd en in het contract moet zwart-op-wit staan dat geen enkel gedeelte van het park ooit onder water wordt gezet of op een andere manier wordt ontgonnen om een waterkrachtcentrale te bouwen. En geen mazen in de wet. Het moet waterdicht zijn.'

'Toepasselijke woordkeuze,' zei hij, maar ze lachten geen van beiden. De spanning liep hoog op en ze waren allebei aan het eind van hun Latijn door de gebeurtenissen van de afgelopen vierentwintig uur. 'Tara, het heeft jaren geduurd om die contracten te bespreken en op te stellen. Zelfs als ik ermee instem om de clausule toe te voegen, lukt dat vandaag niet meer op tijd. Je weet dat de ceremonie van de overdracht over drie uur plaatsvindt?'

'Ja, natuurlijk! Maar er is dus nog tijd. Zac is jurist. Hij stelt elke dag contracten op. Laat het hem doen. Het is maar één clausule.'

'Tara...'

'Of stel de overdracht uit. Als dat onoverkomelijk is voor de regering – die, laten we dat niet vergeten, al deze grond cadeau krijgt – moet je je misschien afvragen of deze schenking überhaupt wel een goed idee is?'

Ze hoorde hem zuchten. 'Zo simpel is het niet.'

'Pap, dat weet ik. Niets op jouw niveau is dat ooit. Maar als jij hier kon zijn en je dit ook kon zien, zou je begrijpen waarom ik je dit vraag. Jouw inzet gaat een concreet verschil maken in de gezondheid van deze hele planeet, omdat je een geweldige man bent. Maar je bent een nog betere vader, en jij, ik en Miles weten dat je dit erfgoed ook hebt gecreëerd omdat je er een plek mee beschermt waar we alle drie van houden. Vertrouw me alsjeblieft. Ik vraag je om dit voor mij te doen.'

'Piglet...' De stem van haar vader klonk gepijnigd. Er viel weer een lange stilte en ze zag voor zich hoe hij over zijn slapen wreef, zoals hij altijd deed als hij diep nadacht. De stilte duurde voort. 'Oké,' zei hij ten slotte met een zucht. 'Ik zet Zac er meteen op en zal kijken wat er mogelijk is. Zeg maar tegen je vriend William dat we een deal hebben.'

'Yes!' Ze keek naar William en stak een duim op. 'Fantastisch! Dank je.'

'Maar we gaan de overdracht toch uitstellen.'

'Echt? Voor die ene clausule?'

'Het gaat niet alleen om het papierwerk. Ik wil dat jij erbij bent, samen met je moeder en Miles en mij. Dit is iets van onze hele familie, niet alleen van mij.'

'Oké.' Dat betekende dat ze Alex weer zou zien, ervan uitgaande dat hij gewoon was teruggekeerd. Ergens had ze gehoopt dat de ceremonie toch zonder haar kon plaatsvinden. Het zou zoveel eenvoudiger zijn als ze elkaar nooit meer zagen.

'Gaat het echt goed met je?'

'Ja, heus. Mijn voeten doen zeer, maar die herstellen wel weer.'

'Dat geldt voor de meeste dingen, Piglet.' Zijn toon was veranderd en ze had het gevoel dat hij het helemaal niet over haar voeten had. Ze vroeg zich weer af wat voor gesprekken hij in de loop der jaren met zijn technisch directeur had gevoerd, welke terloopse updates hij over de familie in Engeland had gegeven en met name hoe het met haar ging. 'Maar vertel me alsjeblieft waar je bent nu we het eens zijn over de voorwaarden. Waar kunnen we hulp naartoe sturen, waar kunnen we je laten ophalen? Je moeder is in alle staten en met Miles gaat het al niet veel beter.'

'William zegt dat we twee uur verwijderd zijn van de dichtstbijzijnde plek waar een helikopter kan landen. Maar ik bel als we er zijn, dat beloof ik.'

Haar vader liet een geluid horen waaruit bleek dat hij er niet zo gelukkig mee was.

'Heus, het gaat goed met me. En niemand is zo goed toegerust als William om me terug te brengen.'

'Nou, ga maar snel op weg dan. We houden de klok in de gaten. Bailey vraagt de coördinaten van dit telefoongesprek op en als we over twee uur niets van je horen, zetten ze daar een uitgebreide zoektocht met een reddingsteam op touw. Dat weet je.'

Dat wist ze inderdaad. Simon Bailey was al vijftien jaar het hoofd van haar vaders persoonlijke beveiligingsteam. 'Echt, pap, het gaat goed met me en ik kom snel terug.'

'Je klinkt moe.'

'Dat kan wel kloppen,' zei ze met een zucht.

'Nou, hou nog even vol... O, wacht, je broer wil je even spreken. Ik geef hem nu. We zien je gauw... Dag, Piglet.'

'Dag, pap. Ik hou van je.'

'Niet te lang,' hoorde ze haar vader zeggen, zijn stem nu verder weg. 'Ze moet gaan.'

Miles kwam aan de lijn. 'Twig?'

'Hoi,' zei ze glimlachend.

Ze hoorde hem opgelucht uitademen. 'Gaat het echt goed met je?'

'Echt, ik ben in orde. Alleen maar compleet afgemat.'

'We werden hier gek van bezorgdheid.'

'Ik weet het, het spijt me.'

'Toen die klootzak van een Alex Carter hier opdook zonder jou brak de hel los.'

Ze viel stil en sloot haar ogen. Ze wilde niet weten hoe Rory had gereageerd toen hij haar ex ontmoette, een vent van wie hij nog nooit had gehoord. 'Dus Alex is daar?'

'Nou, hij wás hier. Maar hij is weer vertrokken.'

'Vertrokken?' Haar ogen schoten open en ze voelde een schok

door haar hart gaan bij de gedachte dat hij opnieuw uit haar leven zou verdwijnen. 'Waarheen?'

'Geen idee. Hij is je gaan zoeken. Zei dat hij wist waar je zou zijn, maar dat slaat natuurlijk nergens op.'

Ze fronste. 'Hij kan het niet weten. Ik weet zélf niet eens waar ik ben! En ik bén hier!'

'Het leek ons ook al sterk, maar we konden hem niet tegenhouden. Hij denkt dat je op de een of andere heilige plek bent.'

Tara zweeg. Haar blik gleed weer over de kring van stenen. 'Maar... hoe weet hij dat nou?'

Miles zuchtte. 'Niet lachen, maar volgens Jed rust er een vloek op jou.'

'Een vloek? Op mij?' Ze lachte geschokt. Ze wist niet welk van die twee zinnetjes het belachelijkst was. 'Maar... wie dan? Ik bedoel, waarom?'

'Een of andere voodootovenaar die de overdracht wil tegenhouden of zo, ik weet het niet precies,' mompelde hij.

Ze keek weer langzaam in de richting van William. Hij zat nog steeds met zijn mesje die stok te bewerken, rustig en stil. Bijna sereen. Kon het zijn dat hij de aanstichter was van zoveel chaos? 'Dat laat nergens op, Miles,' zei ze zacht.

'Vertel mij wat!' lachte hij vreugdeloos. 'Jed zei dat het te maken had met de rivier die de levensader van de stam was of zoiets? Daarom zou je dat ongeluk in de kano hebben gekregen. De geest van de rivier... zou de vloek ten uitvoer hebben gebracht. Hoe dan ook, het is allemaal onzin, maar Alex wilde niet luisteren. Hij was weg voor iemand hem kon tegenhouden.'

Tara staarde in de verte en er verspreidde zich een slecht gevoel door haar lijf, als zwarte rook.

William had een vloek uitgesproken. Over haar. Dat had Jed gezegd. Dat was wat Alex dacht... Maar William had haar nog niet eens ontmoet toen ze dat ongeluk op de rivier kreeg.

Jij. En wij. We zijn vervangbaar voor hem... We verwelkomden hem als een vriend.

Hij had de verleden tijd gebruikt. Waren ze dan geen vrienden meer? Die indruk hadden ze wel gemaakt toen Alex en zij in het dorp waren aangekomen. Maar de ervaring had haar geleerd dat de waarheid vaak lag in wat er niet werd gezegd.

Ik dacht dat ik er wel overheen zou komen... maar dat was niet zo.

We verwelkomden hem als een vriend... maar hij heeft ons verraden.

Het was Alex' kano. Híj had erin moeten zitten.

'Twig? Ben je er nog?' vroeg Miles toen ze opkeek en zag dat William haar gadesloeg. Hij was opgehouden met snijden. Het was zo stil dat ze het woud kon horen ademhalen.

'Ik ben niet degene over wie een vloek is uitgesproken,' zei ze zacht terwijl ze in de diepbruine ogen van de awa staarde. 'Maar Alex.'

26

'William, je moet die vloek opheffen,' zei ze tegen zijn rug. Ze liepen weer, op weg naar haar vrijheid, naar huis. Maar dat interesseerde haar nu niet. Als het moest, bleef ze voor altijd tussen deze bomen.

Het was zwaar. Het regende nog steeds, de grond onder hun voeten was zompig en het water liep in stroompjes omlaag over de smalle paden en dierensporen.

'Zo simpel is het niet,' zei hij, onderweg een blad van een plant plukkend. Hij wreef het tussen zijn vingers en snoof eraan. Toen plukte hij er nog wat en liet ze in zijn zak glijden.

'William!'

Hij draaide zich om. Een en al kalmte.

'Je kunt Alex niet laten leven met een vloek boven zijn hoofd.'

Hij keek haar aan met die eeuwenoude blik van hem. 'Ik dacht dat je niet geloofde in dingen als vloeken en de geneeskracht van planten.'

Daar had ze niet van terug. 'Ik heb nooit tegen je gezegd dat ik daar niet in geloof.'

'Dat hoefde je ook niet te zeggen.'

'Maar...' stamelde ze. Ze geloofde niet in vloeken, natuurlijk niet. Ze geloofde ook niet in spoken of elfjes of de paashaas. Ze was een wetenschapper en ze volgde de wetenschap. Maar ze kon niet ontkennen dat hier dingen waren gebeurd die niet verklaarbaar waren. Hoofdpijn die als sneeuw voor de zon verdween, aura's die werden gelezen... en ze had de meedogenloze krachten gevoeld die de kano voortstuwden. Zelfs in haar angst en paniek had ze meer gevoeld, dacht ze, dan alleen de stroming van een rivier. Het had geleken alsof die boot niet was weggedreven, maar werd vóórtgedreven.

Ze slikte. 'De hele gedachte achter mijn komst was de hulp aan Jeds zoontje. Ik kwam de bladeren halen waarvan de awa zei dat ze hem konden helpen.'

William glimlachte even en liep weer door. Hij liet zich niet voor de gek houden door haar woorden, de illusie van daad boven geloof. 'Weet je hoelang de opleiding tot awa duurt?'

Ze zuchtte, want het interesseerde haar totaal niet, maar ze wist dat hij het haar toch ging vertellen. Hij had een zachte manier van doen die paradoxaal genoeg heel krachtig was. Op de een of andere manier leek hij zijn zin te krijgen zonder dat hij daar zijn best voor deed.

'Vijftien jaar,' vervolgde hij. 'Ik ben begonnen met leren toen ik vijftien was. Onze clan is altijd *awapa* geweest; mijn oom heeft me de *suwoh* bijgebracht.' Hij dacht even na, in een poging de Engelse woorden te vinden. 'Kennis die wordt verteld, niet opgeschreven?'

Ze knikte ongeduldig.

'Mijn oom heeft me de liederen geleerd die me helpen contact te maken met de geesten. Hij heeft me laten zien hoe ik geneesmiddelen in deze wouden kan vinden door de drie-eenheid van geest te herkennen – de geest van de plant, van de ziekte en van de patiënt. Hij heeft me de kennis en de wijsheid en de macht gegeven om mijn mensen te helpen, ik doe niemand kwaad.'

Tara dacht aan haar eigen eed van Hippocrates.

'De vloek is uitgesproken als verdediging van mijn stam, niet om Alex te schaden. Maar hij is de figuur die dit project belichaamt. Zijn bedoelingen zijn goed, maar wij worden ervoor opgeofferd en dat kan ik niet toestaan. Hij doet zijn werk, ik het mijne. En de vloek kan pas worden opgeheven als hij is vervuld.'

Ze rende voor hem uit in de regen en versperde hem de weg. 'En met vervuld bedoel je...' Ze daagde hem uit het te zeggen en smeekte hem tegelijkertijd stilletjes dat niet te doen.

'Pas als hij wordt gestopt.'

Betekende dat 'pas als hij dood is'? Ze staarde hem aan en herinnerde zich haar doodsangst toen de kano haar over die rivier had voortgedreven en over die waterval had meegevoerd. Haar knieën knikten weer bij de gedachte eraan.

'Maar je hebt nu wat je wilde,' riep ze uit. 'De clausule wordt in de overeenkomst opgenomen en de overdracht wordt uitgesteld tot het in orde is. Mijn vader heeft je zijn woord gegeven. Ik stel je aan hem voor! Hij kan persoonlijk instaan voor jullie bescherming. Dat garandeer ik je.'

'Ik geloof je, Tara. Maar ik kan de loop der dingen niet tegenhouden,' zei hij niet onvriendelijk.

Ze zag dat hij de waarheid sprak. Er was een kettingreactie in gang gezet die niet te stuiten viel. Hij had er net zomin nog invloed op als zij. 'Dus we moeten gewoon afwachten?' Haar stem klonk schor en de regen stroomde langs haar haren in haar shirt. Ze merkte het niet of het kon haar niet schelen. Ze zag alleen maar haar angst in zijn gezichtsuitdrukking bevestigd. 'Hoe gaat het gebeuren? Wat gaat er met hem gebeuren?'

'Ik weet het niet. Het is in handen van de geesten. Ik ben slechts het medium.'

Ze voelde een draaikolk van wanhoop in haar binnenste terwijl hij haar weer voorging, maar hij liep minder kwiek, zag ze. Hij was hier treurig over – hij was er niet zo kapot van als zij, hij had niet het gevoel dat de wereld uiteen zou splijten, dat de grond onder zijn voeten beefde – maar hij was bedroefd om het onvermijdelijke.

Haar bloed stroomde met een duizelingwekkende snelheid. Ze hoorde het door haar hoofd gonzen terwijl er een machteloos gevoel door haar ledematen golfde. Dus dat was het dan? Ze moesten wachten tot er iets vreselijks met hem ging gebeuren? Alex' ambitie zou hem uiteindelijk toch opbreken. De wraak waar ze in die eerste jaren na zijn bedrog van had gedroomd zou nu vorm krijgen en hem vinden. Daar twijfelde ze niet aan. Een week geleden zou ze hier niets van hebben geloofd. Een vloek? Ze zou er geen geloof aan hebben gehecht. Maar ze had in die kano op die rivier gezeten. Ze had het zelf ervaren.

Ze deed haar ogen dicht en probeerde haar woelige emoties te beheersen, maar ze was verzwakt door uitputting, pijn en nu ook angst. Haar gedachten gingen in cirkeltjes rond. Hoe kon hij zich verweren tegen een vloek? En moesten ze het hem vertellen? Ze wankelde moeizaam door de modder en probeerde het hoofd koel te houden. Hij zou lachen als ze het hem vertelde. Hij was een wetenschapper, net als zij.

William, die ongeveer tien stappen voor haar uit liep, was deels uit haar gezichtsveld geraakt door varenbladeren en dikke stengels die als touwen in een gymzaal aan de bomen bungelden, zodat ze haar weg moest zien te vinden door een massa gebladerte. Ze zag dat hij was gestopt, zijn rug zo recht als van een twintigjarige, terwijl hij staarde naar iets wat zich voor hen bevond. Ze aarzelde instinctief en naderde behoedzaam. William stond stil en was duidelijk hyperalert. Hij leek met het weefsel van het nevelwoud vervlochten te zijn, er deel van uit te maken.

'Blijf daar,' zei hij zacht toen ze bijna bij hem was.

'Wat is...' Maar haar stem stierf weg in de stilte toen ze zag waar hij naar keek.

Het was schokkend. Afschuwelijk. Een grote vlakte van niets strekte zich voor hen uit: geen kleur, geen leven, geen geluid. Slechts hectares van verlatenheid, een lelijk litteken op het ongerepte land, een open wond die etterde. Geen foto, geen voorkennis had haar kunnen voorbereiden op de realiteit. Ze wist dat ranchers en boeren en houthakkers aan illegale houtkap deden, maar in aanraking komen met de meedogenloze bruutheid, de enorme schaal van de verwoesting... Ze had een groot deel van de week doorgebracht in deze jungle, deze wouden, die zo veelomvattend waren dat ze soms een claustrofobische uitwerking op haar hadden gehad. Er was geen respijt, nergens, te midden van de klanken en de geluiden en de luchtvochtigheid. Hier was nooit iets gemakkelijk en ze had zich gevangen gevoeld in een enorme groene biosfeer. Ze had verlangd naar de afwezigheid van de schaduwrijke omarming, naar een uitzicht dat zich kilometers voor haar uitstrekte, om een andere kleur te zien dan groen, welke kleur dan ook…

Of dat had ze gedacht.

Maar de plotselinge confrontatie met deze brute, buitensporige werkelijkheid bracht iets in haar teweeg wat diep vanuit haar wezen kwam, een soort oergevoel. Ze begreep dat de lichaamstaal die ze net bij William had gezien nu ook de hare was. Het was niet zozeer de reactie van een stamhoofd geweest, het was een menselijke reactie. Dit was niet *the middle of nowhere*. Het was the middle of *everywhere*. Dit was niet alleen het kloppende hart van de planeet, het waren ook de ademende longen. En dat zoiets ongerepts, iets wat eeuwenoud was op deze manier werd geplunderd… Op de een of andere manier leek het nog erger doordat er nog een paar omgevallen bomen op de grond lagen: verlaten, nutteloos, overtollig, maar toch gekapt. De modder was van een galachtig roodgeel. Er stroomde ongehinderd water overheen, er waren zelfs geen boomwortels meer om de stroom tegen te houden of te breken. Het was een apocalyptisch tafereel, als het einde der tijden. Heiligschennis.

'Nee.' Zijn stem was een fluistering en ze volgde zijn blik, want het was niet alleen de vernietiging. Zijn scherpe ogen zagen de details veel beter dan zij, en hij had enkele honderden meters verder naar beneden een man gezien, die vanuit de bomen tevoorschijn kwam.

Tara's brein verwerkte de aanblik langzaam en met groeiend ongeloof. Hij droeg nog steeds dezelfde gescheurde, vuile, rafelige kleren waar ze hem voor het laatst in had gezien. Zelfs hiervandaan zag ze dat hij inmiddels een baard had. Achter hem stond het minivliegtuigje.

'Alex?' De kreet barstte uit haar los, een snik die haar verdriet en woede om dit desolate decor bevatte, maar ook haar opluchting, haar verwondering dat hij haar hier had gevonden.

Ze zag zijn gezicht naar haar zoeken tussen de bomen. 'Tara?!'

Er volgde een moment waarin ze elkaar vol ongeloof aanstaarden. Kon dit waar zijn? Toen begon hij de muur van blubber op te rennen.

Ze zag hoe hij weggleed en zijn handen in de modder zette terwijl hij tot aan zijn enkels wegzakte. Hij kwam overeind, maar hij had geen houvast en zijn voeten glipten weg bij elke stap.

'Alex, wacht! Ik kom eraan!' schreeuwde ze.

'Tara!' zei William, en hij wilde haar bij haar arm grijpen. Te laat. Ze rende al langs de rand van de bomen, maar die boog af, weg van Alex, dus ze begon over het niemandsland te hollen om sneller bij hem te kunnen zijn. Plotseling deed elke minuut ertoe. De jaren die ze waren verloren, het decennium van hun leven dat voorgoed voorbij was... Ze besefte dat er nu geen uitstel meer mocht zijn. Geen moment.

'Nee!'

Williams stem was als een lichtkogel aan de hemel. Zijn kreet onderbrak het instinct dat haar over de geschonden aarde stuurde in de richting van de man die ze haatte en liefhad. Ze stopte en keek achterom. Zijn gezichtsuitdrukking schoot als een pijl van pure paniek door haar hart, want ze zag meer dan angst. Ze zag het noodlot.

Ze keek naar Alex, die nog op zijn knieën zat, maar met zijn armen boven zijn hoofd, alsof hij vanaf een onbewoond eiland naar een helikopter zwaaide. Hij zwaaide naar haar.

'Nee! Tara, nee!' Zijn stem klonk rauw, hees in zijn vastberadenheid om te worden gehoord, om haar te laten stoppen.

Waarom...

En toen hoorde ze het: een gerommel op de achtergrond – dat haar onderbewuste een paar seconden eerder niet als relevant had geregistreerd – werd nu gebrul. De grond die onder haar voeten beefde, was geen hallucinatie. Ze zag een massa vogels in allerlei soorten en maten, in alle kleuren, de lucht in schieten. Ze hoorde de apen gillen terwijl ze van tak naar tak slingerden, van boom naar boom, in een poging te ontsnappen.

Met open mond en opengesperde ogen keek ze omlaag en zag de grond onder haar voeren wegzakken. Niet alleen daar. De enorme wal van modder – omgeploegd, kaal en onbeschermd tegen de tropische elementen – scheurde zich los van Moeder Aarde, van Iriria. Hogerop begon hij al over de berg naar beneden te schuiven, een onstuitbare lawine van aarde die vaart maakte met een snelheid die ze niet kon bevatten.

Nog voor William naar haar schreeuwde dat ze terug moest komen, terug tussen de bomen, was ze al begonnen met rennen, twee, drie, vier passen tot haar voeten onder haar werden weggeslagen en ze achteroverviel. Ze hoorde de mannen roepen terwijl ze voelde dat de grond onder haar lichaam wegzonk en haar mee naar beneden wilde sleuren. Haar handen grepen automatisch naar alles wat binnen bereik was, en ze pakte een vezelige stengel die van een boom hing die aan de rand van de grondvlakte stond. Ze had geluk, want hij was taai en stevig genoeg om haar snelheid te verminderen en ze was nog zo dicht bij de rand dat de breuk hier ondiep was. Even zag ze alleen maar de hemel – grijs, zwaar en laag – terwijl de modder haar ronddraaide en ze zich goed aan de stengel moest vasthouden, maar toen voelde ze de kracht afnemen en kon ze zich opduwen en gaan zitten. De grond rommelde en schudde nog steeds onder haar gespreide handpalmen, maar ze liep niet meer het risico meegesleurd te worden. Het grootste deel van de lawine was losgebroken en nu onderweg naar...

Onderweg naar Alex. Hij stond onderaan de grondvlakte, in het midden. Nog steeds.

'Alex!' gilde ze. Ze begreep niet waarom hij daar bleef staan. De aardverschuiving kwam recht op hem af.

'Tara?' Ze zag zijn hoofd draaien en heel even was er oogcontact. Ze realiseerde zich dat hij naar haar had gezocht. Hij had gewacht tot hij haar zag, wilde weten of ze in orde was.

'Wegwezen!' schreeuwde ze met een kracht die haar bijna binnenstebuiten keerde.

Hij begon in beweging te komen, te krabbelen, te glijden, terug naar de bomen. Maar er was geen ontkomen aan. De snelheid, de angstaanjagende vaart... *Ik kan de loop der dingen niet tegenhouden,* had William gezegd. Ze gilde het weer uit toen de modderlawine hem te pakken kreeg en hij uit het zicht verdween. De massa sloeg tegen de bomen en het woud leek te krijsen van pijn, met reusachtige stammen die kraakten onder het gewicht, hun wortel losgetrokken als onkruid in een border met dahlia's.

Tara kon niet ophouden met gillen. Ze kon niet accepteren wat ze zag. De natuur die kolkte en schuimde, zichzelf verwoestte. De angstaanjagende kracht, het lawaai, de stank van de opengereten aarde...

En toen verdween het donderende geweld bijna zo snel als het gekomen was. De moddermassa was verspreid, gebroken, de vaart vertraagd, de kracht verminderd door de bomen, gestopt door het woud... Er volgde een onheilspellende stilte. Er klonken geen vogels, zelfs de apen krijsten niet. Al het leven leek uitgewist. Uitgeroeid.

Er ontsnapte haar een snik terwijl ze naar het vacuüm staarde dat was achtergebleven, de plek waar Alex had gestaan nu verblindend leeg. Alsof hij daar nooit was geweest. Haar lichaam vouwde dubbel alsof ze moest overgeven. Ze voelde zich verkrampt van pijn, gekweld door afgrijzen nu ze steeds weer voor zich zag hoe Alex werd weggerukt. Het was onmogelijk om dat te overleven, dat wist ze. Toen haar eigen voeten onder haar werden weggeslagen had ze hetzelfde gevoel gehad als in de kano – van een grote, onstuitbare kracht die op haar inwerkte.

William rende behendig door haar gezichtsveld door de modder met een snelheid die ze nooit zou hebben verwacht. Zwijgend en gefocust. Ze wist wat hij probeerde te doen. Maar het had geen zin. Hij wist net zo goed als zij dat de vloek vervuld was.

Ze zakte achterover. Het lukt haar niet om overeind komen. Zelfs ademhalen was moeilijk. Haar hart wilde niet kloppen. Het kon de pijn niet ondersteunen die zich als een gif in haar verspreidde. Alex was weg en elke pijn die ze ooit dacht te hebben gevoeld, was niets vergeleken met dit verdriet. Ze merkte niets van de kou, de natte modder die door haar haar, in haar oren en onder haar shirt droop. Ze was zich nergens van bewust behalve een verschroeiende pijn. Ze voelde zich verteerd door een wit licht dat vanbinnen brandde. Dat ze hem had teruggevonden en nu weer was verloren…

Nee!

Haar hart wilde het niet accepteren. Haar brein was als verdoofd en het zelfverwijt verzengde haar bij de herinnering aan haar weigering hem ook maar de minste genade te schenken terwijl ze hem geheimen had verteld waarvan ze wist dat die hem zouden achtervolgen zoals ze haar hadden achtervolgd. Ze had haar hart bewaakt met een grimmige vastberadenheid tot ze hem weer had kunnen ontvluchten zoals ze tien jaar geleden in Londen had gedaan. Ze had precies gekregen wat ze wilde: Alex Carter uit haar leven.

Hij was de man die ze had liefgehad en gehaat. Hij had het vuur in haar aangestoken om te willen slagen, succes te hebben, hem te laten zien dat ze een beter en gelukkiger leven leidde dan hij haar ooit had kunnen geven. Ze was de vrouw geworden die ze was dóór zijn verraad. Ze had hem ervoor moeten bedanken. Voor alles.

Ze sloot haar ogen en dacht aan het verlangen dat in zijn blik had gelegen – ongevraagd, ongewild – toen Rory haar naam noemde via de walkietalkie. Ze herinnerde zich zijn glimlach als een zonnestraal toen hij haar aantrof in dat kleine kantoor, een vertrek in de jungle. Wat was het tegenstrijdig dat hij het had gezien als een teken dat ze voor elkaar bestemd waren, terwijl ze juist voorbestemd waren voor het noodlot. Ambitie, een vloek, of allebei, het universum leek erop uit te zijn hen van elkaar te scheiden.

Ze herinnerde zich hoe ze op het gras in het maanlicht had gestaan, hoe ze wist dat ze een besluit moest nemen – en hoe ze bijna, bíjna naar zijn hut was gegaan. Ze had bijna toegegeven aan haar hunkering naar hem, die, zo had ze zichzelf verteld, slechts een chemische reactie was, een vreemde alchemie die tussen hen vonkte. Ze hadden één nacht samen kunnen hebben, had ze gedacht. Eén maar. Zoals vroeger. Wraakseks.

Maar ze had geweten dat één nacht niet genoeg zou zijn. Dat ze nooit genoeg van hem zou kunnen krijgen en dat het daarom beter was om niets te hebben. Ze was naar Williams hut gegaan en had hem betaald om haar daar weg te halen, omdat ze wist dat het hele fort zou instorten als ze één steen uit de muur zou nemen en dat ze weerloos zou zijn tegenover de man die ze haatte en liefhad.

Ze wist niet hoelang ze er al lag. Ze voelde haar armen en benen niet. Haar lichaam leek in de aarde weg te zinken alsof ze door Iriria werd geroepen. Vreemd genoeg beangstigde die gedachte haar niet. Ze zou het prima vinden als ze hier nooit meer vandaan zou komen. Het nevelwoud mocht haar hebben. Ze kon zichzelf niet meer voorstellen in haar oude leven: in de kantine met Holly, met lauwwarme gerechten op dienbladen, de geur van ontsmettingsmiddel, het felle licht van de operatiekamer, het geluid dat de latex handschoenen maakten bij het aantrekken, de aanblik van een klein lichaam op de tafel...

De kleine Lucy. Een week geleden was ze gestorven. Hoeveel leven was dat arme kind ontzegd? Hoeveel had Tara zelf wel niet geleefd in die korte tijd?

In de verte herinnerde ze zich dat ze de ziekenhuisdirecteur niet had teruggebeld over het onderzoek dat tijdens haar afwezigheid zou worden ingesteld en ze dacht aan de wenkbrauwen die zouden worden opgetrokken bij de mededeling dat zij 'op vakantie' was. Ze wist dat ze het zich zou moeten aantrekken, maar ze voelde niets. Niemand zou ooit begrijpen wat ze hier had doorgemaakt, aan de andere kant van de wereld, waar ze de hoop voor een ander kind had nagejaagd, maar ook daarin had gefaald.

Ze sloot haar ogen en voelde zich met elke ademhaling zwaarder. Ze dacht niet dat ze zich zou kunnen bewegen als ze het probeerde. Haar lichaam zat vastgeklonken in de modder. Ze was zich er vaag van bewust dat het gestopt was met regenen, dat er af en toe bundels zonlicht voorbij de wolken op het woud schenen, als stralen van genade. De vogels vlogen weer, kriskras boven de leegte die was ontstaan door de honderden gevelde bomen. Ze voelde insecten wroeten en kriebelen onder haar gespreide handpalmen. Het leven was weer op gang gekomen, alsof de verschrikking van de modderlawine alweer vergeten was, doch niet vergeven.

Ze was ver weggezonken, had het gevoel bijna onder de aarde te zijn, toen het insect in beeld kwam. Het zwarte silhouet hing hoog boven haar in de lucht. Het staarde naar haar en zij staarde terug. Het begon te dalen, werd steeds groter en bracht een wind teweeg waar de bomen van ombogen en die haar haren tegen haar gezicht blies. Ze tuurde terwijl haar brein zich losmaakte uit zijn verdoofde toestand... Nog steeds kon ze niet bewegen. Haar lichaam gehoorzaamde haar instructies niet meer. Ze kon zich net zomin van de grond verheffen als een stok dat zou kunnen.

De helikopter daalde snel en landde ergens op de helling, buiten haar gezichtsveld. Misschien dat ze toch niet gezien was? Het maakte niet uit. Ze lag hier goed. De modder voelde aan als een omhelzing, de aarde omarmde haar en ze vond troost in de manier waarop de grond zich om haar lichaam voegde. Het was zo lang geleden dat ze zich echt vastgehouden had gevoeld...

Ze deed haar ogen dicht en herinnerde zich de flard van dat gevoel bij de rivier... Alex die haar vasthield toen hij haar had gevonden. Een glimlachje bracht de hoeken van haar mond omhoog terwijl ze voelde hoe ze werd verplaatst en toen opgetild. De bevrijding uit de zuigende aarde werd gevolgd door een kille kou die over haar rug streek. Ze opende haar ogen en zag twee gezichten die zich over haar heen bogen. Ze droegen een helm en gingen snel te werk. Efficiënt.

'Rustig maar, mevrouw, we brengen u in veiligheid,' zei een van hen toen hij haar afwezige blik op hem zag landen.

'Hoe...' Maar het woord was beverig en ijl als een kringel rook, en het volgende moment voelde ze dat ze een meter de lucht in werd getild. Ze realiseerde zich dat ze op een brancard werd gelegd. Ze werd gered... Het was voorbij.

Ze staarde naar boven en terwijl ze onder de lege hemel door werd gedragen verlangde ze plotseling naar de omhelzing van de schaduw onder de bomen. Ze wilde een zonnestraal opvangen die heroïsch haar weg door de bladeren vond, ze wilde een ara zien die op een tak zijn veren gladstreek, ze wilde een slapende luiaard zien hangen.

In plaats daarvan was de terugkeer naar haar eigen wereld al begonnen. Ze zag de deinende helmen van haar redders in de nood terwijl ze over de helling zwoegden, ze zag de precieze vormgeving van de wieken van de helikopter, sneller draaiend dan haar ogen konden volgen, klaar om haar hier weg te halen…

William.

Ineens was hij er. Vanuit haar liggende positie zag ze voor het eerst een tatoeage op zijn nek, en de diepe plooien in zijn huid die paradoxaal genoeg vlezig en jeugdig leken.

'Uitputting. Ze moet een beetje eten en veel rusten,' hoorde ze hem tegen een van de mannen zeggen.

'Will…' stamelde ze toen ze haar weer begonnen te verplaatsen. Plotseling gleden er tranen uit haar ooghoeken. Ze voelde zich eenzaam, wilde hem niet verlaten. Dit was de redding waar ze naar had verlangd, ja, de ontsnapping waar ze naar had gehunkerd, maar ze was er niet klaar voor. Wat ze had gedacht te willen en wat ze werkelijk wilde… Er zat een wereld van verschil tussen. Ze blonk uit in liegen tegen zichzelf. 'William!'

Hij keek haar aan en schonk haar zijn glimlach met het spleetje. Hij knikte alleen maar, legde zijn hand op haar voorhoofd en zei iets wat ze niet kon verstaan, in zijn moedertaal, zijn ogen gesloten, de palm van zijn andere hand naar de hemel opgestoken. Toen hij klaar was, keek hij haar weer aan. 'Het komt nu allemaal goed.'

'Ik wil niet weg…'

'Kom dan maar snel weer terug.' Hij gaf haar een knipoog voordat hij achteruitstapte en uit haar gezichtsveld verdween.

Nee! Begreep hij het dan niet? Ze wilde hier blijven, dicht bij Alex! Ze wilde hier zijn, bij hem, in de aarde… Maar haar lichaam was krachteloos en zo leeg als een huls. Het wilde niet bewegen. Ook zonder de riemen die haar op haar plaats hielden, voelde ze zich verlamd en hulpeloos.

Ze voelde de wind beuken terwijl ze zich in de neerwaartse luchtstroom begaven. Het was alsof ze onder de vleugels van een feniks lag, en ze werd gedwongen haar ogen te sluiten toen ze in de heli werd getild.

Binnen veranderden de geluiden meteen. Het kabaal van de wind verdween als een haardroger die werd uitgeschakeld. Ze merkte dat de spanning, het resterende gevecht in haar lichaam wegviel. In hoeveel helikopters had ze al niet gevlogen? Maar nog nooit in een heli als deze – zonder gestikt leer, zonder koelkastje met een fles Bollinger erin. Dit was een onbekende omgeving, steriel, medisch. De wanden waren bekleed met levensreddende instrumenten: een infuuszak, een defibrillator, zuurstofmaskers... Het kon haar niet schelen! Ze wilde niet gered worden, waarom zagen ze dat niet in?

Er stroomden tranen over haar wangen, over haar slapen en in haar haren nu de deuren dichtgingen en ze de eerste voorzichtige bewegingen van het opstijgen voelde. Ze dacht aan William die toekeek tussen de bomen, aan Alex ergens onder de modder, gebroken, kapot, verloren... en ze begon te snikken omdat ze het niet kon verdragen. De pijn kwam in scherpe, venijnige vlagen, die ze had kunnen tegenhouden toen ze nog half verdoofd in de aarde lag. Ze was hem nu voorgoed kwijt en ze zou hier nooit meer terugkomen, ze zou deze plek nooit meer vinden en hem niet kunnen opzoeken op de plek waar ze hem voor het laatst had gezien, op zoek naar haar voordat hij werd weggevaagd.

Ze was buiten zichzelf van verdriet, ze wilde de huid van haar lichaam scheuren, haar haren uit haar schedel trekken, alles wat maar minder pijn zou doen dan dit. De hulpverlener zei iets tegen zijn collega en kwam weer in haar gezichtsveld toen hij zag hoezeer ze van streek was. Ze kon hem niet horen, maar ze zag zijn mond een woord vormen: kalmeringsmiddel.

'Breng me terug!' riep ze terwijl ze haar hoofd van links naar rechts schudde. 'Breng me terug!'

Ze voelde dat de andere hulpverlener haar hand pakte.

'Nee!' Maar ze kon haar arm niet wegtrekken, want ze lag veilig vastgesnoerd.

'Het komt goed, mevrouw,' zei de eerste hulpverlener, die zich over haar heen boog zodat ze hem beter kon horen. 'U bent gered. Veilig.'

De andere hulverlener streek over haar hand en probeerde haar te kalmeren.

Vreemd genoeg lukte dat. Had hij haar al geïnjecteerd? Ze voelde diep vanbinnen iets tot rust komen terwijl hij met zijn duim over haar vingers gleed. Het gebaar had iets teders, alsof hij haar gekwelde ziel troostte. Daardoor kwamen er alleen nog maar meer tranen boven. Vriendelijkheid was nu onverdraaglijk.

Hij begreep niet dat ze niet wilde voelen, dat ze niet wilde bestáán.

De greep om haar vingers werd iets sterker, een kneepje dat het equivalent was van een ouderlijk sussen, en terwijl haar duim tegen de zijkant van zijn hand gleed, waren daar de verhoogde randjes van... een maanvormig littekentje.

Ze voelde hoe de adem haar longen verliet.

Ze draaide haar hoofd zo ver als ze kon. Volledig met modder bedekt, zodat alleen zijn ogen zichtbaar waren, met een zuurstofmasker op en een arm en een been gespalkt, lag Alex naar haar te kijken. Ze voelde hoe een stroomstootje haar wereld tot leven wekte. Als haar duim de randjes van dat littekentje niet voelde, zou ze niet hebben geloofd wat haar ogen haar lieten zien.

Hij was zwak en de andere hulpverlener diende meer morfine toe in de arm van de hand die zij vasthield. Ze kon zich de pijn die hij had amper voorstellen. Ze kneep nu wat steviger in zijn hand, zo stevig als ze kon, en ze keken elkaar aan zonder iets te kunnen zeggen boven het lawaai uit. Maar zijn greep verslapte langzaam, het medicijn deed zijn werk. Zijn ogen knipperden alsof hij haar niet weer uit het oog wilde verliezen, tot hij uiteindelijk het bewustzijn verloor.

Tara bleef zijn hand vasthouden.

De piloot bracht via de radio verslag uit terwijl ze door de wolken over het woud zoefden. Ze voelde hoe enorm en hoe kwetsbaar het was, de schoonheid en de verschrikkingen die ze er had ervaren. Het was een land van regenbogen, waar de zon zelfs scheen als het regende. Alleen door er te verdwalen had ze zichzelf gevonden.

Hem gevonden.

Voor de tweede keer.

EPILOOG

Twee maanden later

'Een goede speech is een korte speech, dat heb ik altijd al gezegd,' zei Holly, enthousiast applaudisserend terwijl Tara's vader het vel papier in zijn hand opvouwde en de president uitnodigde zich bij hem op het podium te voegen.

'Dat heb je altijd al gezegd,' beaamde Tara, die haar ogen op het podium gericht hield.

Ze zaten op de voorste rij, samen met haar moeder, Miles en Zac, te midden van een niet al te grote maar illustere menigte van formeel geklede hoogwaardigheidsbekleders, parkrangers en andere medewerkers. Ook een groot deel van de Alto Urén-stam was de berg af gekomen en keek trots toe hoe William zijn plaats naast Alex en haar vader innam.

Holly keek even opzij en zag dat Tara haar ogen niet kon afhouden van de mannen op het podium. 'Hij ziet er goed uit,' fluisterde ze plagerig, zonder te hoeven zeggen naar welke 'hij' ze verwees. Hij liep nu met krukken, zijn arm was blijkbaar hersteld.

'Ja.'

'Mooi pak ook.'

'Ja.'

'Die kleur stond hem altijd al goed.'

Tara gaf geen antwoord.

'Ze hebben zo te zien goed voor hem gezorgd,' hield Holly vol.

'Ja.'

'Je bent overduidelijk stapel op hem.'

Tara trapte niet in de trucs van haar vriendin – die kende ze maar al te goed. Ze wierp Holly een blik toe. 'Gedraag je,' siste ze.

'Wat? Wat heb ik dan gezegd?' vroeg Holly zogenaamd verbaasd.

'Ik heb hem zeven weken niet gezien of gesproken, dat weet je best.' Ze dempte haar stem, want ze wilde niet dat haar moeder, die links van haar stond, het zou horen.

'O, dat weet ik inderdaad, maar ik begrijp er verdorie niets van!' siste Holly terug. 'Ze hebben het onderzoek weken geleden afgerond. Totaal eerherstel.'

Tara knikte droevig. 'Ik weet het.' Ze voelde zich er niet beter door.

'Dus? Je had terug kunnen gaan.'

'Dat weet ik, maar ik wist ook dat ik sowieso nu zou terugkomen.' Tara haalde luchtig haar schouders op, maar ze had gewoon elke minuut nodig gehad voor ze in het vliegtuig stapte. Wat haar hart haar ook vertelde, ze kon niet zomaar de zonsondergang tegemoet rennen met Alex terwijl ze een heel leven in Londen had, samen met Rory. Het was een te simpele gedachte dat zij en Alex rechtstreeks een happy end in konden stappen na alles wat er tussen – en met – hen was gebeurd.

Ze zag dat Alex' blik weer op haar bleef rusten. Ze was natuurlijk gemakkelijk te vinden, vooraan en in het midden, maar ze had het gevoel dat hij haar overál zou vinden: in een menigte of in de jungle. Twee keer. Zijn ogen bleven naar haar terugkeren, als een bij naar een lievelingsbloem, en elke keer weer voelde ze dat stroomstootje... Als ze in Londen al had geprobeerd om haar gevoelens in twijfel te trekken, smolten die twijfels nu weg. Ze voelde de verbinding tussen hen vibreren, de aantrekkingskracht tussen zijn zon en haar maan.

Een regen van flitsen brak los toen haar vader en de president elkaar de hand schudden om de deal te bekrachtigen waar tien jaar en twee maanden aan vooraf waren gegaan. Er waren heel veel offers gebracht om dit mogelijk te maken. Was het het waard geweest? Er steeg een golf van gejuich op en er klonk weer applaus, waarna de formele ceremonie voorbij was en de mensen opstonden en zich verspreidden.

Miles en Zac liepen meteen naar haar vader om hem te feliciteren.

De drie vrouwen vonden het prima om te blijven waar ze waren, uit de buurt van de internationale persfotografen.

'Nou, was dat niet geweldig?' vroeg haar moeder terwijl ze zich naar hen toe draaide. 'Hij heeft het voor elkaar gekregen. Misschien krijgen we nu wat meer rust.' Ze hield een waaiertje in haar hand en Miles had een klein spuitflesje met mineraalwater in de zak van zijn jasje om haar te bestuiven als ze daarom vroeg. Ze was niet op haar best in een zaal zonder airconditioning.

'Gefeliciteerd, u bent bijna arm, Mrs T,' zei Holly grijnzend.

Samantha Tremain lachte. 'Nou ja, relatief gezien dan.'

'Hoi!' Holly glimlachte toe ze iemand zag naderen. Tara draaide zich om en zag Jed staan.

'Jed!' riep ze uit, en ze sloeg haar armen om hem heen. 'Hoe gaat het met je?'

Hij klopte speels tegen zijn hoofd. 'Nou, het is er nog niet afgevallen.'

Ze grijnsde. 'Ik ben blij dat te horen.' Miguel D'Arrosto en vijf leden van zijn team waren gearresteerd in de week nadat ze was gered. Dankzij de getuigenverklaring van een aantal andere rangers – en videobeelden van enkele natuurcamera's tussen de bomen – varieerden de aanklachten tegen hen van brandstichting tot diefstal, en van opzettelijk toegebrachte schade tot het toebrengen van zwaar lichamelijk letsel. Niemand durfde te hopen op lange gevangenisstraffen – in de meeste gevallen was het bewijs indirect – maar Tara hoopte wel dat de hoge boetes misschien meer pijn deden. Het ging die lui altijd om het geld, want ze belaagden iedereen die hun winsten in de weg stond.

'En hoe gaat het met jou?' Hij keek omlaag naar haar voeten, die in zachte, platte muiltjes gestoken waren.

'Zere voeten, maar ik zet gewoon een trend, oké?'

Hij lachte bij de aanblik van haar rode hielen. Ze had er drie weken verband omheen gehad. De rolstoel had haar overdreven geleken toen ze ermee aankwamen, maar ze was verbijsterd geweest toen ze de staat zag waarin haar voeten verkeerden. Geïnfecteerde blaren en de sporen van bloedzuigers die zich aan haar tegoed hadden gedaan toen ze in de modder had gelegen, maakten de aanblik bepaald onprettig.

'T-t, ik heb iemand bij me die je gedag wil zeggen,' zei Jed, die een stapje opzij zette zodat ze langs hem heen kon kijken. Daar stond Sarita, met aan haar hand...

Tara liet zich overweldigd op haar knieën zakken. 'Wat fijn om nu echt kennis met je te maken, Paco,' zei ze zacht in het Spaans.

Het jongetje lachte. Hij had donker haar, grote ogen en een huid zo bleek als melk. Hij was nog wel klein voor zijn leeftijd, en heel dun, maar niet meer zo broodmager als twee maanden geleden.

'Je ziet er beter uit. Je hebt goed gegeten, zie ik wel.' Ze stak haar hand uit en duwde met de kromming van haar vinger zachtjes tegen zijn iets vollere wang.

Sarita lachte trots en zei iets tegen Jed.

'Hij is altijd aan het eten!' tolkte hij. 'Nu hij is begonnen, houdt hij niet meer op.'

'Nou, dat is prachtig! Zo moet het ook. Hij wordt een sterke, knappe man, net als zijn papa.'

'Gracias, señorita Tara,' zei Paco, en hij stak een plantje naar voren, met de wortels zorgvuldig in een neteldoek gehuld.

'Wat is dat?' vroeg ze verwonderd.

'Voor je hartvibraties,' zei Jed. 'De awa zegt dat ze hiermee weer sterk worden. Als de droefheid komt, neem je twee bladeren en wrijf je ze snel warm tussen je handen. Daarna leg je ze meteen op je borst, over je hart.'

Tara boog zich naar voren en gaf Paco een kus op zijn wang. 'Hoor je dat? Ik heb jou geholpen en nu help jij mij. Dank je wel.'

Sarita legde een hand op de schouder van haar zoontje en Tara begreep dat het een teken was dat ze moesten gaan.

'Hij moet rusten,' legde Jed uit. 'Hij moet nog verder op krachten komen.'

'Natuurlijk.'

'Ik kom jullie opzoeken voor jullie vertrekken,' zei Jed.

'Fijn... En dank je, Paco,' antwoordde ze terwijl het kind werd meegeloodst.

Haar moeder keek aandachtig toe. 'Ik neem aan dat dat het kind is waar ik bijna míjn kind voor heb verloren?' Het had dagen geduurd om haar moeder te kalmeren. De berichten over ontvoerders en losgeld, een vloek en vervolgens het ziekenhuis hadden haar hevig op de zenuwen gewerkt.

'Ja. Hij is de oudste zoon van Jed. Hij wordt binnenkort zeven.'

'Nou,' zei haar moeder met een knikje terwijl ze zijn donkere hoofd door de menigte zag bewegen. 'Ik begrijp waarom je je al die moeite hebt getroost.'

Tara glimlachte. Haar moeder begreep misschien niet haar drijfveer om te werken, maar wél haar behoefte om te helpen.

'Wat was nou uiteindelijk de diagnose?' vroeg Holly nieuwsgierig.

Tara wendde zich weer tot haar. 'Cholestatische hepatitis die zich als acute myeloïde leukemie manifesteerde.'

'Echt?' Holly's ogen glinsterden. 'Dus jij en die voodooman hadden allebei gelijk.'

'Tja,' antwoordde Tara met een grijns.

'En hoe heb je dit bevestigd gekregen?'

'Toen hij goed reageerde op de zwartesterrenbladeren – genoeg om wat aan te sterken – heeft Jed Sarita overgehaald om wat bloedtests te laten afnemen in de kliniek.'

'Dus je doldwaze plan heeft inderdaad gewerkt.' Holly schudde grinnikend haar hoofd. 'Je hebt ze bekeerd.'

'Niet echt. Zodra bleek dat het geen leukemie was, is hij naar huis gegaan en verder behandeld met de bladeren. Er is geen antibiotica aan te pas gekomen.'

'Het is verdomme niet waar!'

Haar moeder keek verbaasd op bij het onbehoorlijke taalgebruik, maar ze had altijd een zwak voor Holly gehad. Ze gaf haar een bemoedigend klopje op de arm. 'Ik ga even kijken hoe het met je vader is,' zei ze tegen Tara. 'Straks sluit hij nog meer deals en geeft hij de rest van ons geld weg. Ik ben vast van plan dat zelf uit te geven.'

'Goed zo, Mrs T!' juichte Holly.

Tara keek om zich heen. Haar vader praatte nog met de president, beiden met een glas in de hand en hun lichaamstaal veel relaxter nu de officiële plichtplegingen achter de rug waren. William was in gesprek met iemand met medailles op zijn borst.

Plotseling voelde ze een hand om haar bovenarm. 'O mijn god. Verroer je niet. Hou je vast,' zei Holly opgewonden terwijl ze een stapje dichterbij zette. 'Er komt een ontzettende knapperd naar ons toe.'

Tara viel stil. Ze wist over wie haar vriendin het had, al zag ze hem niet. Het moment waarvoor ze de afgelopen twee maanden had geleefd was bijna hier. Als een satelliet in de ruimte was het als jaren naar haar onderweg. Straks zou het hier zijn. Dat kon niet meer missen.

'Maar die krukken maken hem wel minder begeerlijk,' mompelde Holly, die hem namens Tara bestudeerde.

'Denk je dat hij pijn heeft?' Ze hoorde de bezorgdheid in haar eigen stem.

'Nee, ik zou zeggen dat hij... geïrriteerd is. De mensen houden hem steeds tegen om een praatje te maken... O. O. Hij blijft maar kijken. Verroer je niet.'

'Nee, nee, ik verroer me niet.' Tara voelde zijn blik op haar rug. Ze dacht aan het littekentje onder haar duim, de schok en de euforie toen ze besefte dat hij nog leefde...

'Eerlijk waar, moet je hem toch eens zien...' fluisterde Holly. 'Nee! Verroer je niet, zei ik.'

'Moet je hem toch eens zien, zei je net!' mopperde Tara.

Holly's ogen vernauwden zich. Ze sloeg hem gade terwijl hij langzaam naderde. 'Hij was altijd al veel te knap. En godvergeten arrogant, zoals hij jou gebruikte om je vader ertoe te bewegen een nationaal park te kopen. Je weet wel. Alsof het niks was.'

Tara grijnsde. 'Ik heb het hem inmiddels wel vergeven.'

'Ik nog niet. Ik heb verdomme posttraumatische stress opgelopen in de hele nasleep.'

'Het is uiteindelijk goed gekomen,' zei Tara grinnikend.

Holly keek haar plotseling ernstig aan. 'Is dat echt zo?'

'Hoe bedoel je?' Tara fronste nu ze de twinkeling in de ogen van haar vriendin zag verdwijnen. Het was altijd zorgwekkend as Holly op de serieuze toer ging.

'Soms voel ik me zo schuldig.'

'Waarom?'

'Omdat ik kreeg wat jij zo graag wilde. Een man, een kind, alles waar ik jou zo hard om veroordeelde.'

Tara was stomverbaasd. Het was nooit in haar opgekomen dat Holly zich zo zou voelen. 'Hols, nee! Ik heb het je nooit kwalijk genomen. Geen moment.'

'Echt niet?'

Holly keek haar aan en voor het eerst zag Tara ook het littekenweefsel in haar vriendin, de speling van het lot die hun leven op zijn kop had gezet, die hun uitgestippelde carrières, hun levensdoelen en ambities volledig overhoop hadden gegooid. Ze leidden geen van beiden het leven dat ze tien jaar geleden voor zich hadden gezien. Maar ondanks alles was het, als je het in het grote geheel bezag, toch goed afgelopen? 'Echt niet.'

'O god. Hij is er bijna.' Er verscheen een geheimzinnig glimlachje om Holly's lippen. 'Kalm blijven.'

'Ik ben kalm. Jíj bent degene die een kalmeringsmiddel nodig heeft... Wat lach je nou?' vroeg Tara argwanend.

'Ik bedacht net hoe lief het eigenlijk was, dat hij zich een berg af had gehaast, op zoek naar jou, en dat hij die vervolgens meteen weer ging beklimmen. Hij was net Rambo! Zelfs nadat Rory hem die klap had verkocht.'

'Heeft Rory hem geslagen?'

'En geheel terecht, aangezien Alex zijn vriendin had gekust én hem er ook nog eens naar had laten luisteren,' zei Holly schouderophalend. 'In elk geval heeft hij zijn eer gered.'

Tara grijnsde. Holly zag dat ze haar glimlach niet kon bedwingen en dat ze lichtjes in haar ogen had. Ze slaakte een diepe zucht. 'Dus dit is hoe het voortaan zal zijn? Hij is de ware?'

Tara keek haar aan. 'Jij weet net zo goed als ik dat hij altijd al de ware was.'

Haar vriendin wierp haar een raadselachtige blik toe. 'Nou, in dat geval...' En ze boog zich voorover om haar een geheim toe te fluisteren.

'Je bent er.'

Ze draaide zich naar hem om en de elektriciteit vonkte tussen hen heen en weer als kwikzilver. 'Natuurlijk.'

Ze lieten de woorden allebei even in de lucht hangen om aan elkaars nabijheid te wennen.

'Ik wist niet of je erbij zou zijn vandaag,' zei hij ten slotte terwijl hij rondkeek in de menigte en toen zijn blik weer op haar liet rusten. Nu hij op de krukken leunde, was ze bijna net zo lang als hij. Hij leek te aarzelen, kwam bijna nerveus over, en ze besefte dat hij zich niet kon herinneren dat zij de drie dagen voor haar vertrek naar Engeland aan zijn bed had gezeten. Hij had inwendig letsel gehad en was korte tijd in coma gehouden. Hij zou wel gedacht hebben dat ze gewoon... was weggegaan.

'Ik had het niet willen missen. Dit is de grote dag.' Ze zag dat hij niet goed wist of er sarcasme in haar woorden verborgen lag. 'Ben je blij?'

'Dat je terug bent?'

Ze glimlachte. 'Dat de overdracht heeft plaatsgevonden.'

'O.' Hij knikte een tikje gegeneerd. 'Ja, daar ben ik blij om.'

'Ik ook.' Haar ogen gleden over zijn gezicht. Het was zo fijn om hem weer te zien. Ze verlangde ernaar om over de ronding van zijn wang te strijken, om de lijnen van zijn profiel te volgen, om zijn haar te ruiken, om te snuffelen in het holletje van zijn hals en hem te kietelen, om waar te maken wat er nog niet tussen hen was gezegd.

Hij keek even omlaag en sloeg zijn ogen weer op. 'Weet je, ik was van plan om naar Londen te komen zodra ik weer mocht vliegen.'

Ze zweeg een moment en zag de vertwijfelde blik in zijn ogen.

'Nou, dat zou heel slecht uitkomen.' Haar eigen ogen twinkelden. 'Als ik hiernaartoe zou zijn gekomen terwijl jij daarnaartoe was gegaan.'

Hij keek haar beduusd aan. 'Jij hiernaartoe?'

'Ik moest wel teruggaan naar Engeland om mijn ontslag in te dienen en... wat ontwikkelingen af te wachten. Maar ik zou behoorlijk van slag zijn geweest als ik dat allemaal had gedaan en hier vervolgens was neergestreken, alleen maar om erachter te komen dat jij weg was.'

Achter zijn ogen schoten de emoties heen en weer, snel en licht. 'Ta, zeg je nu...' Zijn stem klonk schor en hij schraapte zijn keel. 'Zeg je dat je het me vergeeft?'

Ze herinnerde zich hoe ze hem in de gevarenzone van de modderlawine had zien staan, waar hij zijn leven waagde om te checken of zij veilig was. 'Ik zeg dat je kunt ophouden je te verontschuldigen,' zei ze knikkend.

Hij leek een paar seconden geen woord te kunnen uitbrengen. Hij staarde naar de grond, naar haar gelakte teennagels in haar open muiltjes. Hij keek weer op. 'Heb je echt je ontslag ingediend?'

'Ik heb hier een kliniek die me harder nodig heeft.'

'Niet alleen een kliniek.' Zijn ogen gloeiden, en de waakvlam die altijd tussen hen brandde laaide langzaam op. 'Maar hoe zit het met...'

'Rory heeft binnen een week zijn spullen opgehaald,' zei ze simpelweg.

'O ja?' Alex keek verbaasd.

'Hij zei dat hij genoeg gehoord had om te weten hoe het zat.' Ze trok een wenkbrauw op. 'Het schijnt dat iemand een bepaalde zendknop ingedrukt heeft gehouden en dat hij heeft mogen meegenieten van elk woord dat wij wisselden. En van de momenten waarop we... niets zeiden.'

Ze zag zijn mond openvallen. Betrapt. Geen excuses. 'Nou ja... in oorlog en liefde is alles geoorloofd,' zei hij ten slotte met de vertrouwde schittering in zijn ogen. 'Wat had hij dan verwacht? Dat ik niet voor je zou vechten?'

Hij trok haar met een hand naar zich toe. Ze staarden elkaar een paar langgerekte momenten aan voordat hij zich vooroverboog en haar ter plekke kuste.

Iemand – ze wisten allebei wie – joelde vanuit de menigte toen ze zich verlegen lachend van elkaar losmaakten.

'Eindelijk. Eindelijk mag ik dit weer doen,' fluisterde hij.

'Dat mag je zeker.' Ze zag dat zijn blik weer naar haar lippen gleed en ze voelde dat ze op magnetische wijze weer naar elkaar toe werden getrokken, zonder acht te slaan op de mensen om hen heen. Ze verloren zich in een volgende kus. Holly joelde opnieuw. 'Wat...' Ze zag dat zijn ogen nieuwsgierig samenknepen.

'Wat zei ze daarnet tegen je?'

'Wie? Hols?'

'Ja. Ze fluisterde iets toen ik naar jullie toe kwam.'

'Ja. Omdat het een geheim is,' zei ze met een kokette glimlach.

Hij schudde zijn hoofd en keek haar doordringend aan met die lichtgroene ogen van hem. 'Er zijn geen geheimen tussen ons. Nooit meer.'

Ze voelde het kippenvel over haar huid trekken terwijl hij vragend een wenkbrauw optrok, waarmee hij haar wist over te halen het toch te vertellen. 'Ze is acht weken zwanger.'

Hij sperde verrast zijn ogen open. 'Echt?' vroeg hij met een glimlach. 'Wow, dat is geweldig.'

'Ja. Verwekt in Costa Rica. Ik ben heel blij voor ze.'

Hij bleef haar aankijken. 'En?' zei hij met een onderzoekende blik. 'Wat zei ze nog meer?'

'Hoe bedoel je, nog meer?'

'Er is altijd meer als het om Holly gaat.'

Ze haalde diep adem en wendde zich af, maar hij ving haar blik en liet zich niet afschepen. 'Vertel.'

Ze schudde haar hoofd. 'Nee.'

Hij boog zich dichter naar haar toe en keek haar diep in de ogen. 'Toe, vertel.'

'Ze zei dat we hun voorbeeld zouden moeten volgen.'

De tijd strekte zich uit als een poes die lang en loom haar rug kromde. 'Nou, ze heeft gelijk. Dat zouden we misschien moeten doen.' Er gleed een trage glimlach over zijn lippen. 'We moeten in elk geval goed gaan oefenen. Er is geen tijd te verliezen.'

'Hoe dan? Met al die gebroken botten van je,' zei ze grijnzend.

'Dat valt reuze mee. Een scheenbeen hier, een kuitbeen daar, een paar ribben... Iedereen weet dat ribben vlot helen. Jij bent arts. Jij zou dat dus ook moeten weten.' Hij boog zich voorover en kuste haar opnieuw, en deze keer merkte ze niets meer van hun omgeving. Het kon haar niet schelen wie het zag. Ze waren met z'n tweeën, alleen zij, net als vroeger tijdens die lange, donkere nachten in Londen.

Hij maakte zich uiteindelijk los, al hunkerden ze beiden naar meer. In zijn ogen glansde een glimlach die meteen ook op zijn lippen verscheen. 'Maar weet je, ik ben best een conservatieveling,' zei hij. 'Ik heb dan misschien een onconventionele jeugd gehad, zoals je weet, maar ik zou willen dat onze baby...'

Onze baby. Onze baby. De woorden flonkerden als geslepen diamantjes.

'... een stabielere basis krijgt dan ik heb gehad. Ik zou willen dat hij – of zij – mijn naam krijgt.' Zijn ogen twinkelden plagerig. 'Maar ik zou niet willen dat jij er uit pure Britse beleefdheid mee zou instemmen.'

Ze onderdrukte de schaterlach die in haar opborrelde. 'Ik begrijp het niet,' zei ze tegendraads. 'Waar zou ik dan mee moeten instemmen?'

'Een huwelijk.'

'Wil je met me trouwen?'

'Dat wilde ik toen al. En dat wil ik nog altijd... Wil jij, Tara, met mij trouwen?'

Ze keek hem even aan voordat ze zich tegen hem aan vlijde en haar armen om zijn nek sloeg. 'Natuurlijk,' zei ze stralend. 'Dank je voor het aanzoek.' Ze gaf hem een kus en voelde zijn glimlach tegen de hare krullen. 'Heel vriendelijk van je.'

DANKWOORD

Mijn trouwe lezers weten dat er een heel leger achter de naam op de kaft staat. Het team van Pan Macmillan is steengoed, maar maakt het werk ook altijd een groot genoegen! In het jaar waarin dit boek tot stand kwam, ging alles anders dan anders – vergaderingen via Zoom in plaats van onze gebruikelijke ontmoetingen aan een vergadertafel, iedereen (niet alleen ik!) werkend vanuit huis – maar toch is er weer een prachtig, fraai afgewerkt boek geproduceerd en algemeen verkrijgbaar gemaakt. Mensen van Pan, bedankt. Jullie zorgen ervoor dat het gemakkelijk lijkt, maar ik weet dat het dat niet is.

Aan mijn redacteur Caroline Hogg en mijn agent Amanda Preston: ik heb het gevoel dat ons team alleen maar steeds sterker wordt. Jullie zijn het start- en eindpunt van elk boek, en jullie inzichten en input zijn onmisbaar. Dank jullie wel!

Ten slotte, aan mijn gezin: alles wat ik doe, doe ik voor en vanwege jullie. Jullie zijn mijn wereld en ik voel me de gelukkigste persoon op aarde dat ik met jullie samenleef. Bedankt dat jullie me inspireren harder te werken en mezelf te verbeteren, en dat jullie me op allerlei manieren steunen. Ik hou zielsveel van jullie.